朱小平◎著

罪意东流去

——清史笔记

中国华侨出版社
·北京·

图书在版编目（CIP）数据

毕竟东流去：清史笔记 / 朱小平著. —北京：中国华侨
出版社，2023.1
ISBN 978-7-5113-8798-1

Ⅰ. ①毕… Ⅱ. ①朱… Ⅲ. ①散文集－中国－当代
Ⅳ. ①I267

中国版本图书馆 CIP 数据核字（2022）第 098389 号

● **毕竟东流去——清史笔记**

著　者 / 朱小平

出 版 人 / 杨伯勋

封面题签 / 沈　鹏

责任编辑 / 桑梦娟

封面设计 / 胡椒书衣

开　本 / 710毫米×1000毫米　1/16　印张：24.25　字数：347 千字

印　刷 / 北京天正元印务有限公司

版　次 / 2023 年 1 月第 1 版　2023 年 1 月第 1 次印刷

书　号 / ISBN 978-7-5113-8798-1

定　价 / 59.80元

中国华侨出版社　　北京市朝阳区西坝河东里77号楼底商5号　　邮编：100028
发行部：（010）64443051　传　真：（010）64439708
网　址：www.oveaschin.com　E-mail：oveaschin@sina.com

如发现印装质量问题，影响阅读，请与印刷厂联系调换。

温故而知今

李国文

小平写旧体诗，很见功夫。这次读他的历史随笔，感到他另一支笔的力量。

我历来主张文无定法，不自我设限，愿意怎样写就怎样写，能够写什么就写什么，小平做到了，我很佩服。大凡为文写字之人，争取写好，努力写得更好，是一个既定目标。他的这部以清代为背景的历史随笔，是以这样一种精神，给我们提供那个时代的宏大叙事和精准特写。前者之视觉幅度广阔，令人叹服；后者之细节真实可信，令人折服。读罢这部书，既得教益，又是享受，很感谢小平给我带来的这份阅读的满足。说史，尤其说清史，江山万里，辉煌帝国，兴亡衰替，尘世沧桑，是一个大家都在涉猎的领域。小平不仅能够耕耘出属于自己的一块园地，而且居然经营得花繁叶茂，芳菲满目，生机盎然，自成气候，在这个很难出新也很难出彩的领域中，可见他的不同一般，别出心裁，这实在太难得了。看来，在这个世界上，一份劳动，一份收获，一份付出，一份回报，他的辛苦，他的努力，他的好学不倦，他孜孜不息的请益、求知、积累、思索，真是着实应该为他喝彩。

当我读罢该书首卷《怒海楼船》，我就被他的笔墨震撼了。同时，我也想起《世说新语·任诞》中"王孝伯问王大：'阮籍何如司马相如？'王大曰：'阮籍，胸中垒块，故须酒浇之。'"阮籍，由魏入晋的那种沉沦，那份郁结，是那个太快活的文人无法体味到的，作为汉武帝文学宠臣的司马相如，他不可能理解什么叫作"垒块"。说白了，"垒块"者，就是横亘在胸臆间那团不吐不快的愤懑之气、敌忾之气。当甲午年再一轮出现，一百二十年过去，凡具有家国情怀的中国人，决不会因时光荏苒而淡忘这尚未湔雪的国耻。博学广知的小平以全球视野下的崭新角度，来回顾这段虽然模糊，然而难忘的耻辱记忆，其实也是当下国民心声的一种反映。"垒块"，使得小平笔下的每一个人物、每一个情节，熔铸进铁和火的国仇家恨，融化着血和肉的满腔怒火，作者的拍案而起，读者的狂潮起伏……他不但告诉我们历史的真实，还痛斥了一切卖国贼、汉奸之流的污蔑和歪曲。人们常说写作是一种冲动，是一种倾诉，当然，更是一种辨正、一种以正视听。《怒海楼船》之所以能成为这部书的压舱石，就在于作者这份毋忘国耻、昭雪先烈的"垒块"感。

子曰："温故而知新，可以为师矣。"小平这样做学问，值得学习。

在这部历史随笔中，我们还能读到乾隆、道光帝、林则徐、李鸿章、张佩纶等这些广为人知的前清帝臣，从不同角度所写出的不同侧面；袁世凯、陈三立、王闿运、苏曼殊等这些清末民初早期名流，他们在辛亥革命这场风云变幻中的形形色色；八旗沿革、骑射养马、漕运仓储、胡同变化等京都故实，从中看出沧海桑田的时代变异、社会进展；书画名家、文人韵事、清宫轶事、秋瑾革命等考证，一代风流，墨香犹存；至于吃喝玩乐、逢年过节、风俗习惯、生活趣谈等京城风景，也让我们又回到曾经看似很强大，实际很衰弱，外观挺堂皇，"内囊却也尽上来了"的大清王朝。长许多见识的同时，也深感一个国家、一个民族，若是不强大，若是不富足，还真是难逃《怒海楼船》全军覆没的命运。

苟且偷安，还是发奋图强，也许是这部书提供给读者的一个思考题吧？

他拥有璀璨的星空

杜卫东

小平君挺"葛"的。在老北京的语境中，"葛"就是各色。

比如，朋友小聚，倘有生客或他不屑的人在，小平君连眼皮也懒得抬一下，全程缄默无语，绝不会主动上前敬酒寒暄。同在京城文化圈，互知姓名，退休前我 N 次和他相遇于饭局，至多相互对视一眼，基本不过话。无疑，那时我已被小平君归入"懒得搭理"一族。后来造化弄人，成了彼此欣赏的挚友，他并不讳言当年对我的不屑："饭桌上你高谈阔论，顾盼自雄，就显你能了，懒得搭理。"

小平君的"各色"，还有 N 例可为佐证。

其一，20 世纪 90 年代初，冯骥才在中国美术馆举办画展，小平君作为记者参加新闻发布会，听到专家们将骥才先生的画誉为"新文人画"，很是不以为然。不以为然就不以为然吧，不言声，也没人会拿你当哑巴卖了，这样的情境本是时下社会的一种常态。可是，小平君不，他双目生辉、浑身躁动，跃跃作发言状。同行用眼色制止他，朋友用手拉扯他，怕他出言无忌，冒犯大咖。小平君的"各色"劲儿上来了，在众目睽睽之下悠然起身，接过话筒，将一将当时还漆黑如墨的头发，坦言大冯的画并不符合文人画特征。一时，气氛沉寂。

其二，《中国艺术报》创刊，小平君参与其事。为扩大影响，报社领导交代他一项任务，邀约名家出上联，征求读者对下联。顺便说一句，在我的朋友中，很少有人如小平君结交了那么多各界名流，而又最忌讳挟名人以自重。凭借他独特的人脉资源，张中行、吴祖光、范曾、冯骥才分别写来，只有宗璞先生不允，三顾不到，一般人会知难而退。小平君的"各色"劲儿又上来了，好花十朵，岂能独缺一枝？于是先以其外祖父曾被冯友兰先生举荐，可劲儿"套磁"，又坦言此举的良苦用心与社会意义，终使先生心动。

再举一例。诗人顾城是重要的文学符号，激流岛杀妻，已是当代文学史的惨痛记忆。小平君却认为此事另有蹊跷，谢烨并非顾城所杀。他与顾城早年同在西城区文化馆创作组，与谢父也是忘年交，顾城的父亲顾工也与他多有过从。掌握了不少第一手资料的小平君绝非言出无据，无奈社会上众口一词，他的观点连个浪花也没有溅起。小平君不予理睬，著书《我所认识的顾城与谢烨》，坚持自己的立论。他不在意别人怎么说，固守自己怎么看。"不然，你的生活会如柳絮逐风，毫无格调。"小平君如是说。

才子容易"各色"。桀骜不驯的谢灵运就曾口出狂言："天下才共一石，曹子建独得八斗，我得一斗，自古及今共用一斗。"小平君虽然没有如此睥睨天下，但确如一座正在采掘中的金矿，时不时会令你惊诧。我印象中，他不苟言笑，有点与世无争，有点随遇而安，有点老派文人的韵味。熟了，我和他开玩笑，说他是继汪曾祺先生之后的最后一位士大夫文人。小平君闻言，急急摆手做谦辞状，嘴一咧，绽开难得一见的笑容："岂敢、岂敢，谬赞。"其实，我这样说也并非全是谎言，他的国学功底真是可以甩不少同辈作家几条街。这几年，我每写文化散文，落笔前常常就某一知识点向小平君请教，古今中外、经史子集，琴棋书画、天文地理，他一律秒回，似乎没有他不知晓的人或事。李滨声老人是著名的漫画家，对古诗词也颇有研究，小时候上私塾即有涉猎，是童子功。看了小平君的格律诗，老人惊叹不已，因为格律诗讲究用典、平仄，需要深厚的学养。而小平君的一首诗，八句用了八个典故，且全都贴切、适合，平仄更是无懈可击。李国文先生在老一代作家中学养丰厚，晚年的随笔已臻化境。他认为写作是一个广志博文，积累丰硕的过程。而小平君的诗文，文中有诗，诗外有文，无论五言七绝，长诗小令，都能使人耳目一新。陈世旭是文坛常青树，公认的才子，一般人很难入其法眼，也由衷称赞小平君是"学者文章诗家笔"，甚至"几番动念拜师，终因为自知愚钝且学养过浅而作罢"。人大教授、史学专家、著名学者毛佩琦先生在读过小平君的历史人物随笔集《像蜀锦一样绚烂》后，认为其中每句话皆有来历，绝无无根之谈。这评价是极高了，浅薄如我辈者，终其一生怕也难以企及。

端的了得，小平君！

不过，倘据此得出结论，说此公恃才傲物、薄情寡义，则大谬。我与之相识近四十载，在我的高光时期，几乎没有交往，退休后才逐渐成为挚友。起因是，我用文言文写成一篇怀人文，我很看重，因为写的是接我当兵的分部文化干事，是我人生道路上的重要引路人。可是费时日久，却难觅栖身之所。作家华静热心，问了小平君。小平君当即允诺，可以在他主持的《海内与海外》杂志刊出。由此，我们的"邦交"开始正常化。后来，我又写了一篇近四万字的历史文化散文，以晚清政治为主题，小平君是这方面专家，著述甚丰，在动笔前后我多次征询他的意见，并请他斧正过拙文。得知尚无刊物接收，他又主动提出在该刊连载。小平君知道我敝帚自珍，用我的文章基本一字不易；难得的是，看到我有文在其他报刊发表，还常常会在微信里发来几个愉快的笑脸，问："文章有删节吗？如果有，我可以再发一遍。"秋来纨扇合收藏，何事佳人重感伤，请把世情详细看，大都谁不逐炎凉？人走城空，本属常态，笔停墨不干，倒是罕见。我在任时，拥趸不少，光环褪去，多成路人。我很看得开，天下攘攘，皆为利往，世间有几人能抖落世俗的阴霾，活出一份独属自己的风采？到了我这般年纪，已经洞悉了世事变迁、人情冷暖。可是，"各色"的小平君却像一只啄食的鸟，常年与我保持距离；等我卸去身上锦衣，加入退休一族后，才变身一只萤火虫，提着暖灯进入我的生活，让我渐趋无趣的暮年有可能暗香浮动。

也是怪，我和小平君的交往并非一团和气，有时，因为看法相左也会面红耳赤，但如风中飘舞的红叶，我们的争论构成了金秋另类的风景。我们不纠结谁对谁错，而是认真审视，不同的观点碰撞是否可以使我们面对阳光生长。有了这个共识，一个关切的眼神，一句真诚的问候，一项热情的邀约，一缕理解的微笑，就会像初冬的暖阳，驱散弥漫在我们之间的薄雾，让山的轮廓更加清晰，海的壮美更加动人。我们彼此批评也彼此欣赏，彼此关注也彼此珍重。比如，他批评我的历史散文缺少新的发现，我不以为然，辩曰，面对浩如烟海的史籍，一篇万把字的散文能有什么新发现？考证真伪和挖掘史料是专家的事，作为文学表达，角度别致、情绪饱满、语言鲜活，能触发读者思想上的共鸣，足矣。我也直言批评过他的写作，刻板、过于书卷气，偶尔会流露一丢丢酸腐的味道。他则笑而纳之，言，从未有朋友如此臧否他的文章，还郑重其事地要求，下一本集子请我作序，一定要把这个批评写进去。鸿鹄燕雀，高下立见。他把友谊画成了一幅画，我们共同构图、共同着色，共同把它绘制成了气韵生动的山水长卷。"名人风度，诗人风采，君子本色，行者姿态"，这是国文先生对小平君的16字评价，窃以为然。其中的"君子本色"更与我心有戚戚。其实，小平君在20世纪80年代主持《北京法制报》副刊时，就曾在头题刊发过我的小说。只是那篇小说由人代转，我一直不知道是经他手发出的。这之后几十年，偶尔几次交集，小平君也从未说破此事。反而在我退休后，凡写作时遭遇困顿，他皆施以援手。赤诚坦荡，尽显君子之风。

近几年，小平君的散文和随笔创作渐入佳境，新作迭出。我如约，为他这本新的散文随笔集作序。按照常理，本该就他的文章作法、美学风格、主题立意谈些感想，而我却对小平君的为人处世絮叨了一番。这并非闲来之笔，我们知道，小说要求作者将自己隐藏起来，而且藏得越深越彰显其美学价值。即便如是，在小说创作中，叙事主体也占据着举足轻重的位置，无论"叙什么"和"怎么叙"，都会受到叙事主体的叙事观念和人格个性制约，反映出叙事主体独特的审美趣味和文化品格。有如萨特所言，文学的写作活动就是文学主体对社会的一种介入。作者无法在写作中伪装中立，必须"在审美命令的深处觉察道德命令"。小说是虚构的艺术，它的美学特征决定了作者可以在一个虚拟的空间纵横驰骋；而散文和随笔更接近于写实，它要求笔下的人和事必须是真实的，是一个人内心情感的直接投射。

了解了小平君的为人，我们就得到了一把解读他作品的钥匙。

言为心声，文如其人。一般而言，性情偏急则为文短促，品性澄淡，则下笔悠远。心怀星空和大海，议论必豪放不羁、一泻千里；内心龌龊、阴暗，落墨就会滞涩、干枯。小平君的散文和随笔充满学术气息，是典型的学者型散文。他的"各色"体现在文章里，就是见微知著、风骨卓然。不是粉饰太平、矫揉造作的顾影自怜，更非居高临下、装腔作势的高头讲章。常能见人之所未见，言人之所未言，写出"韵外之旨"。其次，小平君博学，他的散文和随笔有着非常扎实的功底。无论谈古论今，状人写物，抑或赏山乐水，下笔都有广博的知识打底、着色。宛如一幅幅丹青妙手笔下的山水，浓处精彩而不滞，淡处灵秀而不晦。行文尽得绘画之妙，用墨有如用色，高山流水，草木丛生，远近高低，浓淡相宜。读他的文章，即便是单纯地写人或状物，也能给人一种墨分五彩的幻觉。再有，小平君侠义、真诚，不趋炎附势，不市侩功利，这一人格特征体现在文章里，就是具有强烈的悲悯情怀和正义坚守，"宁可枝头抱香死，何曾吹落北风中"。有人把情感比喻成心之目，智慧是其中一只，悲悯是另一只。冷漠会使一只失明，如果再怨恨加身，就会全盲。只有心怀悲悯、坚守正义，心的眼睛才会穿透世间迷雾，照亮人生的来路与归途。无疑，小平君的情感清澈而睿智。

以上只是统而言之，笔者所以不再深入点评，除了篇幅所限，主要是怕笔力不逮，败坏了读者的阅读趣味。

补充一笔。在冯骥才先生画展的新闻发布会上，小平君和骥才先生意见相左，场合特殊，不可能详述其意。"各色"的小平君觉得言犹未尽，会后写了《冯骥才和他的画》一文，发表后寄给了这位文学与美术的双料大家。骥才先生虚怀若谷，回信表示同意小平君立论，从此两人信函不断，结下了深厚友谊。骥才先生称："被你采访，乃是一种幸运。"他评论小平君的文章："宛如行舟观景，美亦流畅。尤其文字，常见闪光，又如仰扫夜空，忽见星烁，目必一亮。才情如水，流泻日久，自成江河。"

小平君就是这样一个人。"他的老气横秋中有耿介，博古辩今中有才华，为文足堪品，为人尤可信，是罕有魏晋风度的当代文人。"（高洪波语）朋友是一个人的影子，小平君为人侠义、交友甚众。我猜想，他的人生底牌应该是一长串气味相投、才华横溢的朋友名录，如星空一样璀璨。当然，谁是你的朋友并不重要，重要的是——你是谁。花若盛开，蝴蝶自来。小平君以他的智慧、才学和侠义，把自己锻造成了璀璨星空中的一颗，虽然没有独步中天，却也流光溢彩。他的人生因此卓尔不凡。

很羡慕，"各色"的小平君拥有这样一片星空，星光璀璨。

怒海楼船

风流云散

逸事撷拾

秋水余波

怒海楼船

千古一憾：未曾打赢的战争

英阿马岛之战偃旗息鼓已整整 40 周年，虽然号称是电子对抗的海空立体化海战，前期的海战规模与中途岛大海战等相比，实在是小巫见大巫，却引起了全世界大国海军的重视：一枚造价并不昂贵的飞鱼导弹，瞬间击沉耗费巨资、配备十八般先进军事前沿科技的英国导弹驱逐舰谢菲尔德号！这掀起了一场海军作战思维的革命，即大型水面战舰究竟是否应该退出今后的海战作战序列？

这实在是一个耐人寻味的疑问。但惜乎从此之后再未曾发生过类似的海战。

我在神游于艨艟齐发、导弹飞射的马岛之战流光瞬影时，不由想起当年北洋舰队楼船铁锁、灰飞烟灭的一幕幕令人感慨的历史陈迹，常常会把这场战争与百年前的中日甲午之战相提并论。

历史上常常会有惊人的相似之处。

尽管英阿马岛之战是一场现代化的电子对抗的立体化战争，但它仍极似甲午战争——本是一场应该打赢却打败了的战争（指中国与阿根廷一方）。

中日黄海海战双方优势并非特别悬殊，日本海军优于北洋海军，但北洋海军亦有它的优势。在某些方面北洋海军甚至强于日本海军。

英国于 1982 年 4 月横跨 1.3 万千米远征马尔维纳斯岛，对手阿根廷是南美最强大的军事强国，双方在武器质量上基本力均质等，没有绝对优势可言。当时，世界舆论认为英国取胜希望在"百分之一以下"，必将重蹈 1905 年俄国以波罗的海队为主体之第二舰队为解救被围旅顺口之陆军，远渡重洋征讨日本、在对马海峡被日本联合舰队所败全军覆灭的覆辙。其实日本发动甲午之战又何尝不是如此，以客犯主，倾巢跋涉去攻击一个严阵以待的大陆国家。如同"二战"时日本发动的珍珠港之战一样，完全是一种孤注一掷的冒险。即便是甲午黄海海战，之后的外国评论一致认为北洋海军胜，其一是日本并未实现"聚歼北洋舰队于黄海"的作战目标，也未阻止或破坏北洋海军护送清军陆军登陆朝鲜的既定军事行动；其二是日本联合舰队也受到北洋舰队重创，且首先撤出战场。北洋海军的覆灭是在刘公岛。

英阿马岛之战与中日甲午海战一样，初始双方互有胜负，阿根廷圣菲号潜艇和贝尔格拉诺将军号巡洋舰被击沉后，阿空军动用飞鱼导弹相继击沉英国谢菲尔德号导弹驱逐舰和考文垂、大西洋运送者驱逐舰。阿根廷没有赢得海、空战的最后胜利，是因为和北洋舰队遭到了同样弹尽的命运——法国禁运使英军心惊胆丧的飞鱼导弹，欧洲共同体联合进行武器封锁……当时权威军事评论家预料：如果阿军有足够的飞鱼，英军旗舰无敌号航空母舰及其他运兵船必将葬身海底。

最后的决战也极似刘公岛之战——海军配合陆军登岛作战，覆灭的命运相同——没有任何支援的孤军全军覆灭，结局也惊人的相似——以投降（阿根廷）和兵变瓦解（刘公岛北洋舰队）而结束了战争。

本来打不赢的战争却打赢了。为什么？

首先，都是全国总动员。

兵精粮足无后顾之忧，甲午之战时的日本是这样，马岛之战时的英国也是这样。

日本当时起用了血气方刚、精通海战的青年将校，英国也起用了青年海军将领伍德沃德少将为特遣舰队司令。而当时中国和后来的阿根廷根本不屑起用青年将校，如北洋海军最高统帅李鸿章和实际指挥官丁汝昌根本不习海战，倘若甲午之战起用刘步蟾，结局无疑会另当别论了。

其次，当时的中国和后来的阿根廷根本没认真秣马厉兵，而都是寄希望于调停——中国寄希望于列强，阿根廷寄希望于美国，结果都吃了军备不修、惨遭偷袭的大亏。而恰恰是阿根廷依赖的盟国老大哥美国，将情报提供给了英国。

日本和英国都是采用"委托式指挥法"——将在外，君命有所不受。中国和阿根廷都是事事请示，贻误战机。

再次，都是女人领导的战争。

日本明治天皇带头捐款购买军舰，西太后却挪用几百万两海军经费大修御用园林。撒切尔夫人下令全世界上百艘英国客轮商船改装编入舰队参战，阿根廷却一直观望，作壁上观。

最后，都有不止一次的宝贵机会失掉了。

黄海海战中日舰西京丸（军令部长座舰）被重创后逃出战场，恰遇赶来参战的北洋舰队鱼雷艇队的福龙号，从 400 米、150 米，直至 40 米连发 3 枚鱼雷，竟无一命中！斯时西京丸已无一门可战之炮，而那时北洋舰队的鱼雷艇却只装载 3 枚鱼雷！马岛之战中英军在卡洛斯港奇袭登陆后，阿根廷空军对登陆英军实施大规模轰炸，英军登陆部队司令穆尔后来说："我不止一次感到快撑不住了。阿根廷空军的英勇几乎将奇袭的效果全部抵消。"但后来阿空军后劲不足，很多炸弹竟都丢进了海里。

当年滑铁卢之役中拿破仑的援军不曾及时赶到已永远成为历史之谜。刘公岛之役本可以仍有作为，但鱼雷艇队不战而溃，或沉或被俘，并谎报军情至烟台而断绝了陆军支援。马岛之战中阿根廷登岛的 1.5 万陆军在空军轰击登陆英军时，整整一天也未曾"插上一刀"——向攀崖而上的英军实施反击，登陆英军司令穆尔说，如果"插上一刀"，"那便是我们的末日了！"

相似，惊人的相似。所不同的是，马岛阿根廷守军在英军发起总攻 23 小时后全体投降；而北洋海军的绝大部分军人却是宁死不降：自提督丁汝昌以下总兵、管带刘步蟾、邓世昌、林泰曾、黄建勋、林履中、戴宗骞、张文宣、杨用霖……战死疆场、服毒自尽、饮弹自杀、拒救自沉，演出了一部悲壮的北洋海军葬礼。且不说北洋海军英勇战死的众多下级军官和士兵，那高升号上 1200 名中国陆军士兵也无一投降，其中 871 名壮烈殉国！

历史不会忘记：5 个小时倾泻了几万发炮弹的黄海海战中，仅定远号就中弹一千多发！但定远号没有沉没，全体官兵誓死苦战，重创松岛号等数艘日舰（它曾一炮命中松岛号，炸死日军 100 多人），直到弹尽仍在追击敌舰！同致远号一样，它要用全体官兵的血肉和生命与敌舰相撞，同归于尽！

武器是重要的因素，但不是决定性的因素。人，尤其是军人，还是要有一点精神的！

本该打赢却未曾打赢的战争，千古一憾！

北洋舰队未曾惨败黄海

关于甲午海战，是一个永不休止的话题，也是中华民族永远的一个遗憾。这是一场应该打赢而未曾打赢的战争，而由此也给中华民族带来了巨大的不可挽回的灾难。从 20 世纪 50 年代上演话剧《甲午风云》及同名电影《甲午风云》，到 90 年代播映电视连续剧《北洋水师》，一些探讨北洋舰队甲午海战的书籍也不断出版，曾执导过《北洋水师》的冯小宁，又拍摄史诗巨片《1894·甲午大海战》。冯小宁执导的《北洋水师》播映后，我曾在报端连载过 2 万余字的《北洋水师与甲午海战读史札记》，悉数寄与冯导，获得他的赞同。我个人认为《北洋水师》还是基本符合史实的。而电影《甲午海战》则有较为严重的不符历史之处，对北洋海军名将刘步蟾的塑造，则完全不可理喻。某些书籍的观点也大有值得商榷之处。

对甲午战争应有正确的评价，才能真正地以史为鉴。

黄海海战是日本处心积虑地要与北洋海军决战，进而逐步统治中国，让泱泱中华亡国灭种。史学界有观点认为是北洋海军惨败，一些评论也认为黄海海战中日海军主力决战，北洋海军是惨败。笔者窃以为此论非是。此役中北洋舰队损失舰船五艘（这包括自撞而沉的数字），日本舰队也遭到北洋舰队重创，损失不亚于北洋舰队。而且，从战略上讲，北洋海军应该是胜利者。此役中北洋舰队以弱胜强，变被动为主动，破灭了日本海军的狂妄作战计划——"聚歼清舰于黄海"，如果不是种种客观原因的限制，如战略指挥朝令夕改、南洋水师坐山观虎斗等，这次海战北洋舰队完全可以取得更辉煌的战绩。所以，黄海海战中北洋舰队应是战术上的失利（最重要的是弹药补给不足），而不是失败或惨败，真正的失败是在威海刘公岛之役。

从黄海海战中日舰队双方战斗力来比较，北洋海军已由亚洲第一强变成逊于日本。北洋海军参战军舰为10艘，日本则为12艘。火炮总门数（包括鱼雷发射管、机关炮）中方为180门，日方为272门。其他诸如吨数、马力（包括平均马力）、平均速度、总兵力等方，面参战日本海军均高于中国海军。但北洋海军的优势是在质量上，如铁甲舰，北洋海军为4艘，日方仅1艘。30厘米、21厘米重炮，北洋水师为24门，日方仅11门。小口径炮、机关炮，北洋舰队更多于日本舰队，双方分别为114门、52门，北洋舰队比日本舰队超出1倍还多。但日本舰队的火力优势在于速射炮，为111门，北洋舰队仅为27门，日本舰队超出北洋舰队数倍之多。

凡此种种，可以看出北洋海军已经远非8年前可比。特别是最新式的速射炮及新式战舰，一直未曾添置和更新。而且最关键的是北洋海军的军火供应问题最为严重。偷工减料、以假充真，甚至"有弹无药"。这就造成了海上实战中屡屡失利。在此前的丰岛海战一役中，济远舰发射15厘米榴弹，击中日舰吉野号右舷，穿透钢甲入机器操作间而竟未爆炸，使其幸免于沉没。否则，日后黄海海战中这艘日本最先进的战舰就不会再加入战斗序列了。又如黄海海战中，定远舰发射30厘米炮弹，击穿西京丸甲板，又穿入机器间，虽然爆炸，但威力太弱，仅炸坏舵机，未能使其沉没。使乘坐其舰的日本海军军令部部长桦山资纪海军中将侥幸苟其性命。如果不是劣质炮弹，西京丸必被击沉，桦山也将毙命，黄海之役必将大有利于北洋舰队。

实际从黄海海战来看，北洋舰队炮火命中率远远高于日本舰队，日舰多受重创，却一艘未沉，其奥秘就在于北洋舰队的炮弹威力太弱。而且后期几乎处于弹尽之惨况。正如英国人勃兰德在《李鸿章传》中所指出："如果这些大炮（指北洋舰队铁甲舰前主炮——笔者注）有适量的弹药及时供应……很有可能中国方面获胜，因为丁汝昌提督是有斗志的人。而他的水手们也都极有骨气。"（夏双刃著《激荡十七年》，中国工人出版社 2011 年版，第 81 页）倘若不是如此，黄海之役结局必然改观。试看，海战伊始北洋舰队失去指挥，各自为战，且弹药不足、火力不够，没有后援，却仍给予日本联合舰队以重创，最后以日舰首先退出战场为结束。在吨位、马力、速度均低于日方的弱势下，犹能如此，这岂是惨败呢？如果中日双方调换强弱之势，那结局必将是"聚歼"日本联合舰队了。

总之，黄海海战中北洋舰队虽然战术失利，沉舰五艘，但并未伤元气。所以，日本海军于心不甘，后来仍然要与北洋海军决战，威海刘公岛才成了北洋海军的安魂曲。但倘若威海之役中中国陆军能有中国海军的素质不至于溃败并及时支援，北洋海军也不致全军覆灭。

不是走进这个房间，就是走进另一个房间。北洋舰队在黄海海战中的战术失利有着很多偶然的因素。完全归结于清廷的腐败，似乎有形而上学之嫌。辩证地、实事求是地分析北洋舰队的失利及覆灭，才能使后人以史为鉴，知其得失。

是北洋海军的素质差吗

中日甲午黄海海战北洋舰队的失利，是偶然还是必然？以往一些文章的论点大都以"必然"以蔽之。我印象颇深的是电视连续剧《北洋水师》最后一个镜头是李鸿章的泣叹："究竟败在谁的手里？"这声长叹提出一个发人深省的问题。这句话是否有历史依据，尚不得而知。据说李鸿章临死都未曾合眼，还留下了一首悲愤的《绝命诗》："劳劳车马未离鞍，临事方知一死难。三百年来伤国步，八千里外吊民残。秋风宝剑孤臣泪，落日旌旗大将坛。海外尘氛犹未息，请君莫作等闲看。"字里行间颇值得后人回味。事实上，北洋舰队与日本舰队的决战失利，实为中日两国关系的拐点。李鸿章没有看到，在他逝世后不到30年，日寇的铁蹄踏遍中华半壁河山，几有亡国灭种之虞。

北洋舰队失利之因，有人解答为：败在中国北洋海军的素质上。我读过一篇文章，印象极深，其中云："试想：一支背《三字经》的、抽大烟的、由小脚女人的丈夫组成的军队怎么可能打胜仗呢？"（见1992年4月21日《北京广播电视》赵晓冬文《"洋务梦"的破灭——从"马江之战"到"北洋水师"》）我想：作者大概对历史不太熟悉，只有一种简单的图解——即清廷腐败，它的军队也必然腐败。请不要忘了，在甲午战争之前的1884年至1885年中法战争中，陆路清朝军队是大胜的，包括冯子材指挥的镇南关大捷，黑旗军刘永福指挥的谅山大捷。马尾海战是法国舰队的偷袭，如果福建水师主动攻击，海战鹿死谁手也是未可预料的（附带指出：黄海海战日本舰队也照抄了法国舰队的偷袭伎俩）。

　　至于北洋海军官兵的素质却并不仅仅是什么"背《三字经》、抽大烟"，这完全是对已经殉国百年、为抗击日寇誓死喋血的北洋海军爱国官兵的一种偏见和误解。其实在甲午战争时期，主战派官员奏疏中即开始指责北洋海军课训懈怠，军纪废弛，不修武备，将佐怯懦，嬉戏淫赌，风气败坏，"腐败、中饱及援结私亲诸症"，无不尽染。殉国的名将刘步蟾、林泰曾也曾被指责为"安富尊荣，拥以自卫，其昏庸畏葸更甚于丁汝昌"，而北洋海军最高指挥官提督丁汝昌更被指责为"性情浮华，毫无韬略"，热衷于在刘公岛经营地产，逼迫下属租住以自肥。北洋海军结帮成党，尤其"闽党"将校最为跋扈，丁汝昌指挥不动，也不敢指责。姚锡光的《东方兵事纪略》、蔡尔康的《中东战纪本末》、泰莱的《甲午中日海战纪闻记》等著述皆有记载。假如是真，这样的海军何以赴海疆以杀敌？清末主战、主和两派互相攻讦，有不惜夸大之嫌。事实即如邓世昌那样的优秀将领，也违反军纪，养狗于船上，但是大节不亏，确是有目共睹。

　　还是让我们用事实来证明那些在中国反帝斗争史用生命和鲜血谱写了最光辉的篇章之一的北洋海军军人的素质吧！

　　1866年，左宗棠奏请设马尾船政局、福州船政局，并附设船政学堂，这是中国近代第一所海军学校。北洋海军的大多数将领如刘步蟾、邓世昌、林永升、方伯谦等均毕业于此。后来北洋水师学堂总教习、督办严复，民国政府海军首脑萨镇冰等也受业于此。包括后来成为国民总统的黎元洪，执政段祺瑞，民国两位海军总长萨镇冰、刘冠雄，海军司令李鼎新等，都出身于北洋船政系统。近代最著名的大教育家张伯苓也曾是北洋舰队的水兵。

　　船政学堂的招生首先打破出身，公开招考，并选拔船政局中有实践经验的青年工人、兵勇入学。所以很多水师军官家境贫寒却肯于学习。而且，有不少学生入学前即已粗通英文。另外，学堂极重军事和自然科学。基础课程有外语、几何、代数等。以后又增有算术、解析几何、割锥、平三角、弧三角、代积微等。专业课则有静力、动力、水、重、理镜、机器、天文、测量、仪器用法等。"四书五经"反而是自学课程。这种重西学之现象，实为当时风气之先，学生也获益匪浅。再有，学堂注重学用和实练。在堂期间，学生已实际驾驶，毕业后，必须到练船或机器厂实习一两年后，方可到军舰实习，实习不仅在国内，还要去外国远洋等地。1877年，船政学堂又派刘步蟾、林泰曾、林永升、方伯谦、刘冠雄、萨镇冰等33人到英国格林尼茨皇家海军学校学习军事，并且都是上船学习。如刘步蟾被派往英国铁甲舰马那杜号任驾驶见习，专攻海战战术、枪炮学。林泰曾曾于英国地中海舰队阿其力等舰实习。这些留学生均以"颇为优异""未逊欧西诸将之品学"的盛誉获优等文凭回国。其中12人回国后任北洋海军兵舰管带，2人任南洋水师舰船管带，3人任北洋海军兵舰大副，5人任北洋水师学堂教习、总教习等，皆为北洋海军这支当时排名亚洲第一、世界第六舰队的军中翘楚。这些品学兼优，又有丰富实践的学生后来均成为北洋舰队的重要将领，如刘步蟾一直擢升到海军右翼总兵的要职，等于实际上在指挥北洋舰队。回国后任北洋水师学堂教习的王学谦后任过天津北洋大学总监，任总教习的严宗光民初还任过北大校长。萨镇冰、刘冠雄民初均任过海军总长，李鼎新任民初海军总司令，任过教习的伍光建清末任海军部军枢司司长。林启颖和沈寿堃任过民初军港司令和练习舰队司令，贾凝禧和陈恩寿后来还成为有名的海洋法专家。这些留英学生不仅成为北洋海军的中坚，后来也成为民国初期海军的中枢，是清末民初海军不可多得的人才。因丁汝昌原是陆军出身，不习海军，所以实际北洋海军的操练等事务均"悉委步蟾主持"，"一切规划，多出其手"。

至于水兵，均从沿海农民、渔民中招收，因为他们淳朴耐劳，鲜有恶习。《北洋海军章程·招考学生则例》严格规定：入北洋海军者"须身家清白，身无废疾，耳目聪明，口齿清爽，文字清顺"，并必须

"觅具保人"。这就保证了北洋海军新建伊始兵员纯正，市井无赖游民很难混入。北洋海军军纪是当时清军中最严明的。而艺官（即技术军官）包括绝大多数手握兵权的青年将领均是船政学堂及留学毕业，接受过西方近代民主思想熏陶和先进科学技术训练，北洋海军官兵在素质、文化、士气、训练、纪律、装备和战斗力方面，与清朝陆军区别极大，是中国当时最近代化的海军军人。这样的素质不仅为英国等人所承认，交战对手日本海军也是承认的。正如意大利人所著《中日战争》（1896 年出版）一书中评价说"中国海军同陆军相比是非常优越的"，"许多海军的本国官员也都在专业方面受过很好的训练"。一些曾在北洋海军中任职的英国人，如北洋海军总教司琅威理、长期搜集北洋海军情报的英国远东舰队司令斐利曼特，对北洋海军的素质也予以盛赞。

当时对北洋海军熟知的中外人士，皆评价北洋海军官兵训练有素，其驾船、布阵、操练，尤其枪炮命中率水平甚高，所以当有人指责北洋海军训练"废弛"时，北洋海军总教习英人琅威理予以反驳说："彼诽谤中国海军多所'废弛'者，皆凭空臆说也。"事实胜于谣言，据《英国海军年鉴》载，黄海海战中日舰吉野共发炮 1200 多发，而中国舰各炮无一受损，舰体受损亦未伤筋骨。中国舰队火炮速度不抵日舰，却能重创日舰吉野、比睿、扶桑、赤城、西京丸、松岛等多舰，中日双方海军战斗素质泾渭分明。

另据统计，中日双方黄海海战发炮命中率，"除六磅以下各小炮外，日军之命中率约在百分之十二，而中国军之命中率约在百分之二十以上"，"就炮术而论，以中国兵优于日本兵"。北洋舰队海战中驶船技术也深得外国军事人士称赞。来远号在战斗中，被火焚最为严重，受伤也重于他船，"机舱人员，莫不焦头烂额，双目俱盲"，但因官兵平日训练有素，在如此险境下临危不惧，竟能一面救火，同时发炮，奋勇打退日本群舰围攻，安全返回旅顺军港。"各西人群往察验，舱面皆已毁裂，如人之垂死者然，尚能合队驶回，实可见行船之妙。"这样的素质岂是平时训练"废弛"的军舰官兵所能为的呢？

黄海海战中，北洋海军将领的素质得到了最好的发挥（有人认为当时海战丁汝昌指挥阵形失误，这并不确，留待后述）。

海战伊始，旗舰定远号被击中。刘步蟾立即"代为督战"，首先发炮击伤吉野号。随即令舰队以"人"字形之尖端拦腰切断日本联合舰队阵列，至下午1时，日舰比睿号被定远号击中失去战斗力，挂出"退出战列"信号逃逸。赤城、西京丸号（日海军军令部长座舰）也被定远号炮击受创，相继逃离作战海域。下午3时，北洋舰队致远、经远等4舰先后受伤起火沉没。济远、广甲号退出战场。只剩定远、镇远号在刘步蟾、林泰曾指挥下拼死苦战。定远号数被炮击起火。但刘步蟾镇定临危，又指挥发炮击中日本旗舰松岛号，使之丧失海战能力。至5时，日本残存舰只首先退出战场，此时定远号已弹尽，但刘步蟾仍率舰奋追，终因速力不及而退回。

震惊中外的甲午海战，刘步蟾等将领发挥的优秀军事指挥才能，以及广大海军官兵的海战实力，为中外所共誉。如果不是弹缺药尽、马力速度等技术原因，北洋舰队必将奏凯而还。北洋海军的炮弹之缺、爆炸力之劣是最致命的问题，此役中双方参战舰只各12艘，北洋海军损失舰船5艘（其中1艘是自撞而沉）、伤4艘，日本联合舰队亦被重创和击伤5艘，但均因炮弹质量低劣未能使其沉没。表面上看，日本联合舰队未被击沉一舰，但日军旗舰、座舰均被击中而丧失指挥和作战能力，最后主动退出战场。而北洋舰队旗舰几次失火仍继续指挥海战。这场海战北洋海军指挥官的素质明显高于日方，因而这场海战的胜利实际从战略意义上看，北洋海军是打胜了。因为战前日本大本营制定的作战目标是"聚歼清舰于黄海"，海战的结果是日本联合舰队的作战目标完全失败。

另外，用现在的话说，北洋海军的"政治素质"也是极高的。是役参战前，从提督以下大部已抱必死之心。在丰岛海战后，北洋舰队已做好与日本再战的准备，各舰已涂深灰保护色，除避免作战时炮火燃烧，将炮罩、索具、本器、玻璃窗等留岸之外，各舰除仅留一艘无桨小艇，所有救生艇一律卸除，以示全体官兵与舰共存亡之决心！据在北洋舰队任职的英国人泰莱回忆：大战之前，北洋舰队官兵皆"渴欲与敌决一快哉，以雪广乙、高升之耻，士气旺盛，莫可言状"。如丁汝昌嘱家人"吾身已许国"，邓世昌对部下云"设有不测，誓与日舰同沉"。刘步蟾语部将"苟丧舰，誓与日舰同沉"，镇远号大副杨用霖亦誓曰"战不必捷，然此海即余死所"……临战之前，将士纷纷寄遗书给家属，矢志捐躯报国。如经远二副陈京莹家书云："大丈夫以殁于战场为幸，但恨尽忠不能尽孝耳！双亲老矣，勿因丧子伤感……则儿九泉瞑目也。"致远正管轮郑文恒家书云："此次临敌，决死无疑。老父年迈，兄幸善事焉，勿以弟为念！"……这些令神鬼为泣的誓言，体现了中国人民伟大的爱国精神和英雄气概。

大战爆发在即，定远号发令，舰队各舰"无不竞相起锚，行动较之平昔更为敏捷，即老朽之超勇、扬威两舰，起锚费时，因之落后，然亦疾驰，竞就配备，官兵均狞厉振奋，毫无恐惧之态"。泰莱的叙述不仅写气势，而且有细节，例如他曾亲见"一兵重伤，……彼虽已残废，仍裹创工作如常"。另据在镇远舰上参战的美国人马吉芬回忆："12寸巨炮炮手某，正在瞄准之际，忽来敌弹一发，炮手头颅遂为之掠夺爆碎，头骨片片飞扬，波及附近炮员，而（其他）炮手等毫无惊惧，即将炮手尸体移开，另以一人处补照准，赓续射击。"两位参战外籍人士的描述是真实可信的，使人们今天还能感受到北洋海军普通水兵勇猛顽强的战斗意志和强烈的赴死精神！对普通水兵英勇精神的记述是很多的，如来远号水兵王福清在搬运炮弹中脚跟被日舰弹片削掉，但他竟毫无察觉，仍然肩扛炮弹来回奔跑！镇远舰水兵们为防止通气管将甲板上的火焰引入机舱，竟将风斗拆掉，冒着升至华氏200度的高温继续操作，这样的精神和素质是对手日本军人所根本不具备的。在这场海战中，日本海军领略了中国海军战斗意志和炮火的威力，日方在战后回忆的字里行间，描绘着被北洋舰队炮弹击中的惨状，至今读来还能感受到日本海军的恐惧心理和情绪。

是日 15 时 30 分许，北洋舰队主力定远舰 305 毫米大口径主炮发射一发巨型炮弹，准确命中日本联合舰队旗舰松岛右舷下甲板 4 号炮位（马吉芬在《廿七八年海战史》中认定松岛是被镇远击中，而日本联合舰队航海长高木英次郎少佐则认为定远、镇远两舰主炮同时发射，但中日双方高层李鸿章、伊东祐亨分别向清廷和日本大本营的奏折和报告，均认定是定远发炮击中松岛），不仅使该炮位丧失战斗力，同时还引起松岛舰上炮弹堆的猛烈爆炸，据日本人记载，当时"如百电千雷崩裂，发出凄惨绝寰之巨响。俄而剧烈震荡，船体倾斜。烈火百道，焰焰烛天，白烟茫茫，笼蔽沧海，死伤达八十四人。死尸纷纷，或飞坠海底，或散乱甲板，骨碎血溢，异臭扑鼻，其惨瞻殆不可言状"。甲午海战后，日本人平田胜马还出版了一册《黄海海战》，也怀着悲惧的心情描述被北洋舰队定远号击中后的惨状："……头、手、足、肠等到处散乱着，脸和脊背被砸烂得难以分辨。负伤者或俯或仰或侧卧其间。从他们身上渗出鲜血，黏糊糊地向舰体倾斜方向流去。滴着鲜血而微微颤动的肉片，固着在炮身和门上，尚未冷却，散发着体温的热气……"骄横狂妄的日寇看来也惊魂未定，他们的描述与当时在镇远舰上参战的美国人马吉芬对英勇的北洋舰队水兵的描述有何等的天壤之别！日本舰队表面不可一世，实际上对北洋舰队尤其定远、镇远两艘巨舰是存畏惧之心的，所以在海战中日本联合舰队以多艘军舰重点围攻，弹雨矢林，必欲除之。但北洋舰队官兵的勇猛精神和战斗素质使得日寇得到无比凄惨的教训！仍以松岛号为例，定远一炮击中，使日舰指挥塔舵机、电缆、大部火炮均毁坏，指挥官伊东祐亨不得不挂起"不管"旗，令日舰各自行动。

黄海海战中，北洋舰队中战斗力颇弱的超勇、扬威号不甘示弱，誓不退让。超勇号中弹起火后，舰体右倾即将下沉，仍拼力向日舰齐发猛烈炮火，直至舰体没入大海！致远号管带邓世昌、经远号管带林永升壮烈殉国，两舰官佐水兵共 500 余人亦随邓、林二人或战死牺牲，或同沉大海。超勇号管带林履中、扬威号管带黄建勋誓不苟生，与舰同沉，至今让每一位有爱国心的炎黄子孙刻骨铭心！实际上，海战中邓世昌、林永升、林履中、黄建勋等将领完全可以获救生还，但他们慷慨赴义，宁死勿生，履践了战前誓言"誓与日舰同沉"。邓世昌拒绝水兵们的相救，与游来救他的爱犬同沉。超勇舰沉没后，管带黄建勋落水，士兵抛长绳救援，但他拒绝救援而沉海。扬威号搁浅后，因无法与日舰战斗，管带林履中愤然蹈海而大义成仁！这种精神和素质难道还不能得到我们后人的认证吗？！

北洋海军将士的英勇战绩是中国人民抗击帝国主义战史上最光辉感人的篇章之一，这种爱国主义的伟大精神将永垂青史而百世流芳！

让我们中华子孙永远铭记：致远号受重伤，随时有沉没之险，但邓世昌决定以死报国，指挥军舰全速撞向吉野，他在指挥台大喝："我辈从军卫国，早置生死于度外。今日之事，不过就是一死，用不着纷纷乱乱！我辈虽死，而海军声威不致坠落，这是报国呀！"

这样撕心裂肺、振聋发聩的呐喊其实并没有在黄海海战的蔽日硝烟中消逝，它永远回荡在中华万里海疆，激励着中华民族捍卫领海和收回领土的决心！

英雄水兵王国成

1885 年，法国海军舰队于福州马尾偷袭清朝福建水师，福建水师战斗序列中的 11 艘舰船，在短短 29 分钟内被击沉 9 艘、击伤 2 艘，官佐水勇共牺牲 796 人。

这场海战的失利极大震撼了清廷朝野，继而引发第二次"海防大筹议"，三年后的 1888 年，绵延千年的中国旧式水师历史宣告终止，以崭新近代化装备的清朝北洋水师正式更名"北洋海军"，划入海防战斗序列。1891 年英国伦敦报载：清朝北洋海军军力排名世界第八，日本则为第 16 位（尚有中国排名第 6、第 7，日本排名第 14 等不同却未必严谨和科学的排序）。但中国近代海军于 1840 年至 1888 年，从无到有，革故鼎新，历经波折反复的 48 年，终于扬波海上，"雄视亚洲"。排名亚洲第一应该是没有任何异议的。

但在 1894 年 9 月 17 日的黄海海战中，北洋舰队被日本联合舰队卑鄙偷袭，北洋舰队猝不及防。双方势均力敌，参战舰船各 12 艘（有的书籍如《中国军事通史》将北洋舰队赶来参战的鱼雷艇队等也计算在内，计为共 18 艘），在不及日本舰队速度及速射炮优势下，北洋舰队奋勇还击，共鏖战 4 个多小时，以阵亡将领 87 人、水兵 1000 余人，伤 400 余人，损失舰船 4 艘之代价（此数字据《清代通史》第三卷，但有资料云我方损失舰船 5 艘），逼迫日舰以损失 3 艘（也有称为损失 4 艘的）、日舰赤城号炮舰舰长坂元八郎太被击毙的失利而首先撤出战斗（日本联合舰队伤亡官兵数字因日本方面隐瞒，至今未有准确统计），彻底摧毁日本大本营"聚歼清舰于黄海"的狂妄计划。这场海战，面对蓄谋已久的强敌，除了北洋海军较福建水师是一支近代化舰队之外，北洋海军官兵的训练有素和英勇顽强的斗志、为国捐躯的英雄气概也成为击退日寇的重要一环。

29 分钟与近 5 小时之比，令人感触良深。

在任何战役中，士兵的训练有素、精神面貌、勇敢无畏都是取得战争胜利极为重要的一个因素。

在中国漫长的军事史上，史书记载留名青史的都是那些赫赫有名的战将：孙子、李广、班超、卫青、霍去病、李靖、岳飞、羊祜、曹操、于谦、戚继光、袁崇焕、卢象升、曾国藩、左宗棠等。即便黄海海战，人们也只熟悉名将邓世昌，甚至其他殉国之壮烈不亚于邓世昌的高级将领，只有少数研究甲午战争的书籍寥寥几笔，如黄海海战中慷慨赴义的经远号管带林永升、超勇号管带林履中、扬威号管带黄建勋，都是值得载入史册的。北洋海军的带舰将领，只要军舰沉没或再不能统舰杀敌，几乎必然是杀身成仁。如镇远号管带林泰曾，当镇远号于 1894 年 11 月 14 日凌晨不慎触雷，在旅顺船坞失陷再无法修复时，即于当夜自杀。林泰曾被日本作家小笠原盛赞为"中国海军的岳飞"，是北洋海军最优秀的高级将领之一。代舰长杨用霖于甲午战败后的 2 月 1 日，痛苦于大势已去，再无法统舰杀寇，在拒绝向日寇投降之后，遂口吟文天祥"人生自古谁无死，留取舟心照汗青"诗句，用手枪从口中自击殉国，他是北洋海军将领中唯一用火器自杀者。战舰是海军军人扬威杀敌的武器，一旦没有了战舰，北洋海军的舰长们都选择了与舰同存亡的归宿！

但与北洋海军将领相比，北洋海军阵亡殉国的水兵姓名大多无记载。一部北洋海军的战史，却没有篇幅留给那些最底层的水兵！拿破仑率军翻越阿尔卑斯山后，在山上睥睨四顾道：我比阿尔卑斯山还要高！但恰如鲁迅所讥讽的，没有众多的士兵，恐怕不可一世的拿破仑就不会说出这样的豪言了（大意）！

在黄海海战中，北洋舰队水兵表现出的英勇气概和牺牲精神令人感佩！也幸亏有一些野史笔记包括奖功奏折等记录下来，使得我们在今天仍然能铭记他们的姓名！

1962年出品的电影《甲午风云》中，有一位北洋海军济远号巡洋舰上的水兵王国成，至今让人们耳熟能详。但很多人以为其是编剧和导演为了剧情而虚构的人物，其实非也，他是一位真实存在的北洋海军普通水兵。附带说明，《甲午风云》将王国成说成炮手，其实北洋海军舰上水兵并无炮手编制，但条例规定水兵必须会习操舰炮。

在我们过去甚至到现在教科书式的宣传中，一直让人认为封建时代的王朝、皇帝、官吏、军队都是腐朽的、不堪一击的，其实如清代历次反击外敌的战争中，应该承认广大将领、士兵主流还是能够做到英勇杀敌、杀身成仁的，并不只是望风而降、一溃千里。如鸦片战争中，清朝无论文官武将，或殉国、或成仁，无一例投敌叛国。这难道不值得后人首肯吗？通州八里桥大战，僧格林沁率数万蒙古八旗骑兵，冒着枪林弹雨，轮番冲击敌人阵地，直至全部战死，这种誓与外敌血战到底、誓不苟活的气概，难道不值得我们景仰吗？当八国联军侵略者蹂躏北京时，那些同外寇英勇巷战而牺牲的八旗士兵难道不值得我们后人永远纪念吗？

即使如甲午之战，陆路上一些战役还是取得了胜利的，如正定总兵徐邦道于10月22日曾率兵在土城子击溃日军先头部队，并以火炮轰击，大挫日军，击毙日军指挥官，挥师向北追过双台沟。如果不是该部官兵饥饿至极，友军若能及时予以支援，战斗应是大有可为。徐邦道是懂兵之人，在旅大守区六位将领中责任心最重，军事眼光最敏锐，可惜李鸿章先后任命龚照玙、宋庆、姜桂题为主将，其实龚是贪官，宋有勇无谋，姜是庸才，皆不足以服众。如起用徐邦道，辽东战役不致一败涂地。徐邦道统帅的士兵作战是勇敢的，但是没有后勤保障，没有友军支援，结局可想而知。徐邦道统领的部队据记载还是奉李鸿章命令，在军情紧急下临时"募拱卫军"三个营，仓促中投入战斗，尚不足称为精锐之师，但已经大挫日寇兵锋。

王国成参加北洋海军恰逢清朝兵制改革的年代。中国封建时代的兵制，历经征兵制、世兵制、府兵制、募兵制、卫所制种种衍变，到明末清初，由女真人注入了新鲜勇猛的血液，即叱咤风云的满洲八旗兵制（后增添蒙、汉八旗），其所向披靡的战斗力使得明朝的卫所军队及李自成、张献忠疾风暴雨式的"流寇"战法均黯然失色。然而清朝入主中原，八旗成为驻防，逐渐养尊处优，战斗力为之锐减。清朝遂建立汉人绿营常备军制（全国绿营含水师、京城卫戍约 60 万人），汉人"兵皆土著"，一入兵籍，终身不可更改。绿营分骑、步、守三种，另有"余丁"，收养绿营兵丁子弟，每月关饷银 5 钱，随时备拔补守兵（骑拔于步、步拔于守，依次出缺挑补）。绿营与八旗都具有世袭兵制的特点，保证部队兵源稳定，剔除募兵制的随意性，在当时是一种革新。但绿营亦受八旗熏染，当兵吃粮，且荫及子弟，所谓"亲族相承，视如世业"（刘坤一、张之洞《变法自强疏》），而无忧无虑，亦逐渐陈腐不堪。所以太平军兴，一败涂地。清廷不得已下诏急建团练，以曾国藩湘勇、李鸿章淮勇为代表及衍生出的防军制、练军制竟成为清朝军事主力。但其后也暮气日深，积习日重，因为练军皆为子弟兵，由将领自筹薪饷，只服从个人，并非看重国家概念。练军是"兵归将有"，与绿营"兵归国有"的制度相反。所以，北洋海军最先效法西方兵制进行全面革新，是在甲午之前，而非有观点认为的是甲午战争之后。

北洋海军对士兵的招收完全不同于绿营。绿营实行"兵皆土著"即只用本地人当兵。北洋海军打破绿营世兵制之惯例，防止各舰管带私人招募，也防止市井无赖混入军旅，公开招收沿海纯朴青年渔户、船户，条件是年龄 16~17 岁、身高 4.6 尺以上（18 岁以上 4.7 尺），并须自书姓名即要求略识文字，有犯罪记录者拒之。另须由练勇学堂长官或练船管带，并大副、医官共同察看——这是对身体状况进行检验。最重要的一点，最后要由父兄或保人出结，订立服役年限。这完全不同于绿营世袭兵制，保证了基层士兵永远保持战斗力和年轻化。

恰在此时，北洋海军招收练勇——北洋海军的组成分为军官和士兵两个不同的独立系统。士兵包括弁目（类似于士官）、士兵（包括水手、各类当差兵匠）和练勇。练勇是备补兵员（性质类似于绿营的"余丁"），分为三等，招入后还须在练勇学堂和练船学习。遇有各舰水兵告假、革除、病故、战亡等缺，才能由练勇内挑补上舰。

王国成正好符合北洋海军招收练勇的条件，他是山东文登县人，1867年出生于贫困农民家庭。逢招收练勇时，他正好20岁。当时北洋海军招兵点在威海，他经人指点前去报考水手。据说王国成当时身体瘦弱，但以吃苦耐劳的品质被考官看中，录用为北洋海军练勇。

王国成出身贫苦，在"好男不当兵"的旧时代，当兵吃粮也无非为改变生存状况。须知北洋海军在俸饷制度上，也与传统的八旗绿营有非常明显的不同。所以，北洋海军招募水兵练勇时，吸引了众多渔民和农民子弟报名。

清朝发给士兵的银米称为"饷"，因为按月发放，故又称为"月饷"。八旗兵饷据《圣武记·兵制兵饷》记为：前锋、亲军、护军、领催、弓匠、步军、炮手等，依次3两至1两共四等，岁支米分为48斛、36斛、24斛三等，待遇比绿营高（八旗早期还实行过"以地代饷"）。绿营章程规定兵饷分三等，马兵一等、战兵二等、守兵三等，月支米均为五斗，月支银分别为2两、1.5两、1两。"余丁"则只每月支给"饷银"5钱。绿营水师水勇与陆军士兵同为三等，月饷相同。但实际绿营士兵、水兵所得比"饷章"规定更低，因按习俗尚有名目繁多的扣除，如军械费（士兵须自备军械甲胄）、衣帽费、房费等，都要在月饷内扣除。长官随意克扣粮饷更是家常便饭。如果王国成到绿营当兵，成为最高级别的马兵，月支银也不过2两。他被招入北洋海军为三等练勇，等同于绿营"余丁"，月饷不过 5 钱饷银，而王国成录为北洋海军初级练勇，月关饷即达到 4 两！后来他相继被调补为三等、二等水手，月饷银已达到 7 两、8 两（一等水手饷银为 10 两）。由此可见，北洋海军大胆在俸饷制度上全力改革，避免绿营积弊，提升官兵尤其是士兵待遇，以加强官兵战斗力。《北洋海军章程》明确指出："盖以海军为护国威远之大计，不宜过从省减啬也。中国海军创设，饷力未充，未能援引（指英国海军待遇制度——笔者注），但兵船将士终年涉历风涛，异常劳苦，与绿营水陆情形大不相同。不能不格外体恤，通盘筹计。"清政府最终批准了章程，也是下了大决心。因为兵饷在清朝一直是一个令人头疼的大问题，在历代也令中央政府不堪其扰。宋代养兵 160 万人，明代卫所之兵达 300 余万人，创中国历代养兵最高纪录。清朝旗兵近 20 万人，加绿营 60 万人，士兵兵饷每年需 1400 万两，约占当时财政支出的一半。加上后来湘、淮、练、防诸军近百万人的粮饷开支，成为清朝政府严重的财政负担。当然，北洋海军成军后，海军经费也一直捉襟见肘，这也是甲午战败的原因之一。

从后来实际情况看，优厚的俸饷确实激励了像王国成这样的贫苦农民出身的水兵。须知他的收入已超过当时普通农户或工人的中等收入。

1894 年 5 月，北洋海军、南洋水师、广东水师举行三年一次大校阅，王国成由于学习成绩合格，被调补为济远舰三等水手。在校阅中更由于他操练突出，又被提升为二等水手。7 月，日本挑起对中国和朝鲜的战事。清廷调派济远号、广乙号、威远号护送增援朝鲜的陆军。王国成立下为国尽忠之志，他对舰上的水兵兄弟们说："咱们吃了几年饷，是效命的时候了。"他旋步行 90 里，归家与妻子告别，次日即归舰赴朝。在护送完陆军登陆朝鲜返国至丰岛海面时，日本舰队预谋偷袭伏击。日本舰队以三舰率先开炮，北洋舰队三舰亦操炮还击，此即为丰岛海战。但济远号管带方伯谦贪生惧死，不去救援广乙号而擅自脱逃。但仍遭日舰吉野号尾追，方伯谦下令升挂白旗和日本海军旗，但吉野号穷追不舍欲俘获济远号。此时济远号负责尾炮作战的水手已中弹牺牲，管带也无射击命令，王国成气愤至极，挺身而出，操纵大炮并高声呐喊："谁帮我送炮弹？"同舰水手李仕茂大声回应上前帮助填弹。王国成英勇镇定，连发四炮。除第三炮未中外，三炮连续击中吉野号舰桥、炮室和舰中。吉野号燃起大火，掉头逃跑。但方伯谦仍拒不下令转舵追击，斯时舰首大炮完好，如转舵猛击，吉野号必沉之无疑。王国成连发四炮击中吉野舰的位置，有的记载名称略有差异，但其中三炮均击中吉野号重要部位是毫无疑义的，吉野号正是被击中三发炮弹引起大火、丧失斗志而仓皇遁去。也使得济远号不仅避免被吉野号俘获，而且反败为胜。

由于王国成和李仕茂的英勇，济远号化险为夷，并击伤吉野号。尽管按北洋海军条令，擅自开炮必受严厉处分，但北洋海军提督丁汝昌传令嘉奖击伤日舰有功军士时，特以王国成、李仕茂为首功，各赏银500两。按丁汝昌补定的《海军赏恤章程》，兵勇阵亡者才恤银100两，可见王国成与李仕茂的赏银是破格之奖。电影《甲午风云》中基本真实反映了王国成、李仕茂英勇沉稳炮击吉野号的过程。只不过电影虚构了李仕茂的小妹成为王国成的未婚妻。但虽然是虚构，却非常有意义，因为这条情感线引出民众对日寇的仇恨和对以邓世昌为首的北洋海军爱国军人的坚决支持。王国成也并未像电影描述的在黄海海战前被邓世昌调到致远舰上当炮手，最后追随邓世昌沉舰牺牲。王国成在甲午海战后仍然活着。现在没有史料证明王国成是否仍然在黄海海战中的济远号上服役。济远号在黄海海战中见致远号沉没，管带方伯谦又下令掉头逃跑，以致在战后被军前正法。刘公岛之战北洋海军基本全军覆没，清廷明谕将北洋海军武将"一并革职，听候查办"。署理直隶总督王文韶又奏请朝廷将北洋海军武职自提督以下"三百十五员名"，"各缺自应全裁"，"并将关防信钤记一律缴销"，至此北洋海军应当从建制上被一笔勾销。剩余水兵等亦被遣散。据载王国成亦回家务农，用战功赏银购地 40 亩，本来可享小康，但其妻因疴逝世。王国成无子，仅遗一女，后到旅顺谋生，1900 年客死于此地（《中国海军之谜》）。

当然，王国成只是济远舰上众多英勇官兵中的幸存者，更多的为国战死捐躯的爱国士兵战绩无以记载！

济远号上英勇作战的不仅是王国成等水兵，除方伯谦外，英勇牺牲的军官们同样令人敬仰。

丰岛海战伊始，济远号开始应战发炮还击，日舰也炮击济远号。大副沈寿昌在指挥台被弹片击中头部，当场殉国。沈寿昌是当年容闳携往美国留学的 120 名幼童中的佼佼者，亦为北洋海军高级将领中唯一上海籍。

济远号二副柯建章在前炮台被另一发炮弹弹片击中胸部。天津水师学堂毕业的上舰练习生黄承勋见此状况，立即奋勇登上炮台，召唤炮手继续填弹射击。随之弹片将他手臂炸断，两水兵欲抬他去包扎医治，但他摇头说："你们各有自己职责，不要管我了。"言毕气绝而牺牲，年仅 21 岁！在前炮台发炮还击日舰而壮烈牺牲的还有水勇正头目王锡山、管旗头目刘鹗以及其他水兵，前炮台牺牲的水兵尸体累积堆塞，以致火炮都无法转动！史籍没有记下济远号牺牲的众多水兵的英名！更没有留下致远号、经远号、扬威号、超勇号等舰上众多水兵英勇战死者的英名！但他们是自明代以来中国军人抗击日寇伟大而英勇爱国精神的缩影，无名的他们将永远镌刻在中国人民英雄纪念碑上！

"既生瑜，何生亮"

——刘步蟾与林泰曾

读过《三国演义》的人，大约都知道这句话——"既生瑜，何生亮"，但是正史《三国志·吴志·周瑜传》评价周瑜"性度恢廓"，并非心胸狭隘之人。

读有关北洋海军史料多了，很多人物似乎会浮现在眼前，甚至觉得音容笑貌都栩栩如生……

比如北洋海军中的一对名将——刘步蟾与林泰曾，同时也是同乡、同窗、儿女亲家，分别担任大清朝视为国之重器的北洋海军巨型铁甲巡洋舰定远号、镇远号的管带（舰长），又同为北洋海军的高级将领——分别任左、右翼总兵，几乎类同于现代海军舰队主管训练、作战的副司令抑或参谋长。在外人看来，二人应是北洋海军提督（舰队司令）丁汝昌的左膀右臂——丁汝昌是长江水师和淮军马队出身，而刘、林二人不仅毕业于福建船政学堂，还留学英国并上舰实习，带舰回国，相比而言，丁汝昌是外行——不仅当时，即在今天，研究清代海军史和甲午战争的若干专家，也仍然这样认为。正史中大书："汝昌故不习海战，威令不行。"（《清史稿·邓世昌传》，中华书局1977年版，第12711页。下引《清史稿》不再注明页数）与丁汝昌同时的日本海军大臣西乡从道、桦山资纪也是陆军出身，如果黄海海战胜了，丁汝昌也许就不会被称为外行了。桦山资纪当时就在西京丸号指挥了黄海海战，但后世专家评论他的海战指挥乏善可陈。而丁汝昌所在的定远号曾一炮击中西京丸号，虽连续穿入甲板和机器间爆炸，但威力较弱（30厘米炮弹），使桦山资纪苟其性命。

《清史稿》丁汝昌有传，而北洋舰队管带级的人只有邓世昌、刘步蟾入传（《清史稿·列传二百四十七》），林泰曾没有单独立传，是附在刘步蟾之后，所以行文起始是"其林泰曾……"在封建时代，"宣付国史馆立传"是崇高的荣誉。所谓"留名青史""千秋不朽"是也。但中国历代大多是后朝修前朝史，故而"一字之贬，严于斧钺"，真正是盖棺论定的。

不知这几位的传是否一人所撰？读《邓世昌传》，笔尖带有感情，抑扬顿挫，从头至尾无一字是贬。而《刘步蟾传》文字与邓传相比，不仅篇幅少得多，竟以春秋笔法予以谴责："顾喜引用乡人，视统帅丁汝昌蔑如也，时论责其不能和衷，致偾事。"这就隐隐然有曲笔了。"偾"为毁坏、败坏之意，意指刘步蟾对北洋海军整体建设及战败负有责任。

"闽党领袖"评价各异

当然，总体来看，史书对刘步蟾还是充分褒扬的。"幼颖异"的刘步蟾，考入福建船政学堂——"卒业试第一"，同治十一年（1872），会考闽、广驾驶生，"复冠其曹"，成为船政学堂毕业生中的佼佼者。后上船服役，在巡历台湾海岸中，用心测量记录，成为有关台湾地势、风土的专家。光绪元年（1875），赴英国入格林尼茨皇家海军学校学习"枪炮、水雷诸技"，并上英国铁甲舰马那杜号实习驾驶。十一年后，赴德国受命监造定远号、致远舰，并上舰实习，光绪十四年（1888），又赴英国领回四艘兵舰。

传中对他的评价是"颇能奉其职""通西学，（北洋）海军规制多出其手""然华人明海战术，步蟾为最先"。平心而论，对刘步蟾的评价基本公允。据其他史料记载，刘步蟾奉丁汝昌之命草拟《北洋海军章程》，但据周馥记录，为他与丁汝昌、林泰曾、总理水师营务处道员罗丰禄等人拟议而成（《秋浦尚书全集·自订年谱卷二》）。看来制订章程或非并一人、或前后数人拟议，但刘步蟾参与应无异议。

当然，似乎也并不能完全概括他的功过。从各种野史来看，刘步蟾的形象要鲜活得多，缺点也披露得多，在洋员的回忆文章中甚至被描述得很严重，牵扯到个人品质。

首先，他被认为在北洋海军中结成帮派，以福建籍军官划框框，结成所谓"闽党"，以他的才干和威望，众望所归，自然成为"领袖"。而他则以这种"领袖"地位和"闽党"势力，挟制丁汝昌，其中亦不乏架空之图。

在刘步蟾和闽党将领的眼里，简直视提督丁汝昌为无物，闽党中唯有方伯谦大拍丁汝昌的马屁，颇为李鸿章和丁汝昌赏识。刘步蟾抑制丁汝昌所依赖的洋员顾问和技术专家；尽管他负责北洋海军的日常训练，但前世后代都有观点苛责他对北洋海军的发展壮大带来了停滞的因素，直至影响北洋海军的作战水准。丁汝昌亦将他无可奈何。连李鸿章也对这位闽党军官集团领袖有所耳闻，心存戒意。早在刘步蟾赴德国实习时，留学生监督李凤苞就向李鸿章打小报告，虽极为称赞刘的能力，但也转述了洋顾问日意格的看法：刘"明敏而轻躁，恐易偾事"，看来《清史稿·刘步蟾传》中所用的"偾"字是有来历的。李回信说：刘"屡经严切教诫，近稍谨饬"，"该生轻躁诚所不免，晤时望加训迪"（《李鸿章全集》第5册，海南出版社，1997年版）。看来对刘的缺点，李是心知肚明的。鉴于刘步蟾能力颇强，有人认为他有意取丁汝昌而代之。外籍洋员对他更是印象不佳，甚至有深恶痛绝者。

例如原英国皇家舰队少尉戴乐尔（亦被译作泰莱、泰乐尔），先被聘任清朝海关巡逻舰长，后于1893年放弃优渥待遇主动加入北洋海军，被清朝任命为汉纳根的顾问。在黄海大东沟海战中，戴乐尔即在定远舰上，后来他回到英国，撰写了被中外甲午海战专家视为重要史料的回忆录《中国记事》，主要记叙在北洋海军服役往事，特别是在大东沟海战的目睹经历。

他认为刘步蟾有野心，借闽党要挟丁汝昌，刁难丁汝昌所倚重的外籍技术洋员，处心积虑加以排斥，向英籍总顾问琅威理发难，将其逼走。这件事引起北洋海军洋员们的反感。但戴乐尔是站在琅威理一边看问题，实际其中内因复杂得多，这留待后文叙述。

由于戴乐尔的个人情感所致，他对刘步蟾的描述不免感情用事，有过于诋毁之嫌，如行文上他竟说刘步蟾"为一变态的懦夫"，这就有失英国绅士的风度了。由于戴乐尔是大东沟海战的亲历者，他的回忆录对后人影响很大，如依据他的回忆录在影视作品中塑造刘步蟾，则谬误差矣！

我一直认为，刘步蟾因为自己很优秀，才干出众，性格上又锋芒毕露，敢言直言，自视甚高，所以"人高于众，众必非之"也是很自然的，在清朝官场军界互相倾轧、排挤、攻讦的风气下，纯属正常。尤其李鸿章、丁汝昌及北洋海军一直是清流派攻击、抨击的目标。如旅顺失守后派到威海视察防务的朝廷特使徐建寅，下车的第一天就对刘步蟾（时已因林泰曾自杀升为左翼总兵）评判为"言过其实，不可用"。徐为清流派，本有去丁之意图。在他的眼里，李鸿章、丁汝昌麾下的高级将领当然都是不可信任的。

"中国海军的关羽"

相比之下，林泰曾的负面评价几乎没有。林为左翼总兵，北洋海军二把手，比刘步蟾右翼总兵地位高。《清史稿》中林泰曾的传附在刘步蟾之后，很简短，仅 71 个字。除了官衔、籍贯、学历、职务、封号（"霍春助巴图鲁"）、死因，即是对他的评价"战大东沟，发炮敏捷，士卒用命，扑救火弹甚力，机营炮位无少损"，很有惜字如金的意味，但也未免太简略了。作为北洋海军的二号人物，"知人论世"，这71个字怎么能概括林泰曾的一生呢？

相对于刘步蟾的"幼颖异"，林泰曾的童年孤苦伶仃，十分凄惨。尽管他的祖父是林则徐的弟弟，他的姑丈是福建船政大臣沈葆桢，但他自小父母双亡，寄人篱下，靠寡嫂抚育，备尝辛酸白眼，所谓世间冷暖，他从童年到少年便饱尝。这段人生经历对他性格的形成起到了重大作用。尽管后来成为北洋海军的二号人物，翎顶辉煌，异常风光，但他内向懦弱、谨慎不决的性格却贯穿了一生。

林泰曾在16岁时，命运倏忽改变，姑丈沈葆桢伸出援手，始进入沈葆桢创办的中国近代海军的摇篮——福建船政学堂学习，学业优良。后被派至英国留学，与他在船政学堂的同班同学刘步蟾等同批赴英。回国后在北洋舰队服役，后又赴德国接收铁甲战舰，任镇远舰管带，并擢升北洋海军左翼总兵，位居丁汝昌之下，刘步蟾任右翼总兵，虽然两人的官阶都是正二品武官，职级却屈居林泰曾之后。林的带兵风格是从不当众斥责部下，因而受到官弁的敬重。

刘步蟾的能力、才干、谋略是在林泰曾之上的，但由于沈葆桢的保举，每逢官阶晋升，林泰曾一路顺风，扶摇直上。这引起刘步蟾的气愤。刘与林的性格正好相反。1872年，在福建船政学堂爆发了一次"哄堂"（学潮）。不到15岁的后学堂（船政学堂分前、后学堂，前者为法语教学，后者则为英语）学生刘步蟾，不堪洋教习非礼虐待，与邱宝仁带头反抗。中方提调夏献纶惩罚刘、邱二人到船局挑土。刘步蟾的同学们大为愤慨，向丁忧在家的船政大臣沈葆桢请愿，沈站在了学生一边，将洋教习逊顺撤职。后洋监督斯泰塞格引咎认错，这场学潮才告平息。由此可见刘步蟾少年时代就有着敢作敢为的性格。他任右翼总兵时更加雷厉风行，手腕强硬，开始不断抨击林泰曾胆小怕事、犹豫不决、不堪重任等，动辄中伤奚落，大造舆论，在业务上也不予配合，二人的矛盾日益加深。由于刘的闽党领袖身份，加上林的性格使然，林在舆论人脉上也处于不利地位。在船政学堂第一届学生合影照上，二人的面相截然不同：刘步蟾虎视鹰扬、气宇轩昂，林泰曾则忠厚温润，显文弱之气。

丁汝昌有"忠厚长者"之誉，虽然刘步蟾经常搞小动作要挟他，相比之下林泰曾是忠厚老实的，但他并没有利用二人的矛盾从中渔利，反而居中说和加以调解，最终促成刘步蟾之女嫁与林泰曾之子，二人成为儿女亲家。丁汝昌以为从此天下太平，左、右翼二总兵可以相安无事，共襄戎机。但秦晋之好难以消弭二人之间的矛盾，刘步蟾的积怨不是靠联姻就可以消除，林泰曾对刘步蟾的恶劣印象也并未改变。

从之后来看，刘步蟾的襟怀不如他的亲家，在大东沟海战中，林所率的镇远号出击去护卫定远号，而刘步蟾在林泰曾遇到危难时不仅袖手旁观，还予以谴责恐吓。

因镇远号触礁事件，林泰曾羞愧自杀。《清史稿》说是"镇远驶还威海，舰触礁受伤，愤恨蹈海死"。野史记述他则是吞服鸦片自尽。说法不一，但都是自杀。寥寥数字，其实很复杂。真正促其自杀的原因，与刘步蟾有很大关系。

按说，大东沟海战林泰曾挺身而出护卫定远号，使定远号赢得喘息时间扑灭大火，避免陷入被日本联合舰队继续围攻甚至击沉的险境，刘步蟾应该一泯恩仇，抛却私怨，与儿女亲家携手共渡艰危。但刘步蟾又是怎样回报林泰曾呢？

在海战中丁汝昌因受伤，率舰队回旅顺后伤情严重，"无能自主"，向李鸿章请求休息疗伤，同时报请从林泰曾、刘步蟾二人选一人暂代提督，以处理北洋海军的日常事务。按常规，丁汝昌应将仅次于自己的第一副手林泰曾报请代提督职务。但丁汝昌没有这样做，是从大局出发，还是不愿意深化二人的矛盾，将人事问题推给李鸿章裁决？

李鸿章经过考虑，很快向朝廷请荐刘步蟾为代理提督人选，称其

"经此战阵（指大东沟海战），稍有阅历"，对林泰曾则只字未提。朝廷谕旨很快下达，在黄海海战第五天，即同意李鸿章的建议，明确刘步蟾的代理职务。李鸿章大约未必喜欢有沈葆桢背景的林泰曾执掌北洋舰队（李鸿章在镇远号触礁事件中曾给沈葆桢一枚冷箭，留待后叙），但李鸿章对刘步蟾并不放心，在发给丁汝昌和旅顺军港船坞工程总办龚照玙的电文中，特意叮咛："若刘步蟾等借修理为宕缓，误多大计，定行严参。禹庭（丁汝昌的字）虽病，当认真督促，勿为若辈把持摇惑。"字里行间可以看出李鸿章对刘步蟾有警惕之心，怕丁汝昌被刘步蟾"把持摇惑"。由此可看出李鸿章的心思是缜密的（当年曾国藩向朝廷保举李鸿章的奏折中即有"才大心细"的评价）。

当时，定远号、镇远号等回到旅顺抢修，因维修能力不足，又因发现日本浪速等舰连续三天（9月23日至25日）窜至威海湾外、大连湾、旅顺口等处窥测侦察，丁汝昌即率定远、镇远、平远等舰回到威海以补充弹药、煤料，准备按李鸿章的指示再出海游弋，以牵制威慑日本舰队。

镇远号触礁：国之重器损一臂

1894年11月14日，丁汝昌下令北洋舰队从旅顺军港起锚，驶回威海湾基地。按惯例，舰队各舰从刘公岛西北出入口入港。

刘公岛原本有两个出入口，但甲午战争发生后，丁汝昌下令，为防止日本联合舰队偷袭，在东、西两个出入口海面大量布设铁链、木排、水雷等，并将东出入口封堵，只留西口作为航道供舰只进出，在水雷防护线内空出600米左右的通道，两边各设置浮标以利辨识。

按北洋海军惯例，旗舰定远首先入港。但为避开水雷区，靠近了刘公岛一侧通道，军舰产生的分水量将海水掀起波澜，涌起的海浪将浮标推离了原有位置。浮标漂浮至礁石群上，时值清晨，海水退潮，据后来测算，礁石上的水深仅 6 米左右。

定远号入港后，依次是镇远号进入通道。遗憾的是，镇远号上的瞭望兵没有发现浮标已偏离原有位置，镇远号依然按习惯贴近浮标进港。北洋舰队各舰从旅顺出发前，均补足燃料，像定远号、镇远号这一级别的铁甲巨舰，吃水量均已超过 6 米。镇远号不幸触礁，左舷舰底部被划破进水。林泰曾下令水兵堵漏抽水，并令信号兵以旗语报告驻节定远号的提督丁汝昌。

丁汝昌起初没有意识到问题的严重性，他尚在定远号舰上，即令信号兵旗语问讯镇远号损伤程度如何。镇远号答复是"漏水"。丁汝昌接到答复才吃了一惊，慌忙从定远舰上下来，乘小火轮赶到镇远号。他看到这艘巨型铁甲舰竟已经侧倾，虽然镇远号设计的底部是双层底结构，但丁汝昌还是当即下令镇远号驶往浅水海域，防止进水过多沉没倾覆。从这点看出丁汝昌并非外行，林泰曾犹豫不决的性格显露无遗。也许，丁汝昌还未将此次触礁事故想得很严重，他同时下令各舰紧急抽调水兵到镇远号协助抽水，采取补救措施，以避免漏水过多出现危险。

但是，这次镇远号触礁不是在和平年代，大东沟海战硝烟未散，日寇舰船环伺于外，朝野奏议汹涌于内，旅顺、威海敌情迫在眉睫，北洋舰队必须做好决战准备。而镇远号的触礁必然影响整体战斗力，如同古代军前帅旗被风吹断一般，主力战舰阵前受伤绝非吉兆，也必然影响北洋舰队整体军心。

当时，镇远号的受损情况还未得到全面勘查，丁汝昌于当日将镇远号受伤情况上报李鸿章。李鸿章随即下令威海军港尽快予以修补。丁汝昌报告的只是表面现象，李鸿章根据报告也只能做出进港修补的命令。但他可能忘记了：战舰若底部划伤漏水，应进入干船坞检查、修补。旅顺敌情严重，才致使所有舰只回到威海，而威海无干船坞设施，无法对镇远号进行修补。再拖回旅顺，则危险更大，极易受到日本舰队的攻击。所以李鸿章的这道命令等于无的放矢，根本于事无补。

作为镇远号管带，又是左翼总兵，林泰曾的态度又是如何呢？没有准确史料证明林泰曾做了什么，他的性格决定了他很可能是一筹莫展。心痛、懊悔、焦虑……他当然负有责任，也不可能将责任推给将浮标冲走的定远号。他内向的性格决定他只能忍受、内责，换了别人也许可以推卸，而懦弱的林泰曾则不可能诿过于人。

重创松岛号的意义

林泰曾一定会万箭穿心。且不说长年管舰，视舰如生命般爱惜。在大东沟海战中，林泰曾指挥的镇远号是立下功勋的，首先是保护了旗舰定远，使之免于被重创甚至击沉的厄运。镇远号的战绩值得夸耀，尤其是用 305 毫米克虏伯主炮两发炮弹重创日本联合舰队旗舰松岛号，值得大书特书。

从海战战术史的角度看，镇远号的这次炮击值得载入世界海战史册。当时镇远号距松岛号约 1700 米，305 毫米大口径火炮两发两中，极为精确，由此可见北洋舰队炮手训练有素。但可惜的是，第一颗炮弹没有爆炸（也有甲午海战史专家分析是实心弹），只是穿透松岛号左舷炮甲板，再向上穿透右舷主甲板。第二颗炮弹则威力巨大。据当时在镇远号上的美籍洋员马吉芬回忆，是一颗对北洋舰队视为珍稀的 90 磅黑火药大口径的高爆开花弹（《鸭绿江外的海战》）。命中位置与第一颗实心弹几乎相同，击毁左舷第 4 号 120 毫米速射炮，同时引爆存放在炮甲板（主甲板下第一层甲板）的大量速射炮炮弹，巨大的冲击力撕裂松岛号左舷船壳，穿透主甲板两侧，留下大洞，舰体发生倾斜，海水涌入。分队长志摩清直海军大尉以下 28 名官佐水手当场毙命，重伤 68 人（其中不治亡命者又达 22 人），总计 50 人。编制现役官兵为 355 人的松岛号，作战人员几乎伤亡殆尽，完全失去了战斗力。半个小时后，松岛号被迫放弃指挥权，升起"不管"旗，逃离了战场。

这一炮打出了镇远号的威风，松岛号上的"将士们皆抽泣不能自持""受伤的水兵们还不断询问着定远、镇远"（《日清战争纪实》第7篇《黄海海战"松岛"舰内之景况》）。

由此可见，战前对北洋舰队定远号、镇远号有着敬畏、恐惧心理的日本水兵，终于领教了镇远号巨炮的精准和威力。日本史料记载，松岛号舰体和官兵伤亡的惨况极其恐怖和血腥，惨不忍睹，这里从略。其实，莫看林泰曾因其性格被刘步蟾瞧不起和嘲笑，他在日本却受到尊重和敬畏，被誉为"中国海军的岳飞"。当年岳飞麾下的岳家军被金兵敬畏——"撼山易，撼岳家军难"。林泰曾和他指挥的铁甲巨舰镇远，在黄海的万顷波涛中，岿然屹立，不为日本舰队万矢齐发的猛烈速射炮火所撼动（据统计，镇远号被击炮弹一千多发），仅一炮致酋首之舰无力应战，仓皇逃遁，打出了大清国的国威和北洋海军的军威，壮哉！

后世很多甲午海战史专家均认为镇远号只用一发炮弹即命中松岛号，但日本方面关于大东沟海战的史料如《廿七八年海战史》《黄海海战"松岛"舰内之景况》等权威著作，均记载镇远号是两发炮弹连续命中松岛号，致其丧失作战能力（松岛号上10门速射炮被毁坏近一半，炮手基本阵亡，伊东祐亨只好命令军乐队等充当炮手）。相比而言，日本方面的史料应该是可信的。倘若第一发炮弹也是高爆弹，松岛号的命运和结局就应该是葬身汪洋海底了。弹药不足是北洋舰队的致命伤，镇远号如有充足的炮弹，松岛号是逃离不了战场的。

对松岛号进行攻击的，不仅仅是镇远号。在此之前，北洋舰队与日本联合舰队相遇后，定远号利用重炮、射程远的优势，以150毫米口径舰炮率先发炮，击中松岛号320毫米主炮，炸伤炮手。约1小时后，由我国福建船政局自主设计制造的近海防御型铁甲舰平远号，用260毫米克虏伯后膛炮击穿松岛号左舷，炮弹将其鱼雷发射管、松岛号主炮击坏，使松岛号遭受沉重一击。平远号的第二发炮弹击中鱼雷室，炸死鱼雷发射手二人。松岛号主炮为 320 毫米加纳式后膛炮，是松岛号上唯一的巨炮。平远舰的排水量比松岛号差不多少一半，以小博大，奋勇出击。松岛号主炮的被击坏，使定远号及北洋舰队所受的威胁大大减少。平远号功不可没。但松岛号仍然未丧失战斗力，使其丧失战斗力和旗舰功能的应是镇远号的重炮一击！

重创、击退松岛号的意义，后来的专家们很少进行分析。

日本为何建造松岛号？松岛号就是以定远号、镇远号为假想敌，时速比定远号、镇远号快 2 节，配备 320 毫米口径巨炮，以压制这两艘北洋舰队主力舰的 305 毫米主炮，松岛号也因此成为日本联合舰队的旗舰，被寄予厚望。在大东沟海战中，伊东祐亨坐镇督战，对北洋舰队威胁极大。超勇号、扬威号、致远号、经远号相继沉没，济远号、广甲号临阵脱逃，只余定远号、镇远号、来远号、靖远号与日舰拼搏。日舰比睿号、赤城号、西京丸号等虽被北洋舰队炮击受伤逃离战场，但仍由松岛号率领的 9 艘日舰围攻定远号、镇远号等舰，气焰愈发嚣张。一些日舰上的官兵居然在狂嗥："击沉定远！"

海战战场上最活跃的即为松岛号，定远号、镇远号等舰也更加将松岛号作为重点炮击对象。被定远号、来远号、镇远号相继炮击后，尤其是被镇远号的高爆弹击中，松岛号基本瘫痪，已到了随波浮沉的状况，只得悬起"不管"旗，令日本舰队各舰自由行动，等于放弃了旗舰的总体指挥。伊东祐亨也"满目惨然"地逃往桥立舰，日本官兵的军心也受到极大影响。

毫无疑问的是，镇远号重击松岛号，瓦解了敌方斗志，加速了海战终结。日方看到北洋舰队"效死用命，愈战愈奋，始终不懈"，又见定远、镇远二舰如中流柱石一般岿然，日方松岛舰上腹部受重伤的三等水兵三浦虎次郎，在火炮甲板内透过巨大的残破口，望见岿然屹立的铁甲巨舰定远和镇远，不禁喃喃哀鸣："定远舰怎么还打不沉啊！"

　　而在现场观战的英国舰队司令菲利曼特尔则大声赞美:"(日方)不能全扫乎华军者,则以有铁甲舰巍巍两大艘也(指定远、镇远二舰)!"

　　日本舰队水兵的哀鸣和英国海军司令的准确评价,也成为日方指挥官心中的结局。正如日本人浅野正恭所著《日清海战史》一书中所分析的:"盖此二舰(指'定''镇')之弹药消耗殆尽,幸'松岛'已损,而此二舰得以全命徐退也⋯⋯成为此战之结局。"浅野的评论和分析不客观,行文有些扭捏,明明是松岛号被重创,丧失作战力,首先退出战场,何来定、镇二舰"得以全命徐退"?他有一点说对了,"二舰之弹药消耗殆尽",否则松岛号就不会是"已损"的幸运了。"终局"是没错的,但真正原因是日本舰队眼见定远、镇远二舰不可撼动,自己舰只多遭重创,旗舰松岛瘫痪,指挥系统紊乱,不得不退出战场,放弃了"聚歼清国舰队于黄海"的战略目标。镇远号一弹制胜,改变了战局。这是以前治史者所遗忘的,就连正史《清史稿》对林泰曾镇远号炮击松岛号的作用也只字未提,只有"发炮敏捷"四个字的模糊评价。

　　原因何在?这就牵扯到前面谈到的镇远号击中松岛号的炮弹,究竟是一发还是两发?而且按当时官方奏报:击中松岛号的炮弹是定远号发射的。这有北洋大臣李鸿章向朝廷上奏的战报为证:"丁汝昌同各将弁,誓死抵御,不稍退避。敌弹霰集,每船致伤千余处,火焚数处,一面救火,一面抵敌。丁汝昌旋受重伤,总兵刘步蟾代为督战,指挥进退,时刻变换,敌炮不能取准,又发炮伤其'松岛'督船,并合击伤其左侧一船,白烟冒起数丈。"这份奏报整体上是没有问题的,缺憾是对镇远号及平远号的功绩只字未提,且用了耐人寻味的"合击"二字,松岛号不能"取准"的原因,是之前定远号、平远号击伤松岛号主炮,李鸿章在奏报中只突出丁汝昌、刘步蟾,确乎有失公允。

　　后来的史料如池仲祐《海军纪实》等,也提出了定远号击中松岛号的说法，影响甚深。尤其日本联合舰队司令长官伊东祐亨，在战后向其大本营报告中，明确指出："'定远'榴弹，射中我前部炮台，炮台及其近傍蒙受重大损害且火灾大作。"伊东是陆军出身，于海战是外行，致命的弹着点都说不清楚，镇远号击中的位置应是舰体左舷第4号炮位。很可能他连定、镇两舰都分不清，因而他的说法不尽可信。定远号发射的是150毫米炮弹，镇远号发射的是305毫米高爆弹。因为其他日本人所撰史料，都认为是镇远号致命一弹击中松岛号，除了《日清海战史》。权威的由日本海军大将竹下勇主编的《近世帝国海军史要》，其中《日清战役》一章明确记载："下午三时半，'镇远'号发射的三〇五毫米炮弹命中'松岛'号舰首炮塔，引起堆放在附近的大批炮弹爆炸……受伤很重，不堪继续履行旗舰职能……"其中又将弹着点记错了，但总的叙述是正确的。

最可信的是镇远号上的洋员泰莱的回忆，他在《甲午中日海战见闻记》明确指出镇远号炮弹"其一射入日舰'松岛'之腹内，轰之，唯未沉之"。关键是这种致命的炮弹，对北洋舰队来说，稀如珍宝。据泰莱回忆，他在战前随汉纳根至旅顺军港查核弹药库存，发现只余三枚，速电李鸿章请筹办。答复是本国不能制造，外购亦为时晚矣。所以北洋舰队奉命出航时，这三枚巨弹一分为二，定远号上载一枚，镇远号载二枚。而中日两舰队交战时，是刘步蟾发令首发射出一枚，未击中日舰，且震坏舰桥使丁汝昌坠伤，这是后世专家所公认的。定远号已无此种巨弹，与松岛号对峙交战时，亦无此弹可发！击中松岛号的均为150毫米炮弹。所以，综上所述，击中松岛号致其丧失旗舰功能，必为镇远号所射中的一弹。林泰曾和镇远号的功绩被掩盖且移花接木，这是颇不公平的。

丁汝昌、刘步蟾对海战奏报，是如何斟酌执笔，心理如何活动；林泰曾对海战的奏报有何看法？今天我们无从得知。

但林泰曾一定是心里极不平静，胆小懦弱的性格使他不会去争辩。但镇远号触礁带给他的震撼，恐怕比击中松岛号那发巨弹的威力还要大。大东沟海战后，从李鸿章至北洋海军高层，无不认为以日本海军种种动向，还会寻衅再战。而李鸿章分析，很可能兵锋指向威海。被视为国之重器的定、镇二舰的存在，对日本舰队仍有极大的威慑，舰之不存，或二损其一，必将使北洋舰队处于极端危险的境地。所以镇远号触礁的噩耗传开，北洋舰队上下皆弥漫着不安情绪。这种情绪对林泰曾形成巨大压力，林泰曾的性格决定他的人生悲剧将不可避免，他的人生之路也走到了尽头。

"长刀"殒命

在镇远号触礁当日夜里，林泰曾服毒自杀，《清史稿》记载他是"蹈海"，应是不准确。噩耗传来，北洋海军上下"死之日，知与不知，咸为扼腕"！

林泰曾未留下只言片语，是镇远号触礁导致自责、悔恨、愧疚而自裁吗？似乎顺理成章。但镇远号触礁原因主及受损程度的最后检测还未开始，一向遇事犹豫不决的林泰曾，缘何如此决绝果断？

没有林泰曾自杀原因的官方报告。李鸿章上奏光绪，只简单说是"患疾轻生"。只有一部野史《卢氏甲午前后杂记》，为北洋海军广甲号管轮军官卢毓英所著，记录了林泰曾自杀前的活动。

因镇远号触礁无计可施、惶惶不安的林泰曾，夜访亲家刘步蟾，问计于这位足智多谋的老同学——如何处理镇远号触礁。林去见刘之前，大概充满了希望，同乡、同窗、袍泽、戚谊之情，一定在他的心中泛起涟漪。

但事与愿违，据此书记载，面对亲家林泰曾的求援，刘步蟾不仅不施以援手和温语安慰，反而大声训斥："镇、定两船系国家保障，朝廷多次明降谕旨，谆戒保护，尔奈何竟将裂坏，更有何面目见人耶？"

林泰曾听后感受可想而知，据说回去以后彻夜难眠，次日清晨吞服鸦片自杀。

这本书曾被很多人引用，是一部手稿未刊本，有没有抄本不得而知，按版本学的术语说应称之为"孤本"，从史学考证的角度来看即为孤证。关于林泰曾受刘步蟾训斥一说，并不见于其他记载。其真实性或许值得存疑。这样的描述未免将刘步蟾说得太不近情理，刘步蟾对丁汝昌也有偏见，但在丁汝昌最危难之际，刘步蟾的表现却是大义凛然，使之前人们猜测他一直想替代丁汝昌的想法不击自破。

在旅顺失守后，清流派开始掀起风浪。11月26日，朝廷下旨以"救援不力"之罪，将在威海布防和维修镇远号的丁汝昌"革职"，这是否应看作光绪皇帝与查看北洋海军特使徐建寅的密谋？因为11月16日光绪与徐密谈（此日即林泰曾自杀之日），同日对李鸿章不满的以翁同龢为首的军机处，急发两道谕旨，除特命徐建寅为特使查看北洋海军，另一道谕旨即为以"不能得力"，革去丁汝昌兵部尚书衔，摘除顶戴花翎，"革职留用"。仅相隔十天，又被"革职"，这次却来者不善。第二天（11月27日），安维峻等60多名监察言官联衔上奏，以旅顺失守、镇远号触礁为由，请朝廷处死丁汝昌。十多天后（12月12日），清流派的干将、山东巡抚李秉衡上奏丁汝昌"丧心误国"，请诛杀之。5天后（12月17日），正式下谕旨将丁汝昌交刑部论罪。再过一天（12月18日），又明确更换海军提督，以徐建寅等三人选替（徐建寅是有名的火药技术专家，其他二人为平远号管带李和、镇远号护理管带杨用霖），而光绪和清流派真正内定的人选其实是徐建寅。同时下旨令刘步蟾暂行管理北洋海军。虽然是清流派欲夺取北洋海军领导权的阴谋，但刘步蟾心里很清楚，并没有火中取栗，证明他不是一个利欲熏心、落井下石的小人。

从李鸿章以下连上奏章，反对冤屈丁汝昌而临阵失将。由于丁汝昌一向以温和的性格受到部下爱戴，威海陆军将领联衔致电申冤请留。

刘步蟾亦率 47 名海军将领联名辩诬，请留丁汝昌布置威海防务（同时洋员也以辞职抗争）。由此可见在大敌当前的情况下，刘步蟾等海军将领的电报是很有分量的，电文中有一句"众心推服"的话，可能对光绪的决策起到了作用。23 日，光绪不得不下令丁汝昌"暂留"，"俟经手事件完竣"。虽然留下待防务结束后"即行起解，不得再行渎请"的尾巴，但毕竟暂时保住了丁汝昌的地位，作为此时北洋海军的二把手，刘步蟾是有功的。

刘步蟾对丁汝昌尚且如此，何以对林泰曾如此绝情？何况镇远号在海战中还保护了定远号。依刘步蟾的性格，极有可能不顾情面，批评林泰曾，但刘的训斥果真能导致林羞愧而死吗？

林泰曾自杀一定还有更深层的原因。

在甲午海战前，林泰曾提出与日本舰队会战的战略构想，他建议"举全舰队扼制仁川港"，与倭舰"一决胜负于海上"，这一建言颇有见地（川琦三郎《日清战史》)，但与李鸿章的"避敌保船"战略相悖，当然不会被采纳。在丰岛战前，一些洋人流传林泰曾想"开缺"（辞职)，被李鸿章所拒绝。这与他的建言未被采纳有关联吗？

大东沟一战论功行赏，林泰曾没有被特别褒奖，在代理提督的提名上被冷落。这些无疑都会影响他的情绪与心理。加上触碰事件，更是雪上加霜。派系的矛盾使林泰曾不知会被怎样落井下石。

事实上，林泰曾自杀后竟引起轩然大波。作为北洋海军的二号人物之死，光绪看到李鸿章的奏报，回复的谕旨大加指责，上升到怀疑奸细通敌破坏镇远号的高度。李鸿章辩解是林"向来胆小""内疚轻生"，非"奸细勾通，用计损坏"。光绪一向对李鸿章淮系的盘根错节有疑问，指责李鸿章用"胆小"的林泰曾是"用人不当"。李鸿章则推脱是沈葆桢保奏启用"出色之人"林泰曾，言外之意沈葆桢的保奏，最终是经皇帝照准，光绪也有责任。看到李鸿章的辩解，光绪自然哑口无言。由此可见，林泰曾之死显露出北洋海军的派系矛盾和人事管理的复杂，只是光绪高高在上，抓不到要害。若换上精明的雍正或乾隆，李鸿章恐怕就百口莫辩了。

丰岛海战后，北洋舰队各舰救生艇一律卸除，只留下一艘小艇，昭示自舰长以下全体官兵与舰共存亡。在大东沟鏖战中，林泰曾在大副杨用霖（在林死之后接任管带，后亦自杀）协助下，指挥作战，"积尸交前"，万矢如雨，林泰曾不曾畏惧，这样一个经历过血战弹雨的军人，何以轻生若此？

大东沟海战结束后，对参战有功将领予以褒奖，以刘、林二人为首的定、镇两舰军官，分别得到奖赏和升迁。但刘、林二人是有区别的，林仅赏换"霍伽助巴图鲁"封号，而刘除赏换"格洪毅巴图鲁"封号，还以记名提督简放。不言而喻，丁汝昌对刘在海战中"尤为出力"的评价起到了关键作用。林的战绩未得到全面评价。李鸿章《奏请优恤大东沟海军阵亡名员折》中只是简单说"'定远''镇远'苦战于后，故能以寡敌众，转败为功"，"而邓世昌、刘步蟾等之功亦不可没也"，一个"等"字，林泰曾的战绩完全被悄然隐去。连一位普通的镇远舰炮务官、德籍洋员哈卜门在海战中受伤，还被授参将。林泰曾有何感想？今不得而知。

"既生瑜，何生亮"，有人曾经设想，刘、林二人，若以刘为主，而林去军事院校当"总办"（校长），则悲剧就不会发生。然而历史不可假设。林泰曾具备军事才干，除大东沟海战外，之前已引人瞩目了。在朝鲜战事期间，林率兵舰运送陆军快速抵达，引起朝廷重视。其快速反应能力显示了北洋海军的重要，革新了旧有的军事理念。由此朝廷才下定决心，加快北洋海军购舰及其建设的步伐。林泰曾对北洋海军的发展和军事理念的更新，功不可没，值得大书。林泰曾的军事才干在他的对手日本海军方面，一致被赞誉和敬畏，除"中国海军的岳飞""中国海军的关羽"美誉外，还被日本海军公认为"中国海军的长刀"，这缘于林泰曾与日本海军名将东乡平八郎的对决，使其对手心服口服。

1894 年 6 月 15 日，林泰曾率北洋舰队分遣舰队派赴朝鲜，日本海军见有机可乘，出巢奔袭。东乡踌躇满志，以为大功告成，讵料贴近北洋舰队时，却发现林泰曾已调度各舰严阵以待，狂妄的东乡只好下令升起致敬旗，向同在英国留学的林泰曾问候。智勇双全的林泰曾从此被日本海军盛赞为"长刀"。林泰曾这次的对峙，因未有开战授权，只能被动防御以威慑对方，如果有权先发动攻击，东乡平八郎的命运可想而知。

此后，林泰曾立即上奏高层，建议北洋海军"举全舰队扼制仁川港"，先发制敌，以与日舰"一决胜负于海上"，或收缩以防日本以优势兵力再偷袭北洋舰队单薄的分遣舰队。可惜这个很有见地的建议未被李鸿章接受，因李鸿章还幻想通过和谈消除危机，林泰曾被斥责"慌张"。长刀不出，遗患于后。

林泰曾的英语极其出色，是北洋海军将领中的佼佼者。他随丁汝昌赴英接超勇、扬威二舰时，曾出席造舰之市纽卡斯尔市议会举办的宴会。林受邀以英语致辞，大获 400 多名嘉宾的热烈掌声。次日，当地报纸载文称赞林的演说"辞令之善，音调之纯，诚所罕见，足使胜会生色"。（池仲祐《西行日记》，线装本，商务印书馆，1909 年版。池氏为陪行之北洋海军军官）

刘步蟾最终在刘公岛定远号炸沉后，也选择了吞服鸦片自杀，与他的亲家选择了同一条不归路。林泰曾被伊东祐亨誉为"中国海军的关羽"（日本海军中将小笠原则誉之为"中国海军的岳飞"），刘步蟾则被伊东称为北洋海军中的张飞。关、张结义，至死不渝。伊东给他们二人冠以关羽、张飞的称谓，真是令人感慨莫名。若有黄泉，二人相见，该是怎样一幅场景呢？他们大概也不会想到，正史《清史稿》将林泰曾传附在刘步蟾传之后，一时瑜、亮的恩恩怨怨，比肩青史留名，也不枉男儿一生吧？

刘、林二人无愧于军人本色，不成功便成仁，但军人未战死海
疆，总是令人扼腕，林泰曾为之自杀的镇远舰的结局，则更令人唏嘘。

镇远舰之后事

1895 年 2 月 9 日，丁汝昌决定炸毁定远号，以免落入日寇手中，
被舰体装入 350 磅炸药炸沉。当日下午，与定远号相依 15 年的刘步
蟾吞下鸦片自尽，至 10 日逝世，年 43 岁。战前誓言："苟丧舰，必自
裁！"真是一语成谶。12 日，丁汝昌自杀。同日，水兵出身的镇远号
继任管带杨用霖拒绝投降，用手枪自杀。想起他在大东沟海战中，为
防范投降，亲手将北洋海军军旗钉死在桅杆上，真正是无愧铁骨铮铮
的北洋海军军人。

2 月 11 日，丁汝昌几次动议用鱼雷轰沉镇远号，但无人动手。

2 月 12 日，日本联合舰队接受威海北洋海军守军代表、广丙号管
带程璧光的降书，即在修复后的松岛号上举行，这是对北洋海军的羞
辱，但镇远号再也不会向它的敌人发射炮弹了。

2 月 17 日，日本联合舰队占领威海卫港，俘获镇远、济远、平
远、广丙及六"镇"（东、西、南、北、中、边）共 10 艘北洋海军舰
只。镇远号被编入日本海军，参加过后来的日俄战争。1915 年退出现
役被拆解。

2 月 17 日，林泰曾的灵柩随他的亲家刘步蟾及丁汝昌、戴宗骞、
沈寿昌、黄祖莲等灵柩，由康济号练习舰由威海卫送至烟台。作战英
勇的镇远舰定员 331 人，除林泰曾、杨用霖自杀外，仅知大东沟海战
舰上阵亡官兵有姓名者，有三副池兆宾等 14 人。其他艺官、水兵于 2
月 25 日，被道员刘含芳发饷遣散。这艘曾昂首世界、威震海疆的铁甲
巨舰，彻底烟消人散了。

镇远舰的身影，永远消逝在历史的烟云里，但它的遗迹仍然散落

在世间。镇远舰的两具铁锚,一具于 1945 年被驻日军事代表团钟汉波少校索回国内,现存中国人民革命军事博物馆。另一具至今存于日本冈山一家神社,两具铁锚上皆有弹痕,可见当年海战厮杀的激烈。

另据旅日作家萨苏先生调查,镇远舰遗物尚在日本的有:305 毫米实心弹两枚、船钟两枚,散落在美国的有舰上海图和桌上饰物各一件,2011 年在拍卖会上拍出镇远舰洋员马吉芬所用佩剑、军服等。

中国是战胜国,镇远舰遗物没有全部索回,这是一个令人锥心的遗憾。1973 年,日本政治家河野谦三访华,对接见的周恩来,谈起他在日本小田原高等学校上学时,呼唤学生上课的那口钟即是镇远舰的船钟。河野回国后便将这口钟命名为"和平之钟"。

我读了这则史料,心头宛如山堵。"和平"二字,就可以抹去日本军国主义百年来对中国的伤害吗?就可以消弭种种奇耻大辱吗?

钟声不再,英灵不昧,万顷波涛之外,镇远舰遗物何时可归故国?

黎元洪与段祺瑞

曾亲历黄海海战的外国人马吉芬在战后曾以惋惜之情写道："震撼东亚之中国舰队，今也已成过去，彼等将士忠勇，遭际不遇，一误于腐败政府，再误于陆上官僚，与其所爱之舰，同散殉国之花。"时隔一百多年，以今天的眼光来看，马吉芬的观点也还是比较公允的。

当时的政治体制因循守旧，加上西太后内心不愿与日本开战，政治领导层主战、主和两派互相攻讦，连主战的光绪皇帝也不能完全左右军事大局，军队派系坐山观虎斗，南洋、广东两水师基本上见死不救。再加上战争的偶然性——北洋舰队的几发关键炮弹未击中日本主力军舰甚至旗舰要害，致使战争的结果竟为之改写。但不能改写的是广大北洋舰队官兵的英勇牺牲精神，因为甲午战争的最终失败，而殃及池鱼，受到主和派及举国上下一致抨击。使得后人只知邓世昌等少数殉国将领，而致使奋勇杀敌捐躯的北洋舰队广大爱国官兵默默无闻。

其实甲午海战中不仅是邓世昌致远等舰在英勇杀敌、同仇敌忾，即使战后被正法的方伯谦的济远舰，广大官兵也是无比英勇、誓死作战的。

历史上的民国总统黎元洪和民国军阀段祺瑞，后人评价对二人均有所诟病，但他们二人均出身北洋系统，分别毕业于北洋系统的水师学堂和武备学堂。亦皆为技术军官。黎元洪曾在北洋舰队来远舰服役，段祺瑞曾在北洋岸炮兵营任教官。在甲午海战和威海卫之战中，均作战英勇，不惜一死，这段光荣的历史竟长期埋没无闻，极少被人提到。

熟悉甲午海战历史的人皆知：真正在海战中未受一炮而临阵脱逃

的是广甲舰。当然，广甲舰隶属于广东水师，1891 年参加海军大校阅，因朝鲜局势异常紧张，故朝廷谕旨广甲号等广东、南洋参加校阅舰只暂不南返，与北洋舰队为输运清朝陆军赴朝的运输船护航。

黎元洪当时即在广甲舰服役。他出身军人家庭，其父为游击（清军低级武官）。1883 年 19 岁时考入北洋系统的天津北洋水师学堂，该学堂为中国最早的海军士官学校，是李鸿章于光绪六年（1880）七月奏设。学堂设管轮和驾驶专业。黎元洪入校 20 天后，其父逝世，遗言嘱他求学上进，谨慎处世，学成报效国家。这激励黎元洪终身不忘，愈加发奋。五年课业中，黎元洪品行兼优，受到严复、萨镇冰的赏识，在学员中也威信颇高。

1888 年，黎元洪毕业，赏六品衔把总，先入北洋舰队来远舰服役，两年后又调入广东水师广甲舰，在军中唯以读书为业余爱好。清朝全国海军大校阅后，以功绩擢千总补用，第二年升为二管轮，赏五品顶戴。在黄海海战中，管带吴敬荣不思参战，畏敌如虎，竟下令广甲舰脱逃，是否有狭隘的坐山观虎斗门户之见，今天没有史料证明。广东水师、南洋水师与北洋舰队分别隶属张之洞、沈葆桢、李鸿章，本来就各将舰队视为家底，互为分庭。威海卫之战，南洋、广东二水师均坐视不救，就是最有说服力的证明。

黎元洪是技术军官，在北洋海军等级森严的制度约束下，其发言权不如作战军官。广甲舰上的官兵没有像济远舰上的官兵，主动开炮还击。广甲舰一路狂奔，至大连湾三山岛一带搁浅，后被日军发现。贪生怕死的吴敬荣竟抛弃舰只和全体官兵，乘小艇再次逃跑，这就铁证：吴敬荣绝对是贪生怕死之辈，如果黄海海战的脱逃还可以有门户之见保存实力的借口，再次脱逃实为广东水师的耻辱。黎元洪等十数名官兵在主官脱逃、无法作战的情况下，决定凿船自沉，乘救生艇逃生。但日舰逼近，狂妄地命令广甲舰官兵投降，黎元洪等官兵跳海殉国。黎元洪本不会游泳，但因身穿救生衣，故在海上漂泊 3 个多小时后方漂到岸边。

黄海海战后，凡脱跑、作战不力的将领均被军法严厉处分。率先脱逃的方伯谦被军前正法，随后逃跑的吴敬荣却从轻判为"革职留营"。有传说为方伯谦与丁汝昌有隙，吴敬荣与丁汝昌有乡谊，所以吴的罪名只是"跟随"脱逃。也有可能吴敬荣是广东水师将领，北洋海军不便得罪，故得以网开一面。但决意"士有蹈海而死"殉国的黎元洪却被判有违军法监禁数月，出狱后一直没有重新启用。甲午战后，北洋海军被众口铄金，千夫所指，李鸿章更成为被攻击的头号替罪羊。故北洋海军除战殁者外，自提督以下300多名各级武官，全体被革职裁撤。黎元洪军籍隶属广东水师，最终也未归队。无奈之下，只好投张之洞"南洋新军"，一路擢升，直到被推为都督。黎元洪在以后北洋政府的官宦生涯直至贵为民国总统的年代中，尽管有令人诟非之处，所谓盖棺论定，也讫无定论。但他在青年时代参加黄海海战蹈海殉国的行为还是值得肯定的。

与黎元洪有大致相同经历的段祺瑞，祖父是淮军记名总兵，父亲在家种田，家境中落，17岁时步行2000余里投靠威海军中做管带的族叔段从德，分在营中任司书。1885年，他考入天津武备学堂，两年后以最优等学绩毕业，被分派至旅顺口监修炮台。一年后经严格考核，以第一名入选德国柏林军校留学，学习期间还被保送至著名的克虏伯炮厂实习半年，成为清朝早期军事留学生中的佼佼者。但段祺瑞回国后并未受重用，1890年回国任职于北洋军械局，后又在威海随营教习任上五年。在威海卫之战中，面对日军的进攻，段祺瑞挺身而出，督领实习的学生军协守炮台，奋不顾身，英勇作战。这段历史也是不为人们所知。

段祺瑞一生当然值得圈点是非，尤其"三一八"惨案，难辞其咎。但段祺瑞其人最值得称道的是，晚年保持了民族气节，一洗"亲日派"的恶名（如他1918年，同意与日本签订《中日军事协定》，规定日本可在中国境内驻军）。退隐天津后，土肥原意欲拉拢他出山，在华北组织傀儡政权，被他断然拒之。九一八事变后，日方请其"调停"，亦被他予以驳斥，直呼"如今中国军队士气之高，不下于关东军"！他亲密的旧部将领王揖唐替日寇说项，被段祺瑞疾言厉色痛斥："我是中国人，绝不做汉奸傀儡，就是你自己也要好好想想，不要对不起祖宗、父母和子孙后代！"

据说，段祺瑞的"亲日"只是权宜之计，如他曾向日本借债打内战，私下曾放言道："对日本也不过利用一时，谁还打算真还他呢？等我国强大起来，赖着不还便是！"

当年袁世凯集会讨论《二十一条》时，众皆王顾左右而言他，唯有段祺瑞主张通电各省与日本决一死战！1933年避居南京，曾对记者发表谈话云："日本横暴行为，已到情不能感理不可喻之地步。我国唯有上下一心一德努力自救，语云：'求人不如求己。'全国积极备战，合力应付，则虽有十个日本，何足畏哉！"1936年10月，段祺瑞胃溃疡复发，旧部来访谈及长城内外国土将被日寇蚕食，段祺瑞听后悲哀不已，病情转重，数日后不病而逝。日寇对其不合作之气节，甚为恼恨，在段祺瑞死后曾在北京强买其后人房产，强购其后人任职的煤矿，以示泄愤。

黎、段二人晚节可书，早年参加对日作战的英勇亦可表。由此可见，甲午之战中，不只有邓世昌等将领同仇敌忾，广大的北洋海军官兵同样宁死不屈，奋勇杀敌！只不过历史没有给予他们应有的位置和褒扬！

黄海海战指挥和阵形无误

一支军队除了具备不屈不挠、英勇善战、不怕牺牲的精神，具备优良的军事素质和技战术外，更需要指挥官的正确指挥和最大限度地减少失误。包括在敌强我弱、敌众我寡等不利因素下灵活善变，甚至置之死地而后生。古今中外战史上以弱胜强、以少胜多、反败为胜的战例不胜枚举，主要克敌制胜的法宝绝大多数取决于指挥员的知己知彼、随机应变和镇定指挥。

黄海海战排除日方偷袭伎俩，所谓两军交战后北洋舰队阵形指挥失误之说，至今亦是史学界、军事界研究的一个主要倾向性论点。

海军是攻击型军种，在以往海战中阵形是非常重要的一种攻击手段，先发制人的阵形是被兵家奉为上策的。黄海海战中北洋舰队丁汝昌、刘步蟾是否指挥失误、错排阵形而给日本联合舰队可乘之机？过去有不少论者认为是阵形的失误导致黄海海战中未能击溃日本联合舰队而处于下风。电影《甲午风云》、电视连续剧《北洋水师》及大多有关北洋舰队的著述都集中反映了这一论点，而给广泛的观众、读者以影响，致使谬种流布。

实际情况如何？

光绪二十年（1894）7月25日清晨，一直寻找北洋舰队决战的日本舰队采取"不宣而战"的卑鄙手段，首先挑衅，在丰岛突袭我运兵船及护航舰。8月1日，中日同时宣战。9月17日北洋舰队护送赴朝运兵船至大东沟毕返航旅顺时与日本联合舰队遭遇。当时日舰竟悬挂美国旗帜先发突袭。时日本舰队为与北洋舰队决战夺取制海权，一直在黄海搜寻北洋舰队。以当时中日双方舰队战斗序列来看，基本势均力敌。

中日双方在黄海海战中的战斗序列，两国有关史料基本上没有太大分歧。诸如《日本海军史》《甲午中日海战》《李鸿章与北洋舰队》等表述大同小异。唯现代有些著述将北洋舰队来远号、广甲号及鱼雷艇队赶来参战的 6 艘舰艇划入战斗序列（见《甲午海祭》），笔者以为不甚科学，一是舰种除来远号外皆为小型舰艇，决定不了大战命运；二是来远巡洋舰和广甲巡洋舰及福龙鱼雷艇队等均为下午 2 点后赶到，虽然参战，并非主力，而且有畏敌先撤者；三是战绩乏善可陈，如鱼雷艇福龙号从 400 米直至抵近 40 米向西京丸号连发三颗鱼雷，虽然勇气可嘉，但竟无一命中！这对已然弹尽而毫无反击能力的西京丸号来说，何止天降福音，简直匪夷所思！所以以北洋舰队 18 艘舰艇参战的计算是不严谨的。反而给后人日本舰队以少胜多的印象。实际下午 1 点开战时日本联合舰队战斗序列比北洋舰队多出 2 艘战舰。英国人泰莱在《甲午中日海战见闻记》认定中日参战军舰是 10∶12。李鸿章在战后奏报朝廷时也认定是"我以十船当倭十二船"。因而 10∶12 基本还是为中外所公认的。

北洋舰队的实力实际连日本方面也心有余悸，在战前日本大本营曾忧心忡忡认为"预料陆战可操胜券，但对海战的胜败如何尚抱疑虑"。在丰岛海战中日本联合舰队第一游击队偷袭我方得手，利令智昏，野心膨胀，遂开始多次在中国黄海西部寻找北洋舰队决战，甚至一度逼近北洋舰队威海卫基地和旅顺军港。

其一，北洋舰队的优势在于坚船重炮，日方优势则在于快船快炮。北洋舰队炮（门）总计为近 200 门，日方总计为近 300 门，且多为速射炮。日舰大炮共 28 门，22 门为速射炮，北洋舰队大炮仅 6 门，而且无一门速射炮。因而在炮火一项日方已占绝对优势。据后来统计，北洋舰队主力舰镇远、定远每发一弹，日舰"吉野"同时可发 6～8 弹！所以李鸿章在战后奏报朝廷时感叹：日本舰队"船快炮快，实倍于我"。

其二，舰上兵员众寡亦为重要因素。中日双方兵员的受训基本为英式海军训练，素质相差无几，只是北洋舰队水兵无作战经验而已。黄海海战中参战兵员北洋舰队共为 2100 余人，日方则达 3500 余人之众。这就与舰炮装备配属紧密相关，炮多自然兵员就多。

其三，从吨位上看，定远、镇远二舰各 7335 吨，而日舰松岛、严岛、桥立各重 4278 吨，但在总吨位上，北洋舰队黄海海战参战的七艘"远"字号舰总吨位为 27300 余吨，日本除比睿、赤城、西京丸三小舰外，9 艘舰计 33400 吨。

其四，在铁甲厚度上，中国定远、镇远二舰铁甲厚度超过日舰。其铁甲厚达 35.6 厘米，炮台厚达 30.5 厘米，司令塔厚达 20.5 厘米，日舰松岛、严岛、桥立三舰司令塔铁甲厚度仅为 10 厘米，抗炮火击打能力逊于北洋舰队主力舰。

其五，从双方舰队速度上看，日本舰只速度均为 18～23 节，一般为 16～19 节。而北洋舰队舰只则最高时速为 17～18 节，一般为 15～16 节。镇远、定远两大铁甲舰时速仅有 14～15 节。

其六，服役年限我方舰只较长。以主力舰为例，北洋舰队八年未更换一舰一炮，定远、镇远、济远三舰进水年代均为 1880 年至 1883 年；经远、致远、靖远三舰均为 1886 年至 1887 年，唯平远号为 1889 年。日本主力舰松岛、平岛、桥立进水年代分别为 1890 年、1889 年、1891 年，与北洋舰队主力舰进水年代相差起码 10 年。日本联合舰队其他主要舰只入水分别在 1878 年至 1892 年之间。

北洋舰队黄海海战作战序列

舰名	舰种	排水量（吨）	航速（节）	炮	鱼雷
定远	铁甲舰	7335	14.5	22	3
镇远	铁甲舰	7335	14.5	22	3
来远	铁甲舰	2900	15.5	17	4
经远	铁甲舰	2900	15.5	14	4
致远	巡洋舰	2300	18	23	4
靖远	巡洋舰	2300	18	23	4
济远	巡洋舰	2300	15	18	4
广甲	巡洋舰	1296	15	10	
超勇	巡洋舰	1350	15	12	
扬威	巡洋舰	1350	15	12	

日本联合舰队黄海海战作战序列

舰名	舰种	排水量（吨）	航速（节）	炮	鱼雷
松岛	海防舰	4278	16	29	4
严岛	海防舰	4278	16	31	4
桥立	海防舰	4278	16	20	4
扶桑	巡洋舰	3777	13	21	2
千代田	巡洋舰	2439	19	27	3
比睿	巡洋舰	2284	13.2	18	2
赤城	炮舰	622	10.25	10	
西京丸	代用巡洋舰	4100	15	4	
吉野	巡洋舰	4216	22.5	34	5
高千穗	巡洋舰	3709	18	24	4
秋津洲	巡洋舰	3150	19	26	4
浪速	巡洋舰	3709	18	24	4

黄海决战中日双方最重要的优劣之分是心态：日本联合舰队求胜心切，集中日本所有新老主力舰，一直在寻找北洋舰队决战，急兵躁进，远离本土，只图速胜速决，这已犯了兵家之大忌。可惜清朝中枢和北洋舰队没有充分利用敌人的这一不利之处，把握时机，以逸待劳，击溃"远师"（须知中法战争法国舰队也是劳师远征，但李鸿章一味主和迁延而坐失良机）。

北洋海军最高统帅李鸿章在战后为北洋舰队黄海海战失利向朝廷的报告中强调"以北洋一隅之力，博倭人全国之师"，尽管有掩饰之意，但不无道理。当时国际政界、军界事先对双方胜负多有预测，一部分权威人士如俄国驻华公使希尼说："日本海军有很多缺点，中国无论在船只及管理方面都较日本为强。"英国海军远东舰队司令安利曼特则指出中日两国海军实力"可相提并论，不必有所偏重"。而北洋海军总顾问琅威理则更对北洋舰队的实力充满信心，他认为日本海军"大非中国之敌"，剔除对北洋海军的感情因素，他的观点确实代表了西洋军界的主流观点。

在黄海海战中，当时日舰采取"鱼贯纵阵"（即单纵列"一字竖阵"）。北洋舰队时正停泊，待发现是日舰时，立即起锚，以十艘舰只排成"犄角鱼贯阵"（即"双纵阵"式的左右鱼贯形阵，电视连续剧《北洋水师》中说先排"雁行阵"是不确的）。在接近日舰时，发现其欲"直攻中坚"（旗舰定远位置最前），丁汝昌发令改行进中之"鱼贯小队阵"为"雁行小队阵"，并令加速以7海里时速迎击（原速为5海里）。

北洋舰队原作战阵形分五个斜形梯队：1.定远、镇远；2.致远、靖远；3.来远、经远；4.广甲、济远；5.超勇、扬威。改变后的阵形应为如雁行般的两队横行阵式。但因时间不够，阵形尚未完成即与敌舰队开战。实际等于排成了"人"字形阵势。

这种阵式是不是被动挨打的阵式？过去流行的观点一直认为丁汝

昌不懂军事，排错阵形，导致被动，从而致使海战失利。这其实亦恐非是。北洋舰队在丰岛海战后一直有与日本舰队决战的心理准备，丁汝昌虽非海军出身（他原为太平天国军人，投降后逐步受到李鸿章重用），但多年任北洋海军提督，耳熟目睹，已非完全门外汉，况有刘步蟾为副。现有史料证明，北洋舰队在决战前已有阵形预案，绝非仓促迎敌。而且以当时海战角度来看，当时北洋诸舰未能及时更换，速缓炮弱，只重主炮，舷侧炮少，又大缺速射炮。因此这种阵形可以舰首主炮击敌，且各舰前均无障碍，极利进攻。当时黄海海战之后外国海军权威人士评论：定远、镇远两铁甲主力舰并列第一梯队中央是"适得其当"，因为这两舰侧舷炮可保护后续之舰，每舰依次延续的火力保护可防御整体舰队被对方攻击。

从黄海海战实战效果看，这种阵形在海战伊始即将日本联合舰队"鱼贯纵阵"拦腰截为两断，阵形左翼之舰迅速重创赤城、比睿、西京丸诸舰。倘若不是日本舰队的单独编队（第一游击队）及时回援，日本舰队必将更受重创。

海战失利的主要因素在于日舰炮火、速度上的优势，更重要的是日本舰队将 4 艘快速巡洋舰单独编队，机动突击余地大，与作战梯队互为配合，对北洋舰队形成包围之势。日舰"吉野"时速 23 海里，而赤城号仅 10 节航速，悬殊甚大，故日本司令官伊东祐亨将参战军舰分为两个编队，将快速机动的作用发挥到极致。曾有人分析，如果北洋舰队也采取编为两个作战梯队的阵式（五、五或四、六编队），机动突击反包围，转内线为外线作战，重击敌之腹背，则战局则比"人"字形阵式作战效果应更为可观。

当然，战场上的局势瞬息万变，以不变应万变、处变不惊才是上策。"人"形阵式也非尽善尽美，不同舰种、不同速度的舰只混杂编队，首先就牵制了快速舰的航速，镇远号等快速巡洋舰的突击作用被大大降低。再有，这种阵形布形海域太大，不利于迅速改变航向和变换阵形。

可以假设，如果日本舰队不采取卑劣的偷袭伎俩，北洋舰队主动寻找日本舰队决战，掌握海战主动权，发现敌人及时争取时机布阵，便不会仓促应战变换阵形。当然，如果及时更换新舰，速度及时，也不会在这一点上被动输给对方。

总之，黄海海战失利，绝非输在阵形上，阵形本身无可非议，况且北洋舰队在战前已有预案，见日舰单纵迎来，故改变队形，以双横队迎敌。双横迎战单纵，自然优势加强。但可惜由于航速参差不齐，侧翼舰只落后，结果是逼近敌方时，竟形成了单横编队。这绝非丁汝昌本意，但已无法调整。日舰第一游击队绕过北洋舰队主力战斗阵形正面，直奔北洋舰队右翼。丁汝昌在洋人泰莱提议下，想再次改变阵形，以迎战日舰，但已完全没有时间了。

丁汝昌、刘步蟾的指挥基本上并无失误，在这一点应为北洋舰队的指挥官正名。《甲午风云》等影剧的渲染是大错特错的，像《甲午风云》中竟把刘步蟾说成是贪生怕死的无能之辈，更是写历史剧的大忌，完全违背史实，使这位为国而死的反帝爱国将领九泉蒙耻，冤哉！

如以黄海决战的结果而论，日本联合舰队的作战目的是"聚歼清舰于黄海"，应该说它完全没有达到这一战略效果，反而也受到重创，被迫首先退出战场。实际，日方在3点半左右已开始退却，因北洋舰队穷追尾随炮击，不得已又回头迎战。北洋舰队虽然没有全歼日本舰队，但也给予日本舰队痛击，北洋舰队损失略高于日本联合舰队，但未伤元气，主力舰仍在，重整旗鼓应是有所作为。

据史料统计，中日双方在黄海决战中互有胜负，日本方面虽无舰只沉没，但各舰均受伤损，旗舰松岛几乎沉没，被迫退出战场，更换桥立为旗舰。从中日双方作战损亡统计中可以看出，北洋舰队两艘主力舰不在损亡之列。

北洋舰队黄海海战船只、官兵损亡一览

舰名	舰种	损失程度	阵亡官兵（总计）	溺海官兵（总计）	受伤官兵（总计）
致远	铁甲舰	沉没			
经远	铁甲舰	沉没			
超勇	巡洋舰	沉没	90 余人	600 余人	210 人
扬威	巡洋舰	搁浅			
广甲	巡洋舰	搁浅			

日本联合舰队黄海海战船只、官兵损亡一览

舰名	舰种	损失程度	阵亡官兵（总计）	溺海官兵（总计）	受伤官兵（总计）
松岛	海防舰	几乎沉没退出战场			
赤城	炮舰	重伤	154 余人	40 余人	307 人
比睿	巡洋舰	重伤			
西京丸	代用巡洋舰	重伤			

注：其他各舰无不受伤。笔者查另有史料统计为阵亡 90 余人、伤 208 人。与上表有出入。

同仇敌忾凝碧血

——甲午海战中牺牲的外籍雇员

记得甲午战争迎来120周年祭日时，当时报刊有关文章风起云涌，无论是否专家，皆大放舆论，细观则一些文章根本置史料于不顾，亦不深入研究，只从表面老调重弹，一些观点是根本站不住脚的，亦有名为反思云云。如是贬低，实在有愧甲午战争中抵御倭寇为国捐躯的先烈。

例如依旧将甲午战争战败归结于甲午海战的失利、将甲午海战的失利归罪于北洋舰队等，既有悖史实，也极不公平。北洋舰队不是罪人，其倾尽全力，在丰岛、黄海及威海卫三次与日军拼死血战，使日军严重受挫，并迟滞日军的战略企图，应该予以公正评价。对北洋舰队的种种指责、歪曲，作为中国人怎可自毁自弃加以自污？甚至将当年日本对北洋舰队的造谣污蔑，时至今日仍津津有味加以传播，遑论此心甚不可问，更是令人匪夷是何居心！？日本当年编造出北洋舰队水手在主炮上晾晒衣物的谣言，绵延至今仍被国内外有关北洋舰队和甲午战争的学术著作当作北洋海军腐败和管理不善的"罪证"，近年来国内有关北洋海军和甲午海战的文学作品包括影视，更是当作典型情节大加渲染，使北洋海军100多年来始终背负骂名，是可忍孰不可忍！？研究甲午战争的权威专家、山东甲午战争专业委员会委员陈悦先生早就通过对北洋舰队"主炮晾衣"舰只、事件发生地、谣言流传过程等缜密考证，揭露这其实是日本方面的卑鄙造谣。但真实的历史就是不被认可，谬种仍在被国人流布。

　　另外，多少年来，有关甲午海战的书籍、文学作品、影视、文章只谈外国人对北洋海军的种种祸心，包括英国人马格禄在刘公岛鼓动劝降等，绝口不提在北洋舰队军舰上服务的外国雇员，奋不顾身与中国官兵并肩作战直至英勇牺牲的事迹。对于此，我一直耿耿于怀，这些外国军人牺牲于甲午海战对日倭的战斗中，他们的名字绝不应该被湮没。

　　北洋海军在建军之初引进装备之日，即开始聘请外籍雇员，其性质不是服役加入北洋海军，而是所谓的"客卿"，即按工作性质，分任北洋海军高级顾问、教官、技术军官、医官、工程技术管理人员，甚至舰艇战术军官；也有一部分外籍人员是临时聘用，按职务高低不等支薪。外籍雇员最高为高级顾问，由北洋大臣李鸿章特聘协助北洋海军高层进行舰队的日常训练、作战及管理。有的外籍人员因工作出色，还被清廷授以职衔，品级甚至有赐予花翎顶戴。

　　我们至今无法知道北洋海军中外籍雇员的准确数字，除了高级顾问，只从当年北洋海军各种奏折等史料可见外籍雇员的名字和职务。以教官和舰艇战术技术军官为多，其职务有教习（分枪炮、鱼雷、练船、炮台、洋号、管轮、管炉、操炮、督操、水雷、管驾、船缆等各种类型教习，职务分总、正、副、帮教等），还有总医士等职务。每年出现的外籍雇员名字约有十数人至数十人不等。至 1894 年甲午海战爆发时，从目前史料看仍有 8 名外籍雇员在北洋海军作战军舰上工作，职务最高者为冯·汉纳根，聘为北洋海军总教习兼副提督，有 3 人在定远舰任职，分别为管炮教习（即管理炮务）尼格路士、帮办副管驾戴乐尔（有译为泰莱），以上 2 人为英国籍，还有帮办总管轮德国籍阿壁成（也有译为亚伯烈希脱）。英国人佘锡尔在致远舰任管炮教习（也有译为纪奢，他的名字第一字"佘"，常被报刊登错为"余"）。还有 3 人在镇远舰任职：襄办管带美国籍马吉芬；总管炮务德国籍哈卜们；最后一人记载有出入，有记为工程师晋菲士，国籍不明。台湾学者王家俭从戴乐尔《甲午中国海战见闻记》考证出似为英国人马格禄。以上是从当年李鸿章有关"海防报销折"中得知上述名字的。是否其他舰艇上还有外籍雇员，不得而知，因为从目前资料中得知，北洋海军在1889年和1890年还分别雇用外籍教习等各为34人和29人，为何在两三年后只剩下8人？其实，据李鸿章奏折中可知，不仅在威海卫海军基地有外籍人员，在其他非主力炮舰上仍有外籍6人在负责交通运输工作。

但就是这8位直接在主力舰上服务的外籍雇员，在黄海海战中与北洋舰队官兵同仇敌忾，忠于职守，不避炮火，英勇作战，尼格路士、佘锡尔英勇牺牲。汉纳根、阿壁成、马吉芬、哈卜们4人重伤。8人中无一人脱逃，无一人怯懦，充分体现了这些外籍雇员的素质和敬业精神。如尼格路士，在黄海海战中，发现舰首管理火炮者受伤，疾趋至船首，代理职务指挥战斗。当他发现军舰舱面被日军炮弹击中燃起大火，又不避危险奔去舍身救火，不幸在救火过程中被日倭炮弹击中牺牲。佘锡尔在舰上被炮击重伤，但他依然不下火线，继续战斗，最终与舰殉难牺牲。又如阿壁成，在战斗中双耳均被炮弹震聋，但他毫不畏缩，依然在舰上往来救火。汉纳根职务最高，他是李鸿章特派到北洋海军任总教习兼副提督，参与指挥黄海海战。汉纳根出身于德国贵族军人世家，为德国陆军尉官。1879年退役后经天津海关税务司德璀琳介绍至中国天津武备学堂任教官。受到李鸿章的注意，聘为军事顾问，参加了北洋海军的建军过程。如他曾奉李鸿章之命往旅顺口，查勘修建炮台、船坞，并先修建了黄金山炮台，后又负责修建威海卫炮台工程，但曾被英国人泰莱（戴乐尔）指出布局设计存在缺点，即内陆炮台的保障不到位，不仅利于敌人进攻，一旦被敌人夺去港内舰队和刘公岛基地还极易被敌炮击。

在威海卫岸防炮台完工后，汉纳根即返回德国，再来天津时欲与德璀琳之女完婚。闻说日本在朝鲜不断向中国挑衅，便向李鸿章请命至朝鲜观察形势，李遂同意他乘高升号去牙山前线。但据说汉纳根实际上是受李鸿章委托去牙山指导清军修筑炮台，以应付日倭发动的战事。日倭后来有调查报告来佐证汉纳根并非以"私人名义"搭乘高升号。1894年7月25日，丰岛海战中，汉纳根在高升号上与日倭浪速舰大尉人见善五郎谈判，坚持高升号要回到原出发港口。高升号被日倭浪速号击沉后，汉纳根落水游到丰岛，又乘渔船到达仁川港，说服一艘德国军舰伊尔达号开赴丰岛，营救了落水后游到丰岛上的200多名清军官兵。此后，他被李鸿章授以北洋海军总教习兼副提督之职，在黄海海战中协助丁汝昌指挥战斗，被日倭炮火击成重伤。

以此来看，北洋海军外籍雇员，由高至低，不仅未忝职守，在对日海战中，英勇作战，非死即伤，无愧他们自身的军人荣誉。

不可否认，他们对北洋海军的建设起到颇大的作用，不仅在平时承担舰队和部门训练，包括技术兵种训练，及至练习舰训练和平时操练教育，更有直接负责军舰具体部门的操作；在战时更是不惧炮火，将生命置之度外，直至英勇牺牲，这理所当然应该受到我们的尊重与纪念。

值得指出的是，参加黄海海战的幸存外籍雇员，之后还撰写有关回忆，分析得失，为研究甲午海战提供了较为珍贵的史料。曾在黄海海战中负重伤的镇远号帮办管带马吉芬，在战后撰文回忆失利原因之一即是弹药供应严重不足。他指出，在海战结束前半小时，镇远舰305毫米口径主炮的爆破弹全部发射完，仅余15发穿甲弹；而150毫米口径炮的148发炮弹也全部告罄。据他所了解，定远号炮弹使用的状况亦是如此。他不无沉痛地写道："如果再过30分钟，我们的弹药将全部用尽，只好被敌人制于死命。"马吉芬认为作战舰弹药不足的责任应由天津军械局负责，是贪污腐化所致。而供应弹药的天津军械局总办即为李鸿章外甥张士珩。汉纳根曾受命办理舰队催办补充弹药，是在黄海海战前半个月。但据最新史料北洋海军弹药统计档案发现，天津军械局已向北洋海军发货供应足够的弹药，极有可能是没有全部上舰而置于威海卫基地仓库中！

在海战中负伤的定远号帮办副管驾戴乐尔在战后也著有《甲午中国海战见闻记》，记述了中国海军官兵的英勇，给今人留下研究甲午海战的宝贵资料。他对威海卫岸炮利弊的分析，实践证明很有见地。

汉纳根的职务高于马吉芬，他所发现的问题当然更具全局性视角。他负伤后曾向李鸿章建议，黄海海战中失利的重要问题之一是："中国海军近八年中未曾添一新船，所有近来外洋新式船炮，一概乌有，而倭之炮船，皆系簇新，是以未能制胜。"当然"未能制胜"的原因绝不仅仅是未添"新式船炮"，但这确实是非常重要的因素。因而汉纳根据此建议迅速向德、英等国购买"快船"，聘请外籍人员，新旧合成，重新组建。但清廷没有采纳他的建议，而且迅速裁撤了北洋海军的建制。汉纳根怏怏离开了他曾付出心血的北洋海军，本来他还想要求清朝政府同意他去出任新建海军的提督，这个梦想也一同化为泡影。

汉纳根虽然离开了北洋海军，却没有离开中国的土地，这个身上流淌着普鲁士军人世家血液的原德国陆军低级军官，又开始为清朝军队绞尽脑汁规划了整套训练新式陆军的整军方案，这套训练方案最后应用到了袁世凯小站练兵的新式陆军上。

需要指出的是，在甲午海战中，还有6位洋雇员在北洋海军服务，他们是摩顿（利运号管驾）、卢义（图南号管驾）、士珠（海淀号管驾）、惟柏（仁爱号管驾），以上均为英国籍，还有两位美国籍雇员毕利腾（新裕号管驾）、温苏（镇东号管驾）。虽然这6人并未直接参战，但对于战时运输物资做出了很大贡献，鉴于他们的出色表现，李鸿章曾向朝廷奏奖以示表彰。

另外，在北洋海军操江号上还有丹麦籍雇员弥伦斯，因丰岛海战船搁浅被日军俘获。弥伦斯获释后也写了回忆文章，记载了日军对被俘北洋海军官兵的凌辱及官兵奋勇反抗遇难的珍贵史料。在丰岛海战中北洋舰队操江号因搁浅被日寇俘获，弥伦斯与80余名北洋舰队官兵被押至日本佐世保，他回忆海军官兵："午后两点钟，上岸之时备受凌辱，……船近码头即放汽钟摇铃，吹号筒，使该处居民尽来观看。其监即在码头相近地方，将所拘之人分二排并行，使之游行各街，游毕方收入监，以示凌辱。"在威海卫向日寇投降的洋员马格禄（帮办北洋海军提督）及美籍浩威、德籍瑞乃尔，围攻丁汝昌鼓动投降，这真是军人的耻辱！相比英勇战死的洋员，真是判若云泥。

历史永远铭记着在甲午海战及威海卫保卫战、陆地战斗中牺牲的北洋海军和陆军将士的英灵：邓世昌（致远号管带）、林泰曾（镇远号管带）、林永升（经远号管带）、陈荣（经远号帮带大副）、陈京莹（经远号二副）、黄建勋（超勇号管带）、陈金揆（致远号帮带大副）、林履中（扬威号管带）、杨用霖（镇远号护理管带）、丁汝昌（海军提督）、张文宣（北洋护军统领）、戴宗骞（陆军威海统将）、沈寿昌（济远号大副）、黄祖莲（广丙号大副）、刘步蟾（右翼总兵）……及英勇牺牲的甲午海战中数千名没有留下名字的海军水兵和陆军士兵。

历史同样也应该铭记在黄海海战中与中国北洋海军官兵英勇抗倭的8名外籍勇士，因为在北洋海军被炮火硝烟熏染的军旗上，也染上了他们的鲜血……

从北洋海军建军说起

有人认为:"北洋水师早就败了,不是败在1984年,不是败在大东沟、刘公岛,而是败在1840年,败在更早的'寸板不得下海'的《禁海令》,败在民族文化开始僵化不前、妄自尊大、故步自封的更久更远的时候。"(陈群明《古来忧患发人醒——观〈北洋水师〉随感》,载1992年4月25日《中国开发报》),这是把失败之因归于政治了。陈文还引申为清廷因此并不把"国防看得比一座园林更重"。这里,我们姑且不论西太后挪用海军经费,可以先回顾清廷为什么要建北洋海军?

过去有一种观点认为:建北洋海军是为借鉴太平天国起义,为防止内患而要"船坚炮利",这是不正确的。

中国有水师之建溯源极早,且不说周秦之前即有船队至"倭国"(比徐福还早),也不说三国时大规模的水战;早在明代征高丽、下西洋时就已经蔚为壮观了。清季也有水师,当然是旧式的,难于抵挡"船坚炮利"的外夷舰队。但即使这种木船水师,在1840年林则徐的领导下,奋勇迎战,使得强大的英国舰队不能越雷池一步,只好绕道而去。这岂是"早就败了"呢?当然,林公也承认英舰"在海上来去自如","所向无不披靡",因此他开始仿造西洋船炮,并计划筹建强大的近代水上舰队。他的思想很明确——师夷之长技以制夷,即为保卫国防。当然这一计划因他被发配伊犁而终未实现。

20年后,时值太平军兴,曾国藩奏请"购买外洋船炮",兴建近代舰队,清廷立即照准,不过此时建近代水师之目的在于"以资攻剿"

太平军。当时太平军连克宁波、杭州等地，清廷一夕数惊。曾国藩从军事战略角度认为，要攻取苏州、金陵、常州等地，光凭陆军和洋枪队不行，非有近代海军不可。后总理衙门委托英人购买了 7 艘兵舰，但因后来发现英人要控制舰队，所以清廷下谕令全舰队驶回变卖。

清朝驻日公使黎庶昌，在使日第三年，有感于明治维新与中国拉开差距，经深思熟虑，写《敬陈管见折》，递总理衙门转奏。主"整饬内政"，"酌用西法"，列七条富国强兵措施，其中之一为强海军，以为现在水师"战舰未备，魄力未雄"，"实难责与西人匹敌"，他规划应练一百号兵船，分南、北二水师，专做攻敌。且每师应有铁甲巨舰四艘。但总理衙门定"情事不合，且有忌讳处"，竟"寝而不奏，将原折退回"。曾纪泽知晓，乃赞"大疏条陈时务，切中机宜"，"弟怀亡已久而未敢发"。这应看作建新式海军的最早建议之一。

太平军失败后，抵御列强又成为第一急务。左宗棠首议建船政局，自己设厂造船，因"泰西各国起轻视之心，动辄寻衅逞强，靡所不至。此时东南要务，以造轮船为先著"。可见左氏造船建舰队之议，实为"捍卫海疆"。次后又开办前后船政两学堂，连同船政局，为北洋海军之建奠定了基础。

1874 年日寇侵台湾，清廷认清日本"为中国永久之大患"。当时为"隐为防御日本之计"，福建巡抚丁日昌草拟《海军水师章程》，议建北洋、东洋、南洋诸水师。清廷原则同意，但因财力所限，先定创北洋水师。1879 年，北洋水师在英国订购"镇东"等 6 艘炮舰。1881 年，暂任北洋海防督操的丁汝昌赴英接超勇号等 2 艘快船归。随后，丁汝昌正式擢任北洋水师提督。1885 年，德国订造之定远、镇远铁甲舰及济远快船共 3 艘归国。1888 年，致远号等 4 艘快船又由英、德驶回。至此，北洋水师正式建军，更名为北洋海军，共拥有铁甲巡洋舰 2 艘、快船 7 艘、炮舰 6 艘、鱼雷艇 12 艘、教练船和运兵船 8 艘，总计 35 艘，总吨位约 5 万吨。与此同时，福建水师和南洋水师亦初步建成，中法战争后还建立了广东水师。可见清廷当时是决心要船坚炮利抵御外侮的。这岂是"僵化不前""故步自封"呢？要说"妄自尊大"，如对日本而言，这是在中国士大夫头脑中一种长期的观念。在朝廷和士大夫的眼里，"弹丸小国"的"蛮夷"从来是遭到蔑视的。先秦古籍《山海经》中"倭"属燕国的记载也许不太可靠，但汉朝册封的"汉倭王印"在当今日本是被奉为国宝的。元代忽必烈讨伐日本的十万人远洋舰队遇风沉没，也许是个巧合。到明代，倭寇海盗骚扰我海疆，朝廷震怒。永乐初，日本遣使讨封"日本国王"，向成祖发誓不纵倭骚扰。永乐二年（1404）倭寇扰我浙江。成祖立遣郑和组建远洋舰队东渡，晓谕日本不得违誓。日王源通义即捕倭首，倭乱乃平。只需一纸文书，日本自己就围剿了倭贼。当然，这离不开郑和强大的舰队去威慑做后盾——不战而屈人之兵。明朝曾联合朝鲜与日本丰臣秀吉侵朝舰队进行过海上决战，彻底终止了日本觊觎朝鲜的野心。清代日本明治维新后，对中国开始心怀不轨，把征服中国看成征服世界的跳板。北洋海军初建确实在实力上超过了日本，因此以醇亲王和李鸿章为代表的"陶醉派"一直在自鸣得意，这就在主观上影响了北洋海军继续加强实力，也促成了主管海军的醇亲王为西太后修颐和园挪用海军经费。实际上日本不甘落后，一直锐意扩充海军，决心在舰船数量和作战能力上超过北洋海军，日本当时的年度军费预算竟达国家预算总额的40%。在北洋海军建成至甲午战争8年中，日本平均每年度购置2艘新式战舰，并大购速射炮以替换旧式火炮。面对这种现象，中国士大夫层只有一少部分人感到忧虑。

过去一直认为李鸿章是投降派代表，这并不符合历史。李鸿章一手筹建海军，8年未添一船一炮，是不能完全由李鸿章负责的。但他身为北洋海军最高统帅，却难辞其咎。山东巡抚张曜曾奏请淘汰陈旧船只，以节约经费"另造铁甲坚船"，这还是可行的，但仍被以缺饷为借口不了了之。

　　北洋海军覆灭的重要原因之一是军备不修、缺乏弹药，李鸿章安插其外甥张士珩为军械局总办负责军火调拨，却使北洋海军长期奇缺弹药（其人战后被正法）。这一点导致了北洋海军黄海海战失利。再者，李鸿章一贯视北洋海军为己之家底，光绪曾令北洋舰队出战，李鸿章总顾左右而言他，最后导致刘公岛之战北洋海军全军覆灭。

　　既有功绩又有失误，李鸿章就是如此一位矛盾人物，如他一直警惕洋人要谋取北洋海军指挥权而加以抵制，却又不断聘请洋员顾问。殊不知刘公岛之役就是洋员们鼓噪投降而瓦解军心的。北洋海军之覆灭，非战之败也！

最后的安魂曲

——丁汝昌的结局

黄海海战后，北洋海军仍有实力，但由于客观条件限制，手握北洋舰队直接指挥权的丁汝昌不敢再战，一直坐等全军覆没。可以说，北洋海军最后的安魂曲——刘公岛之役，丁汝昌是应负主要责任的。

在北洋海军的高级将领中，丁汝昌是最具争议的人物，几次受到朝廷的严厉处分，被申斥，褫夺黄马褂、顶戴，革职留任，引起朝野之间奏章弹劾，甚至吁请处之以极刑。终于引起光绪皇帝的震怒，"褫职逮问"，要下诏狱。幸因李鸿章、北洋海军将领、陆军将领及洋员集体向朝廷说情，才得以暂带职指挥刘公岛保卫战。但光绪皇帝不依不饶，仍然指示：一俟战事结束，必须逮捕入狱。甲午海战中，死难将领"皆被恤，汝昌以获谴，典弗及"（《清史稿》，中华书局 1977 年版，第 12728 页，以下引用均不再注），至宣统二年（1910）海军部成立，他的老部下请求赐恤，朝廷才开复官级。

丁汝昌似乎对部下很宽厚，因而受到将领们的尊重。大东沟海战后，"汝昌鉴世昌之死，虑诸将以轻生为烈，因定《海军惩劝章程》，李鸿章上之，著为令"。按清律，武将失地即为死罪，如轻生、逃跑，家属还要受牵连。战死或自杀才能受到朝廷的典恤。甲午海战中，北洋海军军舰即为将领所不能失之地，故将领自杀战死极其惨烈悲壮。丁汝昌目睹部下与舰共赴死，感慨万端，故在海战后制定章程，向朝廷说明海军与陆军之不同，而且培养一个海军舰长极不易，请求放宽处分。看来他颇有仁慈之心。

陆军出身终成海军统帅

古语说"慈不带兵",从丁汝昌被任命为北洋海军统帅的那一天起,甚至之前被提名时,就有人认为他并不适合,迄今还有他是外行的舆论;对北洋海军及刘公岛战役的失利,也认为他负有直接责任。北洋海军将领绝大多数是科班甚至留学出身,唯独他没有经过近代海军的训练。他的学历只有可怜的 3 年私塾,父母早亡,家境很苦,帮人放牛放鸭、摆渡,当学徒,是个苦出身。

《清史稿》上说他"初隶长江水师",那是旧式木船水师,不是近代意义上的海军。而之前,他基本在陆军服役。《清史稿》上没提他的陆军戎伍生涯,他早年参加过太平军,那是太平军攻克庐江,按丁汝昌的说法,他是被掠入伍。这不太使人信服,太平军的组成以穷苦人居多,参军者大多是赤贫者,以丁汝昌困苦孤身的境地,极有可能是扔下锄头主动投奔的。他 1854 年入太平军营伍,辖属太平军程学启部。程原也是农民,连私塾都未读过,是安徽舒城人,丁汝昌则是安徽凤阳人,后迁入庐江,与程是老乡。他与程学启出身相同,惺惺相惜,遂成为程的亲信。7 年后,湘军包围安庆,策反了驻守安庆的程学启,程率丁汝昌等 80 余人加入湘军,成为曾国藩之弟曾国荃的部下。

后来程学启被李鸿章初创淮军时从曾国荃处要去,遂成为淮军第一悍将,战场上能拼命,有"爱将如命,挥金如土,杀人如草"的时评,有名的苏州杀降几万太平军的"杰作"即他所为,被曾国藩誉为"此名将也"。

丁汝昌随程学启加入湘军后,也许是想洗刷"发逆"的经历,改名丁汝昌(原名丁先达),还起了表字禹廷,也作雨亭。在攻陷安庆时立下头功,从此升任营哨官,赏千总(千总是清代武官职级,武官共分九品)。丁汝昌被赏的千总,应是从六品,职级虽不高,但应是载名正式武官名册，总算有了出身。以上这段历史，《清史稿》丁汝昌本传一字未提，也许是不齿，也许是隐讳，堂堂大清北洋海军提督，居然原来是个"长毛贼"（清朝时对太平军的蔑称，因太平军蓄发，书面用语是"发逆""发匪"）。

虽然程、丁二人经历差不多，但本质并不太一样。程学启原在乡间就不是本分农民，整天游手好闲，不务耕业。丁汝昌则是地道农户，很规矩。据说丁家在明初曾一度发达，但至清初中落，所以由凤阳迁到庐江。但有一点是相同的，强将手下无弱兵，程学启是悍将，丁汝昌作战也很勇敢。

加入淮军后，程部编为开字营，淮军编制亦仿湘军，以营为单位。首领为营官，营的番号以营官姓名中的一个字命名，为何称开字营，并无程的名字？也许是从原名中而起。

李秀成围攻上海，一夕数惊。在淮军东渡支援上海时，丁汝昌作战勇猛，被淮军名将刘铭传激赏，遂转入铭军，升任骑兵营营官，迁参将。参将是正三品武职，已跻身高级将领之列。丁汝昌追随刘铭传6年，多次参加与太平军、捻军的战役，因战功逐渐升副将、总兵加提督衔，并得到朝廷赐予的勇号"协勇巴图鲁"。在清代能升到正二品的总兵（加提督衔有可能是从一品）已非常不易了。《清史稿》只有寥寥几个字："从刘铭传征捻，积勋至参将。捻平，赐协勇巴图鲁，晋提督。"其实不是"晋提督"，只是加衔。

但"飞鸟尽，良弓藏"，1874年捻军被平定，朝廷本来就忌惮湘军、淮军的坐大，也为节约军饷，开始裁撤日益膨胀的湘、淮部队，丁汝昌麾下的三营马队也进入裁撤名单之列。

湘、淮体制，兵随将转，将以兵立，无国家概念，兵只服从将帅。将帅没有了部队，即为光杆司令，无财源，也无升迁之望。丁汝昌大发牢骚，上书发泄，要求保留编制。引起他的上司刘铭传震怒，遂拟以其违抗军令治罪。丁汝昌得到消息，迅速孤身逃遁于巢县高林乡郎中村老家，暂避风头。

丁老家原在庐江石头镇丁家坎村。1864 年迁入巢县。为何迁居？据说丁汝昌此时已升为参将，有人说"大将当避地名"，"丁（钉）在庐（炉）上"，非乃吉兆。故迁居而避凶取吉。如此良苦用心，但甲午之败的耻辱仍降临在他的头上，这已是 30 年以后的事了。可见天意从来高难问，不是迁避就可以逢凶化吉的。

可以想见，丁汝昌蜗居故里，心际是颇抑郁的。虽然刘铭传没有穷追猛打，但他终究丢了差使。出生入死征战了半辈子，终不甘心。大约闲散数年后，丁汝昌终于耐不住烦闷，遂进京谋取差使，估计不免一番活动，终被有关部门启用，发往甘肃"差遣"，这明显不是肥差，也不是带兵的实缺。丁汝昌很失望，也许是活动力度不够，对荒远的甘肃的官职大失所望。他想到老长官李鸿章，遂由京赴天津，想恳请李鸿章想想办法，以便得到较好的位置。

天津之行，让他意想不到。李鸿章正在为新成立的北洋水师物色统帅，却一直没有合适人选，忽然见到丁汝昌，遂征询其意，丁汝昌大喜，满口应承。

清代习惯，文武官员若有上司举荐职位，无论是否熟悉业务，均会一口应承。如容闳，是最早的留美幼童，美国耶鲁大学毕业。李鸿章极欣赏他引进"制器之器"，即仿造西洋船炮，建立清朝本国军事工业体系的理论。也许是因李鸿章的推荐，曾国藩曾亲自考察他，问：可否指挥部队？但他觉得职位不适合自己，一口回绝：不能！这令曾国藩非常惊讶，因为这太不符合官场惯例了。曾国藩对容闳说：在国内如我问百人，九十九人都会回答可以，你说不能，难道不想得到职位？容闳大概受的是西方教育，遂回答：不能接受不可胜任的职位，那会问心有愧！曾国藩被感动，遂派其赴美国选购机器，对李鸿章创立江南制造总局起到了重要作用。

但李鸿章和丁汝昌都是用国内官场的思维。因而，对丁汝昌来说，没有熟悉不熟悉业务之分，只需忠诚遵命即可。这个责任也许不该由李鸿章来负，官场上都这样，尤其举荐肥差，何乐而不为？

建设北洋海军这一近代化的海军，在清朝是一件大事。公平地说，清末的军事改革不易，需得到西太后的同意，和以醇亲王为首的清廷贵族集团的支持。另外，也应该承认李鸿章还是在一定程度上接受了西方军事理念，但西方军事战略思想优先考虑的要素是火力至上、主动攻击，再加上后勤保障，也包括量才使用军事将帅。对火力配备、军事配套设施，李鸿章还是很重视的，如采购战舰及修建旅顺、威海等地要塞。但主动攻击的理念，他没有完全接受，有把"保船"视为家底的思想。对将帅的选择，他也先以亲疏为标准，即不是用人为贤和内行。创建先进的海军是李鸿章朝思暮想的梦，可一旦梦境真的实现，他就开始了错误的选择。

李鸿章最早具有开化意识，他曾化装成士兵潜入外国兵轮考察，他的常胜军早就配备有先进的蒸汽兵轮（运输舰），他在常胜军建立了中国第一支近代意义上的炮兵部队，也不顾曾国藩的反对，常胜军最先开始组建持有新式步枪的营队。但有了利器，还要用人得当。北洋海军绝不同于当年的常胜军兵轮、炮兵和步枪营。

在此期间，李鸿章一直苦恼于海军统帅人选。据说他一度对严复寄予极大期望，严复留学英国，与刘步蟾、林泰曾、蒋超英同被英国教习誉为最出色的四位学员之一。据张佩纶记载：陈宝琛曾向李鸿章举荐过严复。张佩纶曾与李鸿章谈论起北洋海军最杰出的四位将领：邱宝仁、邓世昌、刘步蟾、林泰曾，他认为刘步蟾最优秀。另一位有开化思想的方面大员丁日昌曾向李鸿章建议，大胆起用船政学堂毕业生，但被李否决。但起用丁汝昌，李鸿章是要冒巨大的舆论风险。因为几乎没有人看好丁汝昌，清议派的中坚、后来成为李鸿章女婿的张佩纶虽不适合带兵打仗，但是作为战略家还有是一定真知灼见的，人也比较正直。尤其对人的评价，有其尖锐性和准确性。他曾劝李鸿章：

起用丁汝昌，女流稚童也不会认可。对位高权重的李鸿章如此说，也算够尖锐苛刻的了，等于说李鸿章的识人标准还不如妇女和小孩子。另一员能吏——李鸿章非常倚重的北洋海军基地专家袁保龄（袁世凯的叔祖父），是旅顺海军基地的创建者，他可能不便对李鸿章说，却写信给张佩纶，说丁汝昌"浮而贪"，"恐不胜任"北洋海军统帅这一重要职务，他大概是希望通过张佩纶转达给李鸿章。事实证明，袁保龄对丁汝昌的评价真是一针见血，丁汝昌的缺点在日后显露无遗，对北洋海军的纪律管理和风气起到了颇为负面的影响。

以李鸿章的精明，他很清楚丁汝昌不能胜任，但他认为丁的忠诚和老部下的便于驾驭是最大的优点，使他认为能力可以退居其次。丁汝昌的优势不在于内行与否，也不在资历和职阶，他能赢得李鸿章的任命，完全在于他不讲任何条件的忠诚度。这也是清代，尤其是湘军、淮军的用人惯例。能力固然重要，但忠诚更为重要。这也是李鸿章不用船政学堂毕业生的原因，仅懂技术，未历战场，决不堪重任，何况对闽人云集海军，李鸿章一直心生警惕。如后来他任命完全不懂海军业务的老翰林吕耀斗为天津水师学堂总办，也是因为他是淮军的铭军出身。

李鸿章也不是傻瓜，他对丁汝昌肚子里有几两干货，还是掂得出斤两的。但李鸿章认为，外行可以转为内行，他自己当年不是对洋务一窍不通吗？不也是通过实践历练出来了吗？因而，他一开始并未授丁汝昌实职，而是"留北洋差序"，就是临时负责，对其加以考验和历练。

丁汝昌加入北洋水师序列是1877年，正式被"命为海军提督"，是光绪十四年（1888），整整历练了十年！人生有几个十年呢？应该说丁汝昌付出了艰辛，十年中数次大的军事行动和重大海事任务，皆不辱使命，亦有可圈可点之处，使李鸿章对其青睐有加，终于认可。

当然，这几次行动和任务，都不是真刀真枪的海战。但毕竟结果圆满。比如,丁汝昌临时负责北洋水师事务的第三年(1879),李鸿章命令他去英国执行订购超勇、扬威两舰的任务,顺利带舰归国,得赐"西林巴图鲁"勇号,职级也擢升正一品。光绪八年(1882),丁汝昌参与外事活动,率舰东渡朝鲜,"莅盟"朝鲜与美国互通贸易的签约仪式。3年后,朝鲜壬午兵变,他奉命率北洋济远、扬威二舰赴仁川、汉城平乱,与吴长庆设计约见亲日派大院君(类摄政王)李应罡,快刀斩乱麻,以极快速度连夜将其押送国内保定监禁。这次军事行动,体现了北洋水师的快速反应能力,朝廷和李鸿章极满意,赏他穿黄马褂,这是清代文武官员的极高荣誉。李鸿章评价他"才明识定",以西法创练水师,堪大用,也就是说,已认可了他管理北洋水师的能力。1883年,在李鸿章的保举下,朝廷正式实授丁汝昌天津镇总兵兼北洋水师统领(因北洋水师未正式成军,那时还称"统领")。这是丁汝昌人生的一大步。清朝总兵武职实缺很难,可以有总兵的职衔,但不一定有实职。丁汝昌不仅有了实职,还有了具体的差使,可谓双利兼得。

自1883年丁汝昌实授北洋水师统领后,他多次督率北洋水师舰队巡视朝鲜釜山、元山、永兴湾及俄罗斯符拉迪沃斯托克、日本长崎等地域的军事行动,包括平时水师操练、校阅及海军基地建设,都未出纰漏,进而得到李鸿章和朝廷的赞赏。

1888年,北洋水师正式建制成军,以《北洋海军章程》制定为标志,此后无论向朝廷奏文或内部行文,都称"北洋海军"。丁汝昌也被正式授以"北洋海军提督"官职,朝廷特加兵部尚书衔,以示大清海军提督威仪。虽已改称北洋海军,但从上到下习惯仍称北洋水师。直至1894年甲午之战突起,丁汝昌一直受到李鸿章和朝廷信赖,也是他人生极为风光煊赫的时期。

当然,在这6年中关于他称职与否的议论从未停止,他的部下,那些留洋归来的管带们,以刘步蟾为首的"闽党",大概从未在心里真正尊重过他。他之所以被部下所尊重,不是因为称职,而是因为他宽厚的性格。所以《清史稿》说："军故多闽人，汝昌以淮军寄其上，恒为所制。"当年北洋海军上下流传着一句口号："不怕丁军门，就怕琅副将。""军门"是清代对提督的尊称，"琅副将"指受聘于北洋海军、负责技战术业务训练的英国海军上校琅威理，清廷授其副提督衔海军总查（后升至提督衔），故有"副将"之称。琅威理是典型的职业军官，治军极严，故海军官兵对他敬畏有加，对丁汝昌反而并不畏惮。由此可以看出丁汝昌确实宅心宽厚，也由此带来治军上的一系列弊端。

上行下效败坏风气

北洋水师成军后，一直有舆论指责其军纪松弛。

这里先不论是枝节、局部，甚至夸大，以丁汝昌而论，他自己即上梁不正，正应了袁保龄评价他"浮而贪"，"恐不胜任"大军统帅的评语。"浮"指什么？性格？办事浮躁？不肯踏实钻研业务？袁保龄虽未明确分析，"贪"却是一针见血。迄今没有证据显示丁汝昌贪污公款（这也许是有人评价他"守身廉洁笃实"的理由？其实李鸿章保举丁向朝廷奏报时才会这样说），但那个年代，上级借婚丧嫁娶、年令节贺，接受下级馈赠，却是公开而半合法的，丁汝昌恐怕也不能免俗。否则不能解释他在生活上的奢华，他甚至养了一个戏班，开支不菲。另有人查到日本《读卖新闻》曾报道：丁汝昌于 1885 年曾于香港买下 3 万英镑生命保险，但因自杀无法理赔（梁二平《败在海上——中国古代海战图解读》，生活·读书·新知三联书店，2016 年版），如果属实，这也是一笔大钱。但日本媒体往往爱造谣，如北洋海军军舰水兵在炮上晾衣裤之类，极不可信。诚如章太炎曾批评日本学界惯于"捏造事迹"，"只有日本人，最爱变乱历史，并且拿小说的假话，当做事实"。在日俄旅顺海战中，日海军所谓"军神"广濑武夫被击毙，日媒居然造谣说俄国为广濑举行葬礼，并立碑。所以研究分析甲午海战对日本媒体的报道要万分小心。但有一点是肯定的，丁汝昌的奢靡生活光靠他的俸禄是远远不够的。钱从哪儿来？光靠部下送礼恐怕也不够。正史当然不会揭丑，倒是野史记载其中奥秘。《北洋海军章程》明文规定，海军总兵以下官佐必须常年住舰，不准在基地建造官衙、公馆及私人寓所。按规定，丁汝昌可以驻节提督公所，但据说他不仅另起公馆，居然还在刘公岛基地大盖铺房，出租给部下大赚其钱，收益颇丰。此外，丁汝昌堂堂提督，居然常常去看戏、逛窑子、吃花酒，这本身已违反清代对官员的风纪规章了。清代明文规定：官员不准去青楼瓦舍、歌台戏院，违者会受到处分，甚至丢掉乌纱帽。丁汝昌这些不检点的狎行，对北洋海军的影响是很严重的。琅威理在职时期，军纪尚严。琅威理本人对此深恶痛绝，惩罚甚严，故风气尚可。待琅威理去职，自丁汝昌以下，大肆放纵，因为再也无人监管了。

不少军官或自建馆寓，或租赁丁汝昌之铺房，公然离舰登岸高卧。野史记载：这在北洋海军居然形成风气，甚至连兵弁也不住船，有的竟形成"一船有半"的恶劣现象。据说琅威理在职时，已然存在，只不过他去职后，更公开化而已。

最恶劣不堪、寡廉鲜耻的是方伯谦，他虽为"闽党"成员，但与丁汝昌关系尚好，贪财好色、胆大妄为，视军纪为无物，居然在北洋海军各海军基地如刘公岛、威海、烟台及福州、上海等地均建有公馆，迎娶数房小妾，甚至在服丧期间还公然纳妾，逍遥淫乐，不知羞耻，天良丧尽。据萨苏先生著文指出，他看到2014年发现的方伯谦被军前正法后的档案材料，妻妾们变卖方伯谦名下的房产居然有28处！同时还有一份财产诉状，揭示方伯谦在威海房产共60处（《血火考场——甲午原来如此》，东方出版社，2014年9月版，第48页）！还有其他如福州、上海、烟台等地的房产呢？他哪儿来如此购房的银两，不得不令人推测其来路。

这样的败类完全玷污了北洋海军的名誉，实在是可耻、可恨，这与丁汝昌的纵容大有关系。关键是丁汝昌本身毫无统帅的表率,既不能以身作则于前,亦不能威权监管于后,使北洋海军的军纪愈有沦丧之虞!最令人不齿的是,丁汝昌与方伯谦同逛妓院,同时看上一个娼妓,孰料此妓却青睐于年轻英俊的方伯谦,而不齿于眼中年衰貌丑的丁汝昌,这使得丁汝昌大恼,自认丢了面子。从此二人貌合神离。丁自此怨恨于方,实乃军中丑闻,但丁、方二人均不以为耻。这些丑闻李鸿章不可能不风闻,但他并未予以重视,因为有言官已就北洋海军水兵在香港巡视中上岸赌博予以揭露,结果不了了之。长崎事件,起因也是风传水兵上岸嫖娼,与日本警察发生群殴。最后从丁汝昌到李鸿章,完全没有认真对待,基本未予处置。

当然,嫖赌现象并非整体北洋海军所好,言官的揭发也许是个别现象,长崎嫖妓也许有日本媒体不怀好意的渲染。但终归影响到军纪,也许因为丁汝昌、方伯谦等高级领将带头逛妓院,风气所染,必浸淫于士卒。所谓"上有所好,下必甚焉",实在是令人痛心扼腕!

英国人赫德说:"琅威理走后,中国人自己把海军搞得一团糟。"赫德的话也许言过其实,但确实道出了北洋海军所存在的歪风邪气。

北洋海军在建设刘公岛等处海军基地时,沿用西洋海军习惯,在基地建造了海军俱乐部,其中弹子房、酒吧、舞厅等一应俱全,但这些所谓绅士军官的设施,并不能吸引方伯谦们的眼球,逛妓院、吃花酒、养妾、听戏、酗酒……旧八旗、绿营的陋习缠附在他的身上,实在是北洋海军的耻辱。当然,必须指出的是,方伯谦代表的只是一小撮败类,以邓世昌为代表的广大北洋海军官兵并非如此堕落,因为在战场上挂白旗投降的只有方伯谦等区区一二人而已。

带伤不退的"顽垒"

一个沉湎于恬嬉的将领主官还能一心一意钻研业务吗?以丁汝昌

而言，历来有两种评价。一种认为他完全是外行，对北洋海军的建设、风纪、训练有负面影响，在甲午海战、刘公岛保卫战中有负职守，对北洋海军的覆灭有不可推卸的责任。另一种客观评价认为丁汝昌对北洋海军的建设还是付出了一定的心血。逐渐由外行开始熟悉业务，尤其对北洋海军的后勤保障付出心血，不能将丁汝昌全盘否定。

丁汝昌对于海军作战和训练应该是不熟悉的，先是聘用洋员琅威理等人，后由刘步蟾对北洋海军整体的军事训练负责，自己似乎只分工于基地建设和后勤保障事务。按现在的军事观点来看，他的职务应该是舰队副司令或海军基地司令较为合适。

相比他的日本对手和自己的部下们，丁汝昌于海战确乎是外行。日本联合舰队司令官伊东祐亨也是由陆军出身转为海军。与丁的经历相仿，自1866年，意大利、普鲁士与奥地利在利萨首次上演铁甲舰海战以来，甲午海战是世界海战史上第一次进行铁甲舰队战役级的大海战，这场大海战的胜负无疑将改变中日两国的走向。如以成败论英雄，丁汝昌应是失败者。以黄海大东沟海战为例，定远号发现日本舰队，首先发炮，日舰回击，震坏军舰飞桥，在桥上督战的丁汝昌被震倒受伤，而由刘步蟾代替指挥。从海战布阵及后来海战过程来看，刘步蟾的指挥还是可圈可点的。

而丁汝昌自受伤后就未再参与海战指挥，毕竟是久经战阵的悍将，他拒绝水兵们搀他进舱，而坐在甲板上镇定微笑，鼓励水兵们奋勇杀敌。一个舰队司令临危不惧，对全舰官兵起到激励士气的莫大作用。当时丁被震落甲板，碎片压住左腿，"左脚夹于铁木之中，身不能动，随被炮火将衣焚烧，虽为水手将衣撕去，而右边头面以及颈项皆被烧坏"（《中国近代史资料丛刊·中日战争》第三册，上海人民出版社，1957年版，第113页），这是战后李鸿章致朝廷的战事汇报。当时在舰上的洋员戴乐尔也在战后回忆录中描述了丁汝昌的受伤和从容镇定。

丁汝昌受伤后，水兵们将他搀扶进舰艉楼，过程中有两名救护他的水兵当场中弹牺牲。可能是水兵的牺牲提醒了他身为提督的职责，他坚决拒绝水兵们要搀扶他进入舰艉主甲板下的医疗室治伤，坚持坐在舰首楼内督战。这是一处通道，水兵们不断从此运送炮弹，戴乐尔记叙："提督坐一道旁。彼伤于是，不能步立。惟坐处可见人往来，见辄望之微笑关作鼓励之语。"当时戴乐尔也受伤，在医疗室包扎完伤口正好看见负伤的丁汝昌在激励水兵的士气。他很感动，"用半通之华语与英语，互相勉力。……表示同情、崇敬，且钦佩之握手，凄然前行，心中犹念及不幸之丁提督所处地位之可哀"。戴乐尔的感受，相信定远号的官兵们同样感受到了。丁汝昌之所以受到官兵的爱戴，并不完全是因为待部下宽厚，还因为他勇敢的军人素质和表率，毕竟身经百战，尽管有缺点，但他毕竟不同于方伯谦，方伯谦怕死，战场上挂受伤旗临阵脱逃，他的部下对其非常鄙夷。

戴乐尔何以"凄然"？何以有"可哀"之感？

因为之前的丰岛海战失利及北洋海军引起争议的军事部署行动，被清流派大肆攻讦，引起光绪皇帝的厌恶，诏谕丁汝昌"即行革职，仍责令戴罪自效"。就是说丁汝昌此时已被褫夺北洋海军提督职务，而是以戴罪之身临时指挥。

丁汝昌如果躲进甲板下，等于放弃职守，将会给清流派以更大借口，清流派本身即想将淮系势力彻底逐出北洋海军。他虽然看不到双方激战，但他不愿退缩。他要以提督的身份激励部下，丁汝昌无疑成为血性军魂的象征。战后统计，定远号、镇远号仅大型炮弹就分别被击中159弹和200余弹，正如日本战报所悲叹："定远、镇远不负盛名。坚甲顽垒无法击沉！"日本当时大概不知道，定远甲板上还有一座带伤不退的"顽垒"丁汝昌！

黄海上波涛汹涌，硝烟翻卷，炮声撕裂空气，发出刺耳的轰鸣，定远号上落下了大大小小一千多发炮弹，它没有沉没，仍然顽强地与对手进行战斗。丁汝昌的心情一定非常复杂，在镇定从容之下，他的眼睛流露出什么？有对战胜敌人的渴望？有对革去职务的凄凉？他大概不会想到，之后的刘公岛保卫战是他人生中最大的耻辱和最后的悲歌。

实际上，北洋舰队对敌作战的战术指挥由左、右翼总兵执行，大部分军舰仍视定远号为指挥旗舰，整个战役并未因丁汝昌受伤而混乱。相比之下，方伯谦的表现就太令人不齿了，他被军前正法实在是罪有应得。方伯谦临阵逃跑，还带动吴敬荣的广甲舰跟着脱逃，不仅影响恶劣，关键还造成舰队整体乱阵，使双方战舰对比失衡，影响了北洋舰队整体作战力量。济远号本是作战阵形中的第四战斗小队领队舰，大战伊始就徘徊不前和闪避。致使整体战役中北洋舰队少了2艘战舰的作战能力。济远号在逃跑过程还撞伤扬威号，致使其搁浅，管带林履中愤而蹈海自尽。方伯谦是罪不容诛的。何况方之劣行是经李鸿章参奏军机处定旨的，李鸿章与方伯谦关系也尚好，事涉北洋海军成败荣辱的大是大非，丁汝昌、李鸿章是不会含糊的，何况临阵脱逃在封建时代是军人的顶级耻辱，掉脑袋是很正常的。

可以说，大东沟海战由于丁汝昌受伤，并未参与具体指挥。丁汝昌本身并不以知兵名，在淮军时从未指挥过大战役，更不精通近代海战。他原本是太平军出身，只是冲锋陷阵的战将，后叛变入淮军投靠李鸿章而受到李的赏识。北洋海军建军即受领督操之职，后正式授提督重任。他确为北洋海军付出了不少心血，但他确又不擅长海军作战，平常的训练演习都委托刘步蟾主持（其中一段时间是琅威理负责）。长期以来，丁汝昌受李鸿章"保船制敌"战略思想的影响，一直不敢言战。

"保船制敌"贻误战机

丁汝昌太平军经历的出身，使他一直小心谨慎。在李鸿章"保船"方针的影响下，丁汝昌多次出巡无功，被震怒的光绪革职"戴罪立功"，从此他更加谨小慎微。丰岛海战前，丁汝昌没有控制大同江，受到李鸿章的斥责。黄海大东沟海战中，丁汝昌带伤不退，他是抱定必死之心的。战后李鸿章认为"以北洋一隅之功，搏倭人全国之师，自知不逮"，坚持"守口"不战的方针。这更影响了丁汝昌。

李鸿章的分析不能说没道理，但也有视北洋舰队为家底的思想作祟。当时日军开始登陆作战，清军转为全面防御。李鸿章在当时提出了"多筹巨饷，多练精兵"的持久战战略，但未被清廷采纳。慈禧不愿打仗影响祝寿，光绪抱负很大，但他没实权，只是名义上的武装部队统帅。他只能迁怒于丁汝昌，他曾与清议派商量以清议派人士取代丁汝昌的职位，但为时已晚，且阻力重重。

日军在海军护航下开始登陆后，竟未受到北洋舰队的任何阻击。在花园口登陆后日军推进实际很缓慢，但丁汝昌率舰队由威海抵旅顺，竟未敢袭击日本登陆部队。日军占大连湾后，丁汝昌竟率队又回威海，李鸿章曾予以严斥。丁汝昌又回旅顺，但一天之内又返回威海。数日后旅顺即失守，进而辽东半岛大部失守。这时李鸿章亦被"革职留任"。

此时，清廷最高统帅部估计日军必会逼山海关攻取北京。所以在京畿屯兵计200余营约10万军队，山东半岛部署40余营2万～3万人，且散落成山至登州500里长之地段。荣成仅4营1400余人。实际上日本却是虚晃一枪，兵锋直取山东半岛。

当时只有威海卫守将戴宗骞是聪明人，他向李鸿章提出了"宁力战图存，勿坐以待困"的良策，即陆、海军皆可出奇兵袭击。但李鸿章怕出击有失，仍取防守之势，令陆、海军"效死"坚守。1895年1

月20日，日军2万人登陆荣成湾，1400名守军不支而退。这时李鸿章才明白"守定不动之法"误了大事，但他不愧是久经战阵的兵家，于23日急电丁汝昌"出海拼战"，"即战不胜，或能留铁舰等退往烟台"。此时若按李鸿章的电示办，或尚可挽回危局，保存北洋舰队。但丁汝昌却拒不执行，回电表示"惟有船没人尽而已"，他认为"屡催出口决战，惟出则陆军心寒，大局难设想"。这一拖便失去了宝贵的7天，日本陆、海军攻占南帮、北帮炮台，至此陆上据点皆失。日军利用南帮炮台终日炮轰北洋舰队，日本海军则完全封锁了威海基地，围住了北洋舰队。

当李鸿章知南帮炮台失守，再次急电丁汝昌，令他"挟数船冲击……勿被倭全灭"，或"事急时将船凿沉"，但丁汝昌竟仍然拒绝执行，又失去了宝贵的7天！2月5日至6日，日本鱼雷艇连续攻毁北洋数舰。7日，又全部俘获突围的北洋十余艘鱼雷艇队。9日，靖远号被击沉，定远号失去战斗力被丁汝昌下令炸沉，刘步蟾自杀。10日，丁汝昌才令沉船研究突围，但为时晚矣。在一片大乱之形势下，不得不服毒自杀。余存的10艘舰船和大量军械皆被敌所获。

现已查明，以丁汝昌具名的降书是洋雇员伪托的。丁汝昌大节不亏，但自卑心理太重，优柔寡断，不知兵不善战，而且拒不执行正确的命令（错误的他倒坚决执行，甚至加以发挥），最终成了断送北洋舰队的直接责任者。尽管他自殉，却不是英雄。

以今天的军事常识来看，大东沟海战中日双方互有胜负，日本"聚歼清舰于黄海"的战略完全失败，北洋舰队主力舰未被击沉，在威海卫和刘公岛保卫战中乃可有所作为。但丁汝昌完全乱了方寸。多种内外因素使他身心俱疲，不堪主帅重任。

密谋换掉海军提督

最致命的是光绪与清流派密谋，由珍妃、瑾妃的师父文廷式奏请起用徐建寅为特使，"查看"威海布防。名为"查看"，实则欲加之罪。徐建寅是有名的火药技术专家，由珍妃之兄志锐出面保奏，先于11月10日到达北京。这完全是清流派的预谋，企图以徐取代丁汝昌。清流派其实一直处心积虑去掉丁汝昌。7月24日，即丰岛海战爆发前一日，张謇写密信致翁同龢，提出北洋海军高层人事变更的谋划："丁须即拔，以武毅军江提督代之，似亦可免淮人复据海军（丁常与将士共博，士卒习玩之，亦不能进退一士卒）。惟非水师，恐与驾驶事不行，转为士卒所轻，则左翼之林泰曾，右翼之刘步蟾似可择一。若论者有词，可以策励，似林逾于刘。"（《中日战争丛刊续编》第6册）11月10日军机处即发表徐为特使，同时以"统带师船不能得力"之名革去了丁汝昌的兵部尚书衔，摘除顶戴。旅顺失守后，清流派发起攻击。20日，以"救援不力"罪，丁汝昌被革去本职。27日，都察院60多名言官联衔上奏，请诛丁汝昌，罪名有旅顺失守、镇远号触礁等。12月12日，属清流派阵营的山东巡抚李秉衡的上奏更具杀伤力，请朝廷对丁汝昌明定典刑。5天之后，朝廷正式谕旨丁汝昌交刑部治罪。并谕李鸿章更换海军提督，意图推上徐建寅。只是由于李鸿章与北洋海军、陆军将领和洋员的反对，光绪才允许丁汝昌戴罪暂留，但特别在谕旨中注明"俟经手事件完竣，即行起解，不得再行渎请"，即是说，在海防战事结束后，丁汝昌仍然会被押解到刑部治罪。这样严厉的口气对丁汝昌的心理打击可想而知。尽管李鸿章在向威海海陆军将领转发谕旨电报时，特意对上述谕旨解释："查经手事件所包甚广，防务亦在其内，应令丁提督照常悉心办理，勿急交卸。"但丁汝昌的心里已然忧惧失措。

清流派的计谋在李鸿章和海陆将领的反抗下归于破产，但丁汝昌心里的阴影却挥之不散，他随时都可能被押赴刑部，被处死的可能性亦极大。作为攸关北洋海军和基地的统帅，逢此局面，遑论个人安危，他根本就不被朝廷信任，或胜或败，前途都是莫测。

战前，丁汝昌曾致函陆军守将戴宗骞，足可窥见他此时心境："……汝昌以负罪至重之身，提战余单疲之舰，责备丛集，计非浪战轻生不足以赎罪。自顾衰朽，岂惜此躯？惟以一方气谊，罔弗同袍，骖靳之依，或堪有济。然区区之抱不过为知者道，但期共谅于将来，于愿足矣。惟目前军情有顷刻之变，言官遑论列曲直，如一身际艰危，又多莫测。迨事吃紧，不出邀击，固罪；既出，而防或有危，不足回顾，尤罪……"

上述完全不是一个大战在即统帅的正常心态。"浪战轻生"，战与不战均是"罪"，他的心情可想而知。看来，丁汝昌以死"赎罪"之心从那时就已萌生了。过去对丁汝昌威海卫、刘公岛保卫战的失败之因，很少有人从丁汝昌的心态分析，我以为这封信足以证明丁汝昌已无心指挥战斗。

陆军断援　外线溃败

保卫刘公岛，光依靠海军舰船、陆防、海防炮台不行，还必须有陆军的支援。

北洋海军威海基地自己有陆路驻军，可指挥的绥军、巩军、护军等1万余人，负责守卫威海基地和刘公岛。其他驻防在烟台、登州、青岛、青州、兖州、曹州等地的淮系嵩武军、八旗等陆军约3万人，但不属于北洋海军所能调动。依清末的海防军制，北洋大臣李鸿章有权管辖沿海各省包括山东一带沿海防务，但海防部队只是名义上听从调遣，若要调动部队，还要得到行政区划上的各省将军、总督、巡抚的同意。山东的陆军，李鸿章实际上是没有权力直接调动的，李是北洋大臣、直隶总督，与山东巡抚平级。山东对于保卫威海、提供兵员、战事支援极为重要。原山东巡抚、旗人福润（大学士倭仁之子），与李关系融洽，是主张加强海防布属的，与李配合一直很默契。1894 年 8 月 13 日，清流派干将李秉衡受光绪秘密召见，意图取代李鸿章，8 月 16 日，谕旨将已是安徽巡抚的李秉衡与福润对调。李秉衡曾在李鸿章属下任官，受过处分。后来投靠张之洞门下，成为清流干将，受到越级提拔。这个被翁同龢吹捧为"文武将才，真伟人"的干将，一直对丁汝昌有敌意，他曾巡视到威海，但大敌当前，他竟不与丁汝昌见面洽商海防大计，也一直推托募兵等具体措施。李秉衡确有文才，上奏的电文议论慨然，言辞华藻，但就是无任何实际行动。李秉衡甚至听从张之洞的建议，派密探打入北洋海军内部，搜集把柄，以备打倒丁汝昌和李鸿章之用。

从上到下，都基本认定日本的下一步必然进犯威海卫。依靠自身力量，威海军港防务主要由北洋海军及所辖陆军担任，陆军守护南、北帮和刘公岛炮台。据史料可知，丁汝昌制定的是防守战略，应付日军进攻分别有预备三种作战方案。

方案一：

日本：少量军舰进攻威海；

北洋：全舰队主力出港反击。

方案二：

日本：主力舰队进攻威海；

北洋：各舰于南、北两口水雷线与岸炮共同反击。

方案三：

日本：陆军登陆威海后路；

北洋：各舰赴威海湾近岸，以炮火支持岸炮反击。

这三种布防不能说不周全，但是完全建立在被动挨打的思路上。因为丁汝昌也明白，舰队窝在军港里，依赖的保护是炮台，如果"两岸全失，台上之炮为敌用"，北洋海军的下场就只能是"誓死拼战，船沉人尽"，这是丁汝昌所担忧的后果。两军相争，一方主帅若存此念，那真是太消沉了。

丁汝昌侥幸期望陆路李秉衡能守住，抵御住日军的登陆。但他完全没有看透李秉衡的居心。李秉衡的防务布置，根本就不屑于威海，而是极力保护他自己的驻地烟台。李秉衡曾派出五营河防军（即修河民夫）应付，但宣传得天下皆知。结果就是，数百千米海岸线上，竟无作战陆军守卫。

而且，陆军将领戴宗骞一直主张积极出战，与主张退守的丁汝昌"彼此均有意见，遇事多不面商"，"……负气相争，毫无和衷筹商万全之意"。一些将领如刘体芳都看出来了，甚为忧虑。以今日眼光看，戴对日军的战斗力不是很了解，仅凭血气之勇；而丁汝昌对日军战斗力较为熟悉，却无死战之心。但大战将临，二人意见相左，又无可协调，这已为威海卫保卫战失败埋下不祥的预兆。

另外，即便李秉衡抛弃党派之隙，全力调动部队支援保卫威海卫和刘公岛，但部队的战斗力实在令人扼腕。事实证明，面对日军的登陆，清军将领并非不战，但部队实力确实悬殊，战术明显落后，火力明显不足。也有的部队往往一触即溃，甚至有一支部队仅因掌旗兵中弹，军旗倒下，全营即一哄而散。尽管个别战斗有所斩获，但总的是溃败，甚至不战自撤、不战自散。

炮台尽失　孤岛危悬

外围防线的溃败，使北洋海军威海卫基地只能依靠自己单薄的防守部队，南帮炮台首先成为第一道屏障。其海岸和陆路炮台，共有克虏伯要塞炮 120 毫米至 280 毫米 20 余门、75 毫米行营炮约 20 门，但缺乏抵御对方步兵进攻的机关炮，守卫部队仅有巩军 6 营约 3000 人，且弹药不足。

1895年1月30日，凌晨约5时，至上午8时许，驻守清军一千多人终究抵抗不住日军一个旅团的攻势，被迫弃守。随后，日军利用大口径火炮轰击北洋舰队，定远号刚修复的305毫米巨炮又被损，广丙舰帮代大副、留美幼童黄祖莲等阵亡。鹿角嘴、谢家所等陆路炮台相继失守，坚守清军不屈阵亡。当然，日本第六师团第十一旅旅团长大寺安纯少将，在摩天岭炮台正待摄影留念，被北洋舰队来远舰发炮击毙。从此日起，北洋舰队各舰与日军展开了十余天的炮战。丁汝昌坐镇定远舰，并来远、靖远、平远、广丙、济远诸舰及鱼雷艇等开炮支援陆路炮台。

从现存往来电文看，李鸿章曾多次急催北洋舰队突围冲出去。丁汝昌为何不执行命令？现在分析，一是冲出去或许有保留北洋舰队剩余舰只的希望，但威海卫与刘公岛必丧敌手，因为守卫部队完全不能与强敌抗衡。于是竟出现如此荒唐的一幕，基地守卫部队主要将领、李鸿章的外甥张文宣竟先致电李鸿章，反对北洋舰队突围，其后又急忙会见丁汝昌，坚决要求陆、海军"协力同心，死守刘公，以得外救。互相立约；若陆军先出，则水师轰炮击之；若水师先逃，则陆军开炮轰之，各无悔言"，这个愚蠢的协议束缚了丁汝昌的手脚，也束缚住了他的思维。

或许丁汝昌的心里清楚：即使他突围而去保存住了北洋舰队，但威海卫、刘公岛的失守必置他于死地，因为他还担负着保卫海军基地的职责。

张文宣是威海护军统领，这支部队是太平天国战争时李鸿章的亲兵护卫营，是李鸿章最嫡系和贴心的亲信子弟兵。原驻防旅顺，后调威海，参与刘公岛炮台修建后，就地驻防成为护军，共辖两营，甲午后又增募两营。作为李鸿章的外甥，他有着颇为权威的发言权，丁汝昌也不能不让三分。张文宣守地有责，他的目的很明确，要死大家一起死，所以他最终也选择服毒自杀。左右为难的丁汝昌做出了一个毁灭性的决定。

丁汝昌最担心南帮炮台失守，因为南帮与北帮两座炮台是威海基地的重要屏障，失之则臂断其一。他曾将水兵派上炮台协助火炮操作，兼有督战之意。但丁汝昌却又向李鸿章汇报，与张文宣等商议放弃难守的外围龙庙嘴炮台，这引起戴宗骞的愤怒："因甚轻弃？"他也向李鸿章告状，"淮军所至披靡，亦何足为怪？"一贯坚持积极作战的戴守骞的这一番话，大获李鸿章欣赏，马上斥责"丁系戴罪图功之员，乃胆小张皇如是，无能已极"，"如不战轻弃炮台，即军法从事"！

丁汝昌无奈，只好恢复龙庙嘴炮台防守。但面对日军第二师团近万人的进攻，南帮炮台只有守军约3000人，清军顽强抵抗，曾三次击退日军，在1月30日（正月初五），外围沦陷，摩天岭炮台失守。自指挥官周家望以下，守卫清军全部壮烈牺牲。

丁汝昌也许是无奈和极度痛苦、愤慨，在龙庙嘴、鹿角嘴、南帮陆路炮台相继失守的消息刺激下，加上李鸿章对他的斥责，他居然下了一道违背军事常识的毁灭性命令——北洋海军精锐的海军陆战队全线出击，夺回失守的炮台。这支陆战队经过近代化陆战训练，全部装备毛瑟枪，是北洋海军的袖珍突击队，但只有约300人。当时炮台守卫退下的溃兵正被日军追击，北洋舰队的舰炮向日军追兵发炮。陆战队乘舢板在南帮岸边登陆，逼近炮台，少数陆战队员已翻墙进入炮台，但因为太弱小，被日军合围，与退下来的陆军士兵全部战死！受伤的士兵也壮烈自杀，无一人投降！

丁汝昌的这道命令葬送了精锐的陆战队，好钢未用在刀刃上。

一臂已断，北帮炮台岌岌可危，李秉衡玩弄权术，拒不派兵支援。

1月31日，日军分头向北帮炮台迂回。羊亭河之战，清军不敌日军火力，全线撤退。威海通向烟台的陆路被日军断绝。这一天，丁汝昌来到北帮炮台与戴宗骞共商防守之计。但倚赖的巩军统领刘超佩已负伤入医院。北帮仅剩的一营绥军新募兵全体溃散。支援北帮的广甲舰随后逃往烟台。这艘舰的管带即是在海战中随方伯谦逃跑的吴敬荣，非常奇怪的是方伯谦被军前正法，吴却只受到一般性处分。其恶果是关键时刻，他又使出逃跑的伎俩。

戴宗骞扼腕长叹，炮台内只剩下十几名亲兵，面对虎视眈眈的日军两个师团，他无兵可以抵御！北帮炮台共有大口径克虏伯要塞炮10门，一旦被攻陷，被日军利用，火力完全覆盖刘公岛，其危害大于南帮炮台失陷，对北洋基地而言完全是毁灭性的。可丁汝昌决定弃守，他从军事角度分析利害得出的结论是：无力防守，与其被日寇利用，不如毁弃。

戴宗骞坚决反对丁的提议，丁汝昌派人将他羁押回刘公岛。也许是戴宗骞一直内疚于威海陆路的失守，也许是作为军人不战而弃阵地的耻辱，戴宗骞于2月1日晚回到刘公岛，吞金自杀，据说痛苦之极，一直到深夜方去世！

2月2日晨，镇远号的水兵登上北帮炮台，将炮位、火炮全部炸毁。上午日军进入威海卫城和北帮炮台。至此，陆路全部被日军占领，北洋海军的物资、弹药补给被切断。因日军占领城内电报局，北洋海军与基地的对外联络的电报也全部中断！北洋海军危在旦夕！陆、海两方面均被日军控制，大口径火炮均可从南、北帮炮台喷泻到刘公岛。

听到这些令人沮丧的噩耗，丁汝昌紧急于深夜召集军事会议，参加者有张文宣、牛昶昞（北洋威海营务处提调道员）、已升任左翼总兵的刘步蟾及各舰管带，包括北洋海军总教习马格禄等一干洋员。

会议得出的结论是：刘公岛、日岛、黄岛、东口、东泓、旗顶山等共有各类火炮约70门，还有舰队火炮，依托东西海口布设的水雷等坚守待援，将希望寄托于李秉衡等外围陆军的解救。

2月3日，日军发起进攻，几次被击退。但定远号被鱼雷击中，刘步蟾命令砍断锚链，以避沉没，驶往刘公岛东南岸坐滩搁浅。在海水不断涌入的险情下，定远号继续发炮，丁汝昌则移督旗于镇远号指挥作战。2月5日，来远号中雷倾覆。宝筏号、威远号相继中雷失去战斗力。刘步蟾被迫率水兵弃舰到达刘公岛，据说见到丁汝昌，竟跪倒放声大哭："今惟一死谢之！"

2月7日，李鸿章密使送信命令突围。但此日黎明，日军总攻开始。北洋舰队反击，但不少炮弹虽击中敌舰，却因多为实心弹，对敌舰损毁甚弱。同日，鱼雷艇队出港，搭载丁汝昌密使李赞元赴烟台求援的飞霆号也同时出港。过去一直认为是擅自脱逃，现在经过考证，鱼雷艇队不是逃跑，是佯攻掩护密使小船驶往烟台。因敌我悬殊，迫不得已逃往烟台，但大部分艇船被日军俘获。这样的结局，丁汝昌完全没有料到，大为震惊和恼怒。但这一消息在刘公岛引起混乱。陆军士兵极为愤怒，因为原来海陆两方有约定，不得擅自突围。士兵们于深夜聚集于海军公所，丁汝昌、张文宣赶至，好言抚慰，制止了类同哗变的危险。但弹尽粮绝的险况，使人心崩溃，不断有军民绝望自杀。

同日，李秉衡为断绝救援，发电朝廷，造谣说北洋海军已全军覆灭，导致清流派言官开始起草革职李鸿章、正法丁汝昌的奏折。李鸿章方寸大乱，竟然在毫无调查的情况下，认为丁汝昌"带'镇远'、'靖远'各舰艇冲出，寡不敌众，迟不如速，亦必被击沉"，提出"引咎"请旨罢斥。

直至2月9日，在鱼雷艇队掩护下搭乘"利顺"轮求援的信使李赞元才到烟台。

丁汝昌不知道李赞元到了烟台，2月8日，北洋舰队一部分官兵离开军舰上岸，不到一小时，陆军也纷纷离开炮台，连同百姓，又围聚在海军公所门前，要求丁汝昌放自己一条生路。

此时的丁汝昌不是激励部下誓死抵抗，或率部突围保存力量，竟然许诺，若11日援兵不到，"届时自有生路"。

第二天，日军继续进攻，发起炮战，丁汝昌亲登靖远号，率平远号驰至日岛附近，配合刘公岛炮台反击。丁汝昌大概想一死解脱，居然来到舰首 210 毫米主炮炮位旁，昂首挺立督战。水兵们看到提督在无任何防护的甲板上镇定自若，皆受激励，尽管伤亡严重，但仍与日舰炮战了一个多小时。但最终靖远号被击中，下沉后，丁汝昌被救到救生船上，涕泗横流，悲伤长叹："天使我不获阵殁也！"他想阵亡解脱，他从未想到军事上的万全之策，他所能做的只是毁船。

9 日下午，丁汝昌又决定炸毁搁浅的定远号。广丙号用鱼雷先击毁靖远号，随后用炸药炸毁定远号。在天降的大雾中，极度悲愤的刘步蟾吞鸦片自杀，实现了他战前的遗言："苟丧舰，必自裁！"这个噩耗再次冲击着北洋海军的军心，丁汝昌的心中必会再次被猛烈地撞击！

同夜，日军鱼雷艇队再次破坏威海湾东的防材，造成破口进一步扩大。令丁汝昌短暂喜悦的是，一直与外界中断联系的刘公岛，迎来李鸿章的密使偷渡而至。但密电只是 7 日李鸿章的突围命令，形同一纸空文，对刘公岛的危急无任何作用！

丁汝昌急忙给李鸿章致信，除报告一周战况外，乞求援军务必于 10 日、11 日到达。同时写信给朝廷原定驰援威海的淮军陈凤楼，乞求"望贵军极切""日来水陆军心大乱，迟到恐难相见"，悲凉之情，溢于纸上。他将希望寄托在当年在剿捻战争中的老战友身上。但他不知道，陈凤楼的 8 营马队于 9 日已到潍县，被居心叵测的李秉衡留于莱阳、海阳一带驻防，名为"防备"日军，实则断绝救援。10 日，朝廷不知是愚蠢，还是清流派的计谋，又以日军"窥窜京畿"，"沿海地势平阔，须有得力骑兵"为由，将 8 营马队悉数调到天津。旌旗迤逦，马蹄声远，含泪翘首以望的丁汝昌还蒙在鼓里，他所祈盼的援兵再也见不到了！

李秉衡的工于心计不仅如此，山东的精锐主力他不发一兵一卒，连朝廷另外发遣的 5 营云贵苗兵也被他扣住。这支部队由抗法战争名将丁槐督率已到达黄县，李秉衡下令暂驻，以加强登州防卫为名，实则保护他自己！他还煞有介事地要求丁槐在此招募训练 20 个营后，再去救援，他对截留陈凤楼也是打着与友军会合、集训之后，再去救援威海的幌子。李的所谓计划广告天下，令人眼花缭乱，各种部队会合、训练，谋划救援之类，貌似慷慨激昂，实则不发一兵。

以清朝陆军与日军素质相比，尽管陈凤楼的淮军有作战的老底子，丁槐的苗兵有与法军作战的经历，但真正交战，火力不足、缺乏弹药的这两支部队，是否能与日军抗衡，实在是莫测。但有一点是可以预测的，假设两支部队能到达威海陆路，与日军交战，胜负另论，但对刘公岛苦苦坚守的海军、陆军官兵，必是极重要的激励，军心必将振作，奋起而战，恐怕绝不至于落到瞬间涣散瓦解的地步。

以"自杀"求"一身报国"

2 月 10 日，日舰纷纷补给装煤。据记载，丁汝昌一直立于军舰和炮台上，翘首威海陆地，望眼欲穿！北洋海军毫无反击。

派往日本求和的特使张荫桓、邵友濂二人被日本拒绝，予以驱逐。这是朝廷于去年 12 月定下的，以期保存北洋海军。但其实日本在未覆灭北洋海军前，是决不会停战和谈的。

这一天，得知日本拒绝和谈，光绪召见大臣，"声泪并发"，但几位大臣的进言，翁同龢在日记中说是"余以为特梦呓耳"。

2 月 11 日是日本的纪元节，历史上神武天星即位日。日军发起总攻，日方原以为北洋舰队士气已然低落，战事必唾手可得。讵料北洋舰队和护军却极为顽强，极高的炮火命中率令日军大为震惊，葛城号被击中，可惜又是实心弹！但已令日舰丧胆，第三舰队迅速撤离。在随后发现未受重伤后，又卷土重来。但领队舰天龙号又被刘公岛炮台实心弹击中，大副毙命。大和舰也被击中，但可惜都是实心弹，未被击沉。不堪北洋舰队猛烈的炮击，日舰最终撤退。

但丁汝昌并不乐观，日军的暂退必将带来更猛烈的进攻，弹药将尽，水粮几无，军心涣散，水兵和陆军士兵又以丁汝昌允诺的援军期限哭求。丁汝昌几次下命令炸毁镇远号，但已无人听命。丁汝昌束手无策，无计可施。现在史料已证明，日本联合舰队是在 1 月 25 日送达劝降书。这封劝降书丁汝昌应该是看到的，只不过他根本不予理会。但此时此刻，丁汝昌心有何想？据卢毓英《卢氏甲午前后杂记》记载：丁汝昌曾咨询留学英国的部下陈恩焘，询问西洋海军逢此绝境该如何处置。陈将外国海军投降之例告之，"丁之意遂决"。有这么简单？意遂何决？定远号军官卢毓英所写《卢氏甲午前后杂记》的这本未刊野史，尽是孤证，几难令人相信。即以劝降书为例，日方记载有中、英两种文本，内容却差异颇大，英文是公文，中文几乎是私信。我倒宁愿相信丁汝昌是被洋员和属下僚属假托投降。因为丁汝昌心里非常清楚清朝对于失地官员的苛刻处罚。投降？那会给家族带来灭顶之灾！其名誉更是诛心遗臭！他其实非常清楚，刘公岛保卫战无论胜负，他都会被处以刑罚。他不知道，来刘公岛的信使返回烟台后，军情已达朝廷，但从上到下没有驰援的急令，只有清流派在撰写奏折，挞伐李、丁二人。李鸿章收到刘体芳转来的丁汝昌告急电后，一无筹措，只将电文交到总理衙门而已。丁一直有自杀的打算，他何用投降自辱名节？卢毓英的品行也是有问题的，他怕战败受辱，买鸦片以备服毒。但买完回来后又大抽而尽，称"今朝有酒今朝醉，明日无钱明日愁"，他的回忆录怎敢令人相信？

也许丁汝昌为断绝水粮、弹药将近的将士们，以一身担当降名，而保全数千人的性命？

2 月 12 日，丁汝昌向老长官李鸿章写好遗书后，取鸦片服下自杀，年 59 岁。他在向营务处道台牛昶昞交代后事后，留言："只得一身报国，未能拖累万人。"也许当年在太平军所经历，他想起了石达开、李秀成的故事？但太平军将士并未得到保全，全部残忍被杀害！即使北洋海军水陆几千将士生命得以保全，但耻辱岂能避免？事实上投降后，北洋海军建制被一笔勾销，军官、士兵绝大部分被遣散。投降并未保全北洋海军！而短短不过十余天，战事结束硝烟未尽，2月25日，水兵被发饷陆续遣散。本来刘体芳负责遣散事宜，想保留军官，送天津听候发落。但李鸿章一口回绝："今船失则官亦虚悬，均应斥革，令其各回原籍。"不知丁汝昌死后若有知，对他的老长官的冷漠该做何想？

遗书、遗言都是不太可信的，在封建时代，重要官员的遗书都要上呈朝廷，往往被改动、代写，以免犯忌而得不到抚恤。野史的记载也须慎重引用，说丁汝昌将自己的官印磨掉一角，以防被人利用，这都不太令人信服。因为在11日晚间的军事会议上，丁汝昌曾提议突围至烟台，但无人响应。马格禄、牛昶昞予以拒绝，并离开会场，会后马、牛二人还派兵持械威逼丁汝昌向日军投降，被丁拒绝。夜至，二人又煽动兵民在丁住所门外呐喊、威胁。说明丁汝昌此时并未想到投降而抱有一线希望。

在之前的2月7日，洋员英籍副管驾戴乐尔、德籍教习瑞乃尔等3人，受英籍总教习马格禄、美国人浩威主谋推举，拜访丁汝昌、牛昶昞、马复恒，劝降。但丁汝昌坚决回绝，以自杀明志。10日，一部分护军士兵挟持张文宣至丁汝昌住所，胁迫投降，牛昶昞和各舰管带也赶来。丁汝昌只说："你们想杀我可速杀之，我岂会吝惜这条生命？"瑞乃尔再劝，"不若沉船毁台，徒手降敌较为得计"。据载，他当时是沉思良久，态度不明。虽未明确同意，但同意"沉船"的提议，下令炸舰。丁汝昌的态度有些暧昧。

当然，丁汝昌是决心一死，他特请木匠打制棺材，还亲自躺进一试。但是他说"吾誓以身殉，救此岛民尔"，无非是默认其他人代替投降，他对北洋海军的覆灭仅一句"誓以身殉"，就可以推脱掉责任吗？
耻辱就能被洗刷掉吗？

烟消云散的结局

与丁汝昌同日自杀的还有刘公岛护军统领张文宣、镇远号护理管
带杨用霖。张文宣在斩杀数名日军间谍后，也服毒自尽。杨用霖听到
要投降的消息，悲愤不已，坚决不签署日方要求的不参与战事的保状。
牛昶昞召集各将、洋员商议投降事宜，因丁、刘自杀后，杨用霖是护
理左翼总兵兼署理镇远管带，等于是林泰曾的职位，是北洋海军武级
职衔最高者，故牛昶昞推举杨用霖主持投降。但被杨用霖一口拒绝，
高诵文天祥诗句"人生自古谁无死，留取丹心照汗青"，返回舰舱，举
枪自杀！杨用霖是北洋海军军人唯一用手枪自杀者，异常壮烈。杨用
霖值得大书特书，他是自学成才，未经任何海军学堂学习，一步一步
擢升为海军高级将领。他擅长英语和驾驶，曾被琅威理、严复等赞其
日后必为海军名将。连光绪皇帝都知其名，在欲将丁汝昌治罪时，特
向李鸿章提出三人供选用替代提督之职，其中便有杨用霖。对北洋海
军心存敌意的钦派查验北洋海军特使徐建寅，对诸如刘步蟾、林国祥、
邱宝仁等将领评语颇恶劣，对杨用霖的评价却是"朴诚可用"。历史
当然不容假设，但假设杨用霖临战前出任北洋海军提督，又该是何结
局呢？

杨用霖自杀前吟诵了文天祥的诗，文天祥被囚数载，誓死不降。
杨用霖战死到最后一刻，绝不向敌寇投降！这位在黄海海战中为防止
有人降旗投降，亲自将军旗钉死在主桅杆上的猛将，自杀后依然端坐
于椅，手枪握于手中，至死都没有躺下，保持了北洋海军军官的尊
严。卢毓英是这样描述的："（杨用霖）端坐于官舱，自饮手枪，灌脑
而卒。其船诸将忽闻官舱有声如雷，急入视之，见其独坐椅上，垂首

至胸，前视之，已亡矣。血穿鼻孔而出，滴落胸襟，手内手枪犹栓而不释。"杨用霖自戕的枪声是北洋海军发射的最后一发子弹，他的死比丁、刘更为壮烈！丁汝昌之死与杨用霖相比，莫说有愧于心，谁更死得其所？福龙艇管带蔡廷干被日军俘虏，在询问他是否投降时，他予以拒绝，并说："在我舰队，决无这样的情形。"又问"丁汝昌有死而无已的决心吗？"蔡答："有。如无长期作战之意，岂不早就逃跑了吗？"日军又问："如果我们现在释放你，你还打算再上鱼雷艇与我们作战吗？"蔡答："有这种打算。"丁汝昌若知道部下这样回答，他心里会有何感想呢？

现在证明所谓丁汝昌致日军统帅伊东祐亨同意投降的复函，是牛昶昞所写，在事后朝廷究查时，牛昶昞、马复恒坚持投降是丁汝昌决定的，是丁汝昌委派程璧光送降书才自杀的。议降、投降的过程令人感到耻辱，不再细述。

以下数字足使后人锥心刻骨。

1895年2月14日下午2时，牛昶昞、程璧光登上日军松岛舰，缴上刘公岛陆海军官兵名册，总计5124人。其中，北洋海军军官183人，军校生30人，水兵2871人；刘公岛护军等陆军军官40人，士兵2000人。所有军人都签署了"永不参与战事"的保状！

2月17日中午日军登岛，举行"捕获式"，接收镇远、平远、济远、广丙等11艘舰船，编入日本舰籍。大量火炮、军械被运回日本。直至1898年5月24日，威海军港一直被日寇占领。

甲午海陆之战，北洋海军牺牲将士1400余人。陆军将士至今没有详尽准确的统计。日本方面统计为13488人（含北洋海军），其中非战斗死亡约12000人。清军自己则估计约为25000人。

中方在威海、刘公岛之战中的北洋海军主官丁汝昌、刘步蟾，主力舰镇远护理管带杨用霖，以及陆军主要高级将领戴宗骞、张文宣全部自杀，日方阵亡军衔最高者为旅团长安寺纯一少将。

4月9日，朝廷颁谕，刘步蟾、张文宣、杨用霖、黄祖莲从优议恤。

4月28日，颁发上谕，将投降的北洋海军领将和文职官员林国祥、叶祖珪、邱宝仁、李和、牛昶昞、马复恒等革职查办。

朝廷下旨，丁汝昌不予抚恤。据说朝廷特令他的尸骨不准下葬。他在老家的魏夫人听到夫君自杀噩耗后，即服毒殉夫！柏拉图说："只有死者，才知道战争的结局。"北洋海军覆灭的结局，丁汝昌一定想到了，但他会想到夫人的殉死吗？

至此，自1888年正式建军的北洋海军烟消云散，刘公岛悲歌画上了终止符。

风流云散

"君臣一梦，今古空名"

——林则徐与道光帝的离合

  鸦片战争和林则徐，是中华民族历史上值得大书特书的事件和人物。此文就林公评价的若干问题不揣谫浅，以就教于海内外方家。

  自林公禁烟以来，中外褒贬不一，其毁誉纷纷至今未歇。当年《南京条约》签订之后，竟有广东籍卖国贼公然抛出《辟俗论》，除大肆赞美奸臣琦善并为其翻案外，竟攻击林则徐"贪功启衅""贪功误国""削职充军，大其罪所应得哉"，时林公已远戍新疆。这是一篇极有代表性的汉奸言论。而发动鸦片战争的英国人也在当时对林则徐大肆诬蔑，这些犬吠之诬，早已不辩自消。当年马克思在《新的对华战争》《鸦片贸易史》《英人在华的残暴行动》《中国革命和欧洲革命》，恩格斯在《对华新远征》等文中痛斥过英国人的侵略行径。但迄今为止，仍有某些西方学者隐瞒历史真相，竟诡称鸦片战争为"通商战争"，须知当年到东方包括中国进行殖民活动的英国人和其他西方国家，正是用鸦片和军舰大炮冲开了中国的大门，而不是什么商品。这些"学者"以墨写的谎言掩盖了血写的史实，这种谬论何以面对当年喋血而死的成千上万的中国军民！？当然，即使在西方，肯定林则徐历史地位的观点亦占主要地位，而诋毁林则徐、歪曲鸦片战争性质的殖民主义观点，在西方学术界也被视为一种偏见。君不见，英国伦敦蜡像馆中很早便赫然矗立起林公蜡像，无数的英国人都来此顶礼瞻仰（虎门之役后收殓关天培遗体时，英国曾在靖远炮台铺设红毯以示敬佩，这实则代表了一种人心向背）。

在我国台湾地区，学界以肯定林公业绩为主流，这以林公后裔林崇墉先生所编撰《林则徐传》为代表。但台湾学界亦有敢冒天下之大不韪的荒谬观点出世，如蒋廷黻先生公开替琦善翻案，否定林则徐，但拥护者毕竟寥寥乃至受到正直学者的批评。笔者以为，此实乃神人共愤、有违至情至理之谬见。此外，台湾学者多有反复论述林则徐寻求"美援"和"亲美"之举，不过是借古人酒杯浇今日之块垒。林公当年与美国人来往，无非是"以夷制夷"，取分化瓦解之意，鲜有其他。大陆学者早有辩证，笔者不再赘述。依笔者管见，这与台湾史学界部分人士热衷研究南明史实有异曲同工之妙。林公是近代反抗西方侵略第一人，开眼看世界第一人，向西方学习第一人。台湾史界过分渲染"寻求美援第一人""亲美抗俄"（林公名言有"终为中国患者其为俄罗斯乎"句）等，实乃偏离主导，误入歧途，有损林公形象。

在大陆，研究、评价林公，20世纪60年代以前著述不多，可称为论文的不过数十篇。有关林公的评传到1981年才有《林则徐传》（杨国桢著，36万字）、《林则徐年谱》（来新夏编著，34万字）问世。且至80年代初期，一些观点仍失之偏颇，总以晚年"镇压农民起义"相加，笔者以为这亦颇有可商榷之处。

如史所证，林则徐的爱国主义不仅体现在禁烟抗英之举，在晚年"强边御俄"也是他最主要的思想和行动。他在新疆贬戍4年，不计个人荣辱，考察西北大漠边陲，忧心国事，提出"终为中国患者为俄罗斯乎"的警言。在他生命的最后一年里，在福建侯官（福州）西门定远桥畔家中仍念念不忘国事外侮。1850年3月，他得悉英人背约强占福州城内乌石山神光、积翠两座寺院，即联合当地士绅开展驱英斗争（当时浙闽总督和福建巡抚方面大员颇有妥协之意）。当时林公拖病躯，"数乘扁舟至虎门、闽安诸海口阅视形势"，其爱国举止何其感人！

评价林则徐，不可避免要涉及道光皇帝。过去对道光的评价几乎众口一词：惩办林则徐和出卖民族利益的罪魁祸首。笔者认为这未能正确评价道光在禁烟运动中的作用。可以说，没有道光，便没有林则徐在历史舞台上有声有色的表演。道光单单挑出林则徐委以禁烟重任，是基于其长年对林则徐的了解和信任。没有道光的支持，林则徐不可能在禁烟运动中叱咤风云，禁烟运动的胜利，道光起了不可忽视的重要作用。所谓"君臣知遇"，在道光和林则徐身上有着极为生动的体现。当然，后来发生了谪贬的悲剧，这正是道光作为封建君主的局限使然，倘若换上康熙或光绪，那么这场威武雄壮、有声有色的史剧也许会是另一个结尾了。道光处在那个时代，自有其缺点，无知自大、摇摆不定、虚荣自私等，如道光曾对林则徐有过斥责。第一次鸦片战争结束，林则徐上疏："以船炮而言，本为防海必需之物，虽一时难以猝办，而长久计，亦不得不先事筹维……若前此以关税十分之一，制造跑船，则制夷已可裕如。"道光批道："一片胡言！"林则徐实是真知灼见，而道光帝的保守心态和无知瞒盰跃然纸上。道光最终将林则徐当成"替罪羊"，抛弃了他。而林则徐则是"雷霆雨露总沾恩"，他始终感激道光的擢拔知遇之情，受知则感激涕零，失宠则甘于忍辱负重，置个人福祸荣辱于度外。即使罢官流放也终无一字怨言。这正应了道光内定他为钦差大臣的谕慰："卿其善体朕心！""中原果得销金革，两叟何妨老戍边"，这是何等浩然赤诚的襟怀。有人谓此诗"流露了内心对道光皇帝的不满"，其实非也。这正是林则徐不计个人荣辱的爱国情操的深刻体现。须知，那时士大夫以"主辱臣死"为人臣之道，忠君即爱国。他被革职后委婉地向道光帝抗争，也仍在向道光帝筹议海防，"苟利国家生死以，岂因福祸避趋之"，这是林则徐当时心情的写照。

道光帝确实赏识和赞誉林则徐，与林则徐在禁烟的识见上亦可说是不谋而合。鸦片战争之前，道光一直支持禁烟论和黄爵滋的奏折。过去范文澜先生在《中国近代史》一书中认为：道光只是看了林则徐那篇著名的奏折，"遂决定严禁"，任命林则徐为钦差大臣赴粤查办，这个论点影响颇广。实则把道光看低了,一是道光不是看到了林则徐的奏折才下决心禁烟,他早就"是非明",在此之前就颁布过不少道严厉的禁令。而且,也不仅因这一道奏折才赏识林则徐,而是早已对林则徐有了深刻的了解,林则徐擢升方面大员,完全是道光知人善任所致。道光即位伊始,就对林则徐"印象极佳,甚为器重"。林则徐自嘉庆二十五年仕宦,道光二年以道员入觐,道光极为称赞:"汝在浙省虽为日未久,而官声颇好,办事都没有毛病,朕早有所闻,所以叫汝再去浙江,遇有道缺都给汝补,汝补缺后,好好察吏安民罢。"(《林则徐集·日记》)用语之亲切、评价之高颇可见道光帝对他的赏识。且许愿"补缺",可见眷宠之意已萌。次年林则徐擢江苏按察使,"民颂之曰:林青天"。后来,道光在他进京时两次召见勉慰有加:"汝系翰林出身,文章学问本好,此数年在外办事亦好","汝是精明的人"。还谆谆告诫他:"官职越升载大,仍当与做诸生未中时一样……好好谨守立品,勉为良臣。"并暗示他很有可能擢升"督抚",还劝他"用度务宜节俭",因为"汝明日做了督抚,廉俸自比现在较多,但若不能节省,亦不敷用"(台湾林氏《林则徐传》)。由此可见,道光对林则徐赏识到了何种程度!

道光四年(1824),身为江苏臬司的林则徐,因治水患有功,两江总督等会奏,道光朱批赞同林则徐的"器识远大","即朕特派,非伊而谁"。道光十一年(1831),林则徐右迁河道总督,道光于其谢恩折论批赞曰:"……由翰林出身,曾任卿吏,出膺外任,已历十年,品学俱优,办事细心可靠,特畀以总河重任。"于此可看出,道光对他整整考验了十年,算是一个工作小结。而这次仍然是一个专门性质的考验。在得知林则徐治河有方、一丝不苟时,道光大加赞赏:"如此勤劳,弊目绝矣。作者当如是,河工尤当如是。吁,若是者鲜矣!"第二年林则徐即出任江苏巡抚。道光深寄厚望专谕:"知人难,得人尤难,汝当知朕之苦衷,一切勉力而行,毋负委任,朕有厚望焉。"林则徐也未负道光期望，于任上"贤名满天下"。道光十七年（1837）升湖广总督，于任上忠实执行道光的禁烟法令，道光甚为宽慰，谕旨称赞。道光称誉林则徐的谕批，《清宣宗实录》记述甚多，限于篇幅，兹不尽举。

在道光令全国督抚讨论禁烟事宜中，林则徐上奏折坚决支持。道光十八年十一月十日（1838年12月26日），林则徐遵道光谕旨晋京廷对陈述禁烟方略。道光迫不及待，于次日清晨第一个召见他。次日再次召见，第三日召见时，道光关心问："能骑马否？"即赏林则徐在紫禁城骑马。林则徐在日记中分外感动："外僚得此，尤异数也。"林则徐骑马入内城议禁烟事宜，道光又说："你不惯骑马，可坐椅子轿。"十五日清晨，林则徐坐轿去见道光，君臣取得一致："事在今日，未能断其祸根，毕竟有外国商人窃带鸦片，若能严治彼等，重烧弃之，令不敢输入我国，纵国中尚有所存，久必吸竭，害自灭矣。"（《林则徐日记》）道光终下决心派林则徐为钦差大臣，"颁给钦差大臣关防，驰驿前往广东查办海口事件，所有该省水师兼归节制"（《道光朝筹办夷务始末》第五卷）。

林则徐从十一月十日入京到二十三日出京，共十三天，几乎每日受到道光召见，在清代历史上无第二例，"此国初以来未有之旷典，文忠（林则徐谥号）破格得之，枢相为之动色"。《道光传》曾说道光召见林则徐达"十九次"，但据《清史稿·林则徐传》并不确，不知书中所云所据何本。林则徐在日记中也记是八次召见，每次密谈二至三刻（约合现在的半小时至四十五分钟）。但密谈内容至今不见记载。

林则徐被授为钦差大臣，并授以独断之权。由此可看出，道光林则徐君臣际会相得，十数年如一日，几乎到了亲密无间的地步。林则徐母亲逝世丁忧后被任陕西按察使，道光召见时见他面有难色，才知他任官距老家远，不便迎养老父。道光记在心中，不久下谕改升江宁布政使。道光的破例照顾，足见君臣关系的亲密程度。没有道光的信任和支持，林则徐的禁烟不可能成功。林则徐在受到"传播歌谣""群言淆惑"时，道光大为气愤，马上下谕指出林则徐是"朕亲信大臣"，为表达对林则徐禁烟的支持，于道光十九年（1839）林则徐55岁生日时，道光亲笔赐书"福""寿"二字，并御题"愿卿福寿日增，永为国家宣力"（《道光传》）。林则徐亦对道光感激涕零，"君恩每饭总难忘"，为报答道光的知遇之恩，"无一事不尽心，无一事无良法"。广州禁烟大胜，道光功与有焉。不选拔林则徐，国耻则不雪，国威则不张，这正是道光知人善任，独运匠心之举。虎门销烟的壮举，当有道光的坚决支持。因此，没有道光的知人善任，林则徐亦不会应运而生、叱咤风云。道光亦绝非卖国之君，否定、抹杀道光功绩的观点是不足取的。

平心而论，道光是一个勤于政事的皇帝，爱思考，尚节俭。缺点是性格内向，思维保守，谨小慎微。他事必躬亲，"日理万机，孜孜焉，惴惴焉"，以"虚心实行"自勉励。审阅奏折每至深夜。道光二十九年（1849），他年已68岁，仍抱病"自夏徂冬，犹力疾视事，不趋简便"。直到他临终前十日（道光三十年正月初四），才不得不由儿子奕詝"代阅奏章"。道光的遗诏说："自御极至今，凡披览章奏，引对臣工，肝食宵衣，三十年如一日，不敢自暇自逸。"（《道光朝东华续录》卷六十）这些话并非虚饰，是他一生的真实写照，仅他身体力行节俭并推行戒裁浮华，在历代帝王中都是罕见的。

至于他贬斥林则徐，也正体现了他时逢"数千年未有之奇变"的内心复杂性。道光不是奇才，"乾纲独断"的皇权性质更决定了他的悲剧。一看到禁烟胜利，便要全面禁止正常贸易；一遇事变又惊慌失措，迁怒于林则徐，加上琦善之流的谗言，认为抛出林则徐当替罪羊便可化干戈为玉帛。谁知事与愿违，所以他几次宣战，就是这种心理的体现。林则徐抵广州之初，道光批阅他奏稿，当阅至"誓与此事（指禁烟——笔者按）相始终"之语时，曾激动万分，当即批道："览及此，朕心深为感动，卿之忠君爱国，皎然于域中化外矣！"曾几何时，"诸臣欺罔""伪言荧惑"使道光动摇了对林则徐的信任。但，林则徐流放看似很重,其实还是网开一面。须知明、清两代,戮杀封疆大吏的事多得很,因"外衅"掉脑袋的大臣并非无有,慈禧不是杀了几个尚书、学士吗?鸦片战争之前,庄亲王、辅国公溥喜仅吸食鸦片,即被革爵。对林则徐的处分,道光下了不少道谕旨,拖了一段时间,而非像通常"逮京"之类。在懿律率舰队开抵大沽口之时,道光先下旨"饬即回京",后又下旨将林则徐"革职,仍回广东,备查问差委",但未有处分,回到广东不过是闲散之人。道光二十一年(1841)春,道光又下旨调他赴浙江,助钦差大臣裕谦防守镇海。林则徐本已革职,道光赏他"四品卿衔"。这个虚衔并无权力,但一向反对禁烟的军机大臣穆彰阿不肯罢休,向道光进谗请准将林则徐遣戍伊犁。恰黄河决口,军机大臣王鼎借机向道光保举林则徐协办河工"效力赎罪",理由是林当年在江苏治河有政绩。道光顺水推舟,同意林则徐去开封协助王鼎解决黄河决口。王鼎本意一是可避免林则徐远戍伊犁,二是若办河工有功,可以此为借口让道光撤回谪戍谕旨。林至工地,日夜与兵民抢险堵口,赞誉之声不绝。次年,决堤成功合龙,王鼎上奏保举林则徐治河之功,但道光下旨"林则徐仍遵前旨,即行起解,发往伊犁效力赎罪"。这里当然有穆彰阿在捣鬼,但有了台阶,道光是何心理令人不解。

穆彰阿受道光宠信,不仅仇视林则徐,更仇视王鼎。但王鼎也受道光信任,品行、才干无可挑剔,穆彰阿扳不倒王鼎。王鼎是陕西蒲城人,状元,官至户部尚书、直隶总督、大学士兼军机大臣。林则徐是1811年会试,列二甲第四、朝考第五,入翰林院庶吉士,而王鼎已入翰林院多年,与林相交四月,情谊甚深。林则徐任江宁布政使时,王鼎以军机大臣兼户部尚书整顿两淮盐务,上奏道光保举林为江苏巡抚,对林则徐来说有知遇之恩。王鼎是主战派,对穆彰阿甚为痛恨,曾当着道光面对其大声斥责。林则徐被任为钦差大臣,在此之前王鼎也曾向道光力荐林"多谋善断,有为有守,堪当重任"。林赴广东钦差行前,王鼎设家宴送行,希望他能力挽狂澜于既倒。王鼎欣赏林的人品才干，政见相同，所以他想尽办法阻止林去伊犁，但未料道光如此绝情。气愤之下他立即进京请求陛见，欲当面与道光力争。按清代制度，大臣外出公干，皇帝应召见听取汇报。但反常的是道光居然避而不见，也许是心中有愧，无法面对，竟两次赏假让王鼎休息一个月。74岁的王鼎气愤至极，于1842年6月8日于颐和园军机处胡同宅邸自缢尸谏，留下一封遗折给道光，历数穆彰阿之罪，请道光收回贬谪谕旨，"条约不可轻许，恶例不可先开，穆不可任，林不可弃也！"但遗折却被穆彰阿派人到王鼎家里改写，道光所见虽是假遗折，但他一定明白王鼎的真实死因。听闻王鼎死耗，林则徐正在发配途中，写《故相王文恪公》："伤心知己千行泪，洒向平沙大漠风。"三年后林则徐起复为陕西巡抚，以告病假至蒲城王鼎族弟王益谦处，"心孝三日"，参与料理王母丧事，题墓志铭、宅匾等，以寄托对故人的哀思。道光实际也从未忘记林则徐，而西戍途中道光还曾令林则徐折回东河督修河工。道光临死也不愿见林则徐一面，有人谓之恨之弥深，其实这完全是一种内疚之情，如果恨之弥深，完全可以处斩。所以道光谴责林则徐的谕示一道又一道，措辞何其严厉，却是雷声大雨点小，最终只是谪戍。按清代的惯例，谪戍之臣往往最终能够起用。所以，林则徐谪戍之后，人民屡有"讹传林少穆制府复起督师者"，即是一证。道光的儿子咸丰，未即位前就痛恨穆彰阿。道光批准签署《南京条约》，深以为耻，咸丰曾听到父亲在夜里绕室叹息，给他留下了不可磨灭的印象。所以他登上帝位，马上革去穆彰阿一切职务，将他心目中的英雄林则徐起用至甘肃平叛，先任陕西巡抚加太子太保衔，赏戴花翎，后又任云贵总督。其实道光晚年已经起用了林则徐，这当然是一种感情补偿，关键更在于道光一直认为他是人才而不能不用。道光二十二年（1842）二月七日，林则徐遵旨由东河前往伊犁戍所。两年后的十二月八日，道光下谕命林则徐赴喀什噶尔查勘开荒。不到一年，即次年九月二十八日，道光以林则徐在新疆查勘有功，下谕让他结束戍行回北京以四品京堂候补。又过了不到一个月，下谕任他署理陕甘总督。道光二十六年（1846），正式任命他为陕西巡抚。不到四年，林则徐恢复品级，可见道光心里对林则徐是有歉意的。两年后（道光二十九年）林则徐因病辞官归原籍，第二年道光逝去，君臣一梦的离合终归烟云。

道光对林则徐可谓知人善任，然而又不能善始善终。他有"速胜论"的毛病，又自大无知，不仅不晓"民心可用"，也不懂林则徐在军民中的威望。或许他忌讳功高震主，这则是皇帝们大多摆脱不掉的弊病。道光绝非指挥若定的帅才，且昧于国际大势，其举措失当已尽人皆知，倘若林则徐被道光一用到底，则历史很可能就要重新书写了。林则徐本人壮志未酬是一个千古悲剧，但制造这个悲剧的道光本人又何尝不是一个悲剧？正如马克思在《鸦片贸易史》一书所分析的那样：道光和他的大清帝国"不顾时势，仍然安于现状，……竭力以天朝尽善尽美的幻想来欺骗自己，这样一个帝国终于要在这样一场殊死的决斗中死去"。林则徐终以一个伟大的爱国者和民族英雄彪炳青史，而道光，尽管他组织了禁烟运动，造就了林则徐这样的英雄，终不免落下一个误国之君的名声。苏东坡曾填过一首《行香子·过七里濑》词，其中感慨"君臣一梦，今古空名"，极有哲理。封建时代的所谓"君臣际会"，极少有善始善终。道光与林则徐的离合，当为写照。

一百多年前，道光帝忧死于太平天国风云乍起，林则徐则病逝于驰赴绥靖天地会起义的驿道之上。他们并不知道，在今天人大代表、政协委员们参与投票收回让祖宗割去的香港，而林公的后裔五世孙凌青（林墨卿）作为中国常驻联合国代表、特命全权大使，于1985年同英国代表一并将载明中国收回香港的《中英联合声明》，递呈联合国，从而最后涤除了鸦片战争留给炎黄子孙们的耻辱痕迹。不能否认，道光帝临死也在抱恨"夷狄"之辱，他在同意签订屈辱条约后，曾彻夜绕室徘徊长吁短叹。道光二十二年七月二十四日（1842年8月29日），我国近代史上第一个不平等的耻辱条约——《中英南京条约》，经道光帝同意正式签字。据说在签约前日，道光"传闻和局既定，上退朝后，负手行便殿阶上，一日夜未尝暂息。侍者但闻太息声，漏下五鼓，上忽顿足长叹，旋入殿，以朱笔草草书一纸，封缄甚固。时宫门未启，令内侍往枢廷，戒之曰：'俟穆彰阿入直即以授之，并嘱其毋为祁寯藻所知。'盖即谕和诸臣画押订约之廷谕也，……宣宗之议和，实出于不得已，故于祁有所忌惮，……祁既于鸦片战争以反对议和之忠臣著闻"。这段记载，不知是否真实，但可以肯定的是道光的悲痛和不甘心是极其真实的，读之仿佛感觉到屈辱在煎熬折磨着他的内心。林文忠公更是身先死而泪满襟，他在梦中也在想见驱杀侵略者。而他们的遗愿，由今日的中国和他们的玄孙辈扬眉吐气地实现了。倘若先人九泉有知，该是不无宽慰罢！

煌煌青史和神州华裔将永远铭记着这个不朽的英名——林公则徐。

"四万万人齐下泪"

——李鸿章与《马关条约》的背后

春帆楼上折冲日，四万万人下泪时。

骀宕百年犹记恨，几番夜梦灭倭儿！

——题记

清光绪二十一年（1895）4月17日，清廷特派头等全权大臣李鸿章于日本签订《马关条约》，这一使中华民族蒙受奇耻大辱的条约规定了一系列丧权辱国的条款：清朝政府承认日本奴役长期与中国有藩属关系的朝鲜（之前中国已失去亲密的藩国琉球）；割让辽东半岛、台湾和澎湖列岛；赔偿战争军费两亿三千万两白银；开放沙市、重庆、苏州、杭州为通商口岸；允许日本在上述通商口岸建立工厂，装运进口机器；规定在中国制造的货物享受与进口货物一样的优待之权……

《马关条约》签订后，举国上下一致斥责李鸿章丧权辱国，李鸿章在中国近代史上几乎成了丧权辱国的代名词。甲午战前的中国其国民生产总值为世界第一，是日本的五倍，而甲午战败的赔偿使中国从此一蹶不振。

条约的签订造成中国蒙耻受辱，并且以一个曾经最强盛的东方帝国面临被列强肢解与瓜分的险恶之境。李鸿章是否负有不可推卸的责任？

过去史家大多认为：《马关条约》之签订，源于甲午战争的惨败。弱国无外交，自然割地赔款、丧权辱国。而李鸿章身为北洋大臣，手握北洋舰队兵权，应对甲午海战负主要责任。特别是他一再主张"避战守船"，采取单纯守势防御战略，最终铸成大错。尽管他后来有所醒悟，但终为时已晚。当然，李鸿章的海战战略并非一无是处，"保船制敌"从总体来说应是防御与进攻并重，李鸿章太强调"保船"，致使防御不积极，进攻更谈不上。李鸿章并无总体指挥权，当时中日宣战，清廷制定的战略是海守陆攻（见光绪《宣战诏书》）。黄海海战后，清廷为阻止日军向中国本土进犯，将战略方针由海守陆攻改为全面防御。当时李鸿章提出了一个非常重要的战略思想，这一战略思想在今天来看，也是正确的战略方针。他共提了三点建议，其中第一条最重要，即：多筹巨饷，多练精兵，内外同心，南北合势，全力专注，持之以久，而非责旦夕之功，便不中日寇速战求胜之诡计（见《李文忠公全集》奏稿卷七十八）。第二点建议，力保沈阳、严防渤海，以固京畿。第三则针对日本可能进犯北京的战略意图，而沈阳地广兵单，应特命重臣督办。后两点核心其实是先保沈阳，然后厚集兵力，最后以持久战消耗日本，取得持久战的胜利。后两条表面上看是单纯防御，依笔者分析，应该是赢得时间，为第一条总体战略服务。根据当时双方态势，李鸿章这一战略对付日军是非常有针对性的，意义非常重大（战后日本国库空虚，"征兵调及幼丁"，日方是极愿通过和谈尽快结束战争的）。可惜清廷最高统治者那拉氏竟然以女人的狭心，为不影响六十之寿，竟不顾国家利益，一直欲向日本求和。据《翁同龢日记》载：1894 年 9 月 27 日（9 月 17 日爆发黄海海战），那拉氏召见翁氏，拟命其赴津告李鸿章，并请俄国公使出面调停中日争端。李鸿章关于"持久战"的战略是 9 月 19 日上奏的，可见慈禧根本不屑一顾。光绪抱负很大，也确想有所作为；但他并不懂军事，多少有些好大喜功，只希望凭血气之勇出战，其实正中了日本速战的诡计。再者，光绪虽是名义上的全国最高军事统帅，但他后面有垂帘的那拉氏，也无法调动全国军事部队。所以李鸿章的正确战略终未被采纳。

　　1895 年 2 月 12 日，北洋舰队覆没于刘公岛。那拉氏惊慌失措，决心全面求和。当天，她就开复了清廷对李鸿章军事失利的一切处分。翰林梁鼎芬严劾李鸿章"可杀之罪有八"，但获那拉氏重谴罢职，可见那拉氏急于起用李鸿章和谈之急迫心情。2 月 13 日即北洋海军覆灭的第二天，便正式任命李鸿章为出使日本头等全权大臣与日本商订"和约"。按惯例，李鸿章起码在几次海战中负有指挥失当的严重责任，理应法办。但旋而成为"商约"重臣，这真是贻笑万邦，滑天下之大稽。

　　但实际上，这也非那拉氏本愿。1894 年 10 月在刘公岛战役前，日本陆军在辽东半岛登陆，那拉氏已私心欲望议和。她马上起用 10 年前被自己罢黜的恭亲王，表面上是以亲王之尊督办军务处，指挥对日作战，实际恭亲王是老牌"洋务"，只会纵横之术，根本不会决胜帏幄。那拉氏也正要他重新主持总理衙门，开展议和。恭亲王多次与英、俄公使密谋"调停"之事。但清廷提出的中外议和代表（如税务司德国人德璀琳及张荫桓等），日本均予以拒绝，只指名李鸿章有资格与日本开议和约之事。实际日方是有意让李鸿章担任"和议"代表以促进和谈。因为日方深知李鸿章之子李经方与日方上层人物有很深的交往。

　　日本倚仗军事上的优势，通过美国公使转示清廷，以割地、赔款、朝鲜脱离中国独立等为议和条件，这无疑是城下之盟。

　　李鸿章以败将之身，肩负议和之任，可想而知他的心情。平心而论，在与日本和议之初，他并非甘心丧权辱国。李鸿章怎会甘愿背上汉奸的骂名？所以他自天津赴京觐见光绪皇帝时，光绪询问他的议和方针，他慷慨发誓："割地不可行，议和不成则归耳。"当时陪侍皇帝的翁同龢将李鸿章此语记入他的日记，并有"语甚坚决"的描述。翁同龢作为帝党中坚，一直与李鸿章有宿见，他的记载应该是公正和可靠的，因为假若李鸿章主张丧权辱国，翁氏肯定是作为罪状录以备秋后算账的（李鸿章签订《马关条约》之后，帝党把乞和之责都推给了李鸿章）。当时不少大臣如孙毓汶、徐用仪等，都认为不割地恐难议和。李鸿章"割地不可行"的坚决主张应该说是值得肯定的。

李鸿章因为自己的窘境，不可能再坚持"持久战"的主张，更不敢得罪西太后，他只好寄希望于列强"调停"。虽然光绪支持朝中主战派，但终因那拉氏亲自决断，主和派控制了局面。光绪和主战派最终回天无力。这首先丧失信心，继而涣散军心。军心一失，持久战便不可行，而"调停"更属失误。正如当时总税务司英国人赫德所云："正义完全在中国方面。我不信单靠正义可以成事，正像我相信单靠拿一支筷子不能吃饭一样，我们必须有第二支筷子——实力。但是，中国人却以为自己有充分的正义，并且希望能够以它来制伏日本的铁拳，这想法未免太天真了。……外交把中国骗苦了，因为依赖调停，未派军队入朝鲜，使日本一起手就占了便宜。"李鸿章幻想折冲樽俎，曾分别拜访驻京各国公使乞援，并发电给清廷驻英、法大使和驻俄、德大使，密商于四国外交部，请其"调停"，但各国反应冷淡。李鸿章有所气馁，向朝廷建议："此次日本乘屡胜之势，逞无厌之求，若竟不与通融，势难解纷纾急。"可见他是想把责任推给朝廷。由于清廷一直磋商割地条款问题，延误了李鸿章赴日时间。狡猾的日本人见清廷只寄希望于议和，放松军事戒备，便突然发动辽河攻势要挟，于3月4日至9日5天之内连下牛庄、营口、田庄台等辽河重地，一时关内震骇，京津告急。其实，不待日军发动攻势，在3月3日，那拉氏已通过庆亲王命李鸿章"以商让土地之权，令其斟酌重轻，与倭磋商定议"（《六十年来中国与日本》第2卷）。这等于赋予李鸿章可以"定议"丧权辱国的全权。当然，李鸿章也曾尽力减少辱国条件，在谈判中一直不同意全面接受日本的苛刻条件。3月19日李鸿章率团至马关，次日始与日方谈判。至24日共举行三轮谈判，双方辩论都甚激烈。但因李鸿章突遇刺客袭击中左颊，一时中外震动。日本考虑有失体面，遂稍做让步，提出修正案。日本首相伊藤博文以战胜者的狂傲坚持条款决不再减，只有同意与否两句话，甚至恫吓要"增派之大军舳舻相接，陆续开往战地，如此，北京的安危，亦有不忍言者"，并威胁李鸿章也难保证其"再安然出入北京城门"。

李鸿章于辩论后极为愤懑，他对随员顾问科士达愤言："万一谈判不成，只有迁都陕西，和日本长期作战。日本必不能征服中国，而中国可抵抗日本至无尽期，日本最后必败。"（见《科士达回忆录》）这其实仍是"持久战"战略的延续，如果李鸿章的设想实施，中国采取强硬态度，一面整军备战，只要拖下去，日本不可能取得最后胜利。可惜，李鸿章并未坚持自己的看法，他只是汇报请旨。4月10日请旨，4月13日清廷即复电："……即与定商。"李鸿章即于17日签约。这一丧权辱国的大耻使"四万万人齐下泪"，使台湾、澎湖列岛、辽东半岛沦丧倭寇腥膻达50年之久！并且使日本野心膨胀，又于20世纪再次发动侵华战争，炎黄子孙血流漂橹，损失无法计算。其罪魁祸首自应是那拉氏，李鸿章难道没有责任吗？！

李鸿章最大的心理障碍是背着甲午海战的包袱，尽管他主张不能割地，甚至主张迁都长期抗战。但他不敢坚持，因为他明白，那拉氏就是让他屈辱求和。如果他抗命，很可能乌纱不保，还会有"抗旨"之罪。但他如果真正抗命，他会成为英雄。而且由于有光绪和主战派的支持，他未必有死罪，无非丢了顶戴花翎，却落个清白。李鸿章把定夺权推给最高决策者，以为可以避免清议，但是条约是他代表中国签字生效的，这个耻辱他怎么能洗刷掉呢？梁任公《李鸿章传》云"合肥之负谤于中国甚矣"，不是没有道理。他又批评李鸿章"不学无术"，"而仅摭拾泰西皮毛"，虽然苛刻，却也不无道理。例如，李鸿章号称通晓洋务，但他去日本议和，居然还携带战前中国驻日公使汪凤藻所使用的电报密码，其实这套密码早在战争爆发前夕就已被日本外务省破译了。在这种情况下，我方在谈判中岂能不步步被动？

另外，李鸿章之子李经方在《马关条约》的签订中起了非常关键的作用，不仅奴颜婢膝，甚至甘心卖国，说他是汉奸行径是绝不会错的。

李鸿章赴日"商定和约",李经方因"曾任出使日本大臣两年,熟悉情形,通晓东西语言文学",被清廷任为参议随行。谈判中,日方提出两个议定方法,其一为将停战条款全部提出后议定,其二为逐条分别依次议定。若弱国外交,肯定会竭力拖延而采用第二种方案。但李经方却坚决主张采用第一种方案。日方遂提出:一俟条款提出,必须于4日之内答复。李经方立刻与已遇刺的父亲李鸿章商定予以应允。因为条款苛刻,清廷尚未回电同意,日方严厉质问,李经方竟恬不知耻告白:"现在我父子之地位极为困难,尚乞谅察……"而且,日方只是危言恫吓"增兵",李经方竟连续发电国内总理衙门,谎称日方"已遣运兵船二十余艘,由马关出口赴大连湾","广岛已派运兵船三十余艘出口,赴大连湾,小松亲王等明日督以继进",对当时日本国库空虚、征兵困难却只字不提。清廷同意签订条约,李经方无疑对清廷决策产生了重大影响。

条约签订后,举国激愤,清廷恐批准而激变,遂令李鸿章改议。应该指出,李经方的卖国行径不能不对李鸿章产生影响,这对父子对日方乞怜,但对朝廷旨意却敢于抗命,借口"已订条约,再行更改,虑腾笑万国"而拒不从命。另外,条约签订后,谁都不敢赴台办理"交割"。后经人推荐,军机处严命李经方负责。他居然希望从速交接,并交出了日方未提出的台湾全岛、澎湖列岛之海口,各府、厅、县,所有堡垒、军器、工厂及属公物件,并连夜署名盖印。卖国丧地之心,何其爽快!

说父子狼狈为奸,近乎苛刻,但李鸿章对于李经方汉奸行径的默许、纵容是不容置疑的。"量中华之物力,结与国之欢心"是那拉氏的国策(这两句写在有关《辛丑条约》的诏书中,为世界各国外交史所绝无仅有),不仅影响了清代后半叶外交活动,而且影响了民国以后的外交活动,如袁世凯对"二十一条"的同意,蒋介石对收复琉球的漠然、收回外蒙和收回香港谈判的失败，等等。凡我炎黄子孙，岂可忘记上述奇耻大辱！

李鸿章与《马关条约》遗辱后世，反对割台的台湾义士丘逢甲的诗句"宰相有权能割地，孤臣无力可回天"，代表了当时大多数士大夫和百姓的看法。但也不能因此就判定李鸿章为"汉奸投降派"。他在谈判中还是一直竭力坚持维护国家利益的。但正如任公所云："李鸿章此次议和情状，殆如春秋齐国佐之使于晋。"是极艰难、屈辱、忍气吞声的外交谈判。在中国近代外交史上，只有薛福成的与英国中缅划界谈判、曾纪泽的中俄谈判未曾丧权辱国。李鸿章的官爵比薛、曾二人高得多，在他之前与之后，拒签条约的不是没有，如巴黎和会上的顾维钧。当然，这里有一个国家利益和个人得失的权衡，清名与骂名的矛盾。因为后人永远不会忘记，在《马关条约》上签字的是——"特简大清帝国钦差头等全权大臣太子太傅文华殿大学士北洋通商大臣直隶总督一等肃毅伯爵李鸿章"！

"五百年来谁著史，三千里外觅封侯"，这是李鸿章当年一袭青衫赴京赶考写下的诗句，可窥见对建功立业的渴望。他一生历经战场血火，折冲樽俎，入阁封侯，得到了一个汉大臣仕途上最高的功名。但青史评判，他背负的诟病指摘是抹不去的。"五百年来谁著史"，怎抵得上谭嗣同听闻条约签订万分沉痛写下的"四万万人齐下泪，天涯何处是神州"？

台湾人民最为痛恨李鸿章，在割台后发出《讨李鸿章檄》，表示与其不共戴天。举国上下一致声讨，连他的女婿张佩纶也写了两千余字长信表示反对："此数纸，蒉（张佩纶号蒉斋——笔者注）中夜推枕濡泪写之，非惟有泪，亦恐有血；非惟蒉之血，亦有鞠耦（鞠耦为张佩纶之妻）之血；非惟蒉夫妇之血，亦恐有普天下志士仁人之血。希公察之，毋自误也。"对于《马关条约》给中华民族带来的奇耻大辱，李鸿章自己有何想法，史无明载。但据许姬传《七十年闻见录》载：

李鸿章对此事极为愤恨，发誓从此不踏日本国土。后来他从欧美出访归来停靠日本，果然拒绝邀请上岸。但是光绪二十七年（1901）9月7日李鸿章又一次充当了丧权辱国的签约者：他会同庆亲王与德、奥、比、西、美、法、英、意、日、荷、俄11国签订《辛丑条约》，给已疮痍累累的中华民族再添耻辱。这个条约仅赔款连本带息即达9.5亿两，其他诸如包括驻军、租界、领事裁判权等等，国家主权已丧失殆尽。李鸿章在签署《辛丑条约》两个月后，在举国上下的诅咒声中孤寂地死去，据说他的遗诗是："秋风宝剑孤城泪，落日旌旗大将坛。"但是，任何辩解都苍白无力，中国人永远将他的名字和奇耻大辱联系在了一起！

清流翘楚张佩纶

读史书中的人物，不仅应该读正史本传，也应该浏览野史及至文集兼及日记信札，才可真正"知人论世"。

清代同治年间发生宫门护军（卫兵）与太监互殴案，太监李三顺奉慈禧太后之命出宫给醇王妻（慈禧的胞妹）送食品，但未办出宫手续，护军依法禁出，太监于是恃宠撒泼。本来极简单的一个小案子，治太监罪就是了，却因此案掀起了政潮。

慈禧太后闻此事大发雷霆，不分青红皂白，胁迫慈安太后下旨要杀护军，任谁劝也不听。刑部依法处理，几次拟律，已经对可怜的护军从重处罚了，但均被驳回，弄得刑部堂官为之痛哭。大臣劝，受处分；廷议，慈禧太后也哭，大概认为大臣们欺负她。她坚决要杀护军，不留余地。可法律无例，人也不能随意杀。若引安德海例，太监倒是可能掉脑袋。

若是皇帝，也许气头上过去，也不会如此执拗，可赶上慈禧，自26岁丈夫"驾崩"，一直寡居。几次引起"血崩"之症，肝火极旺，连恭亲王奕䜣都没辙。金梁《清后外传》记载恭亲王因此事还与慈禧发生口角，甚不愉快。以至于慈禧大怒之下要革恭王的爵位，恭亲王顶撞道："革了臣的爵，革不了臣的皇子。"但若按礼仪制度，虽然恭亲王是小叔子，也不能如此说话。又据王照《方家园杂咏纪事》附记说：刑部尚书潘祖荫提出应依法判案，"慈禧大怒，力疾召见祖荫，斥其无良心，泼辣哭叫，捶床村骂"。虽然笔下有些夸张，但亦可见慈禧盛怒之下的失态，因护军一案掀起的波澜可谓骇浪汹汹。

　　事成僵局，有人想到"清流四谏"中的两员大将：张佩纶、宝廷，请二人上奏折劝谏。同治、光绪年间，正直的翰林兼起居注官，可专折言事，如张佩纶、宝廷、张之洞、黄体芳、陈宝琛、邓承修，"欲有所论列"，每集于松筠庵杨椒山谏草堂，筹谋策划。而且专有"青牛（清流）腿"奔走传话通消息。以至还有"青牛靴子"为"青牛腿"奔走，可见能为"清流"服务，是引以为无上光荣，亦可见"清流"之地位。"午门案"被慈禧强行"定谳"欲结案，张佩纶知之速通知张之洞与陈宝琛，联署会奏。他们不像其他人那样，批评慈禧太后不守法，务请收回成命，而是似乎站在慈禧太后的立场，动之以情，晓之以理，权衡利弊，充满感情，娓娓道来。据说慈禧看了，也很感动，不再坚持杀护军。但她面子上又下不来，双方都退一步，护军们被判刑、革职、流放，虽然太冤，总算保住了性命！关键是太监也受到了惩罚。张佩纶无疑是幕后人物，按清流的做法，奏折往往是要共同商议，遣词造句。民初著名的笔记《一士类稿·一士谈荟》有"庚辰午门案"条，陈宝琛之孙保存了祖父上奏折前与张佩纶的三通手札，密商上奏机宜，函信全用隐语，内容述之甚详，可资阅读。由此可见张佩纶在这一事件中的核心作用。

　　张佩纶等清流派（亦称"南清流"）笔下很厉害，"贪庸大吏，颇为侧目"。张佩纶上疏曾扳倒过军机大臣王文韶、工部尚书贺寿慈、吏部尚书万青藜、户部尚书董恂等贪庸权要（《清史稿·张佩纶传》），真是连劾之下，朝野震动！他任翰林侍讲时，上折反对授崇厚"全权大臣，便宜行事"之权，认为"使臣议新疆，必先知新疆"，可惜未被朝廷采纳。事实证明，崇厚后来丧权辱国，惹来极大麻烦，张佩纶是甚有预见的。对一件事，细分析，张佩纶皆有论点、论据、论证，且设身处地，因人而异，不乱发议论，也不从一个极端跳到另一个极端。现在有的人发议论，往往不讲道理，不调查分析，也不管事实，往往想把人逼死，兴风作浪，太极端，根本不留余地，比古人差远了。

据说，一向讨厌谏官的恭亲王，看到有关"午门案"的奏折后，大为赞赏，啧啧传示：瞧瞧，这才是劝谏的好文章！

张佩纶文笔非常好，思维上是大战略家。他36岁出任会办福建海疆钦差大臣，纶巾典兵，意气方遒，但马尾之战是用非其才。有暇不妨读读他的疏谏，他的奏折在当时是有"一疏上闻，四方传诵"之美誉的。他的儿子张志沂自费刻印了父亲的文集《涧于集》，收入张佩纶的奏折，读之依然可见那刚正不阿、清议时政、纠劾贪庸的凛然正气！其实敢谏者非止四人，如邓承修。故也有"前后四谏"及"五虎"之说，加上陈宝琛，也是"清流"中一员勇将。"四谏"是当时政坛上的风云人物，冉冉而升的政治新星，笔锋所指，正气淋漓。另二位是黄体芳、张之洞。张佩纶因马江战败，退出政坛，成为李鸿章的女婿。张爱玲是他的孙女，比起她祖父，血统论真的黯然失色！当然也不可一概而论，"四谏"之一黄体芳的后人、作家黄宗英，就比较关注现实，不乏先祖遗风（邸永君：《百年沧桑话翰林》）。"清流派"的陈宝琛也擅写奏折，以说理见长，是"后清流四谏"中的翘楚。"午门护军案"中，陈宝琛也不顾慈禧威势，慨然上折劝谏，言辞犀利，给慈禧留下了深刻印象。陈后来成为溥仪"帝师"，坚决反对溥仪认贼作父，"清流"遗风令人钦佩。

宝廷是旗人，本来受恭王倚重，有望封疆。可惜名士气害了他，放学政时买船女为妾，被劾去职，潦倒终生，抑郁而死。张佩纶对其非常惋惜。

四人中只有张之洞位极人臣。清末曾与醇亲王争执动用军队镇压民变，张之洞反对，醇王质问：朝廷养兵是干什么用的？张答：朝廷养兵不是对付老百姓的！据说张之洞身材矮小，但真的是心雄万夫。我极欣赏他反驳醇王的那句话，难得！

张佩纶"风骨崚嶒"，才高招忌，但他人品正直，疾恶如仇。解职前以搏击朽类为己任。据有人统计，他于1875年至1884年共写

127篇奏折，有三分之一是弹劾和直谏（姜鸣：《天公不语对枯棋》），又每以"扶持善类"为己任。曾说自己"生平爱才，而以荐士获谤；然一息尚存，爱才之念如故也"。他举荐人，无论识与不识，只要有一技之长，皆认真、得体、周到、细致，他举荐过胡适的父亲胡传（字守三），跳过科举进入仕途。马江战败后，张被发配军台效力戍所张家口，不忘恩情的胡传立即寄银二百两（据《胡适日记全编》，但张佩纶《涧于日记》记："胡守三寄百金来，作书退之。"），张宠辱淡然，托人退回。文人的清高，疆臣的风范，名节的向往，立言的理念，皆集于一身，真的令人敬重和钦佩。据记载，如左宗棠、刘铭传等大臣所馈，一概不取。他只接受后来的岳父李鸿章的帮助。胡适一直念念不忘，曾向张爱玲提及，但她并不知道，因为她祖父一生帮人太多了。

张佩纶荐人，并非名满天下时。马尾战败，朝野落石，他被流放张家口，一般人恐怕惹事，不会受人托请。而他在流放途中，写信举荐荣俊业于张之洞，成为文案（秘书）。荣后帮友人得到官职，友人又任命荣的族侄荣熙泰为总账房，此单位为厘金局，肥差。荣氏由此发家。荣之子谁？荣德生！再传荣毅仁，再为荣智健。荣家不忘荣俊业，但若无张佩纶，荣家会发达吗？

张佩纶也不是对任何人乱讲好话，比如李鸿章定丁汝昌任北洋水师统帅，张就极力反对，写信说：你的任命决定，连妇女和小孩子也会反对的（"以丁汝昌当杨，虽在妇孺必不谓然"）。"杨"指杨岳斌，曾国藩创长江水师用其为统帅。事实证明，张佩纶是有识人之明的。他曾向李鸿章请拟刘铭传为北洋水师提督，而李却认为刘铭传"非此道之人"。但按刘铭传保卫台湾之战绩看，张佩纶的荐人还是极有见地的。张佩纶的战略思维很有远见，比如，他是最早建议设立全国统一海军管理机构，对北洋水师的建设起到重要作用。诸如此类，从他的奏折中，可见看出一个有理念的人对时政国事的关心与思考。他也并不像保守派对西方的政治、文化视如洪水猛兽，郭嵩焘的《使西纪程》因保守派诋毁被朝廷下旨毁版查禁，上海《万国公报》依然连载，张佩纶说"朝廷禁其书，而新闻纸接续刊刻，中外传播如故也"（《国朝柔远记》前言），可见他是关心时事的。而且他从不以亲疏掩饰观点，李鸿章非常爱惜他，在张佩纶穷途末路时，将自己最宠爱的小女儿鞠耦嫁给他。鞠耦是小名，本名李经璹。张佩纶在日记中记叙与夫人"小酌""赌棋、读画""煮茗谈史"，甚为恩爱。李之小女儿比张佩纶小 19 岁，而张佩纶已是结过两次婚的人。可见李爱才之心，其情可叹。曾朴的《孽海花》中写张佩纶向李鸿章求娶其幼女之描述，当是小说笔法，实不可信。小说中说张马尾兵败后，在李鸿章书房见到其女诗句"论材宰相笼中物，杀贼书生纸上兵"对张深表同情赞许，张大受感动，求娶为妻。张爱玲曾写过文章，谈向父亲求证，父亲"一味辟谣，说根本不可能在签押房撞见奶奶，那首诗也是捏造的"。李鸿章还为女婿复职奔走，惹来弹劾。但当李鸿章要签订《马关条约》时，张佩纶激愤致函老丈人："此数纸，蒉（张佩纶号蒉斋——笔者注）中夜推枕濡泪写之，非惟有泪，亦恐有血；非惟蒉之血，亦有鞠耦之血；非惟蒉夫妇之血，亦恐有普天下志士仁人之血。希公察之，毋自误也。"我们今天读了，犹感爱国之凛然正气仿佛从字里行间嘘拂而来！

至今没有人为张佩纶认真、全面、公允地立传，高阳的历史小说倒是写得很生动，但我觉得有点漫画化了。当年马江战败，闽人传闻，闽籍京官推波助澜，是不可当信史的。左宗棠奉谕查马尾之战向朝廷的报告，应该是比较公允的。

庚子年事变，老丈人仍然想着他，上奏"荐其谙交涉"，朝廷下诏"以编佐办和约"，后下谕"擢四品京堂"，但张佩纶"称疾不出"。四品比他原来的品级低多了，也许，他已看透了清朝的大厦已经在风雨中飘摇而欲坠，敬而远之了吧？

"名臣"李秉衡

李秉衡，《清史稿》有传。对一般人来说，甚陌生。即便对清史有一定了解的人，也未必知其人。在事关北洋海军生死存亡的威海之战、刘公岛保卫战中，身兼山东巡抚的他，未能全力支援。北洋海军的全军覆灭，李秉衡应负有一定责任。说他是日寇的帮凶，也许言重，但他客观上确起到了瓦解溃散北洋海军军心的作用，应是无疑义的。

过去一些有关北洋海军的论著，很少提及李秉衡。提到了，也有两种截然不同的观点。

论个人操守，李秉衡似乎无可挑剔。他毕生以"名臣"自居，一生不纳贿贪财，体恤百姓和士卒，疾恶如仇，动辄上劾不称职的官员，无所顾忌，正气凛然。翁同龢称赞他为"文武将才"，张之洞极欣赏他，竭力保荐。光绪皇帝青睐擢升他为封疆大吏。西太后也垂青他，委以保卫京师的重任。李秉衡未中过科举，但文采斐然，奏章电稿，语句华丰。论结局，他在抵御八国联军的通州保卫战中，践行"宁为国而捐躯，勿临死而缩手"誓言，兵败自杀殉国，成了封建时代要求臣子成仁取义的典范。称之为爱国将领，似不为过。

宦海沉浮　名贯天下

李秉衡，字鉴堂，奉天（今沈阳）海城人，祖籍山东福山。但没有经过科举，"入赀为县丞"，后"迁知县"，由枣强知县升蔚州知州，光绪五年（1879）调任冀州知州。在张之洞的大力保荐下，他在官场上算升迁较快的。据《清史稿》本传载，他在冀州任上，还是能体恤百姓的，冀州民俗"重纺织，布贱，为籴金求远迁，易粮归，而裁其价以招民，民获甦"。两年后因政绩擢永平府知府。后"部议追论劫案，贬秩"，李鸿章还为他说好话，"请免议"，但没有成功，受到吏部贬级处分。李秉衡却赢得"北直廉吏第一"的好名声。李秉衡斯时应受直隶总督李鸿章的节制，有一种说法认为李秉衡被劾，李鸿章事先有所知，并未认真对待，故李秉衡非常不满，所以转而投靠张之洞门下，成为清流派的一员实力干将。清流派本来就专与李鸿章作对，欲拔除李鸿章所掌控的淮军和北洋海军的指挥权。在甲午战争期间，李秉衡一直充当清流派的急先锋，不断奏劾淮军、北洋海军，对丁汝昌犹疾呼"杀"之，对北洋海军性命攸关的威海保卫战中，施以掣肘，断绝援兵，甚至与张之洞密谋在北洋海军内部安插两名坐探，以搜集材料，供向朝廷揭发之用。李秉衡不仅受到清流派的拥护和支援，也受到从军机处到光绪皇帝的信任。他的一封奏折甚至可以让丁汝昌被褫夺官职，险些被逮捕送入刑部大狱。

但李秉衡本人在官场上却又无可指摘，不仅端正，为官干练，还有政声，受到百姓、士卒的拥戴。

李秉衡被贬级后，张之洞却大力向朝廷举荐，"超授"浙江按察使，这是一省主管司法监察的主官，但未到任，旋被派往广西平乱，因功晋级。光绪十一年（1885），中法战事起，广西边防动荡，李秉衡被调龙州西运局，主持战时物资运输等事宜。当时财政匮乏，作战军队饷银不能及时发放，导致军心低落，各级官吏"无人过问"。李秉衡毅然整顿，"汰浮费，无分主客军，给粮不绝，战衅功赏力从厚"，他还创立医局，对负伤士兵关怀备至，"身自拊循之"，不以士兵位卑，鼓励他们杀敌报国。史书记载：李秉衡极受士兵们爱戴，"护抚命下，欢声若雷动"，是说听到朝廷任命李秉衡署理广西巡抚，士兵们"欢声"拥护，可见众望所归。在中法战争中，名将冯子材主前线战事，李秉衡主后方保障，谅山之战之所以胜，与李秉衡的后勤保障是密不可分的。但一般人只知冯子材大名，而不知李秉衡之付出。所以彭玉麟等大臣等上疏朝廷：冯子材、李秉衡"两臣忠直，同得民心，亦同功最盛"，朝廷认可予以嘉奖，谕旨署理巡抚职。在代理期间，"整营制，举贤能，资遣越南游众，越事渐告宁"。由此可见才干确乎不凡。但他的实授巡抚一职却未实至名归，被朝廷另有任命，李秉衡大约非常失望，遂请病假而去。也许是不满，也许是负气，正史避而不书，只有简单的四个字——"乃乞病去"。是不是与新任巡抚沈秉成办交接，正史未提。但有一件事是值得大书特书的，他与同是清流派的邓承修勘定广西边界，堪称是有利于国家的功绩。

但李秉衡毕竟已名贯天下，加上朝廷重臣张之洞为他说项，未有多久，他即出任安徽巡抚。这一切都是由于张之洞的保荐。李秉衡依附张之洞，还是缘于当年被吏部追查他在冀州知州任上办理一起劫案不力，吏部拟对其行政降级。有清一代，有对各级官员行政考核的制度，包括备案奖叙、加级，反之，则以降级、罚俸等处分。李秉衡在任上有加二级的记录，且已于1881年升永平府知府，冀州任上的劫案处理已是两年前的事了。不知是有人忌妒，还是吏部小题大做，连他的上司李鸿章"请免议"（即用加级抵降级），都未被吏部所准，最终得到降级的处分。很可能李秉衡认为李鸿章并不卖力，由此事李秉衡并未一蹶不振，反而因得到张之洞的赏识、举荐，在官场上如火箭般上升。李秉衡与光绪欣赏的徐建寅经历类同，徐本也是李鸿章的幕僚，在德国订造军舰时与李鸿章的另一亲信李凤苞不和，不满李鸿章倾向李凤苞，遂愤而倒向张之洞，成为清流派中的一员专家型干将，差点儿替代了丁汝昌成为海军提督。

在李秉衡受降级处分的第二年，深受朝廷重视的清流派重臣、已任山西巡抚的张之洞，郑重向朝廷上奏折举荐人才。在张之洞所认为的人才中，李秉衡被描绘成"德足怀民，才能济变，政声远播，成绩宏多，实为良才大器"，张之洞的奏折名"胪举贤才折"（见《张之洞全集》第一册，河北人民出版社1991年版，第91页），张之洞的举荐是有一定分量的。后清流派（亦称"南清流"）领袖人物翁同龢也欣赏李秉衡，大赞其为"文武将才，真伟人"。观其翁氏一生，似乎还未见其对人有过如此高的评价。在恭亲王病重时，大臣于荫霖上奏内阁改组，力荐徐桐、李秉衡、张之洞、边宝泉、陈宝箴"五贤"入阁，可见李秉衡的声名。由于外有张之洞的大造舆论，内有翁同龢的极力褒扬，李秉衡先由张之洞罗致其下任山西平阳府知府，又升至广西高钦廉兵备道、护理广西巡抚，虽然短暂养病，但马上被擢为安徽巡抚。一切都是清流派张之洞的运作，使李秉衡终于成为清流派非常倚重的封疆大吏。清流派的最终目的是扳倒李鸿章，李秉衡成为这一策划的急先锋。

坐镇山东　断绝救援

1894年8月16日，在大东沟海战前夕，朝廷下谕，将李秉衡调任山东巡抚，原山东巡抚福润调任安徽巡抚。如果将这一互调看成官场上的正常调动，则是大错特错了。

李鸿章虽然管辖不了山东巡抚，但由于与原巡抚福润关系尚好，因而李鸿章有关北洋海防事务的部署都得到了福润的支持。福润是旗人，但并不颟顸，也是主张大力筹措海防的。福润之父是著名的文华殿大学士、理学家倭仁，虽然思想上属于清流派，为人方正清廉，但被中外视为顽固守旧人士。福润则不尚理学清谈，以务实为准则，是标准的实干家。他以大局为重，与李鸿章配合默契，常往电商讨山东防务事宜。他在任上，坚决执行朝廷要求加强山东海防兵员的谕旨，大力募兵整军，海防兵力得以增强。这使得李鸿章颇为满意。因为海防事务，李鸿章虽身为北洋大臣，名义上可以管理、调遣山东等地海防和部队，但实际上还需与沿海各省满旗将军、总督、巡抚会商。山东巡抚与直隶总督平级，但对于威海北洋海军基地、山东海防部队是最大的保障。故李鸿章与福润的合作如能延续，则北洋海军威海基地不致瞬间土崩瓦解。

按清朝制度，一般四品以上官员调升须进京陛见皇帝，1894年8月13日，李秉衡到京陛见光绪皇帝。这次接见过程充满秘密气氛，光绪暗示李调职山东负有特殊使命，是为取代李鸿章，进而控制淮军和北洋海军的指挥权。

李秉衡口含天宪，有皇帝的撑腰，有翁同龢、张之洞等整个清流派的支持，他迅速到达济南，与福润交接印信，《清史稿》记他上任后"严纪律，杜苞苴"，福润前脚离任，李秉衡后脚马上下"逐客令"，撤换福润委任的一批军政官员和将领。同时，宣告巡阅查访登州等地海防，并将抚府移至烟台，号称"整饬海防"，但他不屑于与丁汝昌面商军务，在大敌当前，已属怪异。而且直到北洋海军覆灭，他始终不曾与丁汝昌见面。这是非常反常和奇怪的。

以今天的眼光来看，李鸿章、丁汝昌在个人操守上都不值得敬重。单看李鸿章在与俄国谈判时接受55万两的回扣贿赂，即深为时人所诟。留美幼童容闳回国后，分别在曾国藩、李鸿章幕下任职，但对这对老师和门生，容闳对曾国藩颇敬重，对李鸿章则鄙视。他说曾国藩"财权在据，绝不闻其侵吞涓滴以自肥，或肥其亲族"，而李鸿章多参股于洋务企业，如开平煤矿等，大捞特捞之外，亦不拒贿，逝世时"有私产四千万以遗子孙"（《西学东渐记》，湖南人民出版社，1981年版），不知容闳从何而来的统计数字。但梁启超则说："世人竟传李鸿章富强天下，此其事殆不足信，大约数百万金之产业，意中事也。招商局、电报局、开平煤矿、中国通商银行，其股份皆不少。或言南京、上海之当铺银号，多属其管业云"（《李鸿章传》）。而尤令人可憎根者，李鸿章以国家大臣身份，代表清朝中央政府与沙俄谈判签订《旅大租地条约》时，竟然收受俄方贿赂"55 万两"（《俄国末代沙皇尼古拉二世——维特伯爵的回忆》，载《红档杂志有关中国交涉史料选译》，生活·读书·新知三联书店，1957 年版），这些劣迹在以"名臣"理念为价值观的李秉衡眼里，自是深恶痛绝。李秉衡至死不纳贿，他对丑闻不断有"浮贪"之名的丁汝昌，当然厌恶鄙夷，对李鸿章派系的淮军、北洋海军都无好感。

从甲午战事初起，李秉衡就比较关注。一发现问题，必揪住不放，上奏朝廷要求严惩。有闻必奏，甚至风闻，也决不放过。这也正是清流派倚重李秉衡的原因。当朝鲜战败回来的记名提督卫汝成（卫汝贵之弟）被朝廷责成在天津募兵 5 营（成家军）并马队总计 3000 人，从大沽乘船至旅顺驰援抵抗日军登陆时，李秉衡马上参奏卫部于途中抢劫民众。卫部属盛军（淮系），兵力雄厚，为李鸿章的嫡系老部队。卫汝贵在平壤作战勇敢，但仍被清流派捏造参奏过"纵兵抢劫"。清流派屡劾淮系将领，不乏对李鸿章心存敌意，欲加削弱。

旅顺前敌营务处总办兼北洋海军船坞总办龚照玙，在日军围攻旅顺之际，于 11 月 6 日乘鱼雷艇离开旅顺前往烟台、天津筹粮和求援，也马上被李秉衡奏劾"亡命逃离"。不论李秉衡的奏参是否有感情色彩，但龚照玙身为旅顺最高长官，临阵离去，确引发旅顺部分官员、船坞工人和居民纷纷逃亡，这是授他人以口实、无可辩解的。事实上旅顺失守，朝野震骇。威胁奉天（今沈阳），更对北京形成威胁。事实上，日军山县有朋的第一军即有继续进攻奉天，破山海关进取津京的计划，而且已派高千穗、西京丸两舰游弋至秦皇岛洋河口侦察，寻找直隶平原决战的登陆点。只不过因气象、风力原因，加上伊东祐亨坚决认为应先登陆威海卫全歼北洋舰队，才放弃直取津京的计划。因之旅顺失守，连李鸿章也知其利害，"愤不欲生"。以龚照玙放弃指挥离开旅顺的情节及严重后果看，李秉衡的严劾并不为过。所以，如瞿鸿機等重臣无不交章严劾龚照玙，瞿鸿禨疾呼"龚照玙等败军辱国，罪当死"（《清史稿·瞿鸿禨传》）。旅顺失守后，李秉衡更火急"劾罢"丁汝昌官职，"以警威海守将"。

旅顺危急时，朝廷于11月4日下谕分调嵩武军4营、淮系登莱青镇总兵章高元部4营增援旅顺，但李秉衡认为本省防兵不足而不同意。

李秉衡的山东巡抚不像其他省份要受总督节制，故李鸿章虽为直隶总督，却与山东巡抚平级。涉及山东军政事宜，直隶总督只能与山东巡抚协商。李鸿章无奈之下，只好以北洋大臣管辖口岸、节制海防的权力，利用属下东海关道刘含芳，绕开李秉衡调动淮系部队。由此可见李秉衡对李鸿章含有敌意，李鸿章再也不可能盼望与其有上任巡抚福润在任时的亲密合作了。所以，爱憎分明的李秉衡不见丁汝昌，是其来有自。但大敌当前，丁汝昌的防区和基地就在山东辖地，作为山东最高军政长官的李秉衡，本来就负有增援威海基地的义务，并与丁汝昌共商退敌之策，应该是合理合情。故援明朝东林党之攻讦误国，诟病晚清清流派误国误事，似不无道理。

日寇必欲与北洋舰队决战，意在彻底围歼，形势岌岌可危。因镇远号触礁，林泰曾负疚自杀。朝野为之哗然，清流派更是群情激愤。李秉衡迅速将火力对准丁汝昌。

2月12日，李秉衡上奏朝廷，以林泰曾之死发难，与之前清流派安维峻等60余人要求"诛杀"丁汝昌的联衔上奏相呼应，以丁汝昌"丧心误国，罪不容诛"，吁请付之典刑。

李秉衡的奏折产生了效力，本来丁汝昌因旅顺失守，已被革职留任。就在李的奏章递达5天后，即17日，朝廷再次谕旨将丁汝昌直接拿交刑部治罪。18日，再谕令更换提督。只不过由于从李鸿章到所有陆、海将领包括洋员请愿挽留，光绪皇帝恐军心涣散，才勉强允许丁戴罪留职，延期逮解。清流派欲诛杀丁汝昌的风潮才告暂缓。

除了撤换前任官员、弹劾丁汝昌外，李秉衡还制订编练新军的计划，号称保障威海基地。其实在日军逼近的危局下，这应该是李秉衡当务之急的军务大事。但最终只招募了几营新兵，无济于整体防御。一些属下官员曾建议李秉衡至少"增募三十营以塞登莱诸海口之请"，但遭到李秉衡拒绝，他的理由是：山东无名将可以练兵，也无军饷可以募勇。张之洞也曾数次敦促李秉衡抓紧募勇，以应对紧张的局势。李秉衡对恩师也婉拒，对张之洞建议的于山东就地筹饷的"扰民"方案，一向以体恤百姓"名臣"自居的李秉衡，更是束之高阁。

李秉衡倒是建议张之洞派南洋水师北上增援，也被张之洞顾左右而言他。平心而论，李秉衡恐怕未必对李鸿章落井下石，即便募兵三十营，仓促应战，其结果恐非日军对手。实践证明，在威海保卫战中，新募的勇营未经训练，毫无战斗力，往往一触即溃。本来山东军力不足，朝廷又抽调兵力保护京津，这也是李秉衡大发牢骚、消极怠工的原因之一。但李秉衡心中对保障威海并非予以倾力关注，从他当时军事部署来看，其部队的调动、驻防都以他的驻地烟台为中心，而距威海则尚远，李秉衡上奏朝廷则云是加强威海防务。所以有观点认为李秉衡将部队收缩于烟台外围，实则是保护自己。

而当时的局势确乎岌岌可危。李鸿章清楚，李秉衡也清楚。

日本在大东沟海战后，陆军大山岩统帅的第二军于花园口登陆，攻占金州、大连湾、旅顺，致使李鸿章苦心经营的北洋海军旅顺基地沦丧。在朝鲜的山县有朋大将指挥的第一军，攻破清朝陆军的鸭绿江防线，占领凤凰城等东北重镇。随后，日本大本营经过反复论证，最终制订登陆威海，围歼北洋舰队的作战计划，组建新的山东作战兵团，总计约三万余人。

而山东省清朝陆军除威海护军外，散落于烟台、登州（今蓬莱）、青岛、青州、济南、兖州、宿州、沂州（今临沂）、藤县等地共60营不足三万人，其中18营为前任山东巡抚福润在中日战争爆发后新募的。从战斗力看，以烟台嵩武军约三千人为最强，该军先后参加过对捻军起义军和新疆阿古柏叛军的作战。属于李鸿章淮系，又因其驻防海防，尚能接受李鸿章的调动。除此之外，登州驻防淮系嵩武军 1 营，胶州湾一带驻防淮系嵩武军 5 营。其他则为八旗驻防、练营、练勇，战斗力与嵩武军相比，火力装备甚弱，不堪一战。新招募的勇营仓促成军，缺乏训练。就整体而言，与日军军事素质和战斗力相比，实在堪忧。另外，指挥系统不一，李鸿章对于大部分军队无指挥权，未有李秉衡的同意，是无法调动的。即便能调动，八旗、绿营也是朽不能战，这一点李鸿章再清楚不过。甲午战起，朝廷调北京驻防绿营至山海关，部队开拔时，"有'爷娘妻子走相送，哭声直上干云霄'之惨"，"调绿营兵日，余见其人黛黑而瘠，马瘦而小。未出南城，人马之汗如雨。有囊洋药（鸦片烟——笔者注）具于鞍，累累然；有执鸟笼于手，嚼粒饲，恰恰然；有如饥餮额，戚戚然"。八旗就更腐朽了，清人笔记多有记载，如神机营，是禁旅八旗之主力，那拉氏欲调平捻，遣醇亲王检阅，孰料一士兵摔下马骨折，大发怨言："我是打磨厂卖豆腐的，哪能上马？"这样的军队如何去与强寇上阵厮杀？即便淮军，也不复当年气概，暮气沉沉，陋习日深。朝鲜一战，除左宝贵等部尚能拼杀，其余尽皆望风而溃。

清朝的军制不同于明朝的卫所，士卒皆为军户而世袭，这是受元蒙兵制的影响。清朝始建八旗（含蒙古、汉军），入关后约 20 万人，分京营和各省驻防。因兵额太少，不足以掌控各行省，又设绿营（因军旗为绿色，故也称绿旗兵）。初为招募，后改世兵制。大部分驻各省，由各省总督、巡抚提调，约 60 万人。但逐渐惰怠，养尊处优。太平天国起义，湘、淮军崛起，为募兵制，总约 20 万人。后裁撤大半，剩余称"防军"。同治初，各省从绿营中挑选编组"练军"，换装新式枪炮。驻守山东的陆军基本属于上述四种。驻扎山东的"防军"即淮军老底子嵩武军。但从后来的威海陆路之战来看，除嵩武军孙金彪部总兵孙万龄略有小胜，其他皆无战绩，非败即溃。

但就是这些部队，李秉衡也不愿拨出救援。这不得不令人怀疑他的居心。当然，若苛责他不发一兵一卒，也不符合事实。他将威海至烟台一带海防作为防止日军登陆的重点，威海基地守将戴宗骞也调兵遣将加强威海左翼防御，并构筑多处临时炮台。现在看来，当时日军多次调军舰在登州、烟台等地沿海游弋侦察，实际是一种假象。所以说李秉衡调 10 多营部队收缩至烟台外围，当然有其道理。但李、戴二人都被日军所蒙蔽，故 12 月 23 日，日舰高千穗在荣成窥测登陆地点时，戴宗骞才明白日军是准备在兵力单薄的威海右翼有所举动，他急忙调 300 余兵力疾驰荣成设防。但这区区数百人显然无济于事。但地域防务有严格区分，往威海外围派兵已超越职限。而且戴宗骞也分不出更多兵力赶往荣成。

此时李秉衡当然也得到情报，他派出 5 营河防营约 1500 人前往荣成分别驻守，并上奏朝廷已派兵防御。但河防部队虽称为"营"，其实职责是"河涨则集，涨平则散"的护堤民夫，虽配备武器并成建制，但并非作战部队，火器基本无配置。以此迎敌，险象当然未可预料。

1 月 16 日，日军云集大连，准备登陆。山东黄县转运局因储备各种军械弹药，以为临战需用，即起运输送至烟台。李秉衡大加斥责，严命停运。

1 月 17 日，军机处将日军欲将在荣成登陆的情报下发戴宗骞、李秉衡，要求"务当相机布置，督饬防营，时刻严防"。李秉衡可能并不相信，回复维持原状，亦无法加强防卫部队。

1 月 18 日，日军吉野号等数舰炮轰登州。第二天再度轰击，实际都是为了转移清朝守军的注意力。

1 月 20 日，日军开始登陆荣成湾，戴宗骞派驻的 300 人，以 4 门行营炮向日军炮击，击退日军。但在日军舰炮轰击下，溃散而撤。李秉衡派驻的河防营一部闻炮声而溃。李秉衡得到消息，即令其他几营河防营增援。同时令就近的其他部队向荣成进发。同时，南帮炮台守卫部队巩军刘超佩亲率1200余人携炮向荣成支援，但此时荣成已陷敌手，荣成县城只有李秉衡布置的河防营300余人，无法抵抗蜂拥而来的日军，除阵亡不到10人外，尽皆散撤。被日军缴获子弹7万余发、枪械40余支，可见以民夫守城完全是画饼充饥。

21日至25日，日军才全部登陆完毕，总计3.4万余人，日军与清军的实力发生了巨大的变化，形势非常险峻。

之前，李鸿章下令丁汝昌、戴宗骞等威海将领，除阻击日军外，并令戴与李秉衡商请派兵增援保护基地。戴职务低于李秉衡，对戴的请求，李秉衡大概并不放在眼里。当然，李秉衡提出双方"合力夹击"，然而也只是派出嵩武军孙万龄所辖1200余人。驻守烟台的主力，李秉衡没有调动。同时，他还请求朝廷将原调京师的贵州、徐州、皖南等地的十多营部队留在山东，以御日军。

孙万龄部与退下来的河防营阎得胜残部及威海增援的3营绥军汇合，总计约3000人，于24日与日军骑兵接触于威海西南一带，击毙日军一人。因日军大队云集而来，兵少力单的孙部被迫撤退。李秉衡得到夸大的战报，下令嘉奖再战，同时令三营兵力与孙部会合。李秉衡对日军战斗力的了解，不仅不如戴宗骞，更远远逊于丁汝昌。丁汝昌根本就不相信荣成的战报，戴宗骞则半信半疑。

1月25日是甲午除夕，朝廷得到日军大部队登陆的汇报，严令李鸿章、李秉衡"坚守不退"，"如有临阵溃敌，著即军法从事"。日军则以两个师团从荣成进犯，挡在日军前面的是石家河西的清朝守军约15营，但除孙万龄部，素质参差不齐，如河防军和新募营，战斗力最差；其他各部且分属不同派系，一经接触，即有溃退者。刘超佩禀告李鸿章应调兵守卫南帮炮台，李鸿章未分轻重，即将赶往增援的刘澍德3营撤回。李秉衡听说威海部队撤回，马上下令孙万龄等山东部队"稳退"。26日，两部分军队分别放弃阵地，遗给日军5万余发子弹等大量军械物资。据说日军还认为清军是布疑阵，要杀回马枪迂回兜抄日军后路，故日军放慢了进攻速度。再接触到孙万龄部后，清军尽皆奔退。至此，荣成至威海南路再无清军防守。

李秉衡下令追究擅自溃散的统领，孙万龄捏造河防营统领阎得胜临阵脱逃，竟不上奏而居然先将阎军前斩首。李秉衡也不深究，加以认可。这件冤案直到甲午战败的第三年才被朝廷昭雪，以孙万龄革职发配了事。李秉衡则将山东部队弃战撤回烟台的罪责扣在阎得胜头上，使其成为牺牲品。

综观荣成保卫战，李秉衡初始并非坐山观虎斗，也非怕死畏惧之辈，但当他领教了日军战斗力，彻底明白了自己所统帅的部队真是不堪抵挡。加上他的派系利益和地域观念作祟，他决定彻底收缩兵力，保卫烟台，再不肯为他所厌恶的李鸿章、丁汝昌分兵。还有一条理由，他也不愿分兵威海而使烟台有失，他当然要避免自己失地的恶果。

即便只顾自己的得失自担失地责任，按兵不动于烟台，还算一条理由。但他在后来刘公岛岌岌可危时，拒不支援弹药，甚至扣下朝廷调来增援的外地部队不去救援，这就令人匪夷所思。他倒是呼吁张之洞调南洋水师以解围，但他大概心里知道，以南洋水师的实力，恐难与日本联合舰队一决高下；另外，他也非常明白，以张之洞对李鸿章的成见，决不会赔上老本前来救援的。

不知李秉衡出于何意，山东本来弹药储备充足，他却向戴宗骞借走 10 万多发子弹，运送给荣成 5 营河防军，其实这支部队每营仅有一支老式抬枪。这批子弹后来基本被河防营丢弃，而被日军缴获。

对惨烈的威海和刘公岛保卫战，李秉衡好像视而不见、充耳不闻。南帮炮台被围攻，李鸿章万般无奈之下，将解围希望寄托于李秉衡，致函协商。上谕也由总理衙门转发，要求李秉衡调回撤走的部队增援威海。

但李秉衡回电军机处，强调烟台"愈形吃重"，兵力单薄。复电李鸿章、戴宗骞只是模糊支应"可与水师夹击"，复电李鸿章落款还署

"旧属李秉衡谨肃",这完全不符合官场行文格式,证明李秉衡对李鸿章仍然是余怨未消。

当然,李秉衡不能抗拒圣旨。1月30日,他派孙万龄等部增援威海。孙部与山东福字军李楹部在羊亭河一带与日军激战,日军伤亡40余人。但因日军火力凶猛,孙部被迫后退。奉李秉衡令,一直退往烟台。2月1日,戴宗骞自尽;2月2日,北帮炮台被炸毁,日军第二师团随后占领威海卫城和北帮炮台。"刘公岛孤悬海中,粮草军械道绝,一军皆惊",李秉衡随即上奏朝廷,表示"即死守烟台,于大局毫无补救",径往莱州、黄县去"统筹全局"。原本驻扎烟台周围的数十营山东军,也纷纷拔寨退往莱州。只剩下登莱青道兼东海关道刘含芳坚守烟台,他是李鸿章的嫡系,对李秉衡的撤退非常不满,但亦无可奈何。

在刘公岛战事激烈时,李秉衡于2月7日发电军机处称"水师已全军覆灭"。实际上,朝廷原调淮军精锐徐州总兵陈凤楼马队8营,于2月9日已达潍县,但次日又谕旨将陈部调往天津守卫京畿。李秉衡未向朝廷加以说明:之前2月5日,贵州古州镇总兵丁槐5营官兵亦已达潍县、黄县,但被李秉衡留下宣称募兵训练之后,再援救威海。在李秉衡的所谓"计划"之下,刘公岛弹尽粮绝,剩余陆、海军3000多人已于12日不战而降。

贬官避隐 殉死通州

面对如此全军覆没的结局,令人奇怪的是,朝廷并未给李秉衡任何处分,有的只是舆论上对他防守失策的议论。《清史稿》载:"日军浮三舰窥登州,秉衡悉萃精兵于西北,而荣成以戎备寡,为日军所诱而获,时论诟之。"但对他未出兵解救援救刘公岛,却未有任何劾论。

如按清代监察体制,封疆大吏失职,御史可以奏劾。但清代自顺治朝废除明代巡按御史制度,封疆大吏无地方监察系统的监督,总督、巡抚本身又各兼右都御史衔和右副都御史衔，只监察属下，无人监督总督、巡抚。加上当时掌控监察和舆论的以清流派谏官为主，李秉衡又属清流派，故皇帝、军机处、群体谏官们皆未发一词。

本来，李秉衡应该稳坐仕途，并大有升迁之望，但山东大刀会引发的"巨野教案"，使他的命运又一次发生转折。光绪二十三年（1897）三月，大刀会攻打冠县德国教堂，一名教民被打死。李秉衡令冠县处理，但未能使各国公使满意，向总理衙门施压。但一波未平，山东巨野又发生命案，两名德国籍传教士被杀于教堂内。德国军舰进入胶州湾。德国公使认为李秉衡办事不力，坚决要求清廷将他撤职。清廷惧怕洋人，只好发布上谕免职，但随即任命他为四川总督，这明显是官升一级。德国公使又再次施压，无奈的清廷只好再次将李秉衡免职。李秉衡成了"巨野教案"的替罪羊，只好避隐安阳，历时三年，无所事事。经此一事，李秉衡体验到了官场诡谲、世态炎凉，从光绪皇帝到清流派集团，谁都无法为他说项。

只有一个人挺身而出——当时翰林院编修王廷相力争，认为朝廷不应屈从洋人压力罢免李秉衡，但未起作用。如果没有刚毅入主"枢廷"当上军机大臣，李秉衡也许终老乡野。其实，接替李秉衡巡抚的张汝梅没过多久也因"剿拳不力"而下台。李秉衡只不过被朝廷第一个抛出而已。

刚毅属下五旗的镶黄旗，出身并不显贵。他是典型的旗人，自幼不喜读书。清朝规定，旗人可以不经科举而入仕。刚毅的仕途是从刑部笔帖式起步，笔帖式除特别赏赐有顶戴，是不入文官品秩的，可见其卑微。但刚毅虽无文化，仕途却一路顺风。火箭般升到云南布政使、山西巡抚等要职，最后竟然升到刑部尚书、军机大臣等显赫官职。关键是他进入以端王载漪为首的权贵小圈子，成为端王集团里最激进的分子，属于后党，而一贯反对变法，主张废黜光绪，立端王之溥儁为皇帝。无疑，也受到西太后的倚重。

刚毅看好李秉衡。1900年，他向慈禧太后推荐起用李秉衡，"朝命秉衡诣奉天按事"。适逢有言官上疏请整顿长江水师。慈禧太后亲自召见，让他"巡阅长江水师"。李秉衡大概内心并不想干，几番推辞，慈禧先是责备，后大加勉励，李秉衡才不情愿地叩头答应。

刚毅为何保荐李秉衡，是久闻他的政声，还是想以其才干拉拢其成为端王集团的干将？端王集团与李鸿章等洋务派大臣在政治理念上是格格不入的。在李鸿章签订《马关条约》时，李秉衡以山东巡抚的身份，上书朝廷坚决反对，也许刚毅欣赏李秉衡与李鸿章对着干的劲头儿？

李秉衡为何对"巡阅长江水师"一职推辞？因为在清朝官场上，这只是临时差使，而非正式职务，亦即"钦差"，比不得山东巡抚。虽有一顶"钦差"的高帽，但手中无一兵一卒。然而"钦差"是代表皇帝出巡，在级别上高于总督、巡抚，有弹劾上奏的权利。长江水师地域属两江总督刘坤一和湖广总督张之洞节制。长江水师是湘军水师改制而成，与李鸿章关系密切。慈禧派李秉衡去"巡阅"，当然大有深意。

李秉衡旌节逶迤，沿江而下，除有"圣母皇太后"的宠眷，还有他疾恶如仇的性格。到任的第一件事，如同他就任山东巡抚时一样，先大力整顿，第一道折子，就参劾了刘坤一的心腹、长江水师提督黄少春。刘坤一当然颇不满，马上上疏力保黄少春，使之没有丢掉顶戴。

《清史稿·李秉衡本传》说他参与了刘坤一、张之洞的"东南互保"，其实是李秉衡坚决要与各国军队决战，在长江水域部署水雷，还向刘坤一申请经费，由此被刘坤一视为眼中钉，以"勤王北上"之高帽，请李先行北上，并送上一支部队请他统领。加上一番"名臣"建功立业的蛊惑，使一贯以"名臣"自居的李秉衡马上想到恢复"官声"的机遇。因为三年来，李秉衡蜗居乡野，一直愤愤不忘因义和拳被撤职的痛处。李秉衡并不想干无职无兵的"钦差"，正好借此北上重振官声，"请募师入卫"。

以李秉衡的精明，他当然看得出刘坤一的计谋，何况刘坤一划拨给他的北上"勤王"之师，只有区区500人！但李秉衡认为正好借此机会，而罔顾其他了。

7月26日，李秉衡率军抵达北京，时值八国联军已攻占天津，北京处于危急之中。李秉衡大受欢迎。觐见时，慷慨主战，也大受慈禧褒奖，立即下谕任命李秉衡"帮办武卫军军务"，即成为荣禄的副职，担负保卫京城重任。李秉衡又发飙了，他马上上奏慈禧：战事不立，朝廷必须立威，"不诛一二统兵大臣，不足振我国之势，而外人决不能除！"杀谁呢？他未指明，但他非常明白慈禧的好恶。果然，慈禧下诏，将因反战而著名的"庚子五大臣"中的太常卿袁昶和礼部侍郎许景澄，于7月29日即行正法，这距李秉衡到北京仅3天！此二人均为张之洞的门生，慈禧首先拿此二人开刀，也更有深意，不乏向坐山观虎斗的张之洞发出警告。由此更可见李秉衡奏章弹劾的杀伤力！

8月11日，五大臣中的另外3位：兵部汉尚书（清制，六部尚书有满、汉员额各一人）徐用仪、内阁学士联元、户部尚书立山亦被同日斩立决。这哪里是朝廷立威，等于慈禧间接为李秉衡立威！

同时，八国联军经短暂休整后，向北京进犯。8月15日，北仓、杨村防线告急。光立威是不管用的，李秉衡手下只有500士卒，是抵抗不了八国联军的。他立即拜见荣禄，要求调拨部队和提供弹药。虽然他名义上是武卫军帮办，但无军权，调兵权在荣禄手里。但李秉衡大概忘了，荣禄表面高调，骨子里却是反战派。他非常清楚慈禧对李秉衡的宠眷，是聊胜于无。他一口拒绝了李的请求，理由是手中的部队连保护北京都入不敷出。李秉衡碰了钉子，也领教了官场的自私、险恶。荣禄的做法实际是李秉衡在威海保卫战中的做法，按编制员额荣禄的武卫中军有上万人，并非无兵可调拨。李秉衡也无可奈何，他来不及上奏朝廷，也只能率领500士卒奔赴通州前线。

朝廷委他以指挥通州防线的大任，可谓重任在肩。通州是通往北京的北仓、杨村之后的第三道防线，若失守，敌军可长驱至朝阳门。从理论上讲，朝廷连下谕旨，命令张春发、陈泽霖、夏辛酉、万本华四军屯杨村、河西务，以抵御八国联军兵锋，包括袁世凯精锐的3000新军，通州防线整体防守兵力，包括北上调兵，总计应有1.5万余，但大多在观望、拖延，且士气低落。李秉衡是前线总指挥，但当他8月7日在通州召开作战会议，举目四望，那些将领们却一个也见不到。徒唤奈何，李秉衡真正成了孤家寡人。

李秉衡只好亲往前线巡视、督战，一向体恤士卒的他发现士兵们士气极为低落：不仅领不到饷银，而且面临粮绝之险。但明明朝廷已拨付了饷银。李秉衡明白是将领们克扣，但已无暇纠劾，他马上下令到附近乡村购粮，但回报是：百姓家中的粮食均为北仓、杨村退下来的部队劫掠一光！

李秉衡愤怒，但毫无办法。8月8日，他督军抵河西务，但兵寡不敌又退至张家湾。8月11日，联军攻通州，尽管李秉衡以"为国效命"相激励，但饥饿的士兵们无力再战四散而溃。孤守通州的李秉衡，在得知通州城门被联军炸开蜂拥进城后，给慈禧写下一道遗折："就连日目击情形，军队数万充塞途道，闻敌则溃，实未一战，所过村镇则焚掠一空，以致臣军采买无物，人马饥困，无以为立足之地。"然后向北数拜，服毒自尽，真正实践了他出征前立下的誓言："宁为国而捐躯，勿临死而缩手。"

假设李秉衡能够抛弃党派利益、私人恩怨与偏见，在威海保卫战中与丁汝昌通力合作，战局或许不致以悲剧收场。当然，他也许会在光绪帝和清流派眼中变成异类，但他会成为真正的"名臣"而青史流芳！李秉衡一生清廉，追求读书明理，坚决与李鸿章"不屑与之为伍"，痛恨李鸿章"唯利是图"，他宁死也要追求忠义名节。但他不会想到，李鸿章在他死后是怎样对他的呢？李秉衡自尽后，朝廷先是

"优诏赐恤，谥忠节"，但八国联军要追究罪魁，要求"重治"包括李秉衡在内的主战大臣。李鸿章与八国联军代表谋议，由八国联军向朝廷提出惩办"战犯"的名单，李秉衡赫然在列。慈禧颁旨，将主战派王公大臣一律严惩：礼部尚书启秀、刑部左侍郎徐承煜（徐桐之子）"即行正法"，军机大臣赵舒翘、左都御史英年赐自尽。刚毅、李秉衡、徐桐斩立决，但因三人均先已自尽或身亡，仍追夺原官。李秉衡虽死于战场，"以先死免议，诏褫职，夺恤典"。集团首领端王并其弟载澜定斩监候，加恩流放新疆。

李秉衡在九泉之下，大概也未曾想到朝廷如此无情无义。

好在家乡父老没有忘记他，为他建立故居纪念地，使后人来此能驻足凭吊。

好在李秉衡还有知音，那位曾上奏朝廷反对屈从洋人将李秉衡撤职的王廷相，在李秉衡起用进京后，慕名拜访，相印订交。李秉衡至奉天，特别上奏朝廷要王廷相同去任职。二人风义相得，王廷相微服所探出不称职者，李秉衡均予以纠劾。李秉衡出镇通州，王廷相亦不避生死相从，患难与共。通州失守，王廷相寻觅不到李秉衡，断定其已死节，随即跳河自尽。故《清史稿》将王廷相的小传附于李秉衡传之后，大有二人忠烈依附之意。

后人辑有《李秉衡集》，奏折、电稿居多，读一读他凛然慷慨、议论精当、言辞铿锵的奏稿、电报，也许不无感喟吧。

《清史稿》对李秉衡的评价是："清忠自矢，受命危难，大节凛然。"一般人不知道，"四大名医"之一的施今墨，即李之外孙，颇有祖上家风。1928年，国民政府提出《废止中医案》。施今墨即率中医界同仁赴南京请愿，终致使提案终止，被誉为"挽狂澜于既倒"。可见敢于作为，足见余脉不绝。

秋瑾绝命词与李钟岳

清末女革命家秋瑾在就义前曾留下一句感人的绝命词——"秋风秋雨愁煞人"。这是她因起义事泄被清廷逮捕，在刑讯中唯一的一句供词，之后便被清廷斩杀。

百年来，后世对秋瑾这句绝命词不乏争议。《秋瑾年谱》将绝命词列为秋瑾一生"十五大疑点"之一。当时，这句绝命词影响很大，最早见诸当时的《中外日报》《时报》，均在秋瑾被杀次日报道秋瑾在临刑前并无口供，只写下"秋风秋雨愁煞人"七字。浙江巡抚张曾敭看到后甚为恼火，电询绍兴知府贵福："当堂书……七字，有无其事？有即送核。"贵福即复电："七字在山阴李令手，已晋省。"（见《大通学堂党案》及《浙江办理秋瑾革命全案》）。随后不少报纸加以披露。1910年，萧山湘灵子描写秋瑾事迹的剧本《轩亭冤传奇》也加以采用。1929年，秋瑾之女王灿芝编辑《秋瑾女侠遗集》，及1949年后中华书局编辑出版的《秋瑾集》，均将这句绝命词收入，可谓流传甚广。人们悼念她，亦往往以其意用之，如柳亚子《吊鉴湖秋女士》："饮刃匆匆别鉴湖，秋风秋雨血模糊。"庞檗子《秋侠墓》"犹忆秋魂哭风雨"等。人们修亭纪念，亦命名为"风雨亭"。当时发行的纪念文集每多取绝命词句为书名，如1907年黄民编刊了《秋雨秋风》；徐寄尘辑印的秋瑾遗诗集则名为《秋雨秋风集》。1937年1月，有人曾在《绍兴民国日报》上据这句绝命词扩写成四首七律，伪撰为秋瑾《狱中绝命诗》，诗不足道，但由此可见其影响。时至今日，有关介绍和描写秋瑾的书籍、戏剧、电影等，无不把"秋风秋雨愁煞人"作为秋瑾绝命词来介绍。20 世纪 70 年代出版的秋瑾传记《秋雨秋风愁煞人——秋瑾传》，直接将其当作书名。黄宗江先生创作的京剧《风雨千秋》，也隐含了秋瑾绝命词意。当然也有人认为秋瑾并未有此绝命词。

最早提出疑问的是秋瑾的同志和同乡陶成章。他在《浙案纪略》一书中说："'秋风秋雨愁煞人'七字不知系何人所作，登之报上。"以后也不断有人提出疑问，主要有以下两点。其一，"时令不合"说。秋瑾是光绪三十三年农历六月初六（1907 年 7 月 15 日）就义的。时值盛夏酷暑，并无秋风秋雨之情景。其二，"品格不合"说。以秋瑾如此视死如归的气概，决无此悲愁情怀，因而均视其为杜撰。不过我个人认为，陶成章写《浙案纪略》时，当时审讯秋瑾的记录属清廷档案，尚未公诸于世。报载只据传闻，有人不信亦不足为怪。辛亥革命后，《大通学堂党案》等有关档案公布，这是足可资证的第一手资料。而陶成章《浙案纪略》只是纪闻性质，其怀疑亦在情理之中。同时，我们在品味旧体诗词时，不宜太拘泥于字面上的语意。旧体诗词讲究渲染的修辞手法，且不说古人，从秋瑾同时人章太炎的类似诗来看，不也是"时令不合"吗？章太炎当时因"苏报案"入狱，曾有《狱中赠邹容》一诗，大有遗笔绝命之慨。诗中有"英雄一入狱，天地亦悲秋"之句。查写作时间却是光绪二十九年闰五月二十八日（1903 年 7 月 22 日），从时令上来看亦为不合。所以，秋瑾绝命词亦如章太炎诗，不过是渲染悲壮心情的修辞手法。再者，秋瑾在刑讯过程中，很有可能想起了古典诗词中常用的"五月飞霜"典故：战国时邹衍被诬下狱，仰天悲愤致使五月飞霜。秋瑾极有可能联想到自己因从事反清革命而锒铛入狱，再加上暗合自己的姓氏，因之产生了"秋风秋雨愁煞人"的感慨，是很自然的。而"品格不合"说亦为一种皮相之见。清末革命志士借悲秋抒情寄慨亦屡见不鲜。宋玉说"悲哉！秋之为气也"，正如清人龚自珍诗云："四海变秋气，一室难为春。所以慷慨士，不得不悲辛。"因讨袁而死的辛亥烈士宁调元，在狱中曾作绝命诗多首，其中有

"偶倚明窗一凝睇，水光山色剧凄凉""凄风苦雨夜淋漓，逝者如斯知恨谁"之句，同样表达了"死如嫉恶当为厉，生不逢时甘作殇"的视死如归的献身精神。其他如辛亥烈士周实的绝命诗"秋风起处情无限，誓泣诸天度众生"，死于黄花岗之役的罗仲霍绝命诗云"陨霜杀草一何悲"，曾参与策划暗杀清朝将领李准的朱执信，有诗赠北上暗杀摄政王的志士云"人生世上亦如此，此身何惜秋前萎"，同样表达了宁死不屈的大无畏英雄气概。所以，"秋风秋雨愁煞人"恰恰表达了作者临刑之际的不能忘怀民族苦难、感慨革命事业未成的极度悲愤心情，正是志士情怀，不能以寻常悲愁着眼。秋瑾曾作《感时》诗："楚囚相对无聊极，樽酒悲歌涕泪多。"这与她的绝命词可谓一脉相承。"休言女子非英物，夜夜龙泉壁上鸣"，秋瑾自号"鉴湖女侠"，不仅有侠气，相识者更谓其"英气逼人"，秋瑾就义前四月，曾于照相馆摄影，幼弟秋宗章见姐姐"俨然须眉"之照，留下"英气流露，神情毕肖"的深刻印象（《六六私乘》）。她的视死如归与绝命词同样是英气凛然，令人感动。秋瑾死难之后的革命志士绝命诗："满天风雨满天愁，革命何须怕断头。"极有可能点化了秋瑾绝命词的诗意。

秋瑾绝命词虽可以肯定是秋瑾于刑讯中所写，但确并非己作之句，而只是借用前人成句。古诗中已有不少例句，如汉乐府《古歌》云"秋风萧萧愁杀人"、宋人曾几诗曰"秋风入雨敢淹留"，已见其端倪。而秋瑾绝命词则出自清嘉庆、道光年间娄江诗人陶淡人所作七言古风《秋暮遇怀》中的一句，曾收在《沧江红雨楼集》中，只不过秋瑾将字句颠倒。诗云："篱前黄菊未开花，寂寞清尊冷怀抱。秋雨秋风愁煞人，寒霄独坐心如捣。"已故南社老人郑逸梅编著《南社丛谈》，曾抄录此诗，并注云："秋瑾喜诵前贤诗篇，被讯时，忆及此句，便把它写在纸幅上，以代供词。"当然，陶淡人的诗句是在抒发文人怀才不遇的惆怅情怀，经秋瑾点铁成金，则成为革命志士慷慨赴义的感人遗言了。

不过，秋瑾因姓秋，似乎很钟情于秋风秋雨，如她写《秋风曲》，其中"秋风起发百草黄，秋风之性劲且刚。能使群花皆缩首，助他秋菊傲秋霜。……昨夜风风雨雨秋，秋霜秋露尽含仇。只有秋来最萧然……"（《秋瑾集》），何如秋瑾豪气之写照？

秋瑾绝命词一说为"秋雨秋风愁煞人"，并非流传的"秋风秋雨愁煞人"，见秋瑾之弟秋宗章《前清山阴知县李钟岳事略》。李钟岳当时审讯秋瑾不肯逼供，反复向绍兴知府贵福争辩和拖延，大有维护秋瑾之心，并将秋瑾绝命词藏之拒缴。李秋岳还答应秋瑾临刑前请求：行刑不枭首、勿剥衣。三日后，贵福即以"庇护"罪申奏报浙江巡抚将李钟岳革职。贵福又知他匿藏秋瑾遗墨，索要甚急。加上秋瑾被害，李的内心受极大折磨与震撼。面对贵福威逼索要，李钟岳不肯交出，乃自杀。

李钟岳第五子李江秋，为民国名记者。1942年，他撰写《秋瑾殉难记》，叙述其父曲护秋瑾事迹，而慨叹"我不杀伯仁，伯仁因我而死！"李钟岳任知县不到半年，6月初被革职，两次自杀，投井、悬树上吊，皆被家人解救。9月23日于杭州卧室内悬梁自尽，年仅53岁。距秋瑾被害仅隔百余日。秋瑾的绝命词墨迹从此不知所终。

按贵福电文说"已晋省"，秋宗章说"此七字之原稿自已缴呈浙抚存档。辛亥革命抚院焚毁，当已一例付诸劫火矣"。但沈定庵《秋瑾就义前后》却说绝命词"虽经浙抚多次索阅，李钟岳始终未拿出，而密置于肚兜中"。假设原书绝命词已被缴呈，很有可能被贵福销毁，如被李钟岳藏之，那贵福也未见过秋瑾墨迹。20世纪80年代放映过电影《秋瑾》，于是之饰演贵福，审讯中见秋瑾书写"秋风秋雨愁煞人"，感慨叹息：真是一笔好字！但不知据何所本？贵福虽是蒙古族编入北京香山健锐营镶黄旗即外八旗，但却考中进士，做过翰林，于书法并非外行，秋瑾亦非书法家，这句感叹颇不符合贵福身份。最大的可能是除李钟岳外，谁也未见过原件。若按李钟岳后人回忆：李在杭州时，常独自将密藏秋瑾遗墨"注视默诵"而泣下，一日内常三五次至七八次览诵。可见这幅绝命词仍在李钟岳手中。

李钟岳是一个有良心、有正义感的官员，出身贫寒，18岁中秀才，39岁中举，光绪二十四年（1898）中进士，光绪三十三年（1907）任山阴知县。大通学堂开学典礼，秋瑾曾邀李钟岳与绍兴知府贵福出席致词。他也读过秋瑾的诗，以秋瑾诗句"驰驱戎马中原梦，破碎山河故国羞"教子："以一女子而能诗，胜汝辈多矣！"

他苦心曲护秋瑾，"事变虽起，犹思竭力保护之"，乡里和舆论包括他的上司贵福皆知其意。因秋瑾同志徐锡麟被捕事泄，浙江巡抚急电绍兴知府贵福立封大通学堂并拘捕秋瑾。李钟岳向当地士绅表态："我亦决不能鲁莽从事"，即向贵福申明学堂"不可武力摧残"，以"调查"拖延，以便秋瑾一干师生逃避。贵福以"通同谋逆"威逼，令其督兵卒前往学堂"悉数击毙"，但他仍下令只许捕人，不得开枪。

1936年，李江秋赴杭，晤秋宗章，被告之："先姊在家，独居一小楼，所有与先烈来往信件，均藏其中。……令父李钟岳先生在查抄前，已问明小楼为秋女士所居，故意不令检查，否则必连累多人。"由此可见李钟岳救人之苦心。

李提审秋瑾时，破例请她坐下，单独交谈，取纸笔请写生平及被捕之冤。贵福安插之内线密报两人形同会客。贵福大怒，责问李为何不刑讯，李答："均系读书人，且秋瑾又系一女子，证据不足，碍难用刑。"据记载贵福亲自提审秋瑾，被秋瑾怼道：你不是当初也支持大通学堂吗？还给我亲笔题赠"竞争世界，雄冠地球"的匾额吗？"竞雄"是秋瑾的别号，贵福恼羞成怒，无言以答。气极之下，当即赴杭见巡抚，捏造秋瑾已招供。巡抚张增敫不按例复核，手谕"就地正法"。贵福连夜归，向李钟岳示谕令将秋瑾立斩。李力争："供证两无，安能杀人？"被贵福厉声斥责。凌晨3时，李提秋瑾至大堂，凄言，"余位卑言轻，愧无力成全，然死汝非我意，幸谅之也"，"泪随声堕"，两列吏役也"相顾恻然"。后人纪念秋瑾，也没有忘记李钟岳。秋瑾遇难后，辛亥革命同志成立秋社，浙江革命先辈诸慧僧与秋瑾生前拜盟姊妹吴芝瑛、徐寄尘，于1921年在杭州西湖建墓和鉴湖女侠祠以祭，并将李钟岳"神位"祀于祠中，上题"清山阴知县李钟岳之神位"，下书"李钟岳先生，山东安丘人，秋案中有德于女侠"。可见人们不忘他保护秋瑾和殉死之义举。孙中山莅临致祭，题挽幛"巾帼英雄"，并书楹联："江户矢丹忱，感君首赞同盟会；轩亭洒碧血，愧我今招侠女魂。"李江秋之兄受邀参祭。秋瑾逝世三十周年时再举行祭典，李江秋受邀参祭，并制李钟岳神龛置于秋瑾祠中。秋、李两家后人也遂为至交。

看神位所题和地方文献皆说李钟岳是山东安丘人，但我见到的史料说他是汉军正白旗籍，可能是驻防旗人。按清代旗籍制度，死后归葬北京香山一带，据说坟冢至今仍存。李江秋的回忆史料，未提及他父亲宁可自杀也绝不交出的秋瑾墨迹，是否还留存于天地之间，成为一个令人遗憾的未解之谜。

杀害秋瑾的刽子手张曾敭和贵福，下场颇不美妙。秋瑾就义后，杭州士绅各界前往吊唁三日不绝。沪上编写《六月雪》新剧，为秋瑾和李钟岳鸣冤，国人一致唾骂张、贵二人。朝廷慑于千夫所指之汹汹，急忙在秋瑾就义仅一月后，调张曾敭离浙，三个月又调走贵福，分别原职衔调任江苏和安徽。但未料到激起当地士绅、学子和百姓强烈反对，闻张曾敭将来江苏，士绅学子百姓群起游行发起"拒张"运动，不得已改任山西，仍遭当地群起反对。声名太劣做不成官了，张只好称疾归家，隐藏14年，79岁逝去。《清史稿》有传，他是张之洞的侄曾孙，进士、翰林出身，但上述尴尬都没有提及。

贵福亦如此，改任安徽宁国知府，士绅百姓坚拒他赴任，不得已改任漕运官职，还随过庚子两宫逃难西安。本心想东山再起，但又恐惧革命党人报复，清廷退位以病辞官，改名赵景祺，依附过张作霖入京任京兆政务厅厅长，在东北也当过博物馆里的小官。日本扶持溥仪建伪"满洲国",他觉得机会来了,参与 1932 年"登基"大典,但也不过是个小角色,因为赏给他的伪职不过是"盛京陵庙承办事务处总办"而已。他的两个儿子皆为汉奸,长子任职伪"民政部",二子与溥仪四妹结婚,任伪帝宫禁卫队队副,真可谓满门"附逆"!贵福于 1937 年死于沈阳,年 68 岁。据说下葬时黑衣裹尸,传言为日本主子所害。按旗人制度,子女扶柩归葬于北京西山。贵福生前一直提心吊胆,父母是无字碑墓,自己怕掘坟扬尸,嘱深埋并加固水泥,墓碑题"余生居士之墓",但如此煞费苦心,最终的下场仍是尸骨无存!贵福与张曾敫同是进士、翰林出身,相比之下,贵福的下水附逆、认贼作父更无廉耻。

多行不义,"恶有恶报",古语说,"天网恢恢,疏而不失",有时真的灵验。那位从杭州领兵来抓捕秋瑾的标统李益智,在浙江也广受谴责痛骂,不得已避走广东,后被烧死于妓船上。

秋风秋雨,俎豆百年,但人心所向,善恶分明,上述作恶鹰犬们的下场,不知可告慰九泉之下的秋瑾女侠吗?

清末三才女

清末有"三才女"，即吴芝瑛、徐自华与秋瑾。这三人曾拜盟互换过兰谱，不仅互相钦慕，而且生死相托。

三才女中秋瑾是佼佼者，所作诗词慷慨悲壮，又喜击剑走马，自号"鉴湖女侠"。后来参加光复会，组织反清起义，不幸事泄被捕，在刑讯中不吐一字，唯书"秋风秋雨愁煞人"七字凛然就义。而其他两位则为秋瑾之名所掩，其实吴、徐也是极有才气和肝胆的。

吴芝瑛是当时极享盛誉的女书法家和诗人，在清季闺秀中文名鹊起。她是安徽桐城人，为晚清桐城派大家吴汝纶的侄女。其夫乃无锡举人度支部郎中廉泉，曾办文明书局，印行过大批珂罗版碑帖书画。吴芝瑛书法秀丽遒劲，书名冠绝一时。并曾抄录经文、古碑、古诗及自写诗30余种行世。因与其夫寓居西湖小万柳堂，故以自署。故世人又尊称其为"小万柳堂夫人"。

吴芝瑛与秋瑾小住京华时的故宅都在南半截胡同，因而结识。吴芝瑛清高自诩，"于时人少所许可"，却独倾倒于秋瑾。吴曾赠其对联曰："英雄尚毅力，志士多苦心。"秋瑾亦有诗赠吴云："芝兰气味心心印，金石襟怀默默谐。"可见二人倾折之情谊。后来吴芝瑛又资助秋瑾东渡日本留学，并赠诗一首："驹隙光阴，聚无一载，风流云散，天各一方。"秋瑾殉难十日后，吴即写《秋女士传》，继而又写《记秋女侠遗事》，至今仍为研究秋瑾的重要史料。其中颇有太史公笔法，如述她宴秋瑾罢，"女士拔刀起舞……歌数章，……歌声悲壮动人"。徐自华《鉴湖女侠秋君墓表》也记秋瑾常"悲歌击节，拂剑起舞，气复壮甚"，可见秋瑾其人的风神气度，这也是吴、徐二人钦仰秋瑾的魅力所在。秋瑾确有一种英气，清光绪三十二年（1906），秋瑾31岁，从日本归国返绍兴，在明道女学代了几天体育课。弟弟秋宗章见到了姐姐，"制月白竹布衫一袭，梳辫著革履，盖俨然须眉焉。……往越中蒋子良照相馆摄一小影。英气流露，神情毕肖。"可见秋瑾之英气是众望所同。

秋瑾殉难后墓之营建，亦得力于吴芝瑛。她后来在北京的煊赫一时的快事当为上书袁世凯，劝其勿恋帝制。后来琉璃厂坊间曾出过吴芝瑛上书的刊印本，题为"万柳夫人上容庵先生书"，"容庵"为袁氏之室名。

另一位徐自华为浙江石门宿儒杏伯老人女，为南社社员。因青年守寡，儿女早殇，孑然一身，故别署"寄尘"。她素承家学，师事南社大诗豪陈巢南，自号忏慧词人，著有《听竹楼诗集》《忏慧词》《秋心楼诗词》等。徐自华与秋瑾结识于南浔女校，两人"一见即各自倾倒，徒恨相见之晚"（陈去病《徐自华传》）。且日夕谈论家国之事，志向相同，遂订兰契之盟。秋瑾有赠她诗，"客中何幸得逢君，互向窗前诉见闻"，正堪称二人交契之写实。徐自华随后与秋瑾赴上海办《中国女报》，吴芝瑛那时也由北京迁家沪上。吴、徐二人在经济上多方资助《中国女报》。报纸停办后，秋瑾回浙组织起义，其间与徐自谒岳坟时，秋瑾相约若因事泄赴义即请自华埋其骨于岳坟侧。后秋瑾因备义举竭于用资，自华慨然将家产尽悉变卖交与秋瑾。秋瑾大为感动，脱臂上翡翠腕环相赠为纪念。秋瑾就义后的1907年11月27日，自华为践约秋瑾"埋骨西泠"遗言，于风雪中渡钱塘江来绍兴，昏夜秉烛入文种山，寻觅秋瑾停厝处，与吴芝瑛商定，将其遗骨加木椁舁至杭州，由徐自华购地，因费用不够，吴芝瑛又出葬费二百元。葬于西湖西泠桥畔岳坟侧，时为光绪三十四年（1908）正月二十四日。吴芝瑛亲书"呜呼鉴湖女侠秋瑾之墓"，徐自华含泪撰墓志铭《鉴湖女侠秋君墓表》。也由吴芝瑛书，石印成册，分赠友人，墓表收入《秋瑾集》。秋瑾就义时，吴芝瑛正在病中，闻耗大恸，写《秋女士传》等诗文哭之。

徐、吴二人的义举，遂引起清廷注意。有御史上奏请平毁秋瑾墓，并参奏吴芝瑛、徐自华为秋瑾同党，一时有凶险之虞。徐自华遂避匿上海日侨医院半年，吴芝瑛因两江总督端方作保幸免于险。吴、徐二人明知为秋瑾建墓并明示文字纪念，必有风险，但仍义无反顾，令人赞佩。古代至民国，盛行结盟风气，男儿上自高层，下至百姓，辄喜换帖。但若逢危厄，则未必赴义，这有无数例证。所谓"白头如新，倾盖如故"，非是虚言。吴、徐二人的结义践行，真是令须眉汗颜。

徐自华后来又与南社同人结秋社和办上海竞雄女校（"竞雄"亦为秋瑾之号），以示继承遗志。徐自华待秋瑾女儿王灿芝长成，将腕环交与，并撰《返钏记》。徐自华在《返钏记》中写道："忽卿（秋瑾字璿卿）自杭州来，云：将返越举义矣，顾饷绌将奈何？……乃悉倾奁中物纳之，曰：持以赠卿可乎？君辗然曰：感姊厚贶，何以为报！遽脱双翠钏示余曰：事之成败未可知，此区区物界阿姊纪念何如？予为悚然，顾勿得却，因相与涕泣，以埋骨西泠旧约为相属而别。"所谓"旧约"是指秋瑾就义前3个多月，在杭州与徐自华泛舟西湖，登凤凰山，凭吊南宋故宫遗址，指点江山，倾吐抱负。秋瑾俯瞰杭州全域，将城厢、街道、路口和地形绘成地图，以备起义进攻杭州城之准备。后又与徐自华同瞻岳坟，流连不忍去，二人遂在此订"埋骨湖山之约"（《秋瑾年谱》）。

徐自华所赠"奁中物"估值几何？徐自华之妹徐蕴华在《记秋瑾》文中说："秋瑾到我家乡崇德，与家姊商筹军饷。姊氏倾全部首饰，约值黄金三十多两相助。秋瑾赠翠钏留念。临别时又作诗一首赠徐自华：'此别深愁再难见，临歧握手嘱加餐；从今莫把罗衣浣，留取行行别泪看。"可见义结同心，惺惺相惜之情。民国时中学国文课本曾入选《还钏记》，其感情真挚，文笔如诉，令人为之动容。

吴大澂与龙虎阁

　　龙虎阁，位于珲春市防川景区中、俄、朝三国交界处。珲春，在金语是"边远之城"之意，这座建筑在边境的堡垒式建筑，共12层64.8米，仰视苍穹，巍峨矗立，寓意中华边关龙蟠虎踞不可摧也。登上顶层，眼帘尽收"一眼望三国"的景色，然出海口原属中华，早已失之而不可得，故游人登而多"望海（口）兴叹"！其实何止一个出海口？在屈辱的年代签订的《中俄瑷珲条约》和《中俄北京条约》，失去的是100多万平方千米国土，心中的隐痛真是不可名状！风拂于面，一江蜿蜒，眺望粼粼碧波，令人凭栏感慨。

　　下得龙虎阁，一层内有珲春的历史沿革展览，其中一大幅两个条约失地范围图，仰观许久，心中仍是不可名状！一层内还有一尊石刻，是清末儒将吴大澂的篆书"龙虎"大字，凛然之气拂面而来。这幅字是他在图们写下的。光绪六年（1880），受命协助吉林将军铭安督办宁古塔、珲春等东陲边务整顿八旗，建立靖边军14000人。创建图们江、松花江水师营，修筑东、西炮台，购置克虏伯炮20尊、格林炮4尊，以防御沙俄入侵。手创生产枪械的吉林机器局，屯储来福枪（现译来复枪）、毛瑟枪等共8000支。并移民垦荒，修筑宁古塔至吉林省城达600千米大道及北、东线道路，建桥百余座及多处驿站，目的都是增强边疆防务。光绪十一年至十二年（1885—1886），以三品卿衔都察院左副都御史、会办北洋事宜大臣身份，与沙俄勘界谈判，据理力争，重签两个条约，补添界碑，争回黑顶子领土和图们江航海权，是有功于中华的爱国将领。他还于珲春长岭子中俄边界建铜柱，自篆句铭曰:"疆域有表国有维,此柱可立不可移。"真是黄钟大吕振聋发聩,豪迈之情令人振奋!他后请胡开文制铜柱墨留为纪念,这在今天是洋溢着爱国情怀的珍贵文物。可惜铜柱早已被沙俄窃走,一腔激烈竟不可再见于天地之间。"龙虎"二字是他与沙俄谈判前所书。而且在谈判期间,他写下多幅"龙虎"二字,可见在抒发激荡于胸中的磅礴之气。据说在今珲春市区也有龙虎石刻、五角碑亭、吴大澂的石像、吴大澂纪念馆等,是珲春人民为纪念吴大澂而建,可惜行旅匆匆,不能前去瞻仰,是为一憾。吴大澂对图们是很有感情的,正史所载只是大概,地方志载他曾五至珲春。他写过一首勘界纪事诗赠友人,后四句为"旧事思量纪龙节,新图商榷定鸿沟。国恩未报归程远,敢把闲情寄白鸥",字里行间流露出爱国之情。

吴大澂的爱国精神是贯穿其一生的,光绪九年(1883)曾奉诏赴朝鲜处理甲申政变,坚决抵制日本侵略朝鲜和觊觎中国的图谋。光绪十三年(1887),任广东巡抚,奋力抵制葡萄牙强占澳门香山七村的侵略行径。光绪二十年(1894)甲午战起,他在湖南巡抚任上,请缨"奏请统帅湘军"与日寇作战,次年年初率新老湘军二十营出关,反攻海城,但因他的职衔是"帮办军务",无法指挥其他部队,麾下湘军将领多"诓怯不前""相率而退",再加上他过于轻敌,"湘军力战而败",他愤欲自裁,被部下格阻。随即被朝廷以"徒托空言,疏于调度",先革职留任,三年后又革职永不叙用。这极不公正的严厉处分,将他的爱国功绩一笔抹杀。"永不叙用"的上谕说吴大澂"居心狡诈,言大而夸,遇事粉饰,声名恶劣",这完全是一派胡言。读至此,真是不由得不为吴大澂倾一腔不平之气。

《清史稿》本传对吴大澂的一生功绩基本如实书写,品行"尤以勤廉著",但在传后也说他"而好言兵,才气自喜",不免前后矛盾。吴大澂其实是得罪了西太后,"时诏修颐和园,大澂复言时事艰难,请停止工作，疏入，留中"。后来又为醇亲王疏请"称号礼节"，惹得西太后震怒，"几得严谴"。更深层的原因是他与维新派翁同龢、张之洞等一干人交往密切，恐怕早已引起西太后注意。所以他被革职后，闻《马关条约》签，义愤填膺，去电姻亲张之洞，愿变卖古董书画以充赔款，张回复"窃谓公此时不可再作新奇文章，总以定静为宜"，这是警告他不可再引起西太后注意惹祸上身。

吴大澂岂是"言大而夸"？《清史稿》称赞吴大澂"治河有名"，确非虚誉。他不仅是儒将，还是治河名臣。同治七年（1868）中进士，授编修。出为陕甘学政。曾办理赈灾事务，受到保荐。他对治理黄河有过贡献，形成"固滩保堤"的治河方略。他提倡用新法测量黄河，完成《御览三省黄河全图》，并以署理河南、山东河道总督之职，主持日夜赶堵决口，终致合龙。并首创用水泥加固砌筑砖石坝。他博学多才，举凡金石、书画，尤擅篆书，蔚然成家。据说他洋枪枪法极准，并著有《枪法准绳》，如"练枪之法有四：要眼明、手稳、心细、气平、兼此四者，方有进益"，以现代射击眼光来看也是很正确的。说他"好言兵"者，看来未读过他的这部军事操典著作吧？吴大澂是清官，《清史稿》本传说"罢官后，贫甚，售书画、古铜器自给"，晚景颇凄凉，68岁逝于故里苏州。大画家吴昌硕是他过继的孙子，曾随甲午从军掌书记文书职务。20年后，他还写诗抒发随吴大澂从军豪壮之情："昨夜梦中驰铁马，竟凭画手夺天山！"

吴大澂的划界争权与清流派邓承修、李秉衡勘定广西边界，曾纪泽中俄谈判争回国土划界权益，萨镇冰、黄钟瑛收复东沙群岛，皆是清末值得称颂的功绩，历史自当铭记而不湮。登龙虎阁时，披襟四望，云叠如垒，秋风吹骨，想起清末黄遵宪至香港写下的诗句"登楼四望皆吾土，不见黄龙上大旗"，怆然不能自持！即口占小诗以抒心绪：

> 眺望苍茫出海口，
> 天低风荡此登楼。

　　　　名将留镌龙虎字，
　　　　波光云影见渔舟。

　　国门，界碑，界桩，界河，是祖国大好河山的铜墙铁壁，是志士先烈百折不挠铸成的铁血长城。无论中华祖国的土地阴晴圆缺，炎黄子孙都会深情地注视她，热爱她，更会永远怀念为金瓯的完整抛头颅洒热血的先人先烈！开疆拓土的先人是英雄，捍卫疆土、收复疆土的志士先烈同样是英雄。江山永固，英雄流芳。愿我们后人的心中，永远矗立着追忆先人志士的龙虎阁——那般雄伟屹立的丰碑，傲视蟠踞，千秋不磨！

陈宝箴之死

碧云天，艳阳秋。穿过已收割完稼禾的田垄，看见林木扶疏掩映下的两栋砖木乡舍。如果不是路旁立着的石碑标明是陈宝箴、陈三立旧居，很难想到这是当年挥斥方遒变法图强的领袖人物的出生地——"凤竹堂"。

空旷的天井，斑驳的窗棂，似乎在娓娓细语：魂未归故土？归去来兮，云胡不归？落叶应归根，旧居仍在，主人的魂魄却再也没有归来。青草萋萋，故土殷殷，却未安一抔黄土。

当年，陈宝箴、陈三立父子是怎么走出大山去赶考的呢？走陆路？乘舟船？这皆是历尽艰辛的劳顿。一去迢迢，宦海沉浮。1895年，陈宝箴任湖南巡抚，举家迁往长沙，从此再也没有回到故乡。

他们的祖先从中原一路迤逦、栉风沐雨，先居福建上杭，从六世祖举家沿着长江到达这里安居，耕作、读书、行医，繁衍后代。不屈不挠、百折不回成为客家人的典型性格，追求理想、坚守道义成为客家人的执着信念。

陈氏父子考中科举，进入仕途，没有走很多官僚升迁发财、光宗耀祖的道路。单看他们的祖居，几乎没有改变模样，只是陈宝箴后来回乡修建了毗邻的新屋。考中科举按规定由官府出资立旗杆，现在仅存一座旗杆墩。沧海桑田须臾一瞬，不过百岁光阴，石头也历经磨蚀，依稀可辨刻有两行楷书大字："光绪乙丑年主政陈三立"。但，人或为过客，石或为齑粉，青史却留镌了他们的姓名。

陈宝箴，戊戌变法领袖，率先在湖南巡抚任上推行新政，一时俊

彦如黄遵宪、杨锐、刘光第、谭嗣同、熊希龄、梁启超等，齐聚长沙
一隅，"或试之以事，或荐之于朝"，创立时务学堂、算学馆、湘报馆、
南学会等维新机构，创办近代科技和官办企业，如洋火、蚕桑、工
商、水利、矿务等局及轮船公司、武备学堂，开风气之先，"治称天下
最"。杨、刘、谭被荐于光绪皇帝身边，为军机章京，直接参与变法中
枢机要。陈三立，过去人们只注重他清末同光体诗坛领袖的名声，实
际他一直协助父亲招贤纳士，参与筹划。有痛于清代官场腐败，从吏
部主事职上以侍父为由，请辞在长沙巡抚衙门父亲的身边，利用他位
列"清末四公子"的身份穿针引线，联络四方。所以"百日维新"之
举，慈禧太后视陈氏父子为主谋欲除之，下谕："湖南巡抚陈宝箴，以
封疆大吏，滥保匪人，实属有负委任。陈宝箴着即行革职，永不叙用。
伊子吏部主事陈三立，招引奸邪，着一并革职。"（《光绪朝东华录》）

　　修水的阳光很明媚，温煦着人的心扉；修水的秋风很温柔，吹拂
着人的联翩思绪。我穿行在旧居连通的居室中，往返流连，面壁沉思：
陈宝箴为什么被削职后不回到故里而回到南昌呢？

　　落叶归根是那时人们的归宿，哪怕死在客地也要尸归故土。陈氏
父子所尊崇的乡贤，且奉为诗文宗伯的黄庭坚，逝于广西宜州任上，
四年后仍由子侄将灵柩千里迢迢归葬修水双井故里。

　　陈宝箴不思念故乡吗？西太后要斩尽杀绝维新党人，秘密派出亲
信率兵弁疾驰到南昌西山"崝庐"，"赐死"他，并割下喉骨向西太后
复命。他的魂魄宛若游丝，当时他想到了什么？青山依旧，故土迢迢，
也许这永远是一个谜。

　　如果选择钻营仕途，陈宝箴会有很远大的前程。光绪皇帝一直感
念不忘他的国是陈策。他是一个性情中人，《清代名人轶事》一书有关
于陈宝箴的生动描述："义宁陈宝箴，倜傥负才略，遭世多故，慨然有
澄清之志。尝应礼部试，祈梦神祠，夜梦随李愬入蔡，雪月交映，旌
旗飞扬，立马指挥，意气闲骏。醒而大喜。及下第归，至上蔡县，风

雪大作，夜二鼓，始投逆旅，委顿殊甚。自是雪泞旬日，资粮皆尽，典衣鬻马，仅得南还。乃知为神所戏，不复谈兵矣。"可见书生意气方遒，直窥性情。是书中评价"然宝箴论事，实能洞见本源，非苟为大言者"，还是很中肯的，否则光绪皇帝对他的国是陈策怎会如此深刻一直不忘？

陈宝箴对国事蜩螗忧心如焚，情之所至往往失控：英法联军攻入北京时火烧圆明园，时陈宝箴正在酒楼与友人谈及时势，遥见西天火焰遮光，痛彻肺腑，竟欲跳楼。被友人抱住落座，复捶案痛哭。李鸿章签《马关条约》，他亦痛哭大呼："无以为国矣！"

他对亲人一往情深。被褫夺顶戴后，返回妻子已停灵一年的长沙，扶柩于南昌，于城西的西山葬墓，其侧筑居室曰"崝庐"，楼上可与墓相望。他本想放鹤于墓旁，澹游于山水，但西太后仍然没有放过他。

陈氏父子被革职后，一直相依于西山崝庐。陈宝箴逝后，陈三立写《崝庐记》，笔下凄楚辛酸："而崝庐者，盖遂永为不肖子烦冤茹含呼天泣血之所矣！""然则不肖子即欲朝歌暮哭，憔悴枯槁褐衣老死于兹庐，以与吾父母魂魄相依，其可得哉！"此等泣血笔墨令人读来掩面凄然，皆因为慈禧秘密杀害陈宝箴，家属绝不敢泄露而遭来更惨烈的大祸！陈三立还写下悲戚的《崝庐述哀诗》五首，其中句云："天乎兆不祥，微鸟生祸胎。怆恨昨日事，万恨谁能裁？"也是隐忍悲声，对父亲的惨死是不可明说的。

陈宝箴对友人情挚不辞，哪怕自己也处于风声鹤唳的险境中。文廷式（珍妃师父）为帝党中坚，西太后欲密旨逮问已革职回籍之文氏，其仓皇逃至陈宝箴处。陈宝箴不顾杀头之罪，赠银三百两送文廷式至日本避难，使其保全了性命。

客家人的性格刚强、弘毅、豪爽、执着，文天祥也是江西客家人，陈氏父子身上有着文天祥的流风遗韵。而陈三立与他的父亲在性格上很相像，几乎是一个翻版。甲午战败，陈三立致电张之洞，请他联合督、抚，"先诛李合肥（鸿章），再图补救，以伸中国之愤"，可见他的凛然大义！戊戌后，朝廷意起用，袁世凯托邀北上，均被凛然而拒，可见他"来作神州袖手人"的人格风节。张学良慕名以两万金乞为其父作墓表，他拂袖拒之，可见他不屑权贵的风骨。陈三立在庐山过 80 岁大寿，峻拒蒋介石送来的大笔寿金，可见他的富贵不淫。陈三立曾为杭州南高峰山脚下千年香樟作《樟亭记》："偃蹇荒谷墟莽间，雄奇伟异，为龙为虎，狎古今，傲宇宙，方有以震荡人心。"不知可为父子二人写照。陈三立 85 岁时在北京拒绝日伪拉拢下水，竟绝食五日而死。死前闻京津沦陷，伤绝悲号："苍天何以如此对中国耶？"可见他的拳拳之心！

在陈氏旧居中徘徊，似闻诗声绕梁，似见凤尾潇潇。陈氏故居又名"凤竹堂"，源于《义宁陈氏家谱》："盖凤非梧桐不栖，非竹实不食，凤有仁德之名，竹有君子之节。"思接浩荡，天地悠悠，归去来兮，"田园将芜胡不归"？

长江的浩瀚养育了客家族裔，她的支流修水一脉蜿蜒，滋孕出了陈氏父子这一代英杰。

修江之水兮浩浩，可以涤我胸；愿我赣人，勿忘英杰。

修江之水兮清清，可以濯我足；愿其故土，勿忘英魂……

魂兮归来！田园向荣胡不归？

从纪晓岚、刘墉说到乾隆

2015 年是纪晓岚逝世 210 周年，据说有关纪晓岚、刘墉及乾隆的电视连续剧续集仍然要拍下去，也仍然是戏说。有些青年人问我：清代君臣关系及纪晓岚、刘墉、乾隆的本来面目是那样吗？

戏说的描述纯属虚构。纪晓岚、刘墉的传说在北方流传最广，公案小说、评书极多，但当不得正史读。刘墉比和珅年长 30 岁，纪晓岚比和珅年长 26 岁，刘墉、纪晓岚两人虽然位居大学士，但从未担任过军机大臣，与和珅的枢相地位相差颇远，不可能以下犯上，正史和清代奏档中也无记载；况清代官场等级森严，见面说话极讲分寸，如此口无遮拦、插科打诨绝无可能。据《清朝野史大观》载：只有协办大学士嵇璜戏弄过和珅，但终受到和珅的倾陷。记载中真正与和珅抗衡的是军机大臣阿桂，大学士王杰、董诰等元老重臣。况且，乾隆与刘墉、纪晓岚二人的关系也绝非如电视剧中所渲染那样亲密无间。刘墉是个和事佬，乾隆曾斥之为遇事模棱圆滑，比不得他的父亲刘统勋，他父亲官至军机大臣，父子俩一同在朝当官。刘统勋后来死在上朝路上，谥文正（清代只有 8 位大臣谥文正），但他也犯过错误。在新疆战事时，他竟奏请乾隆放弃哈密以西国土，惹得乾隆震怒，将刘统勋连其子刘墉一起"发往军前效力自赎"（清代一种流放形式），看来乾隆对刘墉是很有看法的。实际刘墉表面圆滑，其实是一种策略，暗地里一直与和珅相斗。他的差使左都御史本职即是纠劾。他的父亲刘统勋也当过左都御史，办过不少大贪，如云南总督恒文、巡抚郭一裕、山西布政使蒋洲、西安将军都赉、归化将军保德、江苏布政使苏崇阿、江西巡抚阿思哈等，堪称威名赫赫。刘墉比他父亲更会计谋，因为他眼见内阁学士尹壮图、御史曹锡宝检举和珅，被和珅遮掩，受到罢官和申斥处分。御史谢振定看不过和珅之妾弟的胡作非为，当众责打并烧毁其违制乘坐的马车，自己也丢了官职。

御史钱沣检举和珅爪牙、山东巡抚国泰和布政使于易简贪污，和珅先派人去山东安排以商人银钱填充库银。但被刘墉探知，密告钱沣提前化装前往，截获国泰与和珅密谋信件，查案时证据确凿，国泰二人即被赐死。整个过程甚为曲折，堪称波谲云诡，一招走错，全盘皆输。若无刘墉点拨成功查实，钱沣必然遭和珅报复。与和珅作斗争，不仅需要技巧，更需要勇气，须知之前向和珅宣战的人，是付出了生命的代价的，如御史管世铭在一次同人聚宴上公开说准备弹劾和珅，竟然在当晚暴死，可见和珅手段之阴毒！

刘墉作为清代四大书家之一，后人是大为称赞的（见包世臣《艺舟双楫》、康有为《广艺舟双楫》）。纪晓岚的文才受乾隆欣赏，但也受到过乾隆的批斥，认为他读书虽多却不明事理，受过处分甚至流放的重罚。历史上纪晓岚不仅没有反对过和珅，和珅还曾请他改诗，看来关系起码表面上是融洽的。

清代与唐、宋、明等朝代不同，爱新觉罗氏以少数民族入主中原，满洲贵族大臣无论地位多高，一律是奴才，汉大臣表面优容，本质无二；而且政治上一直猜忌汉人，所以君臣关系如当前清代题材影视剧所描写，岂非天方夜谭？仍举纪晓岚为例，他本一侍读学士，在乾隆南巡时见其劳民伤财，进行劝阻。不料乾隆勃然震怒："朕以汝文学尚优，故使领四库书馆。实不过倡优蓄之，汝何敢妄谈国事！"（《清代外史》）乾隆还曾公开谕示："其派出之纪昀，本系无用之腐儒，原不足具数"（《东华续录》卷101）。谁说乾隆风雅？那种游猎民族的野蛮之气、对汉族知识分子的蔑视和羞辱，是何等入木三分！纪晓岚算个名士，也是品秩不低的朝臣，把他与戏子妓女相提并列，我真不知纪晓岚当时心里作何感想，应该是血泪吞声吧！当然乾隆还算是手下留情，没有使出他大兴文字狱杀戮士子的残暴手段来。但是，他也并未放过纪晓岚，终于像猫捉老鼠一样，欲擒故纵（先示意要抄他姻亲、两淮盐运使卢见曾的家，使得纪晓岚去通风报信），最终导致纪晓岚被流放乌鲁木齐。这样的君臣关系，岂是戏说所能漫画化的！？

康、雍、乾三代皇帝，对汉族的高压政策非常残酷，文字狱不断；但又都雄才大略，这在众多的清代影视剧中都得不到体现。尤其是乾隆最被丑化，嬉戏闲逛，吃喝玩乐，微服狎游，对待大臣像密友一般，使今天的人以为清代的皇帝就是如此这般面慈心善、和蔼可亲，这是误人子弟、不符合历史真实的。乾隆享尽人生，自号"十全老人"，然而好大喜功，不惜代价；无节度巡游，大兴土木，穷兵黩武，耗尽国帑民膏；屡兴文字狱，痛恨有思想的汉族知识分子。他的"十全武功"多有牵强之役，他的文治也含有消灭异说的心理。他恣意生杀予夺，"嘉定三屠""扬州十日"的血腥暴戾之气在乾隆身上得到了最生动的体现。迄今为止，有哪一部清代影视剧真正描述出了乾隆所谓"英主"的本性呢？

纪晓岚与刘统勋、刘墉父子关系应该很密切。纪晓岚应顺天府试，刘统勋拔其为第一。刘统勋后来还专门向乾隆推荐流放归来的纪晓岚为《四库全书》总纂修，可见私密匪浅。不过，纪晓岚泄密案也是刘统勋侦破的。刘墉与纪晓岚更为亲密。纪晓岚晚年以词臣擢升礼部、兵部尚书及御史，政治上无建树，更无"立德、立功、立言"，但清廉却广为流传，连藩属朝鲜君臣都知他"清白节俭"，也知他与刘墉"终不依附"和珅。所以，嘉庆皇帝后来派刘墉查办和珅，恐怕也是有渊源的。

按鲁迅所说堪称中国脊梁的标准，纪晓岚、刘墉恐怕都不够格（当然，纪晓岚的笔记在中国文学史上还是有地位的，鲁迅在《中国小说史略》中称《阅微草堂笔记》"后来无人能夺其席"）。正史上所记载与和珅作斗争的人不是没有，但真正是凤毛麟角，不是在乾隆死之后，而是和珅气焰最为嚣张之时。如御史曹锡宝、内阁学士尹壮图，都曾参劾和珅及党羽，均被革职、下刑部论罪；又如云南人钱沣，官位不高，却一直不屈不挠与和珅及其爪牙作斗争，至死无憾。钱沣是昆明人，号南园。乾隆三十六年（1771）进士，做过江南道、湖广道御史。曾劾和珅任军机大臣不按规制值班而在家办公，受乾隆肯定，马上下谕命钱沣入军机处为军机章京，值班时面对面责问和珅，和珅恨之入骨亦无可奈何。钱沣上疏劾和珅死党山东巡抚国泰贪污，引起乾隆震怒，将国泰赐自尽。《清史稿》赞钱沣"以直声震海内"。他不仅风骨凛然，还是才华横溢的名书法家，称"清代学颜体第一人"，清代学颜者皆从学钱字入手，何绍基就是研习钱字而成家。清末书法家李瑞清盛赞钱沣学颜体"千古一人而已"，包世臣称誉为"佳上品"，杨守敬更敬誉为"此由人品气节不让古人"。钱沣还擅画，为书名所掩，嘉庆、道光后书名方显。遗诗文集《南园诗存》《南园集》等。这样一个人品、气节、才情俱佳的人物，可惜没有人将他的事迹拍成电视剧。

醇亲王·海军衙门·水操学堂

如果上网搜索，北京东城的煤渣胡同会介绍得很细，这条仅 300 余米长的胡同从清代始先后有神机营衙署、冯国璋宅邸、平汉铁路俱乐部及两个教会机构，有不少可助谈资的轶事。日伪时期，还发生轰动一时的军统行刺大汉奸王克敏案。却没有"总理海军事务衙门"的介绍，这颇令人疑惑。其实何止网上，若查权威的工具书《清代国家机关考略》，也是付之阙如的。

这条胡同位于王府井东侧，东起米市大街，北邻金鱼胡同，西止校尉胡同，南可通北帅府胡同。其历史上溯可至明代，为京城三十六坊之一的澄清坊辖地，坊依次而下是牌、铺、胡同。清代八旗驻防内城，取消坊之区划，以各旗辖管，朝阳门归镶白旗，故煤渣胡同属镶白旗。明代称"煤炸"，所以震钧《天咫偶闻》说："神机营署在煤炸胡同。"清初改"煤渣"，朱一新《京师坊巷志稿》则注明："煤渣衕衕，渣作炸。"他也注明神机营在此胡同。传说设铸造铁厂堆积炼铁之残渣，故有此名。

煤渣胡同的有名，是因咸丰十一年（1861）于此设神机营衙门。神机营是沿袭明代称谓，为明朝京城禁卫三大营之一，是世界上第一支独立建制的火器部队，比西班牙著名的火枪兵还要早 100 年。地方部队也相继配备火炮营，如明末孔有德、耿仲明的登州火炮营。清沿袭明制，从八旗中选精锐 1 万余人，配新式步枪，由恭亲王奕訢统领，用以禁卫紫禁城、三海及皇帝警卫、出巡等。当年衙署刚设立，这条胡同车马人流即络绎不绝：是因旗人们纷纷至此谋取差使。有意思的是，当时奕𫍯还是郡王，两宫太后谕他会同奕䜣，议定神机营章程共十条。可见神机营的创立也有醇亲王的参与。而当醇亲王逝世后，他的哥哥恭亲王继任也是最后一任总理海军事务大臣，时间是光绪二十年（1894）九月至廿一年（1895）二月，任职不到一年。

清朝建有绿营水师，直到同治末年，才开始筹建新式海军，但一直没有统一的海军管理部门。光绪九年（1883）起，翰林院侍读学士张佩纶上奏呼吁，清廷先于总理衙门下设"海防股"，专习南洋、北洋海防，并掌管长江水师、北洋海军、沿海炮台、船厂及购买兵船、枪炮、弹药，并电线、铁路、矿务等。继而在全国各地设立海防支应局、军械局、鱼雷营、水雷营、机器局、制造局、火药局、矿务局等，开办设备、水师、水雷学堂。虽然有海军管理机构的雏形，但其实仅外得其名，收效甚微。一个小小的海防股，并不能统一指挥、调度全国海防和海军。加上并无懂得海防和海军的人才，不过是又给旗人设立谋差使的员额部门而已。光绪十年（1884），张佩纶又上奏设水师衙门，驻日公使黎庶昌亦奏设水师衙门于天津。清廷才于光绪十一年九月十七日（1885年10月24日）下诏设"总理海军事务衙门"，简称"海署"。虽然比日本晚了13年，比英国则整整晚了300年，但毕竟有了类似西洋的海军部。

清廷设此衙门的目的，仍然是不放心海军由汉人掌握，但毕竟"所有外海水师悉归该衙门节制调遣"，统一各省海防、沿海各地船坞、船厂、机器等，统一支配调拨南、北洋海军经费，这当然有利于加强国防。而且以亲王的人品尊贵统辖海军衙门的调度，与海防股当然不可同日而语。

慈禧指定妹夫醇亲王奕𫍯出任总理海军事务王大臣，庆郡王奕劻（他当时还未擢升亲王）任会办大臣。李鸿章虽然也是会办大臣，但只是"专司"，决定不了大事。衙门从上到下各级官吏直至办事人员，全部是旗人。大臣皆是兼职，无专责，而所有具体各部门办事员，无一人出身海军或专科毕业。甚至大部分人不知海军为何物。所以有人说海军衙门就是"新内务府",也不无道理。当然,帮办大臣中不乏了解洋务的人物,如曾纪泽、刘坤一及刘铭传、张曜等名将,但均无实权。真正了解海军的除李鸿章,也只有曾纪泽一人而已。

这样一个重要的全国海军管理部门,办公地点竟借用神机营衙门,这也是咄咄怪事。据档案载,神机营设立之初,因当时旗人仕途僧多粥少,借新增衙门之机缘,大量安插关系户,以致掌全国军事的兵部员额仅148人,而神机营衙门居然下设10个部门,总员额540人!再安插进一个与兵部平行的海署(当时外国将之称为六部以外的"第七部"),如何办公?神机营大约与毗邻的贤良寺面积相仿佛,如何塞进这五六百号人呢?而且,海军衙门无实缺,办事人员多是神机营军校兼差,甚至连关防(公章)都借用神机营大印。成立三年后才正式颁发公章。

封建时代衙门是点卯制,数百人穿行于胡同,其状可观。若赶上王爷与各位大臣会商军务,仪仗车马,岂不阻塞于途?

醇亲王奕𫍯是道光皇帝第七子,真正的天潢贵胄。四哥是咸丰皇帝,他娶了慈禧的胞妹,更是亲上加亲。同治皇帝死后,醇亲王第二子载湉被姨母慈禧指定为皇帝。在"辛酉政变"中,奕𫍯坚决支持慈禧,21岁立下大功,亲手捉拿肃顺,是他引为一生的骄傲。溥仪在《我的前半生》一书中有着生动的描述:某日王府唱堂会,演到《铡美案》最后一场时,六子载洵见陈世美被铡,吓得跌倒在地大哭。奕𫍯见状,立即当众向载洵大喝道:"太不像话!想我二十一岁就亲手拿肃顺,像你这样,将来还能担当起国家大事吗?"慈禧垂帘听政重用恭亲王,因醇亲王是皇帝"本生父",故辞去一切职务在家赋闲。看到六哥风光,内心不甘寂寞,静极思动。中法战争后恭亲王失宠,慈禧起用他参与军国大事,出任海军大臣,初始还推诿、观望,后来则慨然就任。也不乏雄心勃勃,想做一番事业。但因他不懂海军,实际则仰赖于会办大臣兼北洋大臣李鸿章。在执政期间，他唯一风光的大事即是巡阅北洋海防，对建立北洋舰队未加掣肘。今天来看，北洋海军的成立，没有慈禧和醇亲王的支持，恐怕是还要大费周折的。但挪用海军经费，却是醇亲王执掌海署的一大败笔，甲午之败与此攸关。醇亲王相比于他六哥恭亲王的锋芒外露，非常懂得韬晦。他在家中到处悬挂自撰的治家格言："财也大，产也大，后来子孙祸也大。借问此理是若何？子孙钱多胆也大，天样大事都不怕，不丧身家不肯罢。财也少，产也少，后来子孙祸也少。若问此理是若何？子孙钱少胆也小，些微产业自知保，俭使俭用也过了。"落款是："右古歌词，俚而未尝，录以自儆。退潜居士。"不知醇亲王是否读过《红楼梦》，这格言颇有"好了歌"的味道。而且，他唯恐别人不知其心，特请人仿制一件周代"敧器"端置于书房显著处，所谓"敧器"，放入一半水可持平衡，若注满，水则溢至流尽。他还特意刻上手写铭语："谦受益满招损。"除警诫自己外，也向世人特别是慈禧示以谦卑无野心。所以署名"退潜居士"，正是他发自内心的真实表达。醇亲王从相片上看乃似起起武夫，实则心细谨慎。他从不得罪慈禧，永远谦抑，所以慈禧想修三海和颐和园，他自然甘心报效。

海署成立以来，共为全国海军筹划拨款 2000 多万两，但远远不够。但海署确实成了大修工程的挪借账户，据现存档案记载，海军经费挪用于颐和园工程，应近 800 万两，而非传说的数千万两。虽然最后全部归还，但中国当时海防吃紧，停拨经费不能更新战舰。梁启超所说甲午战败之因与修园关联，是不无道理的。

海署日益腐败，所以甲午战败即被裁撤。从成立到结束整整十年。醇亲王初始，也有建立新办公地点的计划，地址选在西四牌楼粉子胡同，但直到他死去，也未见到新衙门建成。直到光绪二十一年（1892）春，已接任海军王大臣的庆亲王奕劻，才主持建成衙署，宣统二年（1910）恢复迁入办公。有趣的是，醇亲王的六子载洵在 20 年后，居然也当了海军大臣，这当然是他的兄弟、摄政王载沣为强化控制军权的措施。但载洵和他父亲一样，"轮船之制，苦不深悉"（醇亲王语）。当然，载洵并非无所事事，他曾奉旨到沪、闽、苏、鄂、港等地考察，建设军港，起草规划，出洋购舰，等等。当然或许载洵倚重于其副手、原北洋水师将领萨镇冰，但得其支持有所务实，还是值得肯定的。

海署撤销后，此址于光绪末年成立"贵胄法政学堂"，八国联军曾纵火烧毁。袁世凯时代成为招待所，1912 年 2 月 27 日，受孙中山委托，蔡元培、宋教仁等专使团下榻于此，以敦促袁世凯至南京就任大总统。但两天后，士兵在东、西城纵火抢劫，并进入专使房间，将文件、行李尽数抢走。这明显是袁世凯的诡计。后来那里一度是民国陆军部军需学校。日伪时期，为日本宪兵队强占。20 世纪 40 年代后期，为英文《时事日报》社址。50 年代后成为人民日报社宿舍。现在旧址已不存，即今王府饭店所在。原来饭店门口还有两株老槐树，据说是旧物，现在也无踪影，不能供人怀旧了。

醇亲王从 1886 年 5 月 14 日至 28 日，巡阅北洋舰队、巡阅旅顺、津沽防军、军校、炮台等。李鸿章为了获得醇亲王支持海军建设，大拉感情，写了两首诗呈送，醇亲王也诗兴大发，步韵奉和二首。今天看来二人皆无诗才，刻意雕琢，藻饰无味，但醇亲王的诗句"投醪才绌愧戎行"表达出他外行的愧疚心理。曾读单士元先生为《清宫述闻》写的序，其中提到其作者章乃炜先生致他的函中曾说醇亲王著有《竹窗笔记》，未曾读过，估计是稿本，不知其中有无提及巡阅北洋海军的轶事。

醇亲王巡阅北洋舰队后，还计划 1888 年再赴海口，但 1887 年始，醇亲王也遭慈禧猜忌，避邸养病，二次阅兵化为泡影。这次校阅成为中国近代海军历史上的唯一一次亲王阅兵。

醇亲王在海军衙门主政期间，还办了一件他自鸣得意的事，即于

1886 年开办"京师昆明湖水操内外学堂",直属海军衙门管理,所以也称"海军内外学堂"。其实,早在 20 年前的 1866 年即已开办了"福建船政学堂",为北洋舰队和南洋水师培养了大批骨干海军军官。1881年又成立北洋系统的"天津水师学堂",醇亲王又开办水操学堂,意欲何为呢?原来醇亲王巡阅北洋舰队后,深感海军已被汉人掌控,他要培养八旗海军人才以便将来争夺海军指挥权。还有一个不能放在明面上的原因是:以建学堂为名挪用海军经费重修清漪园,拍慈禧马屁。两人各自心领神会,醇亲王当日上奏折,慈禧即刻钦准。

醇亲王打着恢复乾隆"昆明湖水操之例"的幌子,将校址建于昆明湖西北清漪园废墟,共有校舍 200 余间,1887 年 1 月正式开学,课程仿天津水师学堂规制。学员全部是从健锐营、外火器拣选的八旗官兵,学堂总办、帮总办、提调、管带等行政官员,与海军衙门如出一辙,基本是不懂海军的满人皇亲宗室贵胄,特别是慈禧的弟弟桂祥(他的女儿被慈禧指婚成为光绪的皇后),居然也充任学堂管带之职,可见醇亲王是在博取慈禧欢心,而根本不在乎什么办学质量。只是教官无法让旗人充数,只好请李鸿章推荐。

水操学堂的"业绩"如何?说来可笑,第一批旗人学员共 60 人,学制五年,但开学不到两年,已退学 20 多人。到五年期满,仅剩 36人。在天津水师堂毕业考试中,有 12 人不及格又被退回原旗籍。另有 15 人在天津深造和上舰实习中被神机营调用,最终完成全部科目和上舰实习的毕业生仅 9 人!尤为可笑的是,醇亲王开办这所"京师昆明湖水操内外学堂",标榜"预储异日将材",但这所学堂竟然明确规定要为慈禧游览湖光水色的御座船服务,包括维修颐和园电灯等杂务。打着训练的幌子,由海军衙门专门从天津机器局订购小轮船、座船、舢板、炮划等共 12 艘,为慈禧拖带御座船和保驾之用,"系属要差,自非平常操船可比"。其公然无耻令人不寒而栗。

尤为不知羞耻的是,1893 年继任醇亲王为海军衙门总理事务大臣的奕劻，竟然以水操学堂五年培训出 24 名肄业学生（实则真正毕业者为 9 人），专折朝廷为历任总办、管带、提调、教习等 46 人保举奖叙，居然得到批准。这明明是以贪腐著称的奕劻在借机受礼敛钱，真是何其荒唐。

这 9 位毕业生的去向空白，不知是否分配到北洋海军服役，以实现醇亲王掌控海军的深谋远虑。亦不晓是否参加了甲午海战。但据有人考证，1911 年重建海军，昆明水操学堂毕业生喜昌已任海容舰管带，荣叙任海琛号管带，授衔副参领（即海军中校）。海容、海琛号巡洋舰均为甲午后重建海军从德国订购。其他在海军服役的还有海容舰帮带吉陞、镜清舰帮带胜林，还有未上舰服役的海军部参赞厅二等参谋荣志、烟台海军警卫队统带博顺，从这些人的姓名一望而知皆为旗人。

辛亥革命爆发，清朝海军响应革命举行"九江起义"，喜昌、吉陞、荣续皆顺应起义，但因为是旗人，被起义军要求遣送离舰。待三人领取遣散费准备离舰上岸时，吉陞却投江自杀，据说临终前慨叹"国家经营海军四十年，结果乃如是耶？"（《昆明湖水操学堂始末》）这何尝不是昆明湖水操学堂结局的写照？醇亲王临终遗言"无忘海军"，他若有知，该作何想？

今天的颐和园昆明湖畔遗有一座石舫，是当年水操学堂故物，也是打着"训练"的旗号，实则为慈禧观景之用。水操学堂旧址的一些房舍也修复供游客一观，可使后人知晓这昙花一现、劳民伤财的水操学堂的孑存。

1891 年醇亲王逝去，李鸿章致电丁汝昌，下令北洋海军各舰船均降半旗致哀。这也是中国海军第一次使用西方降旗礼节。

有个轶闻，本文开篇提到的朱一新和《京师坊巷志稿》，已成为今天研究北京地理的必读书。作者为光绪二年（1876）进士，后改翰林院庶吉士，授编修。官至监察御史，与醇亲王为同一时代人。醇亲王巡阅北洋天津海口，慈禧特派李莲英随侍，当然或许也有监视之意。

朱一新上奏称太监随亲王出京巡阅不合体制。但此时慈禧已非当年安德海事发时，受东太后、恭亲王和同治皇帝的合力制约，眼睁睁看着自己宠信的太监被斩而无可奈何。她此时的威权如日中天，先斥责"既未悉内廷规制，又复砌词牵引，语多支离"，令"明白回奏"，又无端定为"肆口妄言""若不予以惩，必至颠倒是非，紊乱朝政"。后将朱一新革职，降为主事候补。朱大概知事不可为，告归，被张之洞邀去主持广州广雅书院。《京师坊巷志稿》不知是否辞官之后所作。除此书外，他还撰有《汉书管见》，讲学著作《无邪堂答问》等，遗著合编为《拙庵丛稿》。康有为佩服他的经学，编有《朱一新论学文存》。《清史稿》有传，称赞他"言论侃侃，不避贵戚"，是一个正直忧国而有学问的人。朱一新关心海防，在中法战争时就有建议加强海防的奏疏。光绪十二年（1886），上《敬陈海军事宜疏》，主张胶州建海军基地；闽粤添置水陆学堂以训练储备人才，颇受有识者赞誉，惜未采纳。其终不得志，在光绪二十年（1894）甲午战争阴云密布前逝去。

江南曹家：树倒猢狲散的结局

记得电视连续剧《红楼梦》播出后，在观众中引起了强烈反响。特别是该剧的结局，完全与高鹗的四十回续本迥异，再不是仍寄幻想于封建制度的什么"兰桂齐芳"，而是按曹雪芹原意安排了获罪、罢官、抄家，最后"落了片白茫茫大地真干净"，这一点却为一些观众所不解，有不少人提出了疑问。

《红楼梦》作者曹雪芹的家世确实是蕴含着"一把辛酸泪"。曹雪芹祖上是满洲正白旗人，或称"内务府包衣旗人"，是世世代代与清朝皇室有特殊亲近关系的奴隶。虽然身份"下贱"，但皇室又非常需要和离不开他们。满洲八旗除女真人，也有蒙、汉、回、鄂伦春、高丽、俄罗斯等各族人。分"上三旗"与"下五旗"，"上三旗"是镶黄、正黄、正白，由皇帝亲领。"下五旗"由王公分领。其中特殊身份的群体"上三旗包衣人"，即是"内务府包衣旗人"。"包衣"是满语，是"家奴"之意。内务府包衣是为皇帝贴身服务，理家理财，把持皇家造办、贡奉、织造、盐务等。内务府人员无"下五旗"人，更无蒙古和汉军旗人。每个旗皆有包衣，"下五旗"包衣分别属各旗都统管辖，包括王府包衣也归"下五旗"。而镶黄、正黄、正白"上三旗"包衣，皆隶属于内务府。"上三旗"包衣其实是"汉姓人"，非女真血统而又隶籍满洲八旗里的"正旗"，是"归旗极早"的所谓"旧人"，其实是女真人最早俘获、编入"正旗"作为包衣的汉人。这些"汉姓人"已完全融入女真人的习俗，但极下贱的家奴身份永远不能改变。雍正常告诫："包衣下贱。"曹寅和同为姻亲的苏州织造李煦都是内务府正白旗包衣，是归旗最早的"旧人"。李煦是明崇祯年间被俘虏明朝将领之子，改姓归旗。曹寅祖上应该也是被俘掠汉人的后代。曹家祖先曹世选是随多尔衮进关的"从龙勋旧"。曹雪芹的曾祖母孙夫人是康熙的保姆。曹雪芹的曾祖曹玺、祖父曹寅、伯父曹颙、父曹頫三代人共做了60年江宁织造。这个官职只有皇帝最亲近的奴才才可以做，因为不仅要替皇帝搜罗财物，还要充当特务的角色——不断向皇帝密折奏报南方一带各种情报。因为南方反清意识最强，因此密报的重点是各阶层人士的不满情绪等政治情报。康熙和曹家的关系是极为亲密，不同寻常的。因祖母是康熙乳母的身份，曹寅少年时代与康熙很亲密，常伴随左右，陪侍读书。康熙为整倒鳌拜，特意组织曹寅等一批少年摔跤习武，最终擒拿鳌拜。所以在康熙眼里，曹寅是非常值得信任的"旧人"。我们现在从历史档案中主仆往还的奏折中就可以看出。康熙南巡时四次住在曹家，可见关系之密。然而，也正是由于这种亲密的关系，孕育了后来曹家悲惨的结局。

　　"一朝天子一朝臣"，这是封建时代皇权产物最显著的特点之一。康熙是清朝很有作为的一位皇帝，在统一祖国、反击外侵等方面做出了杰出贡献。然而，由于他晚年在立废皇太子问题上举措失当，他第四个儿子胤禛（雍正）登上"九五之尊"宝座。雍正的阴险残暴在清朝皇帝中是有名的，他仿效明代的厂卫创立了自己的秘密特务机构——粘杆处，用以对付一切不信任的人。他登基之后的第一件事便是凶残地幽囚和杀害自己的手足兄弟，康熙的旧臣被铲除殆尽。由于他占据帝位，是用非法和见不得人的手腕侥幸获得的，因此对于知晓"宫闱秘闻"的近侍、家人之类，开始寻找各种借口予以处置，如康熙身边最亲近的太监梁九功等人便只好自杀。对曹家这样的奴仆尤为嫌忌，尽管安分守法，也根本不信任，像鸡蛋里挑骨头那样来整治追查。

　　雍正登基的第一年，便以追查接驾康熙亏空的名义，首先将户部右侍郎管理苏州织造李煦（李煦是曹寅的内兄，李煦之母也是康熙的保姆）下狱，抄家没产，逮捕了所有子女、家口、奴婢等，房屋则赏给了自己的"新臣"。这时依附于雍正的大臣们则开始讲曹頫的坏话。雍正五年（1727）借口李煦、曹頫与雍正的兄弟兼死对头允祀、允禟有交往，虽然后者二人早已被毒死，但雍正仍不放过，因为他终于找到了一个能置人于死地的借口。已罢官的李煦被流放"打牲乌拉"（黑龙江）两年后因冻饿病死。曹頫则被抄家封产，大部分田地、房屋、奴仆都赏了"得烟儿抽"的新贵。

这时的曹頫或许因为有人讲情，还保留了一些房屋和少量奴婢。但和曹家有亲戚关系的人则纷纷倒台，如担任要职的曹寅的妹夫傅鼐、长婿讷尔苏等人皆被革职流放或圈禁。

但是，雍正的夺嫡和杀伐康熙势力，太不得人心，故而他放松了对曹家及亲戚们的追治，傅鼐等又被复职了。雍正驾崩、乾隆继位之后，曹頫也做了一个内务府员外郎之类的官职。乾隆也不过比雍正表面显得宽容而已。他将雍正朝的冤案加以推翻，只不过为了收买人心，等到地位巩固便操起老子的旧伎俩来了。因为被雍正害死的对头的儿子们有的仍然是亲王，如被雍正害死的亲兄弟胤礽的儿子弘晰便是乾隆时的亲王，这样的世仇双方都不会忘记。刚刚有些中兴的曹家又开始走背字儿了。乾隆登基的第四年，曹家又一次发生了被抄家的巨变，并牵及许多亲王、贝勒、贝子、公的革免和罪谴。这次政治案起由是雍正对头允禄等被怀疑篡位，曹家由于关系复杂，仍然被牵连进去，最终导致彻底败落。

这是封建时代不可避免的悲剧。曹家是康熙的家奴，他们的命运必须和康熙拴在一起，《红楼梦》一书中"一损俱损，一荣俱荣"这句话说得再尖锐不过了。康熙一日不死，他们就一日无事；康熙一死，"树倒猢狲散"则是必然的结局。像曹寅家这种抄家的事件，雍正、乾隆年间并不少见。对内务府上三旗包衣担任官职的，可以不经司法程序直接由皇帝下令处罚，内务府也有自己的司法机构慎刑司。只不过因为曹雪芹的《红楼梦》，红学研究界产生曹家家世的分支，才使曹寅的知名度大为提升。所以，我们说电视连续剧《红楼梦》的结局是确有所本的，由此可以看出清代皇室政治斗争的残酷及包衣奴隶的悲惨命运。而高鹗续书中却是采取高高举起轻轻打下的描述，违背了雪芹原意与历史真实。

另外，曹雪芹其人至今是个谜，有关他的身世史料只有只言片语，所谓一些"文物"几乎都是伪造的。有关专家早就指出，也出过书予以辨析，包括伪造者自己都忏悔道歉了，但一些报刊至今还在刊载"故居""墓碑""集稿"等的介绍文章，真是滑天下之大稽。我有时读了忍不住去指出，比如曾有一家大报，几年前登过揭穿造假者造曹雪芹假文物内幕文章，忽然又刊出介绍这个造假者造假文物文章，岂非咄咄怪事？曾读文章，汉学家夏志清见钱锺书，"两人论说国内的'《红楼梦》研究热'。夏志清表示，近年发现有关曹雪芹的材料真多；钱答曰：'这些资料大半是伪造的。'还特别抄出几则平仄不调的诗句给他，称曹如果写出这种诗，'就不可能写《红楼梦》了'。"(《岁除的哀伤》，江苏文艺出版社 2006 年版，转引程光炜《杨绛的干校六记》，《中国现代文学研究丛刊》2020 年第 10 期，第 167—168 页)高阳先生不仅写历史小说，对红学也有极深研究，他也说过一些"发现"的曹氏文物，诸如"册页""画像""塑像""木箱"之类，是"待价而沽的假骨董"，"都是靠不住的"，"严肃的学术研究，变成可笑的骗局，自然令人痛恨"(《高阳说曹雪芹》，新星出版社 2006 年 6 月版)。当然，早有红学研究者指出，但有媒体不辨菽麦，仍然对假古董兴趣盎然，仍然传播误人子弟。

曹寅虽出身低贱的包衣，但极有文化，著作甚多，字画也有存世，用不着造假。但他可能做梦都想不到，造假者会打他后代的主意。我有时想，造假曹雪芹"文物"者文化水平极低，红学考证的一种观点认为未必有曹雪芹其人（或《红楼梦》未必是一人所写），假若成立，这岂不更可笑了？看来，江南曹家的结局真是饶有兴味，不仅有悲剧，也有闹剧。

毓朗与《述德笔记》

承研究清代皇族贵胄谱系专家冯其利先生赠我一册《述德笔记》（民族出版社，2009 年版），读来饶有兴味，对于了解清末王公贵族的日常起居及参与政局不无裨益。

作者爱新觉罗·毓盈，其爵为三等镇国将军，为清末著名的"两王三贝勒"之一的贝勒毓朗之弟。"两王三贝勒"均为清末受那拉氏重用、手握权柄之天潢贵胄。"两王"指醇亲王载沣与庆亲王奕劻，醇亲王载沣为监国摄政王，庆亲王奕劻为军机大臣、内阁总理大臣，最受那拉氏宠信，"两王"均为食双俸的"世袭罔替"亲王（俗称"铁帽子王"）。"三贝勒"指载涛、载振和毓朗。载涛为醇亲王的七弟，留学法国索米骑兵学校，归来任军咨大臣，专掌兵权。载振为奕劻之子，任御前大臣、农工商部尚书。"两王"中奕劻以贪鄙昭著，载沣以无主意误事而著称。载涛、载振均是典型的纨绔，载涛的特长是唱戏、相马，我所认识的李万春先生生前酗谈时，曾向我述及他师从载涛学戏三年，专攻猴戏，可见载涛于此道造诣之深。我曾据李老所谈还写过一篇专文。涛贝勒相马也到了极致，所以新中国成立后不仅被任为全国政协委员，而且毛泽东亲下任命状，聘其为中国人民解放军马政顾问。但他的军咨大臣是个"架子花"，隆裕太后在武昌起义的炮声中，急召廷议，恳切问其战事如何进行，涛贝勒唯叩头嗫嚅："奴才没带过兵，不懂打仗。"载振更是荒唐，因为买妓杨翠喜案，被御史赵春霖章奏检举丢了官。溥仪说过："清亡就亡在'两王三贝勒'。"（《我的前半生》）可见激愤。但"两王三贝勒"中唯有毓朗对政局还是有识见的，在晚清乱局中亦不乏政治智慧。日常起居亦较严谨和清明，无劣迹，有一定才干，这在清末颟顸自负、无所事事的皇族贵胄中已属出类拔萃者。

毓朗在《清史稿》中无传，只在"安定亲王永璜"条下有短短40字："……子毓朗，袭贝勒。光绪末，授民政部侍郎、步军统领。宣统二年七月，授军机大臣。三年四月，改授军咨大臣。"（《清史稿》，中华书局版，第30册，第9092页）从皇家玉牒谱系中可以爬梳出，毓朗这一支脉出于乾隆皇帝长子定安王永璜之后，毓朗之父为定慎郡王溥煦，溥煦则为绵德曾孙，奉诏承袭"为后"。毓朗排行老二，按例考封爵位不过是三等镇国将军。虽然在十年前的光绪二年（1876）即赏戴花翎、二品顶戴，但并未进入仕途。

但毓朗很快在仕途上开始升迁，说明他的才干和沉稳受到朝廷的注意。光绪二十八年（1902）被授鸿胪寺少卿，两年后改光禄寺卿。虽然这两个职务不是重要岗位，但对于毓朗应该是个历练。毓朗在任光禄寺卿一年后的三月至九月间，即被任命为内阁学士兼礼部侍郎衔、巡警部左侍郎等职。此后一年内（光绪三十二年至三十三年），承袭贝勒爵位。次年赏食双俸，由此可见他已进入皇族中"显爵"之列（清制"显爵"有五：亲王、郡王、贝勒、贝子、公）。同年年底，被朝廷派充专习训练禁卫军大臣。禁卫军名义由载涛负责，但实际上是由毓朗与铁良协助具体事务。宣统二年（1910）授军机大臣，越年改授军咨大臣。此时的毓朗已进入权力中心。上述只是记毓朗一生中重要官职，诸如工巡局监督、法政学堂总理、步军统领等，他都曾署理，可见他在各部门是多所历练的。毓朗曾外放任安徽臬司，正赶上徐锡麟刺杀安徽巡抚恩铭，率巡警学堂学生直扑抚衙，毓朗仓皇逃之，后调兵反扑，徐锡麟被俘。毓朗与藩司冯煦审讯徐时，徐凛然曰："尔等杀我好了。将我心剖了，两手两足断了，全身碎了，均可。"即日即惨遭斩首剜心。面对反清烈士，不知毓朗何感。民国后，毓朗还参选当过参院议员，参加过一些社会活动，也仍然被溥仪的小朝廷所倚重，在宗人府担重要职务，并参与修订玉牒事务。包括震惊一时的盗陵事件，溥仪特派毓朗参与清点失盗殉葬品等事宜（《春游琐谈·谈剑》，第151页）。1922年逝世，年59岁。

由上述毓朗简历中可以窥见，他在晚清政治格局中是占一席之地的。书中有毓盈所记《记兄依肃邸之始》《记兄自记赴日本考查土木警察事》两文，对于清末警政史应是有所补充。过去治史多认为肃亲王善耆引进近代警事制度，我曾读肃亲王之孙爱新觉罗·连绅所著《清和硕肃忠亲王善耆》（未刊本）一书，有专章谈及警政，却并未谈及毓朗。如今所观，毓朗亦应与闻其事的，不可无记。

晚清的政治格局不仅风雨飘摇，亦复杂诡谲、风云多变，毓朗一生历经清代的光绪、宣统两朝及民国初期的十年，没有一定的政治眼光、智慧和卓识远见，他不可能在政途上善始善终。尤其在进入民国后的1921年2月，还参与筹划裁并各衙门事务，可见他对政治局面和大势所趋的把握度。应该说，在思维定式及齿序上，他属于清末王公贵族中的少壮派，期望改革，延续统祚。但他与良弼、铁良、溥伟那些铁腕式的剑拔弩张般的风格迥异，多有沉稳之态，幸而善终。过去，治清史者对于清末皇族中的铁腕少壮派多有贬评，其实不免皮相之见。据记载，在隆裕太后召开的弄昌起义御前会议上，毓朗是不主张向南方革命军开战的。在关于退位的御前会议上，溥仪在《我的前半生》中说毓朗"摸不清他到底主张什么"，毓朗的发言是："要战，即效命疆场，责无旁贷。要和，也要早定大计。"这样两可的话等于没说。实际毓朗对大清即将崩溃的命运是心中有数的，他说的话其实就是一种态度。他是保皇派，1911年参加宗社党，1912年又组织"君主立宪维持会"，反对溥仪退位。1917年还与张勋复辟有染，终其后半生，对复辟大清一往情深，恋恋不舍。对此，我们当然不能苛责于封建时代他的立场。

毓朗为人行事多低调，这从他自号"余痴"，别署"余痴生"，亦可见用心。大智若愚，痴亦非痴，为人多低调自谦。他在《述德笔记》书成后写了寥寥数语的短跋，其中云："惟对余多溢美之词，实余学浅，平日有不能自抑处流露齿颊间，为所记取有以启之余之过也。读者视为敬爱之言，别白观之也。"谦逊之态溢于字里行间，斯时已入民国之季，可见仍存敬畏之心。毓朗的祖辈载铨承袭王位后，因喜好诗画题咏，与皇族、汉官"拜认师生"被检举，"罚王俸两年，所领职并罢"（《清史稿》卷二百二十一），也许毓朗接受了教训。其实毓朗本人非大多同辈间王公贵族那般，醉心锦衣玉食、肥马轻裘、歌台舞榭，他属留心好学之人，毓盈所写《记兄升巡警部侍郎事及入陆军学堂听讲》一文亦可见端倪。又，《记兄自记赴日本考查土木警察事》一文中记毓朗在日本考察期间，公务之余"至丸善书肆，购东文甚伙。其书虽多为中文已译者，然每于其精密深到处，辄为中文所无，疑为译者所弃也。即如地文学气象一门，求如东文天气预报论所中文所述者，渺不可得。警察中侦探之方法、户籍之勾稽、饮食之取缔、娼妓之禁否，研求之法，皆有专书。遍征各国现行制度之利弊，然后斟酌本国国情，如名医之于疾，三折肱矣。宜其失之者鲜也"。可见用心之深，也可见他的卓识。其他诸如《记辛亥禅让事》《记余兄选参院议员事》等颇有史料价值，其他所记对研究清末军政部门、皇家内政有关设置、职务等亦有与正史典籍可资对照互补。除此之外，我个人认为，书中大量篇幅记述毓朗日常起居、趣事爱好，亦颇可取。对今日研究清代皇家制度下的贵族生活不无参考。据我目力所见，辛亥以来，王公贵族能书者少，史料稀稀。20世纪50年代以后有资格写史料者更属凤毛麟角，全国政协曾组织编写出版《晚清宫廷生活见闻》（文史资料出版社，1982年版），虽然史料价值颇高，但所述难成系统。我的忘年交、已故肃亲王后裔金寄水先生文笔极佳，但晚年因病弱不能执笔，遂请人帮助写成《王府生活实录》（中国青年出版社，1988年版），但只叙亲王日常起居、规格典章等。最有资格写回忆录的载涛先生没有留下系统的著述，只在《晚清宫廷生活见闻》书后附录一篇《清末贵族之生活》，过于简略，这是一个遗憾。因为清代有关王公等级、规格的典籍载之甚详，唯日常起居后人多不甚了了。金老所著填补王一级显爵日常生活的空白，唯贝勒之生活起居无人详记。

因而，本是清代贵族的毓盈的这部纪实笔记堪称填补之作。该书刻印于 1921 年，印量颇少。冯其利先生得其一册，一直精心保藏至今付梓，使今人得以了解清末显爵贝勒的生活一面，应该说是填补了清代野史笔记的一个空白。

附带提及，毓朗父辈的府邸在北京西城区缸瓦市。我少年时，每逢学校放假，必去缸瓦市羊皮市姑姑家长住。我姑家为羊皮市胡同进去不远西边一小院，出门可见迤逦往东之高墙，其气象非平民所有。亦有云之为王府邸者也，其实这正是毓朗之父溥煦的郡王府邸。数年前，请顺承郡王后裔金诚老陪寻毓朗袭爵分府后的府邸，在今西城大院胡同，曾为郭沫若故居，今已为某单位宿舍。

才子袁枚及《随园食单》

中国的肴馔是文化遗产，这在今天亦勿庸置疑：因为早在唐代，就有杨煜所著的关于烹饪的一部书《膳夫经手录》出现，从唐人段文昌著《邹平公食宪章》（50卷）到清人朱彝尊的《宪食鸿秘》，颇为可观。还有不少文人辑收这类的书，如苏东坡、倪云林、曹寅等都是美食家。清人袁枚的《随园食单》（"随园"是袁枚的号）可谓一部出类拔萃之作。

袁枚为清乾隆年间的大名士，与纪晓岚齐名，并称为"北纪南袁"。人们都知他著有《随园诗话》，是位诗义大家，殊不知他还是一位极讲究吃的美食家，他的园邸小仓山房经常举行家宴，广邀宾客，极有口碑。他曾将吃菜、做菜的心得写成书，名为《随园食单》（以下简称《食单》）。此书分14章、332味，收录菜肴糕点300余种，大起珍馐，小至粥饭，堪称包罗南北。

《食单》分若干类。首先介绍下厨知识，罗列"须知"19条，对制肴之佐料、洗涮、调味、配剂、火候、洁净及"独用"（即螃蟹、羊肉腥膻物）等提出全面严格要求。他的理论是："厨者之作料，如妇人之衣服首饰也。虽有天资，虽善涂抹，而敝衣蓝缕，西子亦难以为容。"如"洁净"条中云："切葱之刀不可以切笋，捣椒之臼不可以捣粉。闻菜有抹布之气者，由其布之不洁也；闻菜有砧板之气者，由其板之不净也。"他主张火候应分有武（急）火、文火、先武火后用文火等，并诫"屡开锅盖则多沫而少香，火熄再烧则走油而味失"。他还立14"戒条"，反对"食前方丈""多盘叠碗"的悦目之食，反对事先做菜"一齐搬出",认为"物味新鲜,全在起锅时"。强调上菜顺序应"咸者宜先,淡者宜后。且天下原有五味,不可以咸之一味概之。虑客食饱,则脾困矣,须用辛辣以振动之;虑客酒多,则胃疲矣,须用酸甘以提醒之"。他还主张量力而行,反对"依样葫芦,有名无实",提倡少而精,以擅长之肴奉献。反对"强让"即"恶吃",主张"有味者使之出,无味者便之入""荤菜素油炒,素菜荤油炒",等等。以务使宾客颐颜、饱腹、心恬、意适,他的这些主张,在今天也极有科学道理。

《食单》中有不少属家居之菜,但颇为新颖。如"黄鱼切丁",先酱油泡浸,沥干后爆炒,带皮肉煮半熟,再经油烧,切块蘸椒盐。再如"羊羹",即熟羊肉丁,以鸡汤加笋丁、香菇丁、山药丁同煨,味极鲜美,据说一见即令人欲滴馋涎。书中还有精美珍肴如"倪云林鹅",据袁枚云乃倪云林自述辗转流传中记下。倪本元代山水画大家,与黄公望、吴镇、王蒙并称为"元四家"。据传倪云林亦是一位善馔之人,尤善做鹅菜。"倪云林鹅"的吃法颇为新鲜,其做法为:整鹅一只,去净后将盐掺入葱末、椒粉,用料酒调和擦拭鹅之腹腔,外涂以蜜、酒。然后于锅内放酒、水,用筷架鹅于水上,禁沾水,文火烧蒸。经一定时候,须将鹅翻身重蒸。其锅盖须用绵纸糊封。起锅时则"鹅烂如泥,汤亦鲜矣"。看来袁枚善于留心他人肴馔做法,并善于总结、概括。

凡读过古典小说《儒林外史》者都知书中描写范进守制时,曾于一次宴席上偷偷"夹了一个大虾圆子"吞下肚去。"虾圆子"为何种菜肴?后人知之不详。我读过《儒林外史》的一种注释本,虚为注之,可见注者并不知此为何物。所幸与吴敬梓同时代的袁枚载于《食单》之中。原来此肴先将虾捶烂,再用荠粉、大油、盐水加葱、姜汁搅成团,于滚水中煮熟,捞出再放入鸡汤、紫菜之中,味鲜美之极。袁枚还特别注上"捶虾不可过细,恐失真味",袁枚不愧会吃之人!还有一种怪馔名曰"混套"。系将鸡蛋打一小孔,将蛋清蛋黄倒出,去黄留清,加煨浓鸡汁搅匀,仍装入蛋壳。用纸封孔,再蒸。熟后剥皮仍浑然一蛋。据袁枚云味鲜异常。至今，不少菜肴仍沿袭袁枚《食单》的做法，如广东名菜烤乳猪，就应该是据《食单》中"先炙里面肉，使油膏走入皮内，则皮松脆而味不走，若先炙皮，则肉上之油，尽落火上，皮则焦硬"这一记载而改进的。袁枚在《食单》并不刻意推崇清代盛行的名贵补品燕窝之类，同时代的如梁章钜注意到了，他在所著《浪迹三谈》中说："随园论味，最薄燕窝，以为但取其贵，则满贮珍珠、宝石于碗，岂不更贵？自是快论。而其撰《食单》又云：'燕窝贵物，原不轻用，如用之，每碗必须三两。'则不但取其贵，而且取其多，未免自相矛盾矣。"至于袁枚"三两"的说法有何道理，则不可知。

除珍馐美味外，《食单》中还记有糕点粥饭。如有一种"粟糕"，系"煮粟极烂，以纯糯米粉加糖为糕，蒸之。上加瓜仁、松子。此重阳小食也"。除此之外，他还记了 16 种酒，并云："吃烧酒以狠为佳，汾酒乃烧酒中至狠者"，他还赞其能"驱风寒，消积滞"。但他在《食单》中的"戒单"中，将"戒纵酒"列为"十四戒"之一，在今天来看也很值得提倡。

袁枚虽称美食家，《食单》中也有做菜的心得，但后人仍然疑心他不善下厨。比如《食单》中有"腌蛋"条："腌蛋以高邮为佳，颜色红而油多，高文端公最喜食之。席间先夹取以敬客，放盘中，总宜切开带壳，黄白兼用。不可存黄去白，使味不全，油亦走散。"我去过高邮，仅一日，惜乎未能品尝。汪曾祺是高邮人，他写过《端午的鸭蛋》细叙，似乎并不以袁枚所记为权威："袁子才这个人我不喜欢，他的《食单》好些菜的做法是听来的，他自己并不会做菜。"袁枚本人会不会做菜？未有定论。但袁枚的家厨技艺应是很高超的，袁之家厨名王小余，主厨十年，王死后，袁枚竟为其写《厨者王小余传》，文中极尽思念："每食必泣之。"可见不仅主仆感情深，大概后来的厨师手艺必不如王小余。

也是清人的朱彝尊，是大词人，也有一册《食宪鸿秘》，叙述看馔极为详。但是否为朱氏所著，尚存质疑。成书年代也值得研讨。赵珩先生说过："其中的许多内容非实践而不能论之，如果确为朱彝尊所著，必是与其家厨有过密切的沟通。"（《老饕漫笔》）朱氏若如此，那袁枚也必然是和他的家厨王小余"密切的沟通"，再加博闻强识，才能写出《食单》这样的著述。因为"君子远庖厨"，像朱、袁这样的官宦，是不可能亲自下厨的。

清代著名文人赵翼尝诗赞袁枚"子才果是真才子"，由《食单》亦可窥见作者的博识，当然不排除还有"强记"。我读过已故作家陆文夫的小说《美食家》，我以为这是最佳一部反映南方菜肴文化的经典之作，也许有袁枚《食单》的遗韵流风？今人做肴越来越粗疏，比起《食单》，何止天壤之别？

袁枚一生当然不仅留下《食单》，他的《随园诗话》、笔记《子不语》都很有名，有《小仓山房诗文集》行世。他的《随园书诗稿》被列入第一批《国家珍贵古籍名录》。他也能诗，是乾隆、嘉庆年间诗歌性灵派的提倡者和领袖人物。乾嘉时人名舒位，也是位诗人，编撰了一部《乾嘉诗坛点将录》，仿水浒传一百单八将名号，收诗坛108人，将袁枚列"及时雨"，即诗坛首位，评语为"非仙非佛，笔札唇舌，其雨及时，不择地而施"。他的那首名为"苔"的小诗"白日不到处，青春恰自来。苔花如米小，也学牡丹开"，直到今天还常常被引用。他在《随园诗话》中"文似看山不喜平"的那句话，也成为成语。他还写有《钱》五绝中的两句"生时招不来，死时带不去"，更成为今天人们的口头禅，浓缩成"生不带来，死不带去"，简易如话，蕴含哲思，成为袁枚写诗的特点之一。

袁枚是大名士，聪慧负才，少年即露头角。他曾写诗概括自己："子才子，硕而长。梦束笔万枝，桴浮过大江，从此文思日汪洋。十二举茂才，二十试明光，廿三登乡荐，廿四贡玉堂。尔时意气凌八表，海水未许人窥量。自期必管乐，致主必尧汤。"自负之情溢于字里行间，但确实是一个少年才子的真实写照。

袁枚家境小康，启蒙教育据称仅来自母亲和姑母，居然12岁考中秀才，不能不称之为神童，这在封建时代也堪称罕见！20岁时被广西巡抚推荐，到北京参加乾隆元年的博学鸿词科考试，在保和殿应试的193位耆宿中，年龄最小，以至于监考的王公大臣们引颈围观，争睹少年才子的风采。虽然因资历名望浅薄，未能考取，但因此名声捐国子监监生，两年后于顺天乡试中举，再半年后考中二甲第五名进士，授翰林院庶吉士，这年他才24岁！

虽然少年得志，但仕途并不顺利。也许耽于诗酒，庶吉士的满文考试不合格，外放几任知县，在任上有"循吏"的好名声，也还关心百姓疾苦，所以几处县治任上都受到百姓的欢迎。在溧阳县令任上离开时，老百姓夹道欢送他，他非常感动，写诗感叹："不料民情如许长。"像袁枚这样的性情中人，大概不适应官场，他的升迁屡被压抑，故而他33岁那年，毅然辞官，归隐山林。如果不是掼了乌纱帽，还不会写出《食单》这本广为后世流传的菜谱吧？

有关他的掌故轶闻不少，比如他收了众多的女弟子之类，女弟子席佩兰赠他的诗"绿衣捧砚催题卷，红袖添香夜读书"，以及他与席佩兰夫妇的交谊（席的夫君也是袁枚的弟子），更成为广诵名句和诗坛佳话。但不为人所知的是他居然是和珅的第一个贵人。和珅以没落旗人子弟在咸安宫官学寂寞读书时，袁枚在京期间至此处访友。友人大概是教习，聊天时对袁枚云：贵族子弟好声色犬马，唯不用功读书，只有和珅兄弟二人出类拔萃。袁遂见之，感其谈吐不凡一表人才，甚喜，即写一诗夸赞："少小闻诗礼，通侯即冠军。弯弓朱雁落，健笔李摩云。"袁枚当时是大诗人，此诗传开引起瞩目。尚书英廉读诗后，特意面见和珅，竟然将其视为孙女婿之选。还劝他科举并非唯一仕途，并将他引荐给乾隆为三等侍卫，从此飞黄腾达。但有关和珅的影剧都没有这段轶闻，有些可惜。

袁枚大名鼎鼎，他的后代却并不为人所知。其实他的孙子袁祖德也颇知名，不是像祖父那般"好味，好色，好葺屋，好泝，好友，好璋彝尊，名人字画，又好书"，而是在上海知县任上（他是捐班县丞升任知县，不如祖父是进士出身），逢小刀会起义，去文庙上祭时，被红巾军围住，他破口怒骂不屈而死。比起他的上司、苏松太兵备道吴健彰见势不妙马上溜进英国领事馆躲避，真的是太耿介不阿了。也不如他的祖父，在乾隆年间文字狱的血雨腥风下，急流勇退，而立之年就辞官去享受山川丽景、声色美食，一直舒舒服服活到81岁，给后世留下才子、诗人、美食家的名声，和一本脍炙人口的《食单》。袁枚的另一个孙子袁祖志也是名人，清末曾任《新报》《新闻报》主笔，也为《申报》撰稿，还与小说家李伯元合作办过《游戏报》，看来也不乏乃祖的文才遗韵。

袁枚固然才名贯世，但也不乏批评声音。如与袁枚共同倡导性灵诗风的赵翼，与袁枚、蒋士铨（一说是无蒋而是张问陶）号称"性灵派三大家"，虽然称赞袁枚"其人与笔两风流""及身早自定千秋"，但也借玩笑之口批评："虽曰风流班首，实为名教罪人。"另一位同时代的学者、诗人洪亮吉，则说："袁大令枚诗，如通天神狐，醉即露尾。"大概是说其诗略显灵巧，不及深刻。至于后来的梁启超，更为贬斥袁枚的诗是"臭腐殆不可向迩"（《清代学术概论》）。这不免锋芒太盛，比如袁枚写《所见》："牧童骑黄牛，歌声振林樾。意欲捕鸣蝉，忽然闭口立。"写出牧童的稚趣，何来"臭腐"？像鲁迅先生的评价则是另有表述："例如李渔《一家言》，袁枚的《随园食单》，就不是每个帮闲都能做得出来的。必须有帮闲之志，又有帮闲之才。"虽然是借古讽今，但看来鲁迅先生并不否认袁枚之才。

以上当然是仁智各见，但袁枚的才气和成就还是可观的。赵翼初读见袁枚诗文，即赋诗大赞："八扇天门訾荡开，行间字字走风雷。子才果是真才子，我要分他一斗来！"须知赵翼是探花出身，军机处章京第一支笔，位列"乾嘉三大家"，如此推崇，不是没有道理的。"其人与笔两风流"，能名副其实者，其实难矣。

赵翼：既要工诗又怕穷

赵翼有一首诗是很有名的："李杜诗篇万口传，至今已觉不新鲜。江山代有人才出，各领风骚数百年。"诗浅显易懂，却甚有哲理，屡屡被人引用。

赵翼，字云松，号瓯北。阳湖（今江苏常州）人。乾隆进士，授翰林院编修，以内阁中书任军机章京。外放曾任镇安知府等职，于任上革除积弊，民多悦服。并屡参戎幕，多所赞划，于经略台湾方面尤多贡献。观其仕途并非平庸之辈。其人也不是纯粹的官僚，名气很大，学问不小。晚年主讲安定书院，卒年88岁。他是乾隆、嘉庆年间大名士，常与乾隆联诗唱和，与蒋士铨、袁枚同列"乾嘉三大家"，共为诗坛盟主，且长于史学，善于考据。著有《廿二史札记》《皇朝武功纪盛》《陔余丛考》《檐曝杂记》《瓯北集》《瓯北诗话》等。尤其《廿二史札记》，被清至民国的名人引用的频率颇高。

赵翼在清代是颇具代表性的一种类型的知识分子，他既不像顾炎武、黄梨洲、王夫之等人那样坚持民族气节，又不像吴梅村、孔尚任等人虽仕清而又颇含愧色。他对清朝君王极尽奴颜卑躬之能事，俯首帖耳，阿谀奉承以取其欢心。晚年赵翼很得意，他乾隆十五年（1750）中举，60年后的嘉庆十五年（1810）赴鹿鸣宴，自诩"中岁归田，但专营于著述，猥以林居晚景，适逢乡举初程，蒙皇上宠加归秩以赏衔，准随新班而赴宴"，得意之情溢于字里行间。

翻开他的诗集《瓯北集》就可看到《喜雨十咏》《叶尔羌鼓乾隆钱》等为数不少的"颂圣"之作，而歌颂清廷镇压少数民族和农民揭竿而起的诗作，也充塞在诗集中。在《瓯北集》中还有不少诗作是贬低一些民族英雄的，读之更令人厌恶。例如，赵翼每每对宋代大奸贼秦桧褒赞有加，对岳飞则加以贬斥，实属罕见。《廿二史札集》卷廿六云："呜呼！执其杀岳一节，而没其和议之功，不将喻于小而不喻于大乎？史人之所以有赞许秦桧者，非无以也！"赵翼将秦桧之投降卖国行径称之为"和议"，将其杀岳称为"小节"。置史实于不顾，堪称冒天下之大不韪之举。《瓯北集》中亦有不少为秦桧辩解、贬低岳飞之作，如《岳忠武墓》诗云："独怪思陵非甚暗，曾写精忠鉴素志。是时权相日尚浅，未至靴刀严戒备。言官诬刻韩良臣，犹能力持格群议。胡独于公任罗织，自坏长城檀道济……乃知风旨本朝廷，为便和戎亟拔钉。"称秦桧为"权相"，足以看出赵翼褒秦煞费苦心。秦为奸相，史有公论。权相乃史之大节不亏而独揽权柄大臣之称谓，如明之张居正、宋之王安石等。其中粉饰赵构还有情可说，为秦桧辩解简直不近情理。史载杀岳主谋出于秦桧，定案者皆秦之心腹，岂有"任罗织"之说？又云秦之杀岳是"自坏长城"，看似贬而实则褒。赵翼在《韩蕲王墓》诗中说"宋待功臣原不薄"，不仅批评韩世忠，弦外之音也说赵构、秦桧不会错杀岳飞。这点他实不如其主子乾隆。乾隆曾有《岳武穆祠》诗，极尽赞颂岳飞，并指责赵构言行不一，负有杀岳之责："褒嘉手敕是谁言，何致终衔不白冤？"对秦桧态度亦极其鲜明："至今人恨分尸桧。"其实赵翼不仅褒秦贬岳，对明清交替之际的民族英雄更为力贬无余。《瓯北集》中有《梅花岭》一诗，通篇吹捧清廷对史可法"褒恤恩何厚"，并替清廷推卸杀史之责："乱骨纵横觅不得，或传赴水死江浒。"对守城抗清的英雄闵应元更是大加诬贬，赵翼有诗咏说："十三万命系君身，哪得山村作隐论。报国岂论官职小，逆天弗顾运维新。"连屠城之责竟也要由闵应元负，可见赵翼阿谀清朝主子到了何种地步。

赵翼在诗学趣味上是赞同袁枚性灵派主张的，但梁启超在《清代学术概论》一书中是将袁枚与赵翼视为"臭腐",说"乾隆全盛时所谓袁、蒋（士铨）、赵三大家者,臭腐殆不可向迩",可见梁对赵翼诗的不屑。

赵翼虽然不乏才干,但他的品行还是受诟病的。赵翼以军机章京会试中试后,更想夺魁。但军机大臣傅恒劝他勿做状元梦,因军机大臣一般会派任读卷官,若见到军机章京的考试卷子,皆为避嫌而不会加圈。但赵翼人极聪明,他考试时,变易平常的笔体写殿试卷子。阅卷大臣刘纶、刘统勋皆为军机大臣,他二人格外谨慎,刘纶则疑心加了九个圈的一本卷子为赵翼所作,认为"则必变体矣"。刘统勋大笑:"赵云松字迹,虽烧灰亦可认,此必非也。"原来,赵翼喜欢刘统勋之子刘墉书法,每每仿习。在军机处值班时起草上谕"多不楷书,偶楷书即用石庵（刘墉字石庵）,而不知赵另有率更体一种也"。二人最终被赵翼骗过（《清朝野史大观》）,赵翼果然殿试排头名。但乾隆将他的卷子与陕西王杰对调,理由是清朝还未出过陕西籍的状元。但由此可见赵翼还是有真本事的,尽管耍了小聪明。乾隆一向警惕军机大臣在考试中徇私军机章京,将赵翼调换也许另有深意。

"既要工诗又怕穷",赵翼正是这样一个人。赵翼或许有才但德节欠缺,所以在学术贡献上不如顾炎武、黄宗羲、王夫之,艺术成就上不及黄仲则、吴梅村、孔尚任。也许是乾隆时的文字狱吓破了他的胆,但是他完全没必要靠贬毁岳飞来取悦主子。须知乾隆不仅对岳飞,就连对抗清义士也是大加褒彰的,他所看不起的正是一些软骨头"贰臣"。清代学者中除了赵翼为秦桧辩护外,钱大昕也曾对秦桧的奸臣行径大加赞美,凌廷堪更是力主为秦桧平反。钱穆在《中国近三百年学术史》中已注意过这种现象,扼腕叹息乾嘉学者没有民族观念（见第10章《次仲之史学》）。

在中国的历史上,类似赵翼这样的人物屡屡出现（周作人也写过两篇为秦桧鸣不平的文章）,很值得细心研究。赵翼在《廿四史劄记》

中说"明之亡，不亡于崇祯而亡于万历"，当然不乏史见。所以清修
《明史》大约是用了他的观点："明亡实亡于神宗，岂不谅欤。"但乾隆
后期腐败挥霍走上了下坡路，赵翼以他史家的眼光不会看不见吧？少
年时代的赵翼身家清苦，15岁考中秀才就开始扶养弟妹，高阳先生说
他"寻以母老侍养"，"遂绝意仕进"，为什么呢？与赵翼同时代的黄仲
则、曹雪芹都感觉到所谓"乾隆盛世"已经由盛及衰，"内囊却也尽上
来了"，黄仲则的诗、曹雪芹的《红楼梦》，都表达了"悲凉之雾，遍
被华林"的气息，而赵翼的《瓯北集》却无所谈及，看来他不是不知，
只是不敢表达而已。他自己有两句非常有名的诗句："国家不幸诗家
幸，赋到沧桑句便工。"是为题元代诗人元好问诗集而作，他自己的诗
恐怕是达不到这个标准。

　　还有关于赵翼品行引起争议的就是他的《廿二史札记》。这部书
与钱大昕《廿二史考异》、王鸣盛的《十七史商榷》，并称"三大考据
著述"。与钱著专注于校勘训诂、王著侧重典章制度不同，赵著重于评
论兴衰变革，书甫一出即大受推赞，从清代一直到民国时的大历史学
家陈垣，引用者颇多。梁启超贬斥赵翼的诗，但对他的《廿二史札记》
甚为推崇。包括曾称赞赵翼著史的李慈铭，后来在他的《越缦堂日记》
中，却揭发"常州老生常言此书（即《廿二史札记》）及《陔馀丛考》，
以千金买之一宿儒之子，非赵自作"，他认为赵翼只擅于诗文，两书
"非赵力所及"。李慈铭后来在日记中又说"赵翼之《廿二史札记》出
于常州一老诸生，武进、阳湖人多能言其姓字"。可惜李慈铭未披露作
者的真实姓名，故其日记"做作"（鲁迅语）、"专以诟骂炫世"（清人
周中孚语）的李慈铭的揭发，信者有之，不信者也大有人在，引起后
人争议不断，也只好等待"常州老诸生"身份的最终浮出。不过我读
过赵翼任军机章京后写的《檐曝杂记》，不过亲历见闻和材料堆积，与
《廿二史札记》写法判若两人，确实不在一个层次。当然该书史料性极
强，是他在军机章京任上的亲闻亲历，是无此经历的人写不出来的。

唐英与"唐窑"

去景德镇和我在读史料时的印象不一样，明清时人写的笔记里说：如果在夜间看景德镇，遍地星罗棋布的窑火，与天上的星星相映生辉，动魂摄魄。明代文人王世懋在他的《二酉委谭》里更将景德镇称为"四时雷电镇"，因为昼夜烧瓷火光烛天，可见那时去景德镇的人对映彻天际的这一人间奇观会有极深刻的印象。

景德镇的艳阳娇媚而灿烂，景德镇的夜色静谧而安详；她不再是天上群星辉映的街市，她不再是遍地窑火燃烧的奇观。自中国制瓷史上最后一位制瓷大师郭葆昌在此烧制"洪宪瓷"之后，景德镇的窑火最终烟消火散。其实，宣统三年（1911）末代皇帝溥仪宣布退位时，自元代始延续633年的景德镇御窑，就已经成为历史的一个绝响。

在中国瓷器制造史上，景德镇是一个传承有续、产生奇迹的殿堂。康、雍、乾三朝应该是鼎盛时期，如雷贯耳的官窑璀璨炫目、绚丽多姿，之后几乎不能逾越，仰之弥高而望之弥深，徒然兴叹。而这中国古代瓷器巅峰时期的创造者，则是清代内务府景德镇督理御窑的督陶官唐英，他正式的官衔是：内务府员外郎、九江关监督兼理景德镇窑务。这是一个在中国制瓷史上彪炳史册的人物，这是一个出身卑微而又绝顶聪明的奇人，这是一个对瓷器呕心沥血、集之大成的艺术大师。

我在景德镇的窑区凝视过唐英纪念馆的小小院落，几番徘徊，几度回首，它历经风雨而被移到此处，一个在窑火中锤炼过的灵魂仿佛仍在这里徘徊，一句名言在我的脑海里久久回荡——"卑贱者最聪明"！

唐英似乎是为瓷器而生的天造地设的鬼手、鬼才和灵怪。一个身份卑微的人竟然入传国修史书——《清史稿》里有《唐英传》，可见他的盛名。

在《清史稿·艺术四·唐英传》里，可以查到他的简历：字俊公，汉军旗人，官内务府员外郎。雍正十年（1732）始监督景德镇窑务，并兼任粤海关、淮安关、九江关监督。他起初是景德镇监督年希尧的副手，后来接任主官之职，时间颇长。查其他史料可知（《简明陶瓷词典》(上海辞书出版社1989年版)，唐英生于康熙二十一年（1682），逝于乾隆二十一年（1756），享年75岁。他真正的身份是关东沈阳的汉人入旗籍的整（简写为正）白旗人。就是说唐英不是满族人，而是汉人。按照那个时代的称谓，唐英是"在旗的""旗下人"，"旗人"；满族在入关前创立八旗制度，合军政、民政、家政为一体，皇室、贵族、军卒、民匠、奴隶一律编入。

最初的满洲八旗不仅是满族人，也有蒙、汉、朝鲜、俄罗斯等各族人。后来又增编蒙古和汉军各八旗。均以正黄、正白、正红、正蓝、镶黄、镶白、镶红、镶蓝区分。满洲八旗分"上三旗"与"下五旗"，"上三旗"是镶黄、正黄、正白，由皇帝亲领。"下五旗"由王公分领。那么由此产生了清代历史上的特殊身份的群体——"上三旗包衣人"，也称"内务府包衣旗人"。内务府是清代替皇帝家庭管理财务、饮食、器用、玩乐、礼仪、生活琐事等的机构。内务府人员无"下五旗"人，更无蒙古和汉军旗人。而唐英则是上三旗正白旗里的"汉姓人"。非满族血统而又隶籍满洲八旗里的"正旗"，是"归旗极早"的"旧人"，是满洲贵族最早俘掠编入"正旗"作为"包衣"的汉人。"包衣"是满语，即家奴，在满洲贵胄的眼里极为"下贱"。虽然这些"汉姓人"的生活习俗已经和满族人难以分辨，但身份永远不能改变。雍正皇帝常告诫"包衣下贱"，《红楼梦》里贾府奶妈赖嬷嬷对"放出来"（即脱去奴籍）的孙子说的一句极为沉痛的话："你那里知道那'奴才'两个字是怎么写的！"道出了包衣至微极贱的身份。而《红楼梦》的作者曹雪芹及祖父曹寅也是正白旗的包衣，与唐英同属一旗，身份相同。唐英出身似无记载，但他的经历应该与曹寅为姻亲的苏州织造李煦类似，李煦也是正白旗包衣，其父本姓姜，名士桢，山东昌邑人。明崇祯十五年（1642）二月，清兵攻山东兖州，破昌邑，俘守城之姜士桢，掳回沈阳，成为正白旗包衣佐领李西泉养子，改姓李，并归入旗籍。猜测唐英的先人大约也是被俘掳的汉人编入旗籍成为包衣的。这其中必有一段沉痛屈辱的血泪史，但是正史、野史都几乎没有痕迹，后人只能见到这些高级奴隶的风光煊赫，只能读到曹寅《楝亭集》里诗词吟咏的风雅、李煦《李煦行乐图》中的飘逸，简直难以想象"奴才"两个字是怎么写出的。其中的辛酸绝不会被这种表面风光所掩饰。包衣的下场也很悲惨，皇帝主子的喜怒好恶会导致家破人亡，如曹、李二家。所幸唐英善终，让他和他的"唐窑"不致湮没，真是令人心怀庆幸！

然而，尽管唐英身份卑贱，却因为"呼吸通帝座"，直接担任皇帝的奴仆而受到特殊信任，经常被外放担任盐政、海关、织造、漕运、陶务、采买等种种肥差，其荣华富贵并不逊于满洲王公大臣。《清史稿·唐英传》中说他曾"直养心殿"，说明他曾为皇帝贴身服务而受到信任。

唐英16岁后供役于皇家手工艺作坊，直到年近40岁被外放粤海关、九江关、淮安关和监督窑务，这是皇帝给奴才的殊荣。唐英完全可以走一条倚仗天宪、升官发财、享尽极乐的捷径。最底层的奴隶，受尽欺凌压迫，但又因为是最亲近皇帝的奴才，反过来更容易升官发财，成为欺凌百姓的害人者。唐英被外放担任的督陶官实际是一个养尊处优的肥差，上传下达，只需定期完成皇家交办的烧制瓷器任务，威福有加，云胡不喜？

唐英没有走内务府"旗下大爷"们的必由之路，"天棚鱼缸石榴树，先生肥狗胖丫头""房新画不古，必定内务府"，这些内务府旗人暴发的标志，唐英似乎不感兴趣。《清史稿》中他的传记非常简略，其实他和曹寅有着非常相同的品位，出淤泥而不染，身陷卑微心比天高而追求精神上的高雅，多才多艺，"工山水人物，能书，善诗，长于篆刻"。创作过《面缸笑》《转天心》《十字坡》等17种杂剧、传奇，合称为《古柏堂传奇》。诗文创作亦颇为丰富，如他督陶期间，写了一篇散文《龙缸记》，记叙他偶然在寺院墙角，捡拾到明神宗时"落选之损器"青龙缸一件，遂"遣两舆夫舁至神祠堂西，饰高台与碑亭峙以存之"，神祠即祭窑神之所，不仅收存，还置于高台之上。一个皇帝钦派的督陶官，眼见过无数一流精品，何以见爱于"落选之损器"？所以时人皆为之困惑不解。

唐英的《龙缸记》非游戏笔墨，而是郑重其事，他认为缸虽丑陋，乃是崇祀窑神童宾的化身，"况此器之成，沾溢者，神膏血也；团结者，神骨肉也；清白翠璨者，神精忱猛气也"。童宾是景德镇窑业的传说人物，据说因龙缸大器久烧不成，窑工备受鞭挞之苦，为拯救同役窑工，童宾奋身投火，终使龙缸烧成。唐英对童宾的舍身精神备极景仰，他还以童宾跳窑事有感写《火神传》，字里行间对景德镇人、神、物极其关念，情挚意切。童宾其实只是传说中的一个窑工，但在唐英眼中，瓷器是生命的精灵，每一件精美的瓷器皆为窑工生命的膏血结晶、精神孕育。这是唐英发自内心的敬畏。

《清史稿·唐英传》说他任督陶官期间是"躬自指挥""恤工慎帑"，看来不是一个养尊处优的酒囊饭袋，而是一个体恤工匠、事必躬亲、不贪不奢的清官。御窑厂原有一方《唐公仁寿碑记》，是他54岁生日时全体御窑厂工匠及全镇商家窑户所立，碑文中云："每见匠有未悟者，授指致精而进其终身之益；勤能本谕者，额外奖赏而励其诸作之专；匠有疾病者，延医制药而急救；匠居窄窄者，买房赏住而安身；年迈匠人，另赐衣帛食肉。众餐余积，呼来童叟均分；兼惜工匠至亲，量才亦用；冬闻匠有债急，预叫领银；空囊而旅丧无依者，济以买棺买葬；将娶而未能团聚者，周其宜室宜家。"如果唐英仅仅满足做一个遗爱甘棠的清官，诗书风雅，拍曲怡然，也不过赢得镌石擎伞的好口碑而已。这已然是那个时代做官者的高境界了。唐英却不然，他要像《龙缸记》中所景仰的童宾那样，以"膏血""骨肉""精忱猛气"的付出去追求更高的境界。他要仰望星空，遨游八极，探究玄奥，点化神奇。

其实自顺治年起，郎廷佐、年希尧先后"奉使"督造官窑瓷器，"精美有名"，"造器甚伙"，史称"郎窑""年窑"，已成为颇难逾越的巅峰。

唐英不畏其高、其难，筚路蓝缕、沥血呕心，将自己化为更加巍峨高耸的、后来崛起的一座更加难以逾越的巅峰。

《清史稿》所叙其功绩甚为撮要，不妨抄录："唐英……讲求陶法，于泥土、釉料、坯胎、火候，具有心得。……撰《陶成记事碑》，备载经费、工匠解额，胪到诸色瓷釉，仿古采今，凡五十七种。自宋大观，明永乐、宣德、成化、嘉靖、万历诸官窑，及哥窑、定窑、均窑、龙泉窑、宜兴窑，西洋、东洋诸器，皆有仿制。其釉色有白粉青、大绿、米色、玫瑰紫、海棠红、茄花紫、梅子青、骡肝、马肺、天蓝、霁红、霁青、鳝鱼黄、蛇皮绿、油绿、欧红、欧蓝、月白、翡翠、乌金、紫金诸种。又有浇黄、浇紫、填白、描金、青花、水墨、五彩、锥花、拱花、抹金、抹银诸名。"史书这没有感情色彩的寥寥数笔，如果调动我们的想象，该是一个多么万象缤纷、百彩千色的绚丽空间。典雅温润、奇幻莫测的各色瓷器，恐怕笔墨难以形容，辞藻难以粉饰。这是一个由外行转为内行所付出的精气膏血所烧炼而成。唐英不仅仅是行政管理，他也不仅仅是"躬自指挥"，为了达到最高境界，他不惜纡尊降贵，亲入窑坊，与窑工切磋研讨，不耻下问，如饥如渴学习制瓷技术和知识，竭力苦心参与烧制瓷器。他杜门谢客，不事交游，竟然与窑工同吃共睡达三年之久。蓬头垢面、衣衫褴褛的唐英，从仿制的必然进入创新的自由，盘、碗、盅、碟、瓶、罍、尊、彝……数十种器形，在他的手中化为绕指柔；元、宋、明、清、欧美、日本……绵延千年的不同风格，在他的眼里随意造化。

中国的瓷器传布到域外，被日本、欧美人所陶醉、所钟爱、所仿制，形成了另一种风格、另一种色彩、另一种气质，这也为唐英所兼容并蓄。他不故步自封，也不瞒盱傲慢；他的襟怀宽广，他的眼界开阔，他不仅是埋头苦干的"脊梁"，更是善于总结的理论家。他勤于笔耕，著述甚多。乾隆八年（1743）他编撰《陶冶图说》，《清史稿·唐英传》不过区区500多字，居然介绍《陶冶图说》篇目就用去了120多个字！可见治史者对其之重视。《陶冶图说》文图并茂，共20篇，从采石制泥、淘炼泥土、炼灰配釉、制造匣钵、圆器修模和拉坯、做坯、炼选青料、制画琢器、蘸釉吹釉、成坯入窑、烧坯开窑等制瓷工序的全过程，诚如《清史稿·唐英传》所评是"备著工作次第，后之治陶政者取法焉"。但是，也是我个人认为，写史者还是没有看到这部著作的重要性，只是认为其供给管理者参考而已。其实，它的成就在于它不仅详尽介绍了制瓷生产的全过程，而且真实反映了雍正、乾隆年间景德镇陶瓷业的制造术之盛况，堪称中国瓷器生产历史上珍贵的重要史料，更堪称中国瓷器制造史上的不朽著述。当时就有人评价为"集厂窑之大成"，有功于"龙缸、钧窑继绝业、复古制"，比《清史稿》中的评价高得多。唐英还著有《陶务叙略》《陶成纪实》《瓷务事宜谕稿》等，同样弥足珍贵。

历史证明，"唐窑"不愧为景德镇瓷器制造史上突起的奇峰，不必说后无来者，但恐怕是一座前无古人的奇峰。不仅影响了中国，也影响了世界，"唐窑"制作的珍品贵器在世界各大博物馆中都有珍存，证明"唐窑"的问世对中国和世界的陶瓷发展都起到了推波助澜的深广作用。

清人蓝浦《景德镇陶录》一书中对"唐窑"做出了精准的评价："公深溶土脉、火性，慎选诸料，所造俱精莹纯全，又仿肖古名窑诸器，无不娇美；仿各种名釉，无不巧合；萃工呈能，无不盛备；又新制洋紫、法青、抹银、彩水墨、洋乌金、珐琅画法、洋彩乌金、墨地白花、墨地描金、天蓝、窑变等釉色器皿。土则白壤，而填体厚薄惟腻。厂窑至此，集大成矣。"这是非常有见地的评价，那就是"唐窑"并非简单的一种瓷器，而是继承了中国清代以前所有制瓷工艺的精华，出神入化地仿制了所有历代名窑，使之熠熠生辉、不同凡响；同时又汲取中外制瓷艺术的营养，取法乎上，鼎力出新，冶古今中外技艺于一炉，集各种技艺之大成。盛名之下，当之无愧，誉之不虚。

北宋宋徽宗建立官窑，也只有记载，而无遗址。从南宋在杭州建"内窑"起，元代忽必烈又在景德镇设"浮梁官窑"，从此绵延不绝，明有"御器厂"，清建"御窑厂"，至康、雍、乾三朝达到了极致。青花、斗彩、五彩、珐琅彩、粉彩争奇斗绝，美不胜收。"康雍乾"之后日渐衰微，"唐窑"成为一个美妙的记忆，成为一个绝唱。

景德镇的秋风轻轻地微拂，伴随着延伸的思绪使人神驰遐想。我至之时，恰恰 2013 年瓷博会结束，一条消息让我兴奋：景德镇明清御窑中的青窑、龙缸窑、风火窑三窑复烧。唐英泉下有知，该是不无额手相庆吧？

一个出身卑微的人创造了一种多彩多姿的辉煌，使我们后人永远心怀敬意。当历史学家们在思辨到底是英雄抑或奴隶创造了历史，我们也不必陷入无尽的困惑。内务府的包衣们，不仅仅只有一个唐英，除了我们所熟知的曹寅、曹雪芹，还有曾任苏州织造的李煦（即曹寅的妹夫），是大藏书家，藏书达数万卷，还擅书法。任过内务府坐办堂郎中、苏州织造的荣廷，其著有《虫鱼雅集》《拙园灯谜草》，前者仍是今天虫鱼玩家奉为圭臬的著作，后者成为中国北派灯谜的代表。内务府河道总督钟洋后人杨继振是有名的古钱币收藏家和古籍收藏家，著名的《红楼梦》抄本"梦稿本"即其藏品,我即今所居的旧鼓楼大街前马厂胡同小小的院落,即是当年北京有名的"钟杨家"的一部分,盘桓仰卧于其中,宁不感喟乎?内务府官员荣家后人尹润生是著名古墨收藏大家,其古墨鉴赏著作至今仍具权威参考价值。荣廷还有一位后人尹仲麟是杂技"高台定车"的创始人……这样各具异彩的人物实在不胜枚举。包衣中更有为中华文明抗争殉死的人——内务府堂郎中、总管圆明园大臣文丰,在英军闯入圆明园烧掠时投福海自尽!中华传统文化是灿烂而多元的,仰之弥大,俯之弥精,而创造了这灿烂而多元文化的,必须是仰望星空和脚踏实地的人。当我们后人享受着灿烂的文明时,请不要忘记那些值得永远纪念的人们。

唐英 70 岁时,曾回到景德镇,"抵镇日,渡昌江,合镇士民工贾群迎于两岸",他热泪盈眶,口占《重临镇厂感赋志事》:

> 重来古镇匪夷想,
> 粤海浑如梦觉乡。
> 山面水心无改换,
> 人情物态有存亡。
> 依然商贾千方集,
> 仍见陶烟五色长。
> 童叟道旁争识认,
> 须眉虽老未颓唐。

按八旗的规矩,本籍皆为北京;无论驻防、仁宦,都是出差;开缺升调直至去世,都须回京。唐英应该在北京有故居,但岁月湮蚀,今天已无人知晓了。"玉山不颓清流在",这是唐英吟咏景德镇风物长诗中的一句,颇值得玩味。其实何止玉山不颓清流不改,文明的窑火是前仆后继永远不会熄灭的,难道不是吗?

逸事撷拾

乾隆为商号题匾之谜

北京的老字号是宝贵的财富，是老北京文化的一个重要组成部分。老字号大多有流传下来的牌匾，这也是老字号的无形资产。牌匾基本是历史上各界名人所题，但其中一部分真假莫辨。如都一处烧麦馆牌匾是否为乾隆所题，瑞蚨祥绸布店的牌匾至今不知何人所写；再如六必居、鹤年堂的匾，一直传说为明嘉靖年间的奸臣严嵩所书，是否如此？其实是很令人怀疑的。

六必居是北京最著名的老酱园，传说最初为六个人所开办，请严嵩题匾，严嵩便题"六心居"，但又觉得六人不可能同心合作，便又在"心"字上添了一撇，成为"六必居"。清代的一部笔记《朝市丛谈》也写明"六必居"为严嵩所写，却是孤证，其他野史笔记均不见载。民国以后的蒋芷侪所著《都门识小录》云："都中名人所书市招匾时，庚子拳乱，毁于兵燹，而严嵩所书之'六必居'，严世藩所书之'鹤年堂'三字，巍然独存。"这也照抄前朝野史笔记，更不可靠。但也有人认为六必居原先是小酒馆，为保证质量，酿酒要"六必"，即"黍稻必齐，曲蘖必实，湛炽必洁，陶瓷必良，火候必得，水泉必香"，所以取名"六必居"。这种说法流传甚广。

但据六必居原经理贺永昌的解释："六必居"不是六人而是山西临汾赵氏三兄弟所开专卖柴米油盐的小店，店名即据"开门七件事，柴、米、油、盐、酱、醋、茶"而来，除不卖茶，其他六件都卖。也兼营酒，还卖青菜，制酱菜是以后的事了（《驰名京华的老字号》，文史出版社1986年版）。如据此解释，严嵩题"六必居"的原意就站不住脚了。

又据叶祖孚《燕都旧事》（中国书店1998年版）载：六必居最初确为小酒店，但本身不产酒，只是从其他酒店趸来酒经加工制成"伏酒""蒸酒"再出售（"伏酒"是买来后放在老缸内封好，经三伏天半年后开缸。"蒸酒"经查资料，皆未记载如何制作），后来才变成制作高档酱菜的酱园。更重要的是，20世纪60年代，邓拓通过贺永昌借走六必居大量房契与账本，并从中考证出六必居不是传说中的创建于明朝嘉靖初年，而是创建于清康熙十九年（1680）至五十九年（1720）间。而且原来也不叫"六必居"，雍正六年（1728）的账本上都称"源升号"，直到乾隆六年（1741）才出现"六必居"的名字。这是邓拓极为重要的钩沉发现。这就铁证六必居既不开业于明代，何来严嵩题匾？我读过邓拓《论中国历史的几个问题》（生活·读书·新知三联书店1979年版），知道20世纪60年代他为研究明代资本主义萌芽现象，调查研究了北京地区商号、煤窑等大量契约、账簿资料，他最初可能也相信六必居是明代老商号，但一经实物调查，才发现它是清代商号，与他研究的课题年代不符，所以《论中国历史的几个问题》一书中引用附录了不少资料和契约照片，并无六必居的资料。

由此可见，关于严嵩题匾只不过是六必居老东家为商业利益，利用了严嵩的知名度，用今天的话说就叫作"名人效应"吧？其实，假设六必居真的开业于嘉靖初年，也不会去找严嵩题匾，因为那时严嵩还供职于南京，50多岁还一直坐冷板凳，根本没有什么知名度。

当然，严嵩的匾无下款，因此有人以为他是奸臣，题款被后人抠掉。再如著名学者吴晓铃先生认为鹤年堂药店牌匾是严嵩所书，所云何据，无缘请教。鹤年堂也是一家老字号，相传也创于明嘉靖末年。有一种说法认为鹤年堂之名原为绳匠胡同严府花园一个厅堂的名字，严嵩倒台之后，这块严嵩自书匾流落出去，后来成了店名。店外还有一块"西鹤年堂"的匾，传说为严嵩之子严世蕃所书，更不可信。赵洛《京城偶记》（北京出版社 2000 年版）认为"严嵩题额是有可能的。后用作药铺招牌以资招客"。过去鹤年堂的配匾、竖匾分别传为戚继光、杨继盛所书，戚、杨二人均为忠臣，尤其杨继盛当年弹劾严嵩十大罪被下诏狱而死，将忠、奸死对头的匾额配在一起，岂不滑天下之大稽？这其实是店铺老板文化浅薄的表现。再者，严嵩在明嘉靖年代炙手可热，是内阁首辅（明代不设宰相，以内阁大学士集体行使行政等权力，为首领班的大学士地位最重要，称为"首辅"，颇相当于宰相），一人之下万人之上，他怎么可能以首辅之尊一再为当时的小酒馆（六必居）、小药店题匾？

再假设严嵩败落，鹤年堂匾流落出来，当时的形势是万人痛恨严嵩，恨不得将其碎尸万段，开业于严嵩倒台之后的鹤年堂药店老板怎敢把严嵩的匾额堂而皇之悬挂？鹤年堂要冒天下之大不韪挂严嵩的匾，肯定要被愤怒的士子百姓们砸烂的。抠掉题款也不行，严嵩当年是诗文书法大家，《明史》也不得不承认他"为诗古文辞，颇著清誉"，并以擅写"青词"（一种诗书俱佳的带有道教色彩的文体）名传天下，这瞒不过人们的眼睛。

正因为严嵩是奸臣，他的书法和秦桧、蔡京一样一幅也没有流传下来。如果有实物，也可以鉴定比较。从鹤年堂、六必居的匾看，字体苍劲、笔锋端正。严嵩的字是不是这种风格呢？据《燕都旧事》载：琉璃厂宝古斋的老板邱震生曾见过严嵩真迹。20 世纪 30 年代，山西榆次有人来京求售明人书札册页，其中一页是严嵩手札。内容是他写给下级的手谕，签署"严嵩具示"。书为二王体，字颇娟秀。邱震生后来成为国内有名的鉴定专家，他毕生只见过这一页严嵩真迹（同册页还有文徵明等明代名人手札），他认为是真迹无疑。因而研究老北京掌故的叶祖孚先生断定，六必居等所谓严嵩题匾与真迹完全不同。老北京老字号的牌匾还有相传曾为严嵩所题，如柳泉居。我在青少年时代就听老辈人讲过，这里还有一段有趣的故事，似乎发生在严嵩被贬谪的途中，这更不可能了。北京沙河明代巩华城的匾额，传说也是严嵩所书，当然存留至今字体已模糊难辨。查正史该城确是严嵩向嘉靖皇帝进言而修建的。但严嵩死后，依惯例他的题匾是应该被换掉的。

严嵩在中国历史上是个知名人物，除正史外，俚曲多有表现，如京剧《打严嵩》。其他以严世蕃为主角并涉及严嵩的杂剧《丹心照》《一捧雪》《万花楼》《鸣凤记》等，使得老百姓对这对奸佞父子家喻户晓。再比如山东孔府大堂通往二堂的通廊，几百年来放着一条红漆长板凳，据《孔府内宅轶事》（天津人民出版社 1983 年版）记，乃严嵩被劾时，跑到孔府求衍圣公替他向皇帝求情，这是他所坐过的板凳。严嵩之孙女曾嫁与衍圣公第六十五代孙孔尚贤，但稍有文史常识、熟悉明代典章制度的人都不会相信板凳的传说是真实的。

传说尽管是传说，但人们仍然在口口相传，这似乎成为老北京老字号吸引人的一个方面？"文革"时，为保护这些牌匾，还产生了若干故事。这些牌匾至今仍在，我可以肯定，这些牌匾的真正题写者应该是当时无名的文人，因岁月的流逝，已不可考证出他们的名字。唯一的科学态度是不要以讹传讹。

孙龙拂其人

我祖籍是山东，所以很留心山东的人文史典。例如在清代，山东淄博曾经出过两位有名的人物。

一位是蒲松龄，这位"遄飞逸兴，狂固难辞；永托旷怀，疾且不讳"、以写《聊斋志异》闻名世界的文学家，人们是很熟悉了。

另一位是孙龙拂（之獬），这位在清朝初年闻名全国的人物，现在人们很陌生了。我去过淄博，也问过不少淄博人，皆不知其详。不过，稍有历史常识的人都知道清朝入主中原后颁布的"剃发令"，即剃发改满装。"留头不留发，留发不留头"，这种残酷之作法改变了汉民族数千年的生活习俗，"身体发肤受之父母，不敢毁伤"，在当时严重伤害了汉人的自尊心，被视为奇耻大辱。而其首倡者竟然就是这位汉人知识分子孙龙拂。

孙龙拂自幼聪慧，善谋略。明天启二年（1622）考中进士，授翰林院侍讲等职。以后投靠魏忠贤逆党，在任乡试考官时，竟录取魏党不会作文者中举，引起大哗而声名狼藉。崇祯帝登基后，孙龙拂列入"逆案"被削职归里。明末大乱，他在家乡山东淄川散家财练乡勇，剿灭淄川举人王樌的抗清义军。顺治元年（1644），他归顺清朝，因"功"被清廷授礼部侍郎等职。在清初，汉人衣冠服履"一遵旧制"，明朝降臣皆长袖大服。而孙龙拂竟首先剃发改满装，而且令家人也改换服饰，以此向摄政王多尔衮表忠心。蒲松龄在《聊斋志异·罗刹海市》中曾嘲笑过这一丑行。清初上朝大臣排班是满汉分开的，孙龙拂沾沾自喜上朝时，他自以为剃发易服，想站到满大臣班列。满大臣当然瞧不起汉奸，借口他是汉人而不准进入。他无奈想回去站到汉大臣班列，当时投降清朝的明朝旧臣并未剃发易服，仍是明朝冠服发式，心理上不免也讨厌孙龙拂当贰臣还无事生非，借口他着满服也不准进入。孙龙拂又羞又怒，向顺治帝上奏折，说汉降臣仍穿明朝服饰，"是陛下从中国，而非中国从陛下也"，"请改衣冠束发之制"。摄政王多尔衮看了奏疏，大为赞赏，于是下令天下剃发易服。时为顺治二年（1645）六月，南方各地无论军民人等一律剃发，改从满人服饰发型，不改者即斩杀无赦，这即为当时民间流传的口谚"留头不留发，留发不留头"。京畿、直隶等地，则严令十天之内剃发易服。

剃发令激化了民族矛盾，引起汉族人民的殊死反抗，也因此死去了无数誓死反抗的志士仁人，包括众多普通百姓。这一血流飘杵、异常残酷的因剃发引发的大屠杀，一直延续到顺治末年才基本结束。孙龙拂从此成为中华民族臭名昭著的罪人，天下之人无不愤恨引起剃发事端的汉人孙龙拂。他家乡的人民也异常痛恨他。顺治三年（1646），孙龙拂奉命招降明朝军队将领，被人告发滥用职权，引起清朝主子不快，也许更因为他名声太臭，有损清朝声誉，下令将他革职。孙龙拂不得已回到家乡。顺治四年（1647），山东高苑义军攻占淄川。城内居民蜂起响应，一举生擒了刚到江西搜刮民财归来的孙贼。此事在蒲松龄的《聊斋志异》中有记载。

当时愤怒的人们将孙贼"独缚至十余日，五毒备下，缝口支解……"而且他的一家老少全部被杀死。凡所闻者无不称快，正在山东的顾炎武连夜写《淄川行》一诗大为称颂。孙死后，有官员上奏清廷请照职衔予以抚恤，但更有官员认为已被解职者不能抚恤，最终孙龙拂未得到清廷一文钱的抚恤。

假设孙龙拂不首倡汉人剃发易服，清朝会不会就不实行这种残酷的强制政策？

中国历朝历代对官员、百姓的穿着服饰包括面料、颜色都有严格的规制，但王朝的更替对服饰基本没有太大的改动，发型更是一成不变。元朝统治时期，也并未颁布法令改变汉人服饰。但明初朱元璋曾严诏官民之家儿童，凡剃留"一搭头"（元代发型）的，一经发现，该儿童处以阉割之刑，全家人等发配边远之地充军。这主要是为了恢复汉人原有发型。从现有史料看，后金时期的努尔哈赤基本已规范了满人服饰，皇太极制定入关后满人不得学习汉人服饰的规制，并引金朝入关仿效汉服为鉴，"轻循汉人之俗，不亲弓矢"，告诫子孙不得变更祖制。在清人入关之初，并不要求汉人官吏、百姓统一改变服饰，归降明朝官吏仍穿明朝官衣，"牧令之坐堂及下乡也，亦袭明代衣冠之旧。盖不如是，则人民不能知其为官，抗不服从耳"。降清官员若不穿明代官服，老百姓根本就不认。元朝固然对汉人实行残暴统治，将人分为四等：蒙古、色目、北人、南人。南、北汉人又分十多种户（职业），但并不对汉人发式、服饰强迫改变。清朝不分民族，只分"旗人"与"民人"。旗人只有旗籍，而民人则分军、优、隶、娼等各籍。所以假设孙龙拂不首倡剃发易服，也许清朝也会遵循元代的习惯，因为后来清朝虽强迫汉人剃发易服，但对妇女、老人、儿童、僧道并不强制，允许穿明代服饰，老人、妇女入殓也可用明代衣服。这即野史所记载的"十从十不从"，如徐珂《清稗类钞·服饰类》所记载"有生降死不降，老降少不降，男降女不降，妓降优不降之说。故生必时服，死虽古服不禁；成童以上皆时服，而幼孩古服亦无禁；男子从时服，女子犹袭明服。盖自顺治以至宣统，皆然也。"但徐珂特意指出是"人民相传"，因清朝正史和实录都无这一说法的记载。清末不少笔记说是降清的明末侍郎金之俊向多尔衮建议的，是不是确有其事，只能姑妄听之，但"十不从"的现象确实存在，证明起码是得到清朝默许的。靠野蛮暴力剃发改服易，以此改变几千年汉人的心理依赖是绝不可能的。所以清末留学的汉人首先开始剪辫，清帝退位后，朝夕之间，除少数王公和汉人遗老，全国剪辫，包括逊帝溥仪。当然大多数国人反而对剪辫不适应，也要靠行政命令推行，但不会像清初那样血腥，而是自愿。这不仅是大势所趋，更足以证明汉民族深埋在心的文化印迹是抹不去的，太平天国、捻军等汉民族起义，其标志首先就是恢复"束发"摒弃满装。当然，汉族对于满服也并非一概排斥，旗袍的长盛不衰，足以证明民族融合的韧力。

至于始作俑者孙龙拂，因他的险恶居心究竟造成全国多少反抗剃发者的惨死，史书从来没有确切记载。孙龙拂是典型的读书人，聪慧而有才，善谋略，又能领兵打仗，何以出此居心甚不可问的"建言"？又何以有如此悲惨的下场？《研堂见闻杂记》曾云孙氏"原真心止起于贪慕富贵，一念无耻，遂酿荼毒无穷"。孙龙拂不喜诗文，精于交际之术。他本性狡黠，进入官场后更擅巴结拍马之术。羡富贵而贪财，品行不端亦不清廉。这终使一个有才干的人走向穷途末路，并连累"合家惨死"。

蒲松龄也是读书人，他正好与孙龙拂相反，屡试不第更铸就了他的为人：不羡富贵，不媚权要，善心向人，困厄毕生，终于成了一代文豪。他被千古传颂，而孙龙拂却遗臭万年。

何以如此冗文谈起古人？

鲁迅先生说过，"读经不如读史"，"学了历史来看现在，有如隔岸观火"。今天是昨日的延续，历史是今天的明镜，古人是今人的写照。

像孙龙拂那样的读书人，在今天恐怕仍然不乏其人吧？

孔子后裔的悲剧

不久前在报上看到：孔子第七十七代孙孔德成先生胞姐孔德懋逝世，孔德成先生也于十多年前逝去。孔德成先生在民国不再是衍圣公，而是改为奉祀官。新中国成立前到了台湾，任"考试院院长"，他的姐姐孔德懋在大陆曾当选为六届全国政协委员，由她的女儿整理出版《孔府内宅轶事》。由此不禁颇生出一番感慨。旧时代讲尊孔，故自幼也读过几天"子曰诗云"。后来稍长，听长辈们说及孔圣人家后代的轶事，才知圣人后裔也并非代代人人皆显赫。

孔子在封建时代被尊为"大成至圣先师"，他的后裔历朝历代也被赐爵封公，并且世袭相承，号称"文官之首"。在明清时，"衍圣公"（孔子后裔的爵号）可以在紫禁城内骑马，与皇帝并行。除了山东曲阜有"衍圣公府"外，北京也有其官邸。现在西单太仆寺街，还依稀可窥"圣公府"的旧貌。

尽管孔子后裔号称"天下第一家"，但孔子后裔也并非代代人人尽皆显赫。学书法的大约都知道"玉虹楼碑帖"这一珍宝，前数年还曾在北京隆重展出过。其作者便是孔圣近支后裔孔继涑。孔继涑勤奋治学才华过人，曾主持孔府事务。后来由于北京皇宫中有人观测星象，算到孔继涑要篡真龙天子皇位。在位的乾隆皇帝便立即派人抄其家，因之孔府也把他驱除出族。从此，他十年未下其居"玉虹楼"，而专心苦研书法，集历代名家书法精工摹刻，辑为《玉虹楼碑帖》，达584块之多。法帖分14类，分"玉虹楼帖""玉虹续鉴真""谷园摩石"等，法帖卷为乾隆时书家张照以行、草、楷多种字体书写，张照在乾隆时负书名，据说受到乾隆皇帝欣赏，常为乾隆皇帝代笔。孔继涑晚年蛰居北京，以长年忧郁竟客死异乡。他的后代世世冠以"罪人之家"，受尽凌辱。

孔继涑的胞兄孔继汾遭遇更为凄惨。孔继汾以衍圣公亲叔身份主持孔府家务。又苦心研究孔氏家族礼仪、典章，著述甚丰。14岁成贡生，后又到北京任国子监中书、军机处行走等职。当时文字狱之风正炽，未料有人将他著述中的一句话"于区区复古之心"说成是对清朝制度不满，山东巡抚便星夜将孔继汾押到省衙审讯，后又奉乾隆之旨将其解往北京交刑部与大学士九卿"严加讯究"。虽经孔继汾一再解释，仍被从重发配伊犁充军。当时孔继汾已经60多岁，不久就死在充军路上。他的儿子孔广森为清代著名汉学家，其著作为当时的学人所重视，但由于乃翁之故，一生亦不得志，颇为落魄。

再有《桃花扇》之作者孔尚任，也是孔圣后裔，生前亦不得志。记得笔者青年时代即涉猎过他的诗文，对他之身世颇为同情，还曾抽暇到成贤街访过他的旧居。他是秀才出身，后捐国子监监生。应衍圣公孔毓圻之请为其亡故夫人主持丧事。随后修《孔子世家谱》。康熙二十三年（1684）十一月，康熙皇帝至曲阜孔庙行祭礼，并游孔林。孔尚任担任讲经导游，大受康熙赞许。随后授为国子监博士。他居曲阜历时九年写成《桃花扇》，定稿用了二十年。上至内廷王公，下至缙绅士子，广为传抄，轰动京门，"时有纸贵之誉"。遂引起朝廷不悦。据说康熙帝曾连夜遣人向孔尚任索取稿本，"御览"之后，旋被罢官。时在康熙三十九年（1700），孔尚任在户部广东清吏司员外郎任上。

吴梅《顾曲麈谈》说："相传圣祖（康熙）最喜此曲，内廷宴集，非此曲不奏……每至《设朝》《先优》诸折，辄颦眉顿足曰：'弘光弘光（南明皇帝），虽欲不亡，岂可得乎！'往往为之罢酒也。"这应是传闻，康、雍、乾三朝，警惕复明异端思想，屡兴文字狱加以剿灭。"借离合之情，写兴亡之感"，康熙不会看不出来，怎么会"最喜此曲"

呢？《桃花扇》与同时人洪昇《长生殿》为一时双璧，但当时《长生殿》禁演是因违反朝廷居丧，与《桃花扇》牵连孔尚任罢官有本质上的不同。他还写过《小忽雷传奇》，但不如《桃花扇》如雷贯耳。他在中国文学史上是有一席之地的。2015 年 4 月，中国邮政发行"中国古代文学家（四）"纪念邮票，其中第五枚即为孔尚任。他的命运比孔继涑、孔继汾兄弟强多了，总算是平安回里、叶落归根。他的墓至今还在曲阜孔林之中，故居也尚在。而当年孔继涑被开除族籍，死后是不能入孔林的，只能葬在孔林之外的野地里，这也是封建时代斯文扫地的一段痛史吧！

其实何止是孔继涑、孔继汾、孔尚任，就是贵为第七十七代衍圣公的孔德成，一生多磨，也不乏悲剧意味。他是第七十六代衍圣公孔令贻的哲嗣。1919 年，孔令贻病逝于北京太仆寺街衍圣公府后，孔德成才出生，是遗腹子。孤儿寡母，面对承袭衍圣公爵位不乏波折。当要临产时，北洋政府竟派兵团团围住孔府，号称是为防止偷换婴儿。所幸百日之后奉当时大总统徐世昌明令，按清代惯例承袭了衍圣公的爵位。但 17 天后，生母王氏因产褥风病逝。王氏是衍圣公孔令贻原配陶氏的丫鬟，一生挨打受骂，从未享受过风光。孔德成 13 岁时，嫡母陶氏逝世，在与衍圣公孔令贻合葬时，好心的本家提议：王氏生单传衍圣公有功，应该三人合葬。少年孔德成与二姐当即下跪痛哭，千年孔府从未有妾能与衍圣公合葬，这是破天荒头一次。

据二姐孔德懋《孔府内宅轶事》说，孔德成虽贵为衍圣公，但内心是很孤寂悲凄的，从未见过亲生父亲，生母早逝，尤其二姐出嫁，他给自己起了表字"子存"，可见他的伶仃心绪。

1935 年，他的封号改为"大成至圣先师奉祀官"，享受国民政府特任官待遇。他专程到南京宣誓就职，蒋介石等参加了宣誓仪式。这时他仅 15 岁，但已知书达理，在大节上亦很有主见。1935 年，日本方面邀请孔德成先生赴日，参加日本孔庙落成盛典。鉴于国耻及日本方面居心叵测，孔德成先生予以拒绝。其后，日本又派人到曲阜设宴相邀，他又以病推辞。1937年七七事变后，日寇烽焰逼近曲阜，孔德成先生不愿在铁蹄下苟且偷安，于半夜携怀孕待产的夫人仓促出走。历代衍圣公均以奉祀祖庙为职守，从孔子以下至孔德成先生已历七十七代。历史上只有第四十八代孙孔端友为避金兵侵凌而随南宋皇帝南迁离府。当时蒋介石特别电令驻军山东曲阜一带的孙桐萱将军妥为保护，并护送出山东。孔德成先生等于半夜秘密出走，待到清晨，孔府数百名仆役知晓后皆放声大哭，因为除第四十八代衍圣公，以下历代衍圣公从未如此凄惶离开过孔府。

孔德成先生辗转出走先至武汉，立即发表了全国瞩目的抗日宣言，明志孔子后裔与全国人民坚决抗日决不妥协。此后他一直住在重庆。1948年赴美国考察文化，归国后旋赴台湾。除任过"考试院长"外，一生教书。从此再也没有回到过故乡和他的出生地孔府，再也没有祭拜过祖宗林庙。只有在二姐访日时见过一面，久久抱头涕下后，孔德成先生为二姐写下一副对联："风雨一杯酒，江山万里心。"那年二姐孔德懋74岁，孔德成先生71岁，都已是年逾古稀的老人了。江山万里，隔阻亲情，是令人凄绝骨肉暌违的悲剧。

孔德成先生是单传，上有姐孔德齐、孔德懋，均为孔令贻姜王氏所生。大姐孔德齐嫁清末探花、书法家冯恕之子；二姐孔德懋嫁清末翰林、历史学家、清史馆馆长柯劭忞之子。大姐德齐因琴瑟不和忧郁早逝；二姐德懋女士是终身制全国政协委员，著有《孔府内宅轶事》。2021年11月逝世，享年105岁。孔德成先生17岁时娶清咸丰年间状元孙家鼐孙女孙琪芳为妻，生有一子一女。2008年逝世。

孔继涑、孔继汾是孔子第七十代孙，孔尚任是六十四代孙，孔德成是第七十七代孙。他们的辈分由中间的那个字即可看出。据孔府有关典籍记载：孔子后裔的排行是根据顺治、乾隆皇帝的"圣旨"定下来的。乾隆九年（1744）二月十七日，乾隆下旨赐给孔府30个字作为行辈。这30字是:"希言公彦承,宏闻贞尚衍;兴毓传继广,昭宪庆繁祥,令德维垂佑,钦绍念显扬"。这30字一直贴在曲阜孔府的诗礼堂上。1920年,第七十六代衍圣公孔令贻又续了二十字:"建道敦安定,懋修肇益常,裕文焕景瑞,永锡世绪昌"。并报呈当时的北洋政府内务部批准咨行各省县。有趣的是,除孔子后裔外,颜回、孟子、曾子的后裔也一律依此排行。所以,只要看到这四大"圣裔"的后代名字中间的字,就可以知道他们的辈分了。

湘军名将话鲍超

　　站在奉节搬移过来的依斗门下，眺望一天云影、万里江波，不禁咏出杜甫《秋兴八首》中的名句："夔府孤城落日斜，每依北斗望京华。"依斗门应是以杜甫诗意所取名。这是原来奉节县城的大南门，是因为"每依北斗"有若干版本多为"南斗"。2010年，因大坝蓄水至175米，古老的奉节搬迁至新城，一些古建筑也迁移至耀奎塔下集中，如古城墙、永安宫、鲍公石室等，老城门则依杜甫诗意取名"依斗门"、"开济门"（"两朝开济老臣心"），这样的取名避免了"南""北"之考证，很有智慧。

　　奉节是极有诗意的古名城，李白的《早发白帝城》，"惊天地而泣鬼神"，是中国人脍炙人口的神来之笔。诗圣杜甫在这里留下的诗句更多，他在夔州居近两载，《登高》《秋兴八首》等名篇皆吟出于此，据统计共于此赋诗462首，占《杜工部集》诗总量约三分之一！诗声缭绕，与江波千古唱和，真是奉节的骄傲。刘禹锡曾任夔州刺史，写下无可比拟的绝唱《竹枝词》，"闻郎江上踏歌声"，夔州乡间踏歌，因一诗而流传天地之间。还可以举出若干群星灿烂般的诗篇，如唐代名诗人李涉也写过吟咏三峡风光的《竹枝词》，"两岸猿啼烟满山""绿潭红树影参差""白云斜掩碧芙蓉"，但不知是否为奉节写照？若是，奉节真是也有摇曳多姿的妩媚诗意之美。说奉节是"诗城"，当之无愧。

　　奉节，其实不仅诗吟不绝，诗意盎然，也出名将。诗与名将出夔州，闻名遐迩，史载口传。

　　清代湘军名将鲍超，因战功被赐封一等子爵、云骑尉。鲍超即是奉节人，《清史稿》有他很详细的传。现夔州博物馆一侧仍存其故居鲍公馆、石屋。参观毕博物馆，独入故居，空寂无人，实物极少，四壁张挂对昔日故居主人的文字说明，对由一个行伍出身的士卒擢升为高级将领不无了解。

鲍超，在湘军中是一个异数，他是四川人，而湘军自曾国藩以下的高级将领，除满洲将领塔齐布、多隆阿，皆为湖南人，唯有鲍超例外。而湘军将领一个最显著的特色即基本上是进士、举人出身，唯有鲍超大字不识。野史载他有一次被重兵围困，向曾国藩求援，嫌幕僚行文缓慢，夺笔写一"鲍"字，外画几个圆圈，内点若干小黑点，疾速送走，曾国藩、胡林翼见此信马上遣军救援。一个没有文化的出身农家的士兵，迭经百战，从血泊里伤痕累累，创建了几乎所向披靡的"霆军"（鲍超字春霆，湖军习惯用主将名字中一字命名所带部队），因积战功升到那个年代汉人所能获得的最高军职：从一品提督到赐以爵位，是极不易的！清代武官品秩共十八级，他从军16年，完全凭战功快速晋级。他入曾国藩水师时不过是个小小的哨长，但竟然"每以单舸"去冲击对方船队，"积功擢守备"，"赐花翎"，守备是清代正五品武职，得此已属破格，赏顶戴花翎更是极高荣誉！逢战必冒矢炮，而屡战必升迁，一直升到提督品级到头，爵位、云骑尉世职、双眼花翎、黄马褂、巴图鲁称号等，交替而来。16年的驰骋杀伐，大小500余仗，身负轻重伤百余次，《霆军纪略》叙他以少胜多、以身死战的战例甚多，这里亦不赘述。《清史稿》评他"治军信赏必罚，不事苛细，得士卒死力。进战，疾如风雨"，而且不杀降，"以此服其威信"，这与湘军曾李之辈惯杀降者形成鲜明的反差。但也正是他文化贫乏，也不能如曾、胡、左等人在官场上继续升迁，转为封疆文职大吏。

想当年，一个17岁的农村贫苦子弟，靠捡煤炭、打短工艰辛谋生。"少年心事当拏云"，他从故乡奉节安坪藕塘投军，不纯是为摆脱贫穷去当兵吃粮，是听说书人讲名将岳飞、郭子仪故事，而立下抱负。

他的戎马生涯都是与太平军、捻军作战，同时代的冯承泽写过
《题鲍忠壮画像》一诗，"忠壮"是鲍超逝后清朝赐他的谥号，诗中不
无讥讽："麒麟画像貂蝉宠，都自尸山血海来。"鲍超最大的遗憾是未
能与法寇决战青史留名，若战之，无论生死，必与冯子材一样成为民
族英雄。

他以病归里，当然还有与后起淮军的排挤有关。外患频频，朝廷
仍然想起用他，曾召他进京，因病未康复，"放归"。崇厚与沙俄签辱
国之约，朝廷不允，沙俄以武力威胁。时在家乡的鲍超力主抗击，数
上奏折，全面分析军备、粮饷、用将等战略态势。光绪六年（1880），
起用他为湖南提督，招募兵员防备沙俄进犯。后被朝廷解散，他甚为
惋惜失去与外寇作战机会。两年后再次"以病请解职"。光绪十一年
（1885），中法战争爆发，鲍超奋然应诏命率军驻防云南马白关外，期
与法寇决战。但清廷打了胜仗竟然还签订和议，他愤慨壮志未遂，关
下旌旗挥不得，唯有叹息"和局不可恃，战备不可疏"，再次解甲回到
家乡，次年即逝世，享年58岁，真是"人间不许驻白头"。

"将军百战死，壮士十年归。"与他比肩的悍将如张国樑、江忠
源、罗泽南、李续宾、塔齐布等皆殒命沙场。鲍超最终幸运还乡，他
征战16年，只有父母逝世时报丁忧各回故乡两个月。除应召防俄、抗
法出桑梓，他在家乡共17年，留下不少传说和故事，虽然不像曾国
藩、胡林翼留下治兵语录之类的军事著作，却为家乡做过不少好事。
当年在戎旅中，因他无文化，奏折文牍假手他人，常常词不达意，也
延误军机。故此曾国藩曾批评他"公牍不甚详明"，"军中无明白公事
之文员"。从内心里，鲍超还是向往读书的，比如他回家乡后，倡导文
事，捐资给夔州府和奉节县文武学额共18名。由此可见，鲍超虽无文
化，但确是懂得读书的重要性。同治九年（1870），长江发洪水，夔州
基本被淹，他率军民救灾，不仅"弹压"治安，捐资赈济，还"身率
随身兵弁，亲操畚锸"（《奉节县志》）。他为家乡做的善事，父老们是

口碑流传的。

可惜他不像清末有名的张曜，在夫人督促下从目不识丁刻苦自学，最后成为封疆大吏。也可惜鲍超不像其他湘军将帅曾国藩、左宗棠、杨昌濬、彭玉麟等擅书能诗，否则诗意千年的奉节，又会多一位剑气沛然的诗人。

刘鹗因赈济得祸

刘鹗由于写了《老残游记》，名播海内。清末民初之老北京，均知悉刘鹗因"擅散太仓粟"的"汉奸"之罪被流放新疆的大案。其实，这是冤屈了刘鹗。话还要从他在北京之行事谈起。

刘鹗是位颇有爱国忧民之心的有识之士，思想属维新党。他在北京总理衙门供职，与大名士罗振玉是至交，还是联姻亲家。1896 年因感慨时事，写了一篇《春郊即目》："可怜春色满皇州，季子当年上国游。青鸟不传丹凤诏，黄金空敝黑貂裘。垂杨匝地闻嘶马，芳草连天独上楼。寂寞江山何处是，停云流水两悠悠。"这首诗当时颇引起一些维新派人士的传诵和共鸣。此诗传到上海，立即引起办《时务报》的年仅 20 岁的梁启超的感动，曾赋诗奉和。

刘鹗是如何被诬陷为"擅散太仓粟"？八国联军 1900 年攻占北京，烧杀淫掠之后，一时饿殍遍地。此时刘鹗正在南方，闻此毅然冒死进京，筹划救灾扶厄。他曾写信给北京难民救济会云："今年北省大难……解囊不可稍缓。譬大舟触礁而沉，舟人登陆者半，沉溺者半，则登陆者不当尽拯救沉溺之人乎？譬如通衢起火，已焚其半，余不焚者，不当群起灌救被难之家乎？今日之事，何以异此？弟寒士也，摒挡一切，愿凑捐银五千两，又筹借垫款银七千两，共一万二千两……专作救济北京之用。"当时很多人看到此信，均被此义举感动得"泪下涔涔"。当时太仓被俄国军队所占领，由于外人不食大米，他即设法将米低价买来，全部赈济了灾民。自己由此也背下一身债务，生活颇为拮据。不久即逢除夕，困苦之际写下了一首《除夕》诗："北风吹地裂，萧瑟送残年。仆告无储米，人来索贳钱。饥鸟啼暮雪，孤雁破寒烟。念我尚如此，群生更可怜。"其慨念苍生之情，大有老杜之遗风。不料数年后，权臣端方为报争执古玩的宿仇，遂撺掇袁世凯以"汉奸""擅散太仓粟"罪将其流放新疆，次年即死于脑出血。

除此之外，刘鹗在北京还做了一件于后人极有意义的事情。刘鹗爱收藏古玩，书画碑帖、钟鼎彝器、晋砖汉瓦、帛布印章等皆在搜罗之列。当时河南汤阴出土很多商代铜器和龟板牛骨，当地人均将牛骨烧灰施肥，龟板则售与药商。北京一收藏家王文敏发现龟板上刻有甲骨文，立即全部购收。王死后，其后人为清债务，遂将全部龟板卖给刘鹗。刘鹗得知出处后，立即派人至各地重金搜购达 5000 片之多。后来整理出版了《铁云藏龟》，这是我国第一部有关甲骨文的著述。刘鹗在北京还有一间七重房屋，摆满了他搜集的历代佛像，铜、铁、石、木，各色俱全，有 5000 件之多，可惜后来焚毁于大火，不复流传矣。

刘鹗的《老残游记》，现在流行的本子据说并非全豹，但续集未曾出现即已散落，这是很可惜的事。《老残游记》里的"老残"有刘鹗的影子，已散落的续集中不知刘鹗是否把他在北京的遭遇作为素材写进去，令人无法揣测。但我想，他一定会利用这些素材的，因为这更佐证了他在《老残游记》中发出的沉痛之言：当官的顶子都是用老百姓的血染成的！

很多人不知道，刘鹗不仅是文学家、诗人、收藏鉴赏家，还是医药学家。其实历史上有很多文学巨匠擅医药之学，如杜甫、苏东坡、关汉卿、吴承恩、李汝珍、杨升庵、傅山、曹雪芹等皆通晓医学，有的竟还是妙手回春的高手。刘鹗应算是其中的一位佼佼者。

熟悉文学史者只知道刘鹗写了《老残游记》，却很少有人知道他还是一个博学多才之士。他不仅擅长诗文书画，又精通史、地、经、算、医、兵法等门类，著有《治河七说》《历代黄迁图考》《勾股天元草》《弧三角术》《铁云藏龟》《铁云藏陶》《抱残守缺斋藏器目》《铁云诗存》等，特别是在医学方面，他不但有《要药分剂补正》《人命安和集》等医药著作，而且还曾亲自悬壶行医，《刘鹗年谱》曾记载他在光绪十一年（1885）行医于扬州，当时年仅29岁。这足可证他天资聪慧，医道颇精。

他在《老残游记》第一回中，曾提到老残（即他自己）"摇个串铃，替人治病，奔走江湖二十年"。第三回又写曾用"加味甘桔汤"治好一个喉蛾患者，当时患者已滴水不饮，又被庸医误诊，病情颇为严重。老残认为这是"火不得发，兼之平常肝气易动，抑郁而成"，遂用甘草、苦桔梗、牛蒡子、荆芥、防风、薄荷、辛夷、飞滑石八味药并以鲜荷梗为引，药名为"加味甘桔汤"，病人服药三四天后即痊愈，复好如初，这顿使老残声名大震，在当地有杏林春满之盛况，由此可见刘鹗医术之高。

刘鹗晚年因受权贵诬陷，被流放新疆充军，他看到边塞缺医，并感慨于死之病者十之一二，死于医者十之八九，便立志著书造福后人。他研究了《内经》《伤寒金匮》《千金方》《医宗金鉴》等古代医药学名著，悉心分析外感、内伤、补药失当等现象，开始写作《灵台伤感集》（后来更名为《人命安和集》），他原计划写八卷，但只完成两卷，便不幸因脑出血卒于新疆迪化（今乌鲁木齐），时年52岁。在已完成的两卷医书中，不但开列施治和药方，而且标明病理，是一部颇为实用的医书。惜乎天不佑才，命途多舛，令人扼腕长叹。

铸钟厂和"钟杨家"

老北京有这么一句口头禅:"东单、西四、鼓楼前。"意为此三地均为城内著名的商家稠密、市面繁华的地区。凡是到过这三个地方的老北京人,对那软红十丈、热闹繁华的景象,都是不会忘却的。因我家曾居鼓楼附近小石桥胡同、前马厂胡同,所以在少年直到青年时对鼓楼前后非常熟悉。明清一些诗人的诗作,常常将钟鼓楼与什刹海相提并论,所以"暮鼓晨钟"也颇值得玩味。民国初年鼓楼曾改名为"明耻楼",民国十年(1921)前在里面布置了一些图片、模型等,以揭露八国联军抢劫北京的惨况,并售票参观,借以警醒民众。

鼓楼附近的烟袋斜街,至今仍然保留着老北京风味,例如那里的澡堂子,一直还保留坐式搓澡。往西也颇多古迹庙宇,如铁狮子胡同的那对铁狮,辛亥革命后即由当时京兆尹移到鼓楼保存,摆在鼓楼下正门两侧。麒麟碑胡同那块汉白玉石碑,清末民初出土后,也移存到鼓楼。从鼓楼往西有条影壁胡同,存元代铁影壁一座,辛亥后移到北海公园。钟楼后酒醋局胡同,原为皇家宫廷内府机构,高房栉比,可想见当年之况。由鼓楼西大街或由旧鼓楼大街,都可拐进铸钟厂胡同(现名"铸钟胡同"),比邻就是前马厂胡同,进胡同可望见一大片青砖大瓦房,一直占据到后马厂胡同,前门在前马厂,后门在后马厂,当年里面有戏楼、花园、亭榭等,这就是当地赫赫有名的"钟杨家"。据老辈人传说杨家几代为皇家商贾,专营制钟。据传说杨家祖先为一铸钟匠,一次皇帝下令为钟楼制一口大钟,限期完成。杨氏屡次铸钟未成，马上就要遭受惩罚，杨氏的女儿见此遂在开炉时跳入铜水，结果巨钟铸成，这口铜钟一直悬在钟楼上，亦是明代遗物。替换下的铁钟据说是因其音响效果不好。与前马厂胡同相对的豆腐池胡同，立有一座金炉娘娘庙，庙宇很小，门外有石砌影壁墙。据说此乃杨家所立，因为杨家女殉死铸钟，杨家受到朝廷封赏，永远执掌铸钟事务，故此立庙纪念。后来成为铸钟厂的炉神，铸钟前开炉必先祭祀。元代和明代时，铸钟厂即为官方铸钟机构，称"华严钟厂"。著名的"永乐大钟"即在此制作。明、清至民国，一直称为"铸钟厂胡同"。1960年胡同名去掉"厂"字。当年铸钟厂就设在今天的铸钟胡同，进此胡同就可望见一座大坑，据云乃铸钟之地。但是据当地老人讲：铸钟胡同旁边有大黑虎、小黑虎两条胡同，因"虎"与"钟杨家"的"杨"（羊）相克，故"钟杨家"在这两条胡同前挖了两个苇坑以辟邪，现在这两个苇坑已没有了，均盖起了平房。但由于地势低，下雨时积水甚多。

由于杨家铸钟代代相传，并为此地首富，故而当地人都呼其为"钟杨家"。但我后来查过史料，钟杨家其实并非铸钟匠世家，钟杨家是内务府汉军镶黄旗人，汉姓杨。至钟祥（字云亭）考上进士，累官至山东按察使、浙江布政使、山东巡抚、闽浙总督、库伦办事大臣、河道总督等职。几代既富且贵，"庐舍连云，几遍前后两街，四乡田地尤广，存终年取不尽之租"，"前后两街"即指前马厂、后马厂两条胡同。我家所住宅舍当年也是钟杨家宅邸，据说乃管家人等所住，今天格局仍在，但已面目全非，成了北京人所称"大杂院儿"了。赵书先生曾回忆："少年时住在西城旧鼓楼大街前马厂胡同，这里满族人更多，除钟杨家外，更没什么四合院。"（《旗下絮语》，北京出版社2009年8月版，第290页）赵书先生是正白旗伊尔根觉罗氏，后移居外火器营，他的回忆是很准确的。

　　"钟杨"者乃内务府汉军旗人姓氏称谓，"钟"并非铸钟之"钟"。地安门东雨儿胡同的"文董家"，也是内务府世家，汉军正黄旗人，家族中出过有名的投海自尽的圆明园总管大臣文丰。这家也是汉姓董。后马厂再往北是小石桥胡同。一片阁舍花园，曾是清末太监总管小德张宅邸，后归邮传部尚书盛宣怀，今已辟为竹园宾馆。"钟杨家"女儿20世纪40年代嫁与法国人，她的儿子鲍先生及儿媳20世纪70年代与我曾为同事。80年代移居法国。现在想问"钟杨家"轶事，远隔万里不易矣。2015年初，鲍先生来京寻访故宅，与我一聚。谈及"钟杨家"旧事，真是恍如隔世。据他所访，老宅中戏台、佛楼等仍在。"钟杨家"后裔长辈有任政协委员者，在20世纪50年代，将这片有上千间房的河道总督府捐给国家，成为对外贸易干部学校及宿舍。

　　听老人谈钟杨家旧事，给我印象最深的是他家的蛋炒饭，用玉泉山下京西稻，用鸡蛋清浸过，放在玻璃上晾干，再炒制。其味如何不得而知，但这工序不是寻常人家所能制作。据说是仿清宫御膳而来，由此也可见内务府旗人的奢侈与气派。相比蛋炒饭，在钟杨家看来这简直算不得奢侈。赵珩先生曾回忆过"钟杨家"借"卖富办丧事"的"豪举"："民国时期中，北城有一富户叫'钟杨家'，祖上是内府旗人，非常有钱，后辈杨云五是一纨绔子弟。这杨云五给他一个特别钟爱的姨太太办丧事，就是极尽铺张。人家烧冥币、烧纸活，他却烧真的法币，成捆成捆地烧，十几万法币就那么烧了，还从瑞蚨祥买了各色成衣来烧，包括陪送的木器家具等，就是在当时也引为笑谈。后来他的儿子杨厚安一代穷得生活无着，孙女杨慧敏还在我家做过帮工，曾几何时，家道败落如此。"（《百年旧痕：赵珩谈北京》，生活·读书·新知三联书店2016年2月版，第176页）"君子之泽，五世而斩"，这也是富贵豪门的一个必然结局。原来前马厂胡同里有很多老人是"钟杨家"的厨师、车夫、跟班、奶妈等，我的一位中学同学的奶奶就是

"钟杨家"的奶妈，而且是世代在"钟杨家"做这个行当。当然，这些老人大多数已不在人世了。

清代内务府是一个特殊的为皇家服务的机构，职能包括财政、商业、榷关、呈贡、修建、制造、采买等，并且垄断织造、盐政、粤海监督、崇文门监督等命脉，在清代经济、商业占有重要位置，是一个大题目，此文不赘述了。

盘马弯弓话骑射

骑射是清代尤其是道光朝以前最受重视和最普遍的一种军事训练项目，"骑"指骑马，"射"指射箭。不少典籍均有记载，读过《红楼梦》的人，大概还记得第七十五回说到贾宝玉等人练习"习射"，一向迂腐的贾政也称赞道："这才是正理，文既误了，武也当习，况在武荫之属。"书中说到的"习射"便是骑射。所谓骑射即在策马疾驰中飞箭中的。这是女真人长年狩猎生涯的特技。努尔哈赤建立后金时，鄂温克、鄂伦春、赫哲人融入后金，受到努尔哈赤的特别喜爱。因为他们都善射，尤其赫哲人最擅此技，专设箭队，用小弩射紫貂眼睛，是因紫貂皮珍稀贵重，射眼而保护皮毛完整。因而努尔哈赤提倡女真人向赫哲人等学习射箭绝技。八旗士卒保持骑射传统，不但使之具有高超的武艺，又具备矫健强悍的体魄。后金入主中原和夺取全国政权，当得力于此。

女真人入关建立清王朝后，更加重视骑射。据《清太宗实录》载，入关前清太宗皇太极就根据金世宗完颜雍提倡的"衣服语言，悉遵旧制，时时练习骑射，以备武功"之法，归结为"国语骑射"，并拒绝朝臣效法汉人服饰的建议，坚决主张保持骑射制度。入关后，清王朝更做出详细规定。规定武举要试骑射，八旗官兵的考核科目第一重要的也是骑射。甚至规定八旗不能参加科举也是因为"八旗以骑射为本"（《清史稿·选举志三》）。不仅皇帝本人和满洲八旗官兵要能驰马骑射，蒙古八旗、汉军八旗官兵也要掌握这项技能，而且扩大到所有八旗成员和子弟，包括国子监和官学学生。清代宗人府左、右翼宗学和八旗觉罗学皆设"骑射教习"职务，并规定自幼练习，所以《红楼梦》第二十六回贾兰说"这会子不念书，闲着做什么？所以演习演习骑射"，是非常真实的描述。包括皇子也要自6岁起练习骑射，《听雨丛谈》记"每日皇子于卯初入学，未正二刻散学，散学后习步射。在圆明园，五日一习马射，寒暑无间"。除步、骑射外，还要练习竹板弓。清代制度规定：亲王、贝勒以下，年满60岁，才可免去骑射练习和考试。从朝廷的考核标准来看是极为严格的，《旗军志》载：朝廷"命兵部尚书于春二月，角射而赏罚之。前期，都统、副都统率其属及部卒，习射于国郊。日一往。数日，兵部尚书监视，而第其上下：一卒步射十矢，马射五矢，步射中的七，马射中的三，为上等，赏以弓一矢十，白金、布帛各七。步射中五，马射中二，为中等。赏白金、布帛各五，无弓矢。步射中三，马射中一，为下等，无所赏。马步射或一不中，或两俱不中，则笞之。一佐领受笞之卒过十人，则佐领有不善教练之罚，至夺俸。一旗满六百人则都统、副都统之罚亦如之。护军、先锋营阅射亦如马军之制"。《续文献通考》卷八十八载武举选考也同样要"照例考试马箭"。可见清代对骑射的重视。

清代鼎盛时期的几位皇帝都极为重视骑射，其中最身体力行者当数乾隆。《乾隆御制诗五集》卷廿五中有他作的《骑诗》，在注中又提到他12岁即陪康熙"临门骑射，每因射中，荷蒙天语褒嘉"。他年年举行围猎骑射，亲自倡导，80岁时还亲临木兰打围。据《清朝野史大观》载，他每年夏季接见武官之后，即率百官至宫门外较射。如官员较射三箭不中，立予斥责。乾隆秋岁出塞也要较射，每次三矢三中，从无虚发。乾隆十四年（1749）十月，他于南苑大西门外连射九矢，竟无虚发而九矢中的，可见其射术之高。乾隆骑射的确高强，每次武官晋见，他会与之在宫门外比试射箭。射九箭，起码中靶六七箭。乾隆去承德围猎，还曾一箭射中双鹿，特命画师绘图记之。附带说明，乾隆所用是26个"劲"的弓，一个"劲"约等于今计量单位的4.5千克，一般武官多用 5 个劲的弓，能用 10 个劲即是出类拔萃了。可见乾隆拉功堪称"神力"。乾隆年间英国来使节马戛尔尼曾亲眼所见乾隆表骑射，六箭皆中，而乾隆年龄时已 82 了。他认为：本朝以弧矢得天下，岂可忘本？所以，为了保持满洲武士的尚武传统，不仅他自己身体力行，也制定各种规章落实，并特别强调八旗子弟 10 岁左右就要学习骑射。

旗人男孩降生要在大门上悬弓箭，预示将来有弓马前程。弓箭是旗人幼童的游戏玩具，以柳木为弓，荆蒿为矢，鸟类为羽。孩子们携自制小箭，每人出两枝竖立一堆，距三十步远，依次射中得箭，此即为"弧矢之利，童而习之"。至十几岁时，小孩已经善于骑射了。其实满洲人不仅男人擅骑射，一般妻女也能骑射。

清朝选定皇位继承人，其中一个重要条件就是必须擅于骑射。清代有个很有名的与立储有关的掌故。道光帝在皇四子奕詝和皇六子奕䜣之间，一直犹豫不决谁继承皇位，他几次测试两个儿子，最后一次是木兰秋狩比试骑射。奕詝自知骑射比不过弟弟，恐慌之下请教老师杜受田，杜密示其"藏拙示仁"之策。待比试之日，奕䜣驰马弯弓奋力射杀了不少走兽，而哥哥却持弓不射，道光询之，答："时方春和，鸟兽孕育，不忍伤生以干天和，且不欲以弓马一日之长与诸弟竞争也。"这番话引得道光大悦赞叹："此真帝者之言！"始密诏立储，奕詝成为后来的咸丰皇帝。其实，咸丰不仅骑射不如后来被封为恭亲王的弟弟，资质也远逊之。这是有关骑射的趣事，不仅野史如《清朝野史大观》收录，清代正史也是有记载的。

自清初以来，从康熙帝至道光帝都要巡幸塞外行围，这就是所谓"非以从禽，实以习武"的"讲武之典"，目的在于提倡骑射以"肄武绥藩"，这就是历史上有名的"木兰行围"（木兰是满语"哨鹿"之意）。地点在承德以北，一年一度，自康熙二十年（1681）至道光元年（1821），约 140 余年而从未间断。道光是清代最后一位重视骑射的皇帝，他曾画过习射像，并在画像上题诗云："几闲弧矢每操持，家法勤修志莫移"，看来他将骑射已视为"家法"，并勤于练习。乾隆五十六年（1791）秋木兰秋狝，道光那时年仅 10 岁，随众皇孙同往。在张家湾行宫，高宗率众射猎，旻宁挽小弓连发三矢，两箭射中奔鹿。乾隆大喜，下马抚其头顶道：果能再连中三矢，赏赐你黄马褂。旻宁再射又三箭皆中。乾隆大悦喜赋诗一首，末句说"所喜争先早二龄"，是说自己 12 岁时随祖父康熙木兰秋狝打到一头熊，而孙儿旻宁早自己两岁获鹿，真是令人高兴。由此可见道光自幼起射箭就已有功底。以后骑射之习则开始逐渐没落，同治年间曾于北京南苑进行过一次行围骑射，参阅的八旗成员竟然预先买好野鸡野兔之类，交差时则"临时插矢献之"。其实，骑射随着清朝入关，就已经开始"废弛"了。顺治年初，八旗官兵尚能每月训练骑射五六次，但到康熙末年，外省驻防将军都懒于骑马，"出行则皆乘舆"，这是严重违反满人不准坐轿制度的。征讨三藩时，旗兵生疏骑射，竟"一人受伤，数十人扶回"，英武善战之气全无踪影。乾隆十一年（1746），乾隆亲临校场检阅旗营骑射，看到的竟是"弓马软弱，步射生疏，撒放亦不干净，箭发无准，甚致擦地"。

　　乾隆十七年（1752）六月，乾隆至承德木兰围场秋狝，令御前大臣、侍卫试射，居然"并无中三箭之人"，虽仅一人中三箭，但"全无仪容准则"，乾隆震怒，痛斥"总由平日好逸偷安，未经演练所致，日久废弛，必至渐弃满洲旧业"。一月之后，乾隆立《训守冠服骑射碑》，再次传谕重申："嗣后武职内，凡升转承袭各官引见者，除例应射箭无庸置议外，其不应射箭之印务章京及侍班官员，亦皆令射箭。"针对懒于骑射的满洲王公大臣，"凡有射不中法者，立加斥责，或命为羽林诸贱役以辱之"。应封宗室及近支宗室 10 岁以上者，必须考"国语骑射"，"其劣者，停其应封之爵以耻之"。即便如此严厉规定，仍然阻挡不住骑射没落的势头，乾隆四十年（1775），乾隆帝考阅京旗大臣举荐将领，发现这些举荐的"优异"将领，竟然"步箭甚属不堪"，"所射非不至布靶，即擦地而去，甚至有任意放箭几至伤人者"。乾隆再心有不甘"祖宗家法"如此坠落，也是"无可奈何花落去"，挽救不了骑射"日薄西山，气息奄奄"的命运。至道光四年（1824），下谕停木兰秋狝，骑射也基本失去了它的历史作用。

到清末，八旗士兵迫于生计，无心习武，已不识弓箭为何物了。八旗凡遇到校阅则干脆雇人冒名顶替。逢到战事，则只能依靠汉人的绿营军队（后来连绿营也腐败了，只能靠曾国藩等汉人训练的民团）。昔日英勇善战，体魄强健的八旗子弟都变成游手好闲之人。而"骑射"这一带有浓厚军事色彩的训练科目，也彻底走完了它的历史进程。

当然，在清末的北京依然可以看见骑射遗风。在清代的北京流行赌博之风，其中旗人也"以射为博"，《红楼梦》中也有描述。但清朝严厉禁赌时，对旗人射箭赌博却不加禁止。射箭后来则演变成了民间游戏。如清人李声振《百戏竹枝词》有一首咏《射鼓》诗云："熊虎为侯此滥觞，连环绣革试穿杨。太平脱剑军鼙息，却忆昆仑狄武襄。"诗前小序道："以皮为的，连环数重，如鼓形，在于命中，儒射也。"还有一种射戏名"引腹受骲"，李声振也有诗咏："画腹为正君莫疑，便便引受了无奇。骲头休倚雕弓劲，礼射原来不主皮。"诗前小序云："健儿戏也。人以骲镞箭射，辄引腹受。了无所损，以示其勇。"这更成为北京流行的一种游戏了。不过，李声振"太平脱剑军鼙息"的诗句，倒成了对清代骑射制度没落的最好讽刺和生动写照。

今天的北京仍然留有不少与骑射有关的遗迹，中南海一侧院中有乾隆皇帝御碑，为乾隆十七年（1752）三月二十日的一道上谕："朕常躬率八旗臣仆行围校猎，时时以国语骑射操演技勇，谆切训诲"，"昭示后代臣庶，咸知满洲旧制，敬谨遵循，学习骑射，娴熟国语，敦崇淳朴，屏去浮华，毋或稍有怠惰"，"冀亿万世共享无疆之庥焉"。今国家图书馆文津分馆内，也存有乾隆十七年（1752）立的《乾隆上谕学习骑射国语碑》，可见乾隆用心良苦。景山公园东门内北侧，有建于明万历二十八年（1600）的射坛，是明清两代皇帝观大臣射箭的地方。

景山北侧的寿皇殿，亲政后的康熙皇帝也曾将此殿作为检阅射箭之处。明代北京城内检阅教习军士的骑射之处不少，如西长安街就曾设锦衣卫专属的"射所"。安定门内国子监西路北，有个箭厂胡同，东与箭厂北巷、箭厂南巷相通。宣统年间称"慈悲胡同"，民国延称。1965年整顿地名，因胡同内历史上曾设过箭厂，故改箭厂胡同。清代国子监学生规定也要练习骑射，此地也是监生们练习骑马射箭之地，曾修建有供监生习武的"射圃"、箭亭，而今均已拆除，早已成为民宅。北京今仍保留若干与骑射有关的地名，今北五环路上有"箭亭桥"，是因当年圆明园护军营每个旗营中皆设箭亭，以供士兵习射之用。今地安门以东有北箭亭胡同，也应是旗营习射之地。东四一带原有个小胡同叫"弓箭大院"，乃是清代制造弓箭之处，冯友兰先生曾于此收集上百支箭，"箭有各种各样的箭头，特别是响箭，制造精致"。冯先生将这些箭及收藏的兵器共数百件在清华园举办过展览，1950年后捐给了历史博物馆（《绝代风流——西南联大生活录》）。

清代紫禁城内三大殿东景运门外，有皇家箭亭，规格很高。所谓箭亭，是面阔五间、进深三间的大殿，前面有大片空场，是清朝皇帝和皇子皇孙练习骑射之地。我原以为箭亭仅为练习骑射之地，后来读了礼亲王昭梿的《癸酉之变》，才知紫禁城内箭亭还曾是临时调动军队出发前的驻屯营地。嘉庆十八年（1813）九月，为讨伐李文成天理教起义军攻占河南滑县，征调火器营精锐1000余人，进入紫禁城箭亭驻扎待命。但不料林文清与李文成呼应，于九月十五日率众从东华门、西华门分头攻进紫禁城。时嘉庆皇帝正在木兰围场回京路上，王公大臣准备去迎接，仓促间一时无人指挥，无兵可调。有人想到驻扎在箭亭的火器营官兵，这才转危为安，在昭梿等王公指挥下以守为攻。幸亏昭梿爱好著述，记录下与箭亭有关的这段掌故。

老年间旗人有若干与骑射习俗有关的谚语，如弓箭师傅数弓码——一五一十，现在也没有人会说了。

称谓·引见·跪奏

现在清代宫廷题材电视剧令人目不暇接，姑且不论插科打诨、歪曲历史的戏说，其剧中的典章制度、住行服饰特别是称谓言谈，也都是随心所欲，大多与历史真实不符。

清代最讲究国法礼仪，官场上的礼度和称谓言谈极有分寸，特别是皇帝或皇太后召见内外大臣，大臣们觐见、奏对，更要遵守礼仪制度。稍不注意就会失仪，最轻者也要罚俸停发工资，重者还会降级、丢掉官职甚至判刑，因为这都有礼仪规章，觐见皇帝也是六部之一礼部的职掌。但现在大量清代题材电视剧包括历史小说中，称谓言谈错误百出。我们常见清代题材电视剧中大臣们觐见皇帝或皇太后，动辄称"万岁"或"太后吉祥""老佛爷吉祥"等，是完全不符合清代礼制的。清代文武官员被皇帝或皇太后召见，应一律跪安，汉大臣必须自称"臣×××恭请皇上圣安"或"臣×××恭请皇太后圣安"，满籍大臣则称"奴才"。皇后、妃嫔、满汉大臣无论当面或背后都称皇帝为"皇上"，只有皇太后或皇太妃称皇帝为"皇帝"。清代历史上只有极少数例外。如宣统年间，据溥仪回忆："太后太妃都叫我皇帝，我的本生父母和祖母也这样称呼我，其他人都叫我皇上"（《我的前半生》，群众出版社 2003 年版，第 58 页）。这不仅因为载沣是监国摄政王，还是溥仪宣统皇帝的本生父，否则是不能称"皇帝"的。

在旗的满人有时称皇帝为"主子"，但不会称"万岁"。"万岁"之类是戏剧舞台上的称呼，大臣的口中是根本不会这样称呼皇帝的。在雍正朝，不要说口头称"万岁"，就是在奏折中出现"万寿无疆""万岁"字样，也会受到痛斥，因为雍正最讨厌这种阿谀奉承的虚文。清中期以后，皇帝的近侍太监、宫女开始称呼在位皇帝为"万岁爷"，对死去的皇帝在"爷"字前加年号，如"康熙爷""乾隆爷"。太监和内务府记录的有关皇帝的档案也标以"万岁爷档"之类。但是，这也是局限于一小部分太监，大臣们是不会这样称呼的。

至于"太后吉祥""老佛爷吉祥"之类的称谓更为荒谬。皇帝、后妃、满汉大臣和大部分内务府官员、太监，无论当面或背地都称"皇太后"。道吉祥是太监圈里流行的见面问候语，皇帝、后妃、大臣们绝不会用下层太监之间的问候语去称呼皇太后。在清代，只有某些内务府低级官员才会与有地位的太监互道吉祥，以示亲近。至于"老佛爷"，这是清末一小部分近侍太监与内务府官员背地称慈禧的代名词，以示受宠和亲近，但当面是绝不敢称呼的（据记载，也有称呼"老祖宗"者）。同治年间是两宫皇太后垂帘听政，大臣们为加以区分，在正式文书中会以尊号加以区分，如钮祜禄氏称"慈安皇太后"、那拉氏称"慈禧皇太后"。"慈安""慈禧"均为尊号中的头两个字，背后会简称"东太后""西太后"，但也不会在当面或背地称呼那拉氏为"老佛爷"，因为这是为礼仪制度所不允许的。对死去的皇太后，大臣们提到时都要称谥号，如那拉氏，则称"孝钦皇太后"。其实，即便太监们背后称"老佛爷"的也是极少数，一般对东、西两太后会简称"东边""西边"，称皇帝为"上边"。"老佛爷"之称其实并不自西太后始，乾隆皇帝因为寿高，当时近侍、太监背后就称他为"老佛爷""老爷子"，但大臣们则不会这样称呼。野史记载：纪晓岚曾在背后称乾隆为"老头子"，恰被乾隆听见，欲加之罪。纪氏机智解释才使乾隆转怒为喜。真实与否姑且不论，但由此可见大臣们在背后对皇帝也是不能随便称呼的。

"老爷子"的称呼一直到清末还存在，如溥仪的乳母就这样称呼他（见《我的前半生》）。

对妃嫔，太监称"主子"。因皇帝的妃嫔不止一位，则在前面冠以封号，如对光绪之妃珍妃称"珍主"，瑜妃称"瑜主"，以示区分。书面行文称"主位"。至于对皇子的称呼，也不像现在影视剧中一律称"阿哥"。在清代对皇子的称呼，不同身份是有区别的，"阿哥"是大臣们对皇子的称谓，内务府官员和太监一律按皇子的排行称"爷"。书面行文则按排行称"皇子"。皇帝之女在未授封公主之前，一律称"格格"。

大臣们与皇帝奏对时提到死去的历朝皇帝，也不会说"康熙爷""乾隆爷"这样的话，这是近侍太监的语言。如嘉庆皇帝与大臣奏对时提到他的父亲乾隆，嘉庆称之为"皇考"，大臣们则必须称乾隆的庙号与谥号"高宗纯皇帝"。清宫档案文书也是如此，皇帝在位时标以年号，死去的皇帝则标以庙号与谥号。

另外，影视剧中常见皇帝称大臣的职务，或大臣对皇帝提及他人时称职务或"大人"，这也不符当时的制度。清代皇帝或皇太后接见大臣，无论地位多高、年龄多大，一律直呼其名。皇帝和大臣们谈话中提到他人，也一律直呼其名。即便贵为亲王，也不称爵位。皇帝或皇太后只有在对他人提及亲王时，才会不直呼其名而称"亲王"。清代只有个别时期才有例外，如顺治年间对摄政王多尔衮，顺治皇帝不呼其名而称"皇叔父""皇父"；宣统年间，醇亲王载沣不仅是监国摄政王，又是宣统皇帝溥仪的本生父，所以溥仪称他为"王爷"。至于同治皇帝的亲叔父恭亲王奕訢是议政王，权力极大，地位尊崇，但也只是免除一定的朝见跪拜礼仪，称谓上仍依规章。另外，清朝特别尊重皇帝的老师，为示优崇，往往会称"先生"而不名。如乾隆帝师朱轼，乾隆皇帝非常敬重他的宿学和品德，为示尊崇，特称"可亭朱先生"（"可亭"是朱轼的别号，古人称对方的号即表示尊敬）。对其他大臣，即使年龄再大，学问再深，再有名望，皇帝也是要直呼其名的。

清代题材影视剧中，还经常有皇帝接见大臣谈话的场景，但无论其形式、地点、服饰乃至谈话方式都不符清代礼仪制度。这就给观众一个错觉，以为清代皇帝接见大臣谈话极其随便。

清代除国家大典朝会，皇帝接见大臣有两种方式：召见俗称"叫起"，引见俗称"递牌子"。清代大臣奏事，分折奏与面奏，大臣可以请求皇帝陛见，皇帝需商议军国大事，就要召见御前大臣、军机大臣、六部九卿等。另外，被任命的够一定品级的文武官员也必须在出任前觐见皇帝，被称为"引见"。

清代除登基等重大庆典在太和殿举行，皇帝临朝议政一般在乾清门，临时设宝座、御案等。但召见和引见官员却不在此。召见多于养心殿东暖阁，引见多于养心殿明殿。其他如承德避暑山庄、圆明园等处，随皇帝巡狩、避暑而定。如影视剧中地点多模拟太和殿召见和引见，则是不符当时习惯的。

召见须由亲王、御前大臣、领衔军机大臣轮流带领大臣们去面见皇帝。引见须先进名单、履历折、绿头签，一人或数人觐见。现在影视剧中或见皇帝与大臣平起平坐，或站立谈话，这在当时是绝不可能的。召见或引见官员，须先由奏事处太监传旨，直呼被召见人其名，并领进屋内，大臣进来必须先跪安，口称"臣×××恭请皇上圣安"，满人则必称"奴才"，起立后走到皇帝所坐木炕前，在预设白毡垫上下跪，皇帝问即答。多人参加召见，只能由领衔者回答，别人不能插话；被召见人也不能相互说话，只有皇帝问到方可回答。不像现在影视剧中给人印象似乎是在开讨论会。召见、引见无论时间多长，官员自始至终必须跪奏，直到皇帝允许"跪安"表示谈话结束，才可起立后退至门口转身退出。清代只有极少数人因身份特殊，可以坐或站与皇帝谈话。如顺治时"皇叔父"摄政王多尔衮免礼节，康熙时顾命大臣鳌拜赐座谈话，同光时议政王恭亲王、监国摄政王醇亲王可站立与皇帝谈话。但也不是永远不变，如恭亲王在同治时以议政王身份可站立谈话，但进门时也要跪安。在光绪时恭亲王只是领班军机大臣，就必须跪奏了。

跪奏时大臣们与皇帝的对话极其简明扼要，不像现在影视剧中长篇大论，喋喋不休。因为说话越啰唆，跪的时间就越长。我们现在看清代档案召见记录，一般皇帝问话较多，大臣回答简而又简，几乎没有废话。跪奏是一件痛苦的事情，所以清代大臣都有一条不成文的规矩："无论奏对何事，必以三语为率，并须简浅明白，不须上皇帝再问。"而且都用厚棉絮做成护膝，以免跪奏时间过长引起疼痛。并且经常练习，以免失仪。清制君前失仪要受处分。清代笔记载：同光时军机大臣王文韶年届 70 岁，仍每日在家练习下跪；贵为直隶总督的李鸿章在慈禧做寿前也每日练习三次下跪。不少大臣常因跪之太久，腰酸膝痛直至病倒。所以跪奏时绝不会长篇大论。

另外，清代题材影视剧中召见场面皇帝与大臣往往光头、便服，这在清代也是绝对不允许的。大臣进见须着常服补褂朝珠，戴红缨官帽。皇帝也是常服袍褂着冠。常服是皇帝在宫中正式场合所穿礼服，用作处理一般政务或召见大臣。官员亦如是，按清制穿错朝服最轻也要罚俸一月，因为这是清代制度所严格规定的，即以天子之尊，亦不能违背。

还有一点必须指出：无论召见或引见，太监、侍卫等均不得在屋内停留。

笔记中的军机处

　　稍有清史常识或观过清代宫廷剧的人，大概都会知道军机处；凡去过故宫游览的人，大概也会到隆宗门内的军机处直房一观（"直"通"值"）。而今，军机处东端开放成展室，展出有关军机处的历史和文物，诸如谕旨、朝珠、帽筒、章京炕几、军机处原貌照片之类，每每引起游人的兴趣。倒退至 20 世纪 80 年代，这里是很红火的食品店。我于己亥初十雪中一游，很有些感慨，但发现西端仍未开放。而南面的军机章京直房则悬着妇婴休息处的牌子，令人有些感慨。军机章京是草拟谕旨文稿的人员，是军机大臣的助手。《清史稿》上说军机处"军国大计，罔不总揽"，"威命所寄，不于内阁而于军机处"，这个当年处理军国大事的枢密重地，如此简陋，与巍峨的紫禁城宫殿真是有云泥之别。

办公与居所

　　据说军机处原貌从未真正向游人开放过：靠墙一半是炕床，余为桌椅，墙上有雍正皇帝御书匾额"一堂和气"，有咸丰皇帝御书匾额"喜报红旌"。与养心殿一墙之隔的军机处，房五楹，称"北屋"。南面的军机章京直房，为五间悬山顶小屋，另有小门空院，道光三十年（1850）军机大臣祁寯藻曾"恐供事等于此传递、透漏消息，奏请将此门封闭"。清人笔记称此处为"南屋"，汉人章京办公在西，满人章京在东。除直房外，还有"军机堂""枢垣""直庐""直舍"等称谓。军机处最早称"军需房"，后改军机房，最后才叫军机处。"庐"字较雅，称"房""舍"则恰如其分。《十朝诗乘》说章京"直舍"最初"仅屋一间有半"，原在军机大臣直房西侧，后来改建于南面。

据《南屋述闻》载：军机处初始仅为临时搭建的板屋，乾隆中期才改建瓦屋。但就这几间瓦房，与故宫殿宇相比，不仅寒酸，也更窄小。试想，军机章京满、汉两班共32人，各分两班轮值，10多个人挤在这里，其窘状可想而知。夜间值班好一些，因规定仅需两人。军机大臣的"北屋"容人尚少，从《清史稿·军机大臣年表》看，历朝军机大臣少则3人，最多超不过10人，一般为5人左右。

说起军机处直房，其实并不仅仅限于故宫隆宗门内，还有所谓"园班""外直庐"等。因为清代皇帝并不总在故宫内理政，据统计，清代268年中，皇帝竟有226年在"三山五园"（主体即香山静宜园、玉泉山静明园、万寿山清漪园即后改名的颐和园，以及畅春园、圆明园）理政。有专家统计（仅以军机处于雍正七年成立后的圆明园为例），雍正平均驻园210余日、嘉庆160余日、道光260余日、咸丰210余日，这还未计至避暑山庄、出巡等天数。因而，军处机的直房随皇帝行止而设，《南屋述闻》记："西苑直房在苑门之北，中海之东岸，背苑墙而面海；圆明园直房在左如意门内，颐和园直房亦在宫门内之左庑，皆视隆宗门内直庐为胜。"此意即说这几处直房办公条件均比隆宗门内佳。西苑直房与宝光门隔岸相对，军机大臣、章京入值均获准乘船代步，冬季湖面结冰，军机大臣坐于拖床上，以人推过湖；也有军机大臣特赏乘坐二人肩舆，沿东岸绕行至朝房，但这种待遇不是所有入值者能享受的。但若按李伯元《南亭笔记》载：颐和园军处机不过破房三间，中设藜床，风透窗纸，刺寒入骨。门外小贩叫卖嘈杂，军机处官员要不时驱散之。在我印象中，自20世纪60年代始，这几间在颐和园东宫门外之南的直房，与故宫直房相同，也是茶肆小吃之地。

皇帝有时也赏赐园邸作为"该班直宿之所"，《南屋述闻》的作者郭则沄当过宣统年间的军机章京，他记载"挂甲屯、冰窖两处皆有章京直庐"。军机大臣直房则在"七峰别墅"。像承德避暑山庄宫门内也有固定的军机处"直房"，在皇帝出巡期间，则设临时直房。若途中休息，会搭起蒙古包毡房，更加简陋，连几案都没有，军机章京们只能"伏地起草"谕旨。巡幸中军机处直房则无固定地点。"有行宫者以宫门左偏之屋"（《春游琐谈》）。章京则在宫门外搭帐篷办公。庚子年慈禧西逃至西安，军机处无处办公，只好设在巡抚衙门东偏厅。

清代部院衙门官员上班是"点卯"制，中午前即散。但军机处上值似乎比部院点卯还要早，王文韶当过军机大臣并留有日记，入值基本是寅初（凌晨3时），个别时间是凌晨2点。散值时间一般为早7点至8点。军机章京则更辛苦，昼夜要轮流值守，称"上班"，早8时至下午3时，晚上值班到凌晨4时。五更上朝会有大量奏折，也要有两个章京值班从凌晨4时至7时，每班2天。老资格的章京称"老班公"，草拟谕旨；新手称"小班公"，每日填写"随手档"（记事簿）。军机处章京们还有自己圈子里的行话，如"值班""上班""下班""廷寄""明发""带下""淹了"等，其中"值班""上班""下班"直到今天还在广泛使用。

皇帝为照顾军机大臣就近值班，有时会赐以园墅，如乾隆年间任过20多年军机大臣的傅恒，即《延禧攻略》中的那位富察皇后的弟弟，深受乾隆宠眷，这位"高富帅"不仅在皇城内景山东侧有宅邸，在圆明园东南更有"春和园"，他去军机处上班真是很便利。和珅就不用说了，在海淀有豪华的园邸"十笏园"，以他的权势，据说他都不用去军机处值班，只在家里处理公务。乾隆年间，和珅任军机大臣，同僚"各不相能"，只有阿桂在军机处直房值班，王杰、董浩在南书房，福隆在造办处，和珅除在家外，"或止内右门直庐，或止隆宗门外近造办处直庐"，"每日召对，联行而入，退即各还所处"，钱沣曾上疏抨击此现象，得到乾隆首肯，谕钱沣入直军机处章京，却引起和珅仇视，但亦无可奈何。

由于皇帝主要在圆明园、颐和园理政，要随时应召承旨的军机大臣们纷纷在海淀镇北置办宅邸，以免路途遥远之苦，故形成一条宅邸鳞次栉比的胡同——军机处胡同。民国以后不乏名人居此，如美国记者斯诺受聘于燕京大学时，曾长期居于军机处胡同 8 号，是个带花园的中西合璧的别墅，应是当年军机处官员的宅邸。而今这条当年车轿络绎冠盖如云的胡同，随着城市的变迁，早已杳无痕迹了。当然，也并非所有军机大臣都能置房，如左宗棠进京任军机大臣，只能在菜市口觅房暂时住（今菜市口胡同 16 号为其故居）。

军机处胡同在道光年间曾发生过一件震惊朝野之事。军机大臣王鼎史载"清操绝俗"，生平不受请托，也不请托于人，极力支持林则徐禁烟，二人为莫逆之交。在道光帝贬谪林则徐时，上疏建议先派林则徐与他一同去抢险黄河决堤。王鼎的本意是若抢险成功，再请道光免谪发配。谁知河堤合龙庆功时，道光仍下旨将林流放新疆。王鼎"愤甚，还朝争之"，并请求陛见，但道光避而不见，还下旨让他"休沐"。王鼎没有在京城西单甘石桥府邸居住，而是直接去圆明园军机处胡同值班邸所，"自草遗疏劾大学士穆彰阿误国"，闭户自缢尸谏。王鼎出身贫寒，为官正直清正，受到道光欣赏和重用，任为军机大臣。薛福成《庸盦笔记》曾记王鼎在道光召见军机大臣时，不仅向道光廷诤用穆彰阿误国，而且当着道光的"龙颜"，义正词严，厉声痛斥穆彰阿，道光也并未震怒。王鼎之死真相，道光可能被蒙蔽。王鼎尸谏遗疏，被穆彰阿亲信、军机章京陈孚恩发现，即向王鼎之子、翰林院庶吉士王沆恐吓，遂调换遗疏，谎称病故。所以道光赐恤的祭文、墓志等均言病死，但一些笔记如陈康祺《郎潜纪闻》、薛福成《庸盦笔记》等，及同时人林则徐、军机大臣祁寯藻的诗文，包括民国时修的《清史稿》，均记载为"尸谏"，应该是还原了王鼎之死真相的。

堂餐与点心

军机大臣、章京值班，吃是一大问题。《重修枢垣记略》记载"军机大臣及章京每日晨直饮食，皆内膳房承应"，《清宫述闻》引《爬直记略》说"枢臣每日皆有堂餐茶烛，悉由内务府支给，五日一给果饵，暑给冰瓜，冬给薪炭"。逢节令，皇帝会赏赐春饼、年糕、元宵、炒面、粽子、月饼、馄饨、腊八粥、奶茶、咸菜等，"其余花果饼饵肴蔬之属，无不随时颁赐"，每年坤宁宫三次赏肉，军机大臣也有份儿。历官嘉、道、咸、同四朝的祁寯藻，位至军机大臣，著有日记体的《枢廷载笔》，颇细致地记载皇帝召见军机大臣时赏赐的食物，有哈密瓜、奶饼、酒、鹿肉、奶卷、豌豆泥、羊肉、鲈鱼及衣料物件，很明显有若干满洲特色食品。光绪年入军机的瞿鸿禨吃素，面对"堂餐"，无下箸处，光绪皇帝得知后，赏饭时特谕必为他开一桌素席。但"枢臣"是指军机大臣，军机章京们大概无此待遇。

何德刚《话梦集》记载："军机处阶前，每晨必烧饼、油炸果数件，备枢臣召见后作为点心，可谓俭啬极矣。"亦即《南亭笔记》中的"军机大臣退朝后，至直庐办事，茶房供点两包"。但即便如此"俭啬"的"点心"，也有人认为是"靡费"。曾任过户部尚书的阎敬铭，一向以节俭著称，连慈禧太后修颐和园伸手要钱，他也敢峻拒。他任军机大臣后，将他认为"靡费"的军机处"点心钱""裁之"。《南亭笔记》载：每天清晨的烧饼、油条没有了，"同列皆枵腹"，阎敬铭"则于袖中出油麻花、僵烧饼自啖，旁若无人"。军机大臣是兼职，阎的原职是户部尚书，所以有权"首裁点心钱"。看来"堂餐茶烛由内务府支给"，钱应该是户部出，所以阎敬铭能做主裁掉。按野史记载，颐和园军机大臣值班时，有人见过荣禄出来买"汤饼"，王文韶亦出购"糖葫芦"，鹿传霖则买"山楂糕"，用以充饥（《南亭笔记》）。以军机大臣之威仪，似不可亲出购食，也许是令"苏拉"（仆役）购买。据说，家中有厨师的军机大臣会吃足夜宵再上晨值，一般军机章京则无此条件，只是夜间值班的章京供应半桌酒席。但章京虽无"堂餐"，按规定享受"点心"待遇，所谓点心是指面饺、馄饨、面条、煮鸡蛋等。单设厨子数人，除负责提供点心，也帮带杂活儿。章京上班由仆人带衣服包裹，但仆人禁入景运门、隆宗门，只能送至方略馆，再由厨子取进。厨子每日领银一两，为章京买点心。章京夜班、早晚两餐则领银四两，但厨子从中克扣赚钱，导致菜肴难咽，章京们忍无可忍，曾发火摔砸碗盘，厨子收敛数日，依然如故，章京们亦无可奈何。尤令人可气的是，厨子不仅贪污饭钱，还偷窃章京钱财。逢大年初一，皇帝会赏章京荷包，内有一小锭银。有一次章京高树得到荷包回军机处，竟被厨子窃走。

点心、餐饭费用还包括供事、仆人。供事是指军机处供事房文字抄录者，也分两班，级别分三等。头、二、三等薪水分别为40两、30两、20两。本来不多，但均八成发放，以做考核之用。若连扣三年则降等级，降到三等则罚没薪水。供事不仅薪水低，吃的也差，只提供烧饼、麻花。仆人只能吃炸酱饼之类。可见军机处官员与差役的等级森严也体现在餐食上。

光绪三十四年（1908）有《军处机经费岁入岁出总表》，一年中计"度支部饭银六千两、内务府参赏银四千五百两、崇文门饭食四百二十四两。外省解款，系各省津贴银七千八百八十两"。可见主要是"饭银""饭食"，估计还有笔墨费用。"崇文门"应指崇文门税关，还有各省津贴，可窥经费主要不是国库开支（《清宫述闻·军机处档》）。

负责大臣堂餐和点心采购的内务府，也是大贪特贪。有人发现，几个钱的点心，内务府采购要翻出几十倍，曾引起军机大臣们的不满，但也奈何不得皇帝御用机构的一家垄断。相比内务府，章京厨子的小角色是小巫见大巫了。

莫看这些简陋不起眼的军机处大臣和章京直房，在清代自军机处成立以来的 180 年中，一直是机密重地，上至王公大臣、部院内外各级官员，均不得擅入，"其帘前窗外、阶下，均不许闲人窥视"（《枢垣记略》），军机大臣、章京也不准携带仆人进入。从嘉庆五年（1800）开始，每日派都察院御史一名，至军机处直房附近的内务府直房监视，随军机大臣上下班。由此可见，军机处直房是门可罗雀、禁绝人迹的。

冠服靴饰标配

清制，外省各级文武官员，逢外出皆有仪仗，可乘轿。在京汉人官员准许可自备骡车，以车灯上剪纸显示身份，除部院是红黑字相间书衙门名称，其他皆以物表示，如南书房、上书房翰林是"书套"，四品京堂官以上为"方胜如意"，而军机章机则是"葫芦"，寓意缄口机密。军机大臣和章京半夜入宫，军机章京夜间值班入宫禁，也由太监提着"葫芦"灯笼引路，灯笼中间还围着一条红纸。在清代，只有军机处官员有此待遇，其他官员都只能摸黑上朝。夜间军机章京值班，宫禁肃肃，灯影绰绰，逢皇帝夜间紧急军情召对，太监传旨，靴声囊囊，也是很令人为之遐想的吧？

军机大臣、军机章京都不是专职，从各部院调来充任，均按原官品级服色，军机大臣的明显标志是绿牙缝靴。起自嘉庆二十一年（1816）特旨赏军机大臣托津、卢荫溥穿用，以后规定"军机大臣俱准穿用"。朝靴是清代官员的标配，样式为鞋鞴高及膝盖，一般为黑库缎鞋面，鞋底约 1 寸厚，用布 32 层，前薄后稍厚，方头，前部微翘，称为"内式"（即内廷款式），多为内联昇制。而绿牙缝朝靴其实还有青缎面、绿皮脸、粉白底规格，规定只能是内大臣、军机大臣、盛京将军准穿，以下品级可穿青缎面、青皮脸、粉白底官靴，但不能使用绿牙缝。由此可见绿牙缝是军机大臣尊贵的象征。这种朝靴做工讲究，内联昇制需费白银数十两（常人春《老北京的穿戴》）。

另外，全红帽罩（红雨衣）按规制只许三品以上大臣、御前侍卫、各省督抚许用，军机章京是不能穿戴的。乾隆雨天时召见大臣，由军机章京引见，"冠缨尽湿，上问其故"，军机大臣于敏中答不合"体制"。这是说军机章京的品级是不准着红雨衣。乾隆说："遇雨暂用何妨。"于乾隆三十五年（1770），下旨准军机章京戴全红帽罩，自此军机章京"冠罩无不全红矣"（《郎潜记闻》）。军机章京品级一般较低，如调充章京的内阁中书、翰林院编修、检讨等基本六品甚至七品。为示恩宠，军机处自雍正年设立即特赏章京可以挂朝珠，乾隆三十七年（1772）又特准章京穿貂褂。按朝廷制度，貂褂三品以上可穿，朝珠五品以上方可挂，故此成为军机章京的殊荣和明显服饰。另外，军机章京值班，因终日书写谕稿，官员们于道光年间特制"军机袄"（军机坎），如马褂，开右襟，袖至肘，可使臂腕灵便用笔（福格《听雨丛谈》）。官员服制，穿错都要受处分，别说自制了。但有清一代军机章京穿"军机袄"，则未见纠劾，可见得到朝廷的默许，也可见军机章京的清贵。除此之外，红车沿也是军机章京经皇帝批准特赏使用。

清代原遵明制，紫禁城内严禁官员骑马乘轿。康熙时始特许个别亲王郡王骑马，乾隆时顾念深夜宫内值班大学士行走不易，也开始特许骑马，包括功臣。年迈者许乘肩舆（二人抬小椅）。嘉庆时，年过70岁或一品以上大臣皆可乘肩舆。至于军机大臣，不论年岁，均可在宫内骑马、乘肩舆，这是军机大臣的殊荣，因为一品以下二、三品大臣，必须60岁以上方可享受此项待遇，还要经吏部每年呈报皇帝恩准方可。但军机大臣包括所有王公大臣骑马乘轿，只能从东华门入至箭亭下马，从西华门入到武英殿北内务府下马，绝不允许从午门进入。军机大臣和珅被赐死，20条大罪中有两条与骑马乘轿路线逾制有关：

"骑马直进圆明园左门，过正大光明殿，至寿山口"（第二条），"乘椅轿入大内，肩舆直入神武门"（第三条）。可见制度森严，绝不能逾越。

逸闻轶事

清人笔记有不少关于军机处的逸闻轶事，比如军机大臣在值班见面时，彼此依关系远近以官衔称呼对方，章京也依照官衔称呼大臣。但大臣们对章京极为客气，一概称呼为"某某老爷"。章京凡拟好谕旨送大臣阅，大臣必站起来接。新入值的章京称老资格的章京为"老前辈"，等等。总之规矩不少，也不再赘述。

军机大臣俸禄很高，衣食无忧。但章京则收入很低，衣食住行往往捉襟见肘。军机章京在宣统朝以前薪俸甚低，宣统朝以后才有所改善。奕劻入军机，才发现章京甚穷，特发每人购衣费，一时章京们皆欢呼雀跃。为何？因为军机处大臣、章京要根据皇帝换季衣着，确定自己着装，否则即是违制，违制最轻是罚俸。章京四季官衣有皮、棉、单、夹、纱之分，皮有貂狐、洋灰鼠、灰鼠、银鼠之分，纱有实地纱、芝麻纱、亮纱之分。冬、夏冠帽十余种，及朝珠、官靴、领带、荷包、扇套、雨衣等饰品。穷章京只能借钱购置。

吕式斌当过宣统朝章京，虽然已较过去提高俸银，实习每月80两，转正120两，做到四品帮领班章京月200两，三品领班章京月300两。每季度每人还可分饭食结余银两，但是仍抵不过日常开销。吕式斌在实习第二个月，购置二手貂褂，花了80两，整一个月薪水。但他穿了去上班，发现所有满汉章京中，"以余（我）之貂褂为最不美"。能买二手货已然很不错了，军机处曾有一位章京实在拮据，用纸糊了朝服上班，当即穿帮，成为笑话。

后来吕式斌发现，掌握军国机密的章京们皆有外快，即各省督抚孝敬的各种"陋规"，但只有资格老、人脉深者才能财源不断，像自己这类新来者基本与"陋规"无缘。而且逢军机大臣寿日、升迁，太监索钱，章京也需孝敬。

当然，军机处也并非一团黑暗，也有正直的章京拒收陋规、拒绝孝敬，如"戊戌六君子"之一的刘光第，被光绪直接擢升四品章京。他家境贫寒，连城外的房子也租不起。去颐和园值班，无钱雇骡车，也无钱买乘马，冬日更无钱添置皮衣。但就是如此"君子固穷"，却坚决不收陋规，值得钦佩。

还有一个值得敬佩的是与刘光第同入军机处的谭嗣同，军机处陋规之一是新入章京要到军机大臣宅中拜谒，方可上班当差。谭嗣同坚决不肯，自认"特旨任命"，直接上班，因而引起众人忌恨，从而刁难。

章京办公的南屋共5间，满、汉章京各2间办公，中间为仆役纸匠，文牍堆陈，狭窄桌少。谭嗣同、林旭等4人上班至汉屋，受嘲讽"我辈系办旧政者"而被拒；入满屋，则云"我辈系满股，君为何搀杂"。

谭、林二人大怒，经军机大臣调解在中屋设桌办公。林旭"意气犹甚"，拟谕旨故意让满领班章京继昌找人缮写，继昌回："例均自缮，无人代书。"林厉喝道："今日非令汝代书不可！"继昌认为"欺人太甚"，找大臣裁示。平心而论，继昌虽有理，但大臣们相顾良久，无一人敢做主。最后还是裕禄和稀泥，劝继昌是"本处老手，公事既熟，书法又好"，林刚上班，只好请替写一次。无奈的继昌只好含恨缮写。上述无非是维新派与守旧派矛盾的借题发挥而已。

像继昌这类满人官员的胆小怕事之态颇为生动。嘉庆年间，军机处还发生过一件令人啼笑皆非之事。嘉庆癸酉年（嘉庆十八年，1813）九月十五日，天理教徒攻入紫禁城，一路直接攻打隆宗门，王公大臣手忙脚乱疲于应付，却有人发现"钮祜禄宗伯（宗伯是周朝对礼部官员的称谓）庆福，修髯垂腹，公服挂珠，正襟坐于军机处阶上"，军机处就在隆宗门内，咫尺之遥，他居然如世外之人。有人怪而问之，他答："今日望日，敢不公服？"望日是十五日，须着公服。危局惶惶之下瞒盱至此，天理教徒进攻目标就是与军机处一墙之隔的养心殿，庆福也是有性命之危的。昭梿在《啸亭杂录》也叹息讥讽他"迂执也若此"！

军机处是处理军国大事的中枢机构，军机章京入选要经过严格考试，人品、能力都必须合格。但到了清末，军机处官员也鱼龙混杂，森严的制度被视为儿戏。张百熙在颐和园被赐看戏，因他不喜喧闹，竟然溜出去到军机处值房闲侃。这是严重违制的，皇帝赐看戏是恩典，绝不能退席。军机处是重地，外官是严禁进入的。章京欧阳旭庵曾带内弟混入西苑军机处值班房游玩，被发现后受到退回原衙门的严厉处分。更有甚者，宣统三年（1911）一位山西籍章京，竟然违反禁令吸食鸦片，马上被革出军机处。官员能进入军机处当章京，与皇帝亲近，经过历练，是升官的捷径，一旦被革职，仕途升迁基本无望。由此可见清代后期的腐败渎职乱象，军机处也受到严重腐蚀，大厦将倾，几无净土。

漕运·漕运总督·黑幕

漕运的历史甚为悠久，秦汉时就已开始实行。何谓"漕"？胡三省注《史记》"漕挽"云："水运曰：漕，陆运曰：挽。"唐代已有专门管理机构——转运使，宋代设发运使。元明清之际，由沿海省份征收米石，沿水路运河直达北京通州，故称"漕粮"。因其重要，故自元代设都漕司二使。明代起设漕运总督官职，专司职掌漕运。清朝入主中原，亦靠漕运。沿明制设漕运总督，并专设"总漕部院衙门"机构。该官品秩为正二品，如兼兵部侍郎或都察院右副都御史衔，则为从一品。乾隆十年（1745）后，都察院不设专员，御史规定由巡抚、河道总督、漕运总督兼衔。

漕运总督权威重，有负责保障漕运的亲辖军队。仿地方总督、巡抚之亲辖部队"督标""抚标"，而称之为"漕标"。《光绪会典》载：漕运总督所亲辖"漕标"共分本标、左、中、右、城守、水师等七营，兵额3400余人。辖制武职官佐，最高者为从二品的副将。并节制鲁、豫、苏、徽、赣、浙、鄂、湘八省漕粮卫、所（因上述八省漕粮归漕运总督管辖，其余省份粮务归地方总督、巡抚）。

漕运总督设衙门，非今人所想象称"总督衙门"，而称"总漕部院衙门"，衙址设于江苏淮安。不受当地巡抚、总督管辖，不受部院节制，直接向皇帝负责，可专折和密折奏事。总督按清代官场规矩，尊称"漕台"。因其领兵，故又尊称为"漕帅"。又因兼兵部侍郎及都察院右副都御史衔，故出行仪仗、官衔灯笼署"总漕部院"。沿海收粮起运、漕船北进、视察调度、弹压运送等，均需总督率官佐"漕标"亲稽。每年漕船北上过津后，循例要入京觐见，向皇帝汇报漕粮运输完成诸事。清代皇帝非常重视漕务，如康熙皇帝，亲政时将"漕运"列为与"三藩""河务"必须解决的三件大事。今人说到道光皇帝，多与鸦片战争相联系。其实道光不仅节俭自律，更是非常勤政，"旰食宵衣，三十年如一日，不敢自暇自逸"。除了惩贪、吏治、清厘盐政等，他在漕运整顿上花费了很大精力。他登基后首先急迫要抓的三件大事：调整中枢、治理河漕、平叛新疆，漕运亦列其二，可见重视。所以对漕运的官员甄选、查核，包括具体事务，并不松懈。他的政绩不仅有治河通漕，还有开通海运输漕，在清代不失为创举。

咸丰年间因战事频仍，咸丰皇帝特令漕运总督节制江北镇、道。咸丰十年（1860）裁撤江南河道总督，其河工调遣、督护及守汛、防险事务，均由漕运总督所属漕标部队兼管，这是漕运总督权威最重之际。漕运总督出过不少名宦，清浊各分。

漕运管理机构对运河漕运生命线的畅通起到了非常重要的作用，所以封建时代对漕运总督人选也颇慎重，皆选能干官员担任，因而漕运总督也出了不少史册留名的人物。以清代为例，名官迭出，甚至衍生野史小说，而为老百姓所津津乐道。如清康熙年间有名的漕运总督施世纶，他的父亲是收复台湾的名将施琅。施世纶受康熙重用，被康熙赞誉为"天下第一清官"。在总督任上十分称职，《清史稿·施世纶传》载其："察运漕积弊，革羡金，劾贪弁，除蠹役，以严明为治。岁督漕船，应限全完，无稍愆误。"清代有名的四大公案小说《包公案》《彭公案》《刘公案》所写《施公案》，其中《施公案》即写施世纶，流行一时。《刘公案》所写则为"刘罗锅"刘墉，他的父亲刘统勋在乾隆年间也署理过漕运总督。刘统勋有才干，多次受命勘疏运河，最后升至军机大臣。刘也是清官，死在上朝路上。乾隆"临其丧，见其俭素，为之恸"，回到宫里见群臣再次流泪："朕失一股肱。"谥"文正"（清朝仅有八人死后谥"文正"），与儿子同朝为官。当然，《施公案》《刘公案》是小说，当不得正史看。

最有名的漕运总督是阮元，清代乾隆、嘉庆年间的名臣，被誉为
"三朝阁老、九省疆臣、一代文宗"，而且于经史、数学、天算、舆地、
金石、校勘、编纂等领域皆有建树。乾隆对阮元十分赞赏，曾慨叹：
"不意朕八旬外复得一人。"（《清史稿·阮元传》）他的学问被"海内学
者奉为山斗"，而且在为官任上一向性格果敢、强硬。近来看到一则消
息，他在两广总督任上的官服在英国伦敦现身拍卖，令人好奇。当过
漕运总督的名臣还有铁保，也是名列清四家的大书法家。字冶亭，号
梅翁、梅庵，正黄旗董鄂氏。不过昭梿的笔记《啸亭杂录》，说铁保并
非女真人，先祖是宋英宗赵曙，后裔在靖康之乱后被金人掳到北方，
后编入女真八旗，初姓觉罗，后迁栋鄂（今辽宁省本溪内），以地名为
姓。祖上皆为武将，他19岁时中举，21岁时会试第十一名，成为进
士。得到大学士阿桂器重，清嘉庆四年（1799）十二月，举荐铁保出
任漕运总督。清代的漕运总督是肥差，不仅每年两万多艘漕船进京运
送钱粮，还有万余条商船，漕船入京可随船携带规定数量之内的"土
宜"（土特产）。任铁保掌漕运，是看重他和其父的廉声。铁保之父诚
泰病死于仕途，遗节余公帑银5000余两，官场惯例，不交也无人知
晓。但铁保以不敢违先人意，封存交公。乾隆曾赞铁保"深得大臣之
体"。他当了6年漕运总督，无劣迹贪闻，后转调两江总督。

道光年间权倾朝野的权臣穆彰阿，因"漕船滞运"，曾两次出任
漕运总督。他还倡议"试行海运"运送漕粮，是有利于漕运的举措。
但他是禁烟运动中禁烟派林则徐的对立面，受到道光皇帝的宠信，林
则徐禁烟被掣肘，直至最终被迫害流放，穆彰阿起了不可小觑的作用。
电影《林则徐》中有他的形象，虽然有些漫画化了。道光死后，早就
痛恶他的咸丰登基，历数其罪，下诏"革职永不叙用"，起用林则徐，
"天下称快"。

当过漕运总督还有杨昌浚。他的出名是因"杨乃武与小白菜案"。

他因失察府、县办案酿成冤案，于光绪三年（1877）二月十六日，即刑部复审结案当日，上谕批复革去杨昌浚浙江巡抚的顶戴。但杨昌浚被革职一年后，朝廷倚重的左宗棠保奏他可"佐新疆军务"，从此起复，之后春风得意一路高升，历任漕运总督、闽浙总督、陕甘总督，看来"杨乃武与小白菜案"对他而言，仕途一点儿也不耽误。

漕运总督中在野史里传播最广的是吴棠。传说他有恩于慈禧，才一直"官符如火"超擢重用。恽毓鼎《崇陵传信录》最早记叙：吴棠早年任淮安清河知县，那拉氏扶亡父灵柩沿运河归京时暂停，恰巧吴棠一位故人丧舟亦泊于此。吴棠遣仆人送赙仪，却送至那拉氏舟上。吴棠怒，欲追回，被幕客劝解："舟中为'满洲闺秀'，入京选秀女，安知非贵人，姑结好焉，于公或有利。"吴转怒为喜，"且登舟行吊"。那拉氏大为感激涕零，发誓"他日若得志，无忘此令也"。慈禧垂帘主政，吴棠屡升迁，"实无他才能，言官屡劾之，皆不听"。该书刊行时已是1914年了。此后一些著名的野史演义如《清朝野史大观》《清史演义》《清宫十三朝》，直至高阳的《慈禧前传》，皆有生动的演绎。实际慈禧在其父亡故前就已入宫，并无扶柩北上之事。若按正史记载，吴棠"家奇贫，不能具膏火，读书恒在雪光月明之下"，只是举人出身，未考中进士，而晋身朝廷一品大员之列，在清代官场确为奇迹。他年轻时即入漕运总督杨殿邦处为幕吏，对漕运是很熟悉的。他任总督时，基本在与捻军作战，后来朝廷调他升两广总督，他坚辞不就。朝廷嘉奖他"不避难就易"。战事初平，马上筹复运河漕运。《清史稿》本传并未载他与慈禧运河上相见之事，看来野史是不可轻信的。

直到光绪三十年（1904）河运全停，总漕部院衙门和漕运总督才被裁撤。

最后一任漕运总督是陈夔龙，辛亥革命后到上海做了寓公。他任漕运总督时，光绪二十七年（1901）因京津铁路开通，北运河已停漕，管辖漕运事务已大为缩减。陈夔龙在官场上善阿谀，时人谓之"巧宦"。他却好风雅，写过一部《梦蕉亭杂记》，也好写诗，但多矫饰。如他由江苏巡抚升四川总督，路过寒山寺，作《感怀》："一别姑苏感旧游，五年客梦上心头。逢人怕问寒山寺，零落江枫瑟瑟秋。"我去寒山寺时看到过他的诗碑，真是觉得言不由衷，已是封疆大吏了，又不是怀才不遇没有功名的读书人，哪里来的"客梦"呢？当然他有的诗却也有的放矢。他和袁世凯是把兄弟，袁世凯的叔祖袁甲三因剿捻有功，升任漕运总督，还赏戴花翎、黄马褂。袁世凯被罢官后隐居河南项城，为迷惑朝廷，故作闲散，写诗垂钓。但有的诗往往暴露出其野心，如《春雪》有句"袁安踪迹流风渺，裴度心朝忍事灰"，竟自比唐代中兴名将裴度，欲仿袁安高卧，等待时机。时任北洋大臣的陈夔龙奉和"谢傅中年有哀乐，泉明荒径盍归来"，居然将袁比为东山再起的谢安，肯定要重回仕途。看来陈夔龙的"巧宦"眼光还是很准的。陈夔龙死于20世纪40年代，不能入传《清史稿》。掌故专家徐一士《一士类稿》为其立传，颇可一阅。

陈夔龙当寓公后，不大参与复辟活动，以颐养天年为乐事，还开诗社。不过我看过一则史料：陈夔龙的小女儿是中共地下党员，陈夔龙的公寓竟成为中共中央绝密文件的档案存放地，连陈夔龙的姨太太也参与这一绝密工作，但陈夔龙本人并不知悉。1950年，大批绝密文件完整交给了党中央。这是很有传奇色彩的。

漕运总督节制八省漕粮，于每省设负责漕运的督粮道（又称"粮储道"），正四品。督粮道职责是监稽收粮、督押粮船，直驰山东临清，待山东粮道盘验结束回任。山东粮道须待最后一次粮船抵通州才告回任。最后一次粮船按规定由漕运总督亲押至通州，并向皇帝述职后才可回任淮安衙门。

为监督漕运，明代还专设巡漕御史，负监察之责，权力极大，不受漕运总督节制，直接向皇帝负责，有权弹劾总督。清代亦仿明制，设巡漕御史四人，分赴稽察，襄办漕务。品秩不高，但职权令人忌惮，可风闻专折密奏。相比较费力不讨好的河道总督，漕运总督在明、清两代可属肥差。我曾读野史，载某人受邀赴某漕运总督家宴，山珍海味，不一而足。其中有道菜不过是一盘猪肉，甚为鲜美，某人离席去解手，发现后院有数十头死猪，经问才知，每头猪只割一片肉，乃做成此肴，由此可见漕运总督家宴的气派与奢靡。该总督家肴，据说猪肉馔肴花样达50余种！又因漕运总督与绅粮大户、漕帮（青帮）密切，故内幕甚多。当然，贪腐者还是少数。大多漕运总督还是肯忠于职守，漕运是中枢首善之区的生命线，玩忽职守处分是极重的。

漕运总督在清代为一、二品大员。帽饰红宝石（二品为珊瑚），蟒袍为九蟒五爪（二品同），仙鹤补服（二品为锦鸡）。收入并不高，岁俸银仅180两（二品155两）。年养廉银为15000两至30000两左右（二品20000两以下）。

清代漕运积弊甚深，朝廷一直想整顿。如道光年间，曾派权倾朝野的穆彰阿两任漕运总督，以整顿滞运等弊。道光年间名臣陶澍也曾大力整顿漕务，并奏准以苏州等地漕米，改由海运，以杜绝弊端。虽然海运一旦实行可节约时间人力资金，但终未完全代替河漕。道光六年（1826），军机大臣英和主持海运漕粮，成本少效果佳，道光帝很高兴。但河运漕粮的利益链被切断，引起利益集团忌恨仇视，一时朝野间反对声四起，道光帝不得不再选内河漕运，英和落得个被赶出军机处的下场。由此可见改革之难。

漕运还给封建王朝带来重要的税收。明永乐年间开始设关卡征收船税。据清道光二十年（1840）史料，户部全国定额所收税银为400万两，其中约三分之一收自商船。据载，明清北上输送漕粮每年约400万石（1石约27市斤）。除漕粮，棉花、布匹等也是运河船运的主要资物。另外，皇家所需各种用品也经运河至京城。仅清代江宁等三处织造由运河至京丝织品就达数十万匹之多！但按《大清会典》所载规定，"上用者陆运，官用者水运"即是皇帝所用丝织品规定单独"陆运"（《清宫述闻》"内务府"条）。

另外，漕粮装运、征收、行船次序、期限管理及至运送时间、航行里数都有繁杂的制度，各省有船帮，胥吏勾结，正粮之外"耗米""耗费"横征暴敛，漕弊之害莫过于旗丁。旗丁在运粮时向各州县索要小费，不给则捣鬼刁难。官员为应对索贿，只能多征，导致"浮收"严重，各省不堪重负。而且运粮途中旗丁还会将石灰掺入米中，再将温水灌入舱底，使米粒发胀，每石可多出数升，旗丁将多出胀米盗出贩卖获利。胀米入仓，受潮易霉变。而且江南漕米运抵京仓，沿途上下一路各种"开销"，直接导致米价暴涨，最高时一石需银18两，是正常价格的18倍！苦的是承担交纳漕粮、漕运的船工（"漕户"）和老百姓！清代道光元年（1821）就曾发生过一起所谓"把持漕务"的大冤案。清代学者包世臣曾写《书三案始末》，概括来说，是浙江归安人陆名扬看到漕粮弊端，而纠劾借漕粮征收敛财的地方官员。清代漕粮征收可以用银两替代。但因贮运过程有损耗，为弥补则制定多种附加费，其额度皆由官府决定，故州、府、县官吏趁机暴敛。陆名扬抓住归安知县徐起渭为浮收而伪造"八折收漕"朱牌，逼迫其定约"每斛一石，作漕九斗五升，绝'捉猪''飞舢'诸弊"。各地闻之纷起效仿，百姓负担大为减轻，但"府县恨名扬甚"，因为断了敛财的来源。故官吏们捏造陆名扬"纠约抗粮""把持漕务"，这在清代是很重的罪名。差役逮捕陆名扬时，遭到百姓们的抵抗，差役落水而死。官府借机深文周纳"逞凶拒捕""殴杀官差"，问成死罪，被"即行正法，枭取首级"。当然，亲自下令处死陆的浙江巡抚帅承瀛，"后乃知由于官吏之酿变，深悔之"。帅承瀛是有名的清官，《清史稿》称其"治浙数年，以廉勤著"，曾平反过著名的徐文诰冤案（《书三案始末》）。由此可见清代漕运陋规的黑暗，官吏的凶横贪敛，而不惜"酿变"草菅人命。陆名扬案的情节极复杂，牵扯面极广，我只不过撮其要而述之，若铺陈开来，是写影视剧的好题材。

据史料载，漕运最昌盛时期，仅从天津至通州北运河上，一年要通过漕船两万余艘，护漕官弁达 12 万人次，还有商船一万余艘。波光云影，舳舻相连，帆樯骈集，是何等蔚为壮观的画面！

京仓·仓场侍郎·仓储乱象

京通十三仓，从元初至清末存在了 700 多年，源源不断的漕船，将南方的粮米运到这里，储存于十三仓中。元、明、清三朝，均有专职官员和部门管理仓储事物。

仓场管理机构和仓场侍郎

清代漕运和储存，分别由总漕部院和户部仓场两个衙门管理，各有规定职权范围。总漕部院最高长官为"漕运总督"，仓场衙门最高长官为"总督仓场侍郎"。简而言之，漕运负责收粮起运、运输安全等。而漕粮到达通州后，其仓储事务就由户部接管。户部是中央政府六部之一，执掌管理全国疆土、田亩、户口、财谷、政令等。按地区分工设清吏司，海河运粮事务的"漕政"，即由云南清吏司兼管，下设南漕、北漕二科。但只限政令，具体事务仍由漕运总督和仓场侍郎管辖。总漕部院衙门设于江苏淮安，而明代的总督仓场公署，《钦定日下旧闻考》说设于北京东城裱褙胡同（卷六十三《官署》），即今北京日报集团一带。清代改称"户部仓场衙门"，为便于管理改设通州。

积储"漕粮"及京通北运河运粮事务，由户部仓场衙门掌管。所谓"漕粮"，是清代规定田赋除人税与土地税（"地丁"）外，于鲁、豫、苏、徽、浙、鄂、湘、奉天八省征收米豆，漕运北京，即称"漕粮"。《史记》上有"河渭漕挽天下"之句，胡三省注云："水运曰：

漕，陆运曰：挽。"漕运"这个词语在汉代就有了。而漕运仓储管理机构，在元代即已设立，有京畿都漕运使的官职，还设"管河公判"，遗址在通州城东北运河之西。明代设总督仓场公署，统管漕运仓储，衙门在北京东城裱褙胡同。还设工部分署，分管堤岸、闸坝等修葺工程。清代仓场衙门是在明代工部分署基础上改建的，位于今通州西北，据说遗址尚存。雍正皇帝曾为仓场大堂御书"慎储九谷"匾额，当然早已湮没无存。不过在康熙六十一年（1722），还未继承皇位的雍亲王，奉旨勘查通仓、京仓，应是对仓储的重要铭记于心，故当了皇帝念念不忘，大书"慎储九谷"匾额命悬于大堂，还是寓有深意的。

户部仓场衙门设于顺治元年（1644），总督仓场侍郎为正二品。此"总督"非清代所设总督官位，如漕运总督、闽浙总督、两广总督等，是动词，"侍郎"才是官衔。漕运总督麾下有数千人的军队，而仓场侍郎只有少数兵丁负责护卫仓储。

据《光绪会典》《清史稿·志八十九》"仓场"条等载，仓场衙门分设东、西、漕等各科，分掌各仓场。何谓"仓场"？即有名的"京通十三仓"。我们今天仍可见北京东直门内小街往南迤逦有海运仓、北新仓、禄米仓等地名，即为清代十三仓的遗留。其中唯有遗存的部分南新仓修缮保留，俾使今人可窥漕粮仓储风貌。但具体仓内设施，据档案记载，每个仓廒内都铺有地木板，建有气楼、门罩、明间闸板、扇面墙、护墙板等，以使防潮通风。多年前，我记得此地拆建，发现大批沉积漕粮，已成霉黑色。附近居民蜂拥而至掘去当花草肥料，据说施之花草异常繁茂。

十三仓的分布和用途

"十三仓"也称"京仓"，本为元代所建，元初的十三仓均建于通州。明清沿用，至乾隆年已增至15座，但仍习惯称京通十三仓。城区有 13 座官仓，朝阳门内分布有"禄米""南新""旧太""富新""兴平"五仓，朝阳门外有"太平""万安"两仓，东直门内有"海运""北新"两仓，东便门外通惠河北岸有"裕丰""储济"两仓，德胜门外有"本裕""丰益"两仓，十三仓总计有廒口 932 座，加上通州中仓、西仓，称"通仓"，总计十五仓，总计廒口 1332 座。丰益仓建于安河桥，归内务府辖管。还有内仓、恩丰仓，分别由户部和内务府专属管理。禄米、南新、旧太、海运、北新、富新、兴平称城内七仓，非单独各仓，仓基是三座。除禄米仓独为一仓在朝阳门南小街，南新、旧太、富新、兴平四仓在朝阳门北小街，整体为一仓，四面四门。海运、北新二仓位于东直门南小街，共作一仓；南门为海运仓，北门为北新仓。城外共六仓，太平、万安东西、裕丰、储济四仓位于朝阳东便门外，本裕仓则在清河。多为明代所建，清代有所增加。旗人兵丁持凭证到上述仓库领取漕粮。元代漕运走积水潭，而到了清代则走通惠河，河位于北京城东南，故崇文门为海关，以取大宗货物关税。每仓各设满、汉监督二人管理。各省漕粮运抵通州，按粮石种类与支放用途，分别储入京、通十三仓，专供八旗、文武四品以下官俸禄米及军马豆料等。

除十三仓外，户部还单设"内仓"，所储米豆供驻京蒙古王公、喇嘛，与来京蒙古人等，以及宗学、觉罗学教习用米。另发放匠役等口粮、祭祀造酒用米及工部马豆等。清室内务府的"恩丰仓"，负责太监米石，就设于紫禁城外东围房护城河边，共有仓廒 12 座房 72 间，但今天也已渺无遗迹。内务府还有"官三仓"，储米石、麦等，不属户部，以上两仓均归内务府会计司管辖。

上述各仓所储粮米，苏、浙两省征收的"白粮"（粳米、糯米），仅供皇室内府及王公、百官食用。其他漕粮支放八旗官俸兵米及养马饲料。简而述之，漕粮有严格分类：八旗领军米（俗称"老米"，因稻谷储仓年久变色故有此称），王公百官领俸米（俗称"白米"）。亲王、郡王等有爵位者还可领江米、黑豆、黍米。各类米料各有仓属，如黍米由北新仓放领，八旗军米由京仓放领，而俸米则由通州放领。这是由于清朝入关，满人八旗驻城内、汉人包括百官不得驻内城形成的。按规制，每月皆可领军米、俸米，故京内东城一带和京通路上，车马络绎不绝，是京城特有的一景。漕粮支出有严格规定，绝不准许平民食用。只有三种情况下才可以变通卖给平民："廒底成色米"（过期霉变）、"扫收零撒土米"和"仓粮有余"。京仓储不只为官员八旗发放，逢灾也会拨调赈济。康熙年初，直隶水灾，朝廷直接命截留天津漕米二万石，又再调通州仓储米十万石运往天津（《清史稿》卷二百九十三）。

仓场衙门一个重要的职能是掌管漕粮验收及由通州至北京水陆转运，并包括北运河河工。这些职能由坐粮厅统管，分设东、南、西、北、河税、收支、白粮等科分掌。坐粮厅是仓场衙门最重要的部门，所属通济库，负责收、支款项，收各省漕粮折价、芦粮折价等。支出则有官吏俸银、河工、造船、兵船夫役银等。北运河至京城的石坝、土坝、闸口、陆运、车运等也均由坐粮厅委派官吏管理。石坝、土坝皆在通州，运京正兑漕粮交石坝，贮存改兑漕粮交土坝，散装运来的米全部装袋，坐粮厅委派职官验收。天通、庆丰、高碑店、花儿、普济五闸也归坐粮厅管理。仓场衙门还下设大通桥监督，满、汉各一人，掌管漕粮陆运。

北京东城有个钱粮胡同，虽然名字中有个"粮"字，但与八旗官兵领取俸米无关。钱粮胡同原名"钱堂胡同"，明人张爵《京师五城坊巷胡同集》说明代属仁寿坊，有胡同名钱堂，设造币厂。清代户部宝泉局仍于此造币，主要用于发放在京官吏薪饷，薪饷称"钱粮"，故后称为"钱粮胡同"。光绪二十七年（1901），又于此开办了内城官医院。

仓储管理多弊端

漕粮事务在清代一直弊端丛生，有清一代也一直在整顿，历任皇帝也颇重视。清代著名学者包世臣写过《剔漕弊说》，清代捐官大多容纳到漕运等几个衙门，纯属"借帮丁脂膏"。逢关过卡，运米入仓，处处勒索。"沿途过闸，闸夫需索，一船一闸，不下千文"。道光年间两江总督孙玉庭上疏《恤丁除弊》，其中指出："旗丁勒索州县，必借米色为刁制"，"致使粮户无厩输纳"。

清人记载，百姓交纳漕粮，官吏层层用各种方法克扣，最后每石"耗损"后只算五斗或六斗，百姓稍有反抗，便会被官府诬指为"抗粮"。

粮仓的管理也很成问题，尤其在乾隆皇帝在位后期，官场腐败成风，仓场也出现种种弊端。纪晓岚的父亲纪昀任南新仓监督时，曾对纪晓岚谈及仓廒轶闻，被纪晓岚写进《阅微草堂笔记·槐西杂志》："先父姚安公（纪昀后任云南姚安知府，故族人尊称姚安公——笔者注）任官监督南新仓时，一廒后壁无故圮。掘之，得死鼠近一石，其巨大者形几如猫。盖鼠穴壁下，滋生日久，其穴益日廓；廓至壁下全空，力不任而覆压也。公同事福公海曰：'方其坏人之屋，以广己之宅，殆忘其宅之托于屋也耶？'余谓李林甫、杨国忠辈尚不明此理，于鼠乎何尤。"纪昀借此大发感慨，但失于巡视灭鼠，储粮必大受损失！

相比仓储的腐败，鼠患当然是小巫见大巫。清人何刚德，光绪三年（1877）进士，曾官吏部主事，后外放江西建昌知府、江苏苏州知府，对清代官场弊端甚为知悉。他写了一部有名的笔记《春明梦录》，书内有不少篇目揭露晚清官场腐败内幕，其中有一条专门抨击"京通粮仓之弊"，他大致归纳数种粮仓玩忽职守、行贿受贿的劣迹。其一，"其米色好者，则储于通州仓，以备宫中所用及五品以上官俸。京仓米即朽坏，京官领米不能挑剔，只付与米铺打折扣而已"。京仓米"朽坏"，五品以下京官领了也不能食用，只能忍气吞声打折售与米铺。看来发放"朽坏"之米居然形成了固定的制度。何刚德所说的发放官员仓米的弊端，其实明朝就出现了。明代官员发米却要凭票去南京领取，因为明初建都南京，但改在北京建都，领米制度却不变。官员们不可能千里迢迢去南京领米，只好贱卖出让。其二，八旗禄米是单发放，禄米俗称"兵米""军米"，"每次发兵米时，八旗都统必派员先看仓，此仓米色不对，则换彼仓。若此仓个个不要，则仓监督必当查办。于是请托行贿，百弊丛生，计无所出，只有亏之于米而已。亏之愈甚，竟至有放火自焚者"。这比京官米的发放弊端还大，勾结贿赂，亏空放火，令人触目惊心。其三，负责监察的御史形同虚设，与贪官污吏狼狈为奸，"领米者不能得好米。八旗官吏，及参仓弊之被动御史，与夫仓官仓书（文书），皆得钱也"。其四，即便被参劾下旨严查，也是糊弄过去不了了之，"忆癸巳仓亏案发，奉旨严查，口说官话而从中黑幕，何曾是因公？米数固当查点，然数百仓储厫，何能遍查？只饰其名曰抽查而已"。看来皇帝下旨也不管用，可见黑幕之深不可测。何刚德曾入粮仓，"看其厫座外隙地一律铺席……席上粒米狼戾，结成饼团，几与粪土无异，任人践踏而过。暴殄天物，迄今思之，犹为痛心也"。仓里是朽米，仓外是极大的浪费，民脂民膏，真是令人"痛心"，也可见庸官胥吏之可恨！何刚德的笔记是写于民国之后，清朝不倒谅他是不敢公诸笔墨的，他的笔记使今人可窥清末仓储的腐败，是很珍贵的史料。

清末对仓储不重视，还发生过停止漕米入仓事件。1901 年 9 月 7 日《辛丑条约》签订，入侵北京的八国联军根据约定，除小部分军人留守使馆区，大部分于当月 17 日应全部撤离北京。驻扎雍和宫的日军因掠夺器物太多，商请清政府外务部调拨 360 辆大车运走。外务部只好请仓场侍郎协办，侍郎竟下令暂停漕米入仓 5 日，将本应运送漕米的大车悉数借予日军。官员如此昏聩，正是当时民谣"官府怕洋人"的真实写照。可恨的是，日军不仅将掠夺的中国器物席卷而去，竟将雍和宫里的王府花园纵火烧毁，致使今日的雍和宫内，花园已永远不见踪影。

开仓放粮传佳话

另外，各省州府县亦设"常平仓"和"义仓"，与漕仓无关。清代设陪都盛京（今沈阳），也设户部，下辖粮储司、内仓、城仓等机构，但人事、业务均归盛京将军管辖。逢到各地灾害需要动用仓储赈济放粮，地方官要按制度上报得到批准方可。

逢到大灾，皇帝会亲自决定截留漕粮。据正史记载，康熙年间共截留漕粮赈灾 240 万石，雍正年间截留 290 万石，而乾隆元年（1736）至二十年（1755），已截留漕粮 1320 余万石，这一数字还未计各地仓储放粮约 700 万石。乾隆五十年（1785）全国发生灾荒，下旨截留漕粮，开放仓储，仅赈灾银两即达 1400 万两，竟占当年清朝全年财政总收入的三分之一还要多！而且乾隆鼓励为受灾百姓放粮不能墨守成规。

乾隆二十六年（1761），山东德州发生了一个赈粮的感人故事。当时水灾严重，大雨不止，百姓皆避于城墙之上，饥困之极。督粮道颜希深出差在外，虽有仓谷，但无人敢开仓放赈。70 多岁的颜母闻听饥民震天哭啼，询问儿子手下官员何不放粮？告之必须等督粮官归来奏请上级批准，擅自开仓不仅会丢乌纱帽，还要全数赔补。颜母听后大怒，等我儿出差归来，再详奏上峰复核批准，数十万饥民必成饿殍！她坚请属下们开仓，处罚由儿子承担，愿倾家所有赔偿。

最终在颜母的坚持下，大开仓门放粮，数十万饥民免遭饿死。在清代，擅自开仓是极重的处罚。山东巡抚闻之后，立即上奏朝廷请按律治罪。但乾隆看了奏折非常生气，认为颜氏母子是贤良母亲和贤官，为民而权宜通变，值得鼓励！他下旨仓谷无须赔补，特赐颜母三品诰封。其子也特别受到眷顾，最后升至督抚一品封疆大吏之列。

莫看乾隆精明之极，遇事爱斤斤计较，但他对开仓放粮中的夸大、滥赈、冒赈等弊端极少追究，他的口号是"办赈理宜宁滥勿遗"，对赈灾不力、舍不得出钱放粮的官员则会立予罢官。这也就是乾隆宁肯违反国家体制，也要奖励颜氏母子的心理。

仓场侍郎有清官

明清历任提督仓场和仓场侍郎者，《明史》《清史稿》入传者不少。其中不乏忠于职守的清官，明代福建清浦人翁世资即是其中的一位。

翁世资（1415—1483），字资甫，号冰崖，正统七年（1442）进士，成化十三年（1477）七月在户部侍郎任上提督北京、通州等处仓场。次年升户部尚书，提督仓场（《明宪宗实录》）。

翁世资遇事有决断，成化五年（1469），他在都察院右副都御史任上，奉旨调山东巡抚。他发现各粮仓所储米麦有日久腐坏现象，《明宪宗实录》记载他遂建言："诸仓存积米麦，恐日久红腐，宜俟来春青黄不接之时散给贫民，俟秋成如数征还。"这个建议非常有见地，避免仓储米麦腐坏，又解决了贫困百姓的缺粮危机，秋后再征收入仓，保证新储粮充盈，于国于民皆各得利。

他在山东任上时，当地发生饥荒，他发仓储粮 50 余万石救赈，使流亡百姓 162 万人免于倒毙。

翁世资不像一般油滑官员，遇事逃避，而是敢于担当。类似山东遇灾事件，他不止一次遇上。景泰二年（1451）他任户部郎中时，江南发生水灾，户部推选公正廉洁的官员去查勘，他被推选上。一行辛苦，回京后立即奏免当地税粮 50 余万担、草料 100 多万担，大大减轻了受灾百姓的负担。成化五年（1469），翁世资任江西布政使，适逢江西旱灾歉收，一时百姓流落异乡。他下令开仓赈饥，并奏请蠲免当地田赋 170 多万石，并免去所有"杂泛差科"。他体恤百姓，却得罪了上级。都御史王俭巡抚江西，怨他参谒未行"屈膝"，回京诬告他"隐匿库藏"，惹得宪宗下诏逮捕入锦衣卫狱，后经稽核无罪，才诏复原职。

　　翁世资还有一件有功于漕运的行事是疏浚通惠河。成化十二年（1476），因漕运要道通惠河淤积，他奉旨与其他官员监督漕卒，进行从北京大通桥至张家湾浑河口全长 60 里的疏浚工程。《明宪宗实录》记载：工程"兴卒七千人，费城砖二十万石，灰一百五十万斤，闸板桩木四万余，麻铁桐油炭各数万计。浚泉三，增闸四"。历时 10 个月，终使漕河旱涝无碍，漕船畅通无阻。

　　翁世资一生为官廉洁奉公，且刚正不阿，不媚权贵，严格执法，招致贪官庸吏们的忌恨，不断诬陷，也导致他的仕途波折，三次下锦衣卫狱，差点儿有丢掉性命之险。除在江西任上被下诏狱外，还有任工部右侍郎时，英宗皇帝命太监往苏杭等五地增织绢 7000 匹，翁世资以"东南水潦民艰食，议减其半"，以减轻受灾百姓负担。并要求上级工部尚书赵荣、左侍郎霍瑄二人"连署以议"，二人为难，明显不愿多事。翁世资坚持上奏，并愿"身任其咎"，即愿承担皇帝的处罚。待上奏后，英宗果然大怒，这明显触及了从皇帝到太监污吏的利益，英宗"诘主议者"：谁是带头儿的？赵荣等二人马上推诿翁是主谋，立下诏狱。英宗虽然心里明白翁世资的提议并没有错，但仍将他贬谪到衡州当知府。翁虽被贬，仍不改利民革弊之心，在任上清查平反疑案，修苗学书院，除积弊，建民仓。对不法官员大加"裁抑"，如违法乱纪的衡州指挥使。指挥使心怀怨恨，向上诬告，致使英宗又下诏派锦衣卫逮翁入狱，所幸查清事实，诬告者降职，翁复官。

　　即便几次得罪权官入狱，他依然不改作风。他任仓场侍郎时，发现在京王府的军校，到仓场支领粮饷草料，依仗王府权势，蛮横勒索，无人敢管。翁世翁听说后大为气愤，马上奏请将违法军校绳之以法，英宗照准，从此王府军校再不敢恣意妄为。这真是无愧于"冰崖"的别号：冰清胸襟，崖岸高峻，无私无畏，令人敬佩。

翁世资为官40余年，《明史》称赞他"谦约和厚，家无余财，为时人所称誉"，爱诗文，结集用自己的别号"冰崖"，命为《冰崖集》，但未印行而置于家，可见他并无求名哗众之心。

他在公务之余，爱钻研利弊得失，熟悉典章制度、条例沿革，甚得上司推重，也常能解决问题。如他发现江南漕粮由运河进京，因船行水上，稻米常被水汽蒸腐，他便于通州城外建厂场，运来的漕粮先于此晒干后再贮进粮仓，大大降低漕粮的霉坏。又如他在户部主事时，奉命至通州监收军衣布料、棉花，一般官员会循例走过场，而他却认真调查思考，归来后上奏"收贮库藏，辖于通州诸卫，宿弊极多，宜改属有司，则其弊可革"，被采纳。这不免得罪利益集团，但翁世资从不顾及。

也许是年龄大了，每看宦海险恶，萌生退休之念。成化十八年（1482），他上疏乞病致仕，皇帝不许。其实皇帝心里明白，官场上不能都用奴才庸官。第二年翁再上疏乞休，诏命加太子少保致仕，特赐玺书驰驿归里。可惜行至半途不幸病逝，再也不能悠游故里。年68岁，赠太子少傅，谥"襄敏"。所幸他一生虽数遭囹圄之灾，而且是锦衣卫的"诏狱"，黑暗至极，虐待至死根本就是家常便饭，要放在刘瑾、魏忠贤擅权的时代，翁世资的寿数能有几何，真是一个未知数。

翁世资留给后世的不仅是清官能吏的名声，还给后人一座修复的巍峨名阁。滕王阁在明代易名"迎恩馆"，即迎拜诏命之所，但在成化年间已圮坏倒塌。翁世资任江西布政使时，见楼阁不再，满目萧然，遂力主重修，亲自督工，成化四年（1468）五月修建，十月落成，并复名"滕王阁"（《明代户部尚书翁世资生平事迹考》），可见他的心中仰慕诗咏清平世界的风雅，难忘"不坠青云之志"。

朝廷养象吃漕米

官仓存放时间较长的漕粮陈米，也会提供给朝廷用于喂食大象。

元、明、清时代，北京专设饲象机构和象房。元代象房位于海子桥即今什刹海东万宁桥（后门桥），明代原设于广安门报国寺一带，后移至宣武门内西城根，也称驯象所、演象所。锦衣卫单有自己的驯象所。驯象及管理者称"象奴""象官"，清代归銮仪卫管理，驯象者由太监充任。明代象房原设于广安门清代沿用明代象房。专为朝廷大典及皇帝乘坐象辇（玉辇）仪仗之用。

大象体形巨大，每日所费食料甚多。从明代开始，规定象食为官仓老米，即存放时间较长的陈米。一日三斗，另配稻草160斤，小象则减半。这每日象食渐渐成为负担。明代驯象一般数十头，设管理机构驯象卫，管辖士兵共20146名。"在京象房牛房草料，……派河南、山东并顺天等八府供给。"看来用漕粮陈米喂大象是远远不够的，还要转嫁地方供给。而且象房监管不严，有驯象员克扣象粮肥私，竟致使大象饿死。

据记载，皇家养象最多的年代是清乾隆五十八年（1793），共存栏39头。讲面子好排场的乾隆皇帝，最终也觉得人工象食开销太大，下谕旨外藩进贡的大象勿再送到京城，暂交云南、广东地方官府代养。但这无非将养象的开支转移到地方负担，最终还会摊派到百姓头上。

养象用于君主仪仗威仪，自周成王时即出现，从先秦至清代，耗费国家财力。不仅仅是象房饲养开销大，如清代由云贵等地将购买或进贡大象护送进京，沿途驿站要备口粮、草料，规定定量每头象每日料谷3升、糯米4斤、稻草30束（每束8斤）。途中大象仍有水土不服而倒毙者，白白浪费口粮草料。

在清代同治年间，越南两次进贡大象数头，到京后逃出东长安街伤人，朝廷下令拘禁，不再参加朝会仪仗。《燕京岁时记》记载此事，说大象"不复应差,三二年间,饥饿殆尽矣"。至光绪十年(1884)后,象房再也没有大象了,象房也逐渐破败成为民居,徒耗财力的象房制度寿终正寝,北京于今只留下了一个"象来街"的地名。

漕粮趣话和产业

从元代开始,北京作为京城,完全靠运漕粮保障皇室官吏军民所用。每年运到北京的漕粮约三四百万石,尤其清代的"康乾盛世",仓廪充盈,陈米积存,发放不完的米则变成红色陈米,称为"老米",据说陈米味道独特,煮粥烧饭很好吃。尤其旗人,自认吃"老米"比士子商贾食用的普通米好吃,更以吃"铁杆儿庄稼"领"老米"为荣耀。凡受邀汉民家聚会吃饭,必自带"老米"一包,请主人单蒸自吃,以示旗人才有资格吃"老米"。这种风习一直延续到清末民初。

当然,太平时节仓储丰盈,但逢战事,漕运阻滞,北京就会粮食紧张。比如庚子年义和团与八国联军之乱,仲芳《庚子记事》曾记1900年8月米价等飞涨:"白米每石银十两,粗麦白面每斤银五分,买米只卖十斤,买面只卖二斤,尚须鸡鸣而起,太阳一出即停售矣。"可见不仅米贵,还有购量限制。

漕运在清代还形成了一个产业,即"串粗米"。据金受申先生所写《北京通》所叙,因军米非精米,故须再"串",用现在的话说是将粗皮去掉。一是"碓房","粗石砌成圆圈,中心立木柱,上有活轴,系以横杠。碓礅中立圆石如磨盘,边为圆形",称为"碓",中心有孔,穿过轴上横杠,以驴骡拉横杠,则碓在礅中转动,粗米置其中去皮。还有串街者,肩挑竹篾筛子、斗杠等,沿街串巷,称为"串米的",以杠在缸中捣杵,然后筛净过斗。两种从业者多为山东人。八旗官兵依等级每年分季领米4次,600斤至100斤稻米,领取后即可至碓房换米,亦可换其他杂粮。清末停漕运,民国以后,则少见了。按邓云乡

《黄叶谭风》所记，他在 20 世纪 30 年代中期到北京，"一般大米洋面还是便宜的"，但"老米已成珍品，要卖一元一斤，当药吃了"。

光绪二十七年（1901），京津铁路通车，北运河漕运废止，有 700 年历史的通州仓场随之废弃，伴随着清代 200 多年的仓场衙门也被改作他用，最终完成了它的历史使命。

养马制度杂谈

北京有不少与明清养马制度有关的胡同街庙，如马相胡同、观马胡同、马圈（怀柔汤口镇也有个"马圈"地名）、小马厂、马甸、兵马司胡同、骡马市大街、亮马河南路、前马厂胡同、后马厂胡同、马神庙街、东马尾帽胡同、南马道、马家堡、南养马营胡同、北养马营胡同、草厂……近郊也有马坊、望马台等地名。

在封建时代，马是重要的军用物资，对马的使用、饲养有严格的规定，若干朝代甚至禁止民间私自养马。因此，北京与"马"有关的地名，多与明清两代官府养马机构、制度有关。

如西直门大街内有条马相胡同，历史颇为悠久，在明代称为"御马监官房胡同"。御马监是明代宫廷机构十二监之一，始于洪武年间，由太监掌管，执事太监官职均为正四品、从四品或正五品，主要负责管理皇帝用马，"掌腾骧四卫营马匹"（《中国历代职官词典》）。清代顺治时设十三衙门，仍称御马监，康熙时裁撤，该机构由内务府上驷院取代。后谐音称为"马香胡同"，民国以后改称"马相胡同"。一条小小的胡同，牵扯明、清两代管理宫廷用马机构的沿革，令人叹止。

广渠门内的观马胡同也与清代养马机构、制度有关。清代内务府专设管理"御用"马匹的机构——上驷院（原名御马监，这是沿用明代的称谓）。顺治年曾改为"阿敦衙门"（"阿敦"为满语，意为"马群"），康熙年间改为"上驷院"，主管为皇家和八旗骑兵训练马匹。据史载，明代御马圈在景山东街。清代上驷院在紫禁城内外及南苑共有17个马厩，分"御马厩""副马厩""内五厩"等，饲养700多匹马。

在口外及盛京等还设 4 个牧厂，养马 260 多群（每群四五百匹）。除朝廷专用养马场，驻京八旗也各有养马场所。满洲八旗均以骑兵为主要作战力量，分京营和驻防。驻守北京京营八旗约 10 万人，按旗划分驻地：正黄旗驻德胜门内，镶黄旗驻安定门内，正白旗驻东直门内，镶白旗驻朝阳门内，正蓝旗驻崇文门内，镶蓝旗驻宣武门内，镶红旗驻阜成门内，正红旗驻西直门内；各旗在驻地均有养马场，所养战马俗称"官马"，养马之地被称为"官马圈"（音"券"，加儿音）。除八旗兵营口有马圈，八旗衙门也有马圈，如管理八旗事务的"值年旗衙门"，位于雨儿胡同路北中部（即今 25—33 号院），其中 30 号院即为值年旗衙门马圈。皇家上驷院养马场所称之为"马厩"，查《清乾隆北京城图》：此地曾一度为"兵部马圈"，乾隆十三年（1748）始称为"官马圈"，成为正蓝旗兵驯养官马之地。附近街巷被称为"官马圈胡同"。200 年间没有改变，直到 1965 年才被改叫"观马胡同"延续至今，位于广渠门内幸福大街延庆街内，是一条很短的死胡同。而广渠门外也有个地名为"马圈"，推想大约也与清代京营正蓝旗养马地有关。而今面目已非，成为居民楼小区，只剩下公共汽车站名及以"马圈"命名的一家邮政所。

东城方家胡同，原为清代神机营所属内火器营马队厂，胡同内北还有一条小胡同，称马园胡同，不知是否当年内火器营口马队厂的遗迹。

位于西城区西北的小马厂，原称马厂，今分小马厂路一、二、三、四巷及小马厂西里、南里，也是清代八旗兵放马驯马之地，后来成为八旗子弟赛马场，民国后成为北京有名的跑马场。20 世纪 50 年代开始兴建民宅。

德胜门外的马甸也与京营正黄旗驯马骑射有关。此地在明代称"马店"，是马羊交易集散地。后"店"衍称为"甸"（加儿音）。马甸南村在清代是正黄旗骑射校场，并设有官厅，管考武举。往东不远是六铺炕，明代为五军神枢营校场，该营配备精锐火炮，常在此试炮。清初于此屯兵，八旗兵丁也常在此操练骑射。

西直门内有南草厂和北草厂街，据说在元代就是马料场，元代常在城墙上存放马草饲料。故北京有不少草厂的地名，均与养马存放马料有关。

朝阳区西有亮马河南路，明代曾为放马场。今朝阳农场一带，明永乐年间曾设御马苑。朝阳区北的马泉营，传为元代战马饲养场。又传明代朱棣于此设营厉兵秣马。

北京的兵马司胡同有三处，《京师胡同街巷考》载："在外城者有南兵马司，位于宣武门外菜市口。在北城者，有北兵马司，位于安定门内交道口。在西城，有兵马司胡同，位于丰盛胡同与大院胡同之间，皆因明、清置兵马司官署得名。"只有"南兵马司"改称"前兵马司"。这个地名也很悠久，在明代称为"南城兵马司"。兵马司设置最早见于元代，《明史·职官志》载兵马司为"指挥巡捕盗贼，疏理街道、沟类及囚犯、火禁之事，凡京城内外，各划境而分领之"。清承明制，《光绪会典》载顺治元年设兵马司指挥、副指挥等职，"专司京师访缉逃盗、稽查奸宄等事"，分中、东、西、南、北五城，并各设衙署，由五城御史管辖。兵马司出巡或捕盗，还配有马匹，以求快速。

骡马市大街形成甚早，可溯源至金代，明代嘉靖年间成为南城骡马交易市场，一直延续到清代，称之为"骡马市"，官府还设立骡马税局。1965年改称"骡马市大街"。值得一提的是骡马市在清光绪二十七年（1901）设立了北京内外城最早的两个邮政支局之一——骡马市支局，在2013年11月已迁址更名为菜市口大街邮政所。

我自少年时代起，一直居前马厂胡同，位于旧鼓楼大街西。原称"养马场胡同"，为明代官马饲养场，后逐渐谐音为"养马厂胡同""马厂胡同"。至清初后，才逐渐废止。由此开始出现多条街巷，马厂胡同也辗转变成南、北两条胡同，南称为"前马厂"，北称为"后马厂"。

大约在 20 世纪 80 年代，前马厂最西端一段还称为"果子罐胡同"。随着拆迁，这条胡同不复存在。据说马厂胡同一分为二始于雍正年间，之前应为正黄旗马圈。清中期，此地成为内务府官员"钟杨家"的大宅院，钟杨家是内务府汉军镶黄旗人，汉姓杨。至钟祥（字云亭）考上进士，累官至山东按察使、浙江布政使、山东巡抚、闽浙总督、库伦办事大臣、河道总督等职。史料载"钟杨家""庐舍连云，几遍前后两街，四乡田地尤广，存终年取不尽之租"。"前后两街"即指占地前马厂、后马厂两条胡同，"钟杨家"宅邸格局今犹存，我家所住宅舍据说乃当年"钟杨家"管家等住所，但今已面目全非，已成北京人所谓大杂院儿了。

如果出前马厂西口，往西不远就是德胜门，再往左转不远就是连通积水潭与后海的德胜桥，明代所建，清代有刷洗御马之制，就在德胜桥头，时间是每逢农历六月初六。原来洗象也在此处，后象房迁至宣武门，洗象亦改在宣武门西护城河。洗马则仍从旧制，洗马有仪式，鼓号齐鸣，乐队引导仪仗，养马人牵马列队入水，两岸观者如堵，是清代一景。

有些地名虽无马字，却与明清养马制度更为密切相关。如西城太仆寺街，太仆寺是明清皇家管理"马政"的机构，负责皇帝、嫔妃、太子、亲王、公主出行及皇家礼仪御马的饲养和放牧。一般人可能不知道，颐和园在未辟为皇家园林之前，称瓮山，不过是西郊的荒山与湖泊。清宫的上驷院在此设驽马厩，为皇家饲养御马。《大清会典》载常年饲马 240 匹。获罪太监罚至此铡草喂马，《养吉斋丛录》载太监有"发瓮山铡草者"，重则"有圈禁瓮山永不释放者"。乾隆十六年（1751）为母庆六十寿，始改名万寿山，称清漪园。又如北京海淀、昌平有不少"马坊"地名，多与明代御马监有关，即"官牧"制度，使用卫所军卒养马。东二旗、东三旗，西二旗、西三旗，也是明代军人放牧地。旗是十人编制的军事单位，到清代已废弃。

北京过去有很多马神庙的地名。明清两代均重视对马的祭祀，除国家设庙祭祀（明代设于今朝阳东坝，见《日下旧闻考》），皇家养马机构也设马神庙，如明代在景山东街御马监修建马神庙，清代康、乾年间两次重建。清代皇家本身也在紫禁城西北角城隍庙东建皇家马神庙，并规定春秋两季派大臣祭祀马神。据《顺天府志》等记载，明清两代北京马神庙众多，在清末民初基本消失。今天只留有海淀区阜成路的公共汽车站的站名——马神庙。

有趣的是，清代养马制度还留下若干老北京歇后语，如蒙古大夫——恶治。清代八旗专设蒙古大夫，职司为马治病，每旗十人，又设"蒙古医师长"一人、"副长"二人。蒙古大夫并不绝对是蒙古族人，上三旗士兵会接骨者均可入院。如同光年间有名的医师长德寿田，即是满族。蒙古大夫皆隶属上驷院绰班处管理。宫中执事人若受外伤也均由蒙古大夫诊治。蒙古大夫最擅长接骨，"蒙古大夫——恶治"似由接骨而来，有调侃味道，其实应无恶意。上驷院还有一句歇后语：上驷院抹白矾——满漾。抹白矾者，今人恐怕已不知其意了。

《左公柳》诗质疑及其他

大约在 20 世纪 80 年代初，报刊上开始不断刊载、引用清人杨昌浚的一首诗："大将筹边尚未还，湖湘子弟满天山。新栽杨柳三千里，引得春风度玉关。"这首诗自清光绪年间以来流传极广，但一般很少标出作者姓名和诗题，是否为杨昌浚所作，恐尚存疑。诗题有标《赠左宗棠》者，亦有注《左公柳》者。由于传抄刊载不一，诗句每有不同。如首句为"大将筹边尚未还"，也有不作"筹边"而作"西征"或"征西"的，"尚未还"也有传抄为"久未还"的。首句还有作"万里长征人未还""不破楼兰誓不还"等。第三句"新栽杨柳"，有的传本是"遍栽杨柳"。第四句"引得"也有异文作"惹得""赢得"，等等。

至于这首诗的出处，则从来未见原著为何种。不少刊载者引《西笑日觚》载左宗棠"命自泾州以西至玉门，夹道种柳，绵连数千里，绿如帷幄"，但并未注明诗即引自该书。左宗棠后裔左焕奎有《左宗棠略传》，其中云："光绪五年，杨昌浚应左公之约西行，见道旁树，即景生情，吟七绝诗一首……"（全诗文与前所引相同），但未注明出自何处。《清史稿》卷四四七有《杨昌浚传》，云"光绪四年，起佐新疆军事"，而不是"光绪五年"。杨昌浚是诸生出身，一直从戎，并不以诗名显。他是在浙江巡抚任上因"杨乃武与小白菜"一案被革职的，而《左公柳》一诗颇有唐人遗韵。杨氏去新疆是在革职之后，诗风也不符合他当时的心绪，因而是否为杨昌浚所写，是很值得怀疑的。这首诗流传很广，出处、作者尚不确凿，有待考证。1982 年，新疆出版社出版《历代西域诗钞》，第 314 页有《恭颂左公西行甘棠》诗："上相筹边未肯还，湖湘子弟遍天山。新栽杨柳三千里，引得春风度玉关。"诗后注"摘自《河海昆仑录》"，署"杨昌濬（同'浚'）"，又注："湖南人，清秀才"。《河海昆仑录》作者是清同光年人裴景福（1854—1926），字伯谦，安徽霍邱县人。同治十二年（1873）拔贡朝考第一，光绪五年（1879）中举，光绪十二年（1886）中进士，任户部主事。光绪十八年（1892）改陆丰、香禺等四县县令，光绪三十年（1904）为两广总督岑春宣严劾，次年谪戍新疆，"道途之所经历，耳目之所遭逢，心思之所接斗，逐日为记，悉纳之囊中"，著成《河海昆仑录》，举凡地理沿革、风土人情等无所不包，成为近代边疆史地研究的一部佳作。宣统元年（1909）被申雪赦归，其著即出版。从他考拔贡第一可见他是一个有学问的人，因为拔贡朝考很难。他录入书中杨氏之诗，不知又据何所录？可惜他未说明。

当然，湘军将帅皆以儒生而提军旅，且出身多为进士、举人、诸生等，多擅长诗词文赋；如曾国藩、左宗棠、彭玉麟等，不仅知兵，亦皆有诗集行世。左宗棠有文名华采，如胡林翼之逝，湘军袍泽皆以诗文挽联祭吊，左写《祭润帅文》，寄曾国藩读。曾给左复信说："读大文愈读愈妙，哀恸之情、雄深之气，复诙诡之趣，几可与韩昌黎、曾文节鼎足而三。"清制，翰林加二品死后可谥"文"，后一字视生平事迹而定。战死通常可谥"节"。曾氏以己自诩与韩愈、左宗棠并列，虽不无调侃，但就古文诗赋对曾、左而言，确乎有一席之地。仅举曾国藩挽弟国华联："归去来兮，夜月楼台花萼影；行不得也，楚天风雨鹧鸪声。"情韵双出，语词绝稳，令人称叹。但就杨昌浚而言，确乎不以诗名显于时，且性暴戾，与曾、左、彭等人比，实在略输文采。

这首诗的主题应该说是很昂扬的，不仅写"左公柳"，而且讴歌了左宗棠的爱国精神。有一种说法认为该诗是在粉饰清朝对少数民族的血腥镇压，这完全违背了事实。关于对左宗棠平定新疆的评价，其实早已拨乱反正了（可参见 1983 年 10 月 15 日《光明日报》:《左宗棠的爱国主义精神在历史上闪光——记王震同志谈左宗棠》）。

据韩三洲《书丛探幽集》述：1920 年，北大音乐研究会编印元人萨都剌《满江红·金陵怀古》曲谱。1925 年，"五卅惨案"发生，为抒愤，20 多岁的杨荫浏用岳飞《满江红》，替换萨都剌《满江红》，遂传唱开来。抗战时期，此曲更响彻中华，激励国人。1943 年，冼星海以此曲为主题，创作出大型音乐《满江红》。晚年杨荫浏却认为不妥，因萨都剌《满江红》曲谱，是咏故都金陵的兴亡之悲，寄寓哀戚，属缓声曲；而岳飞《满江红》，则是激昂慷慨。"所以，在演唱这首《满江红》时，歌者往往以内心的激情来扭转曲调的平缓，让整个曲子变得激越高亢，但由于格调不同，很难合拍"，"我把岳飞的词套入到萨都剌《金陵怀古》的曲调中，是犯了一个大错误"。虽然如此，绝大多数人不知杨荫浏巨著《中国古代音乐史稿》，他的曲谱《满江红》却传唱不衰。但《满江红》虽标为古曲，也有人考证此乃黎锦晖所作曲，经杨荫浏、刘雪庵改编，自抗战始传唱以激励国人。

此外，民国初年，还有一首流传颇广的《玉门出塞》。有人以为是清人所作。其实乃罗家伦（民国时教育部长）所写，至今仍在台湾校园中流行，用以对学生进行爱国精神教育。全词如下："左公柳拂玉门晓，塞上春光好。天山融雪灌田畴，大漠飞沙旋落照。沙中水草堆，好似仙人岛。遇瓜田碧玉葱葱，望马群白浪滔滔。想乘槎张骞、定远班超，将来是欧亚孔道。经营趁早，莫让碧眼儿射西域盘雕。"由此我还想起了有名的《苏武牧羊》，自抗战以来一直传唱不衰。人们多以为是古曲，其实也是民国时一位小学教师所作。所以，《左公柳》一诗是不是清末民国时人所写，也不妨设一个疑问，是否合理则有待于佐证了。

　　另，研究左宗棠的专家秦翰才先生著有《左文襄公在西北》，1946
年商务印书馆出版，此书不易得见，不知有无《左公柳诗》的考证。
1983年，王震将军接见左公后裔左景伊时，特提到此书和作者，但作
者已逝世15年了。秦翰才还著有《左宗棠外纪》《左宗棠轶事汇编》，
据说似未出版，只有《左宗棠全传》刚由中华书局出版，特记。

“翁刘成铁”说四家

北京历来是书法名家荟萃之地，诚所谓名都人杰、斐然代出。清代北京有书法四大名家，笔走龙蛇，声闻大江南北，求墨宝者如过江之鲫；一些野史笔记每每津津乐道，说来犹有余香。

四家中声誉最著者乃大兴人翁方纲，他字正三，号覃溪，晚号苏斋。为乾隆进士，官至内阁学士。书学欧阳询、虞世南，隶法史晨、韩敕诸碑。他谨守法度，讲究“笔笔有来历”，写楷书每以欧、虞为典范，堪称得其神髓。因他官至内阁学士，又是两朝帝师，所以海内多求书碑版，使书名冠绝一时。他同时又是大金石家，精于鉴赏，尤长考证，海内名帖多经他题跋。曾著有《两汉金石记》《汉石经残字考》《集山鼎铭考》《苏米斋兰亭考》等。他又是诗论“肌理说”的创始者，著有《石洲诗话》，有《复初斋文集诗集》行世。虽然时人将他奉若神明，但也不乏颇有微词者。同时书法也享大名的刘墉，广泛师承，独创了一种丰腴厚重的书体。他就很瞧不起翁方纲，曾揶揄道：翁老先生哪一笔是自己的？这句话还是颇有见地的。才子袁枚对翁方纲提倡的“肌理说”甚有不屑，袁枚提倡写诗要有“性灵”，即个性、才情，而“肌理说”则主张以学问入诗，所以袁枚大加讥讽“误把抄书当作诗”。

四家中还有一位人们熟知的人物，便是北京人称作“刘罗锅”的刘墉。老北京人大多能说很多刘墉的掌故逸闻。据说他极聪慧过人，其慧黠谐谑无逊于东方朔。权贵如和珅之流经常受到他的讥讽，连乾隆也免不了挨耍弄。过去北京说书的就有专讲“刘罗锅”的。他又是个清官，著名的"四大公案"小说中的《刘公案》，说的也是他。固然刘墉奉旨查办过一些舞弊贪腐案，但是《刘公案》和影视剧中的描述多属虚构。他与和珅斗法也不见于正史，反倒正史记载评价他在和珅炙手可热时，"委蛇滑稽悦容其间"。乾隆曾训斥他遇事模棱圆滑，并多次对他降职、处罚，最严重的一次因属下贪污失察，本拟受刑，还是爱才的乾隆恩诏免职发往军台效力，一年后复职。刘墉晚年在官场一改早期风格，因和珅把持朝政，为人处世开始圆滑。但在乾隆死后，却上书嘉庆揭露和珅之罪，成为他一生的亮点。他的父亲刘统勋是乾隆朝的名臣，是清朝仅有八个谥"文正"的勋臣之一。刘墉正是因为父亲，以恩荫举人身份参加进士考试才步入仕途的。刘墉在乾、嘉两朝任官，到85岁才无疾而终，逝于他在北京驴市胡同宅中。他有20多年任地方官的经历，廉洁始终。作为书法家也一直受到后人推崇。他是山东诸城人，字崇如，号石庵、香岩、日观峰道人。刘家是官宦世家望族，从曾祖父几代都是进士出身。刘墉本人官至体仁阁大学士，加太子太保，谥"文清"。他书法学颜鲁公、苏东坡，善行楷，具有多肉少筋的特点，有"浓墨相国"之誉。当然后人也有以此为诟病的。清书家多用狼毫，刘墉始推崇羊毫。康乾以下，科考笔卷重小楷"黑、厚、圆、光"馆阁体，刘墉早年书风亦如此，但由此脱胎，所书不与常人同，被称为"珠圆玉润""如美女簪花"。50岁后，刘墉书风一变，时人评之为"劲气内敛，殆如浑然太极，包罗万有，人莫测其高深耳"。古稀时书更为老到，康有为大为推崇："近世行草书作浑厚一路，未有能出石庵之范围者。"但清代碑派书家是大为推崇他的，包世臣《艺舟双楫·国朝书品》称其书是"意识学识，超然尘外"，康有为《广艺舟双楫》更为赞誉，称"石庵亦出于董，然力厚思沉，筋摇脉聚。近世行草书作浑厚一路，未能出石庵之范围者，吾故谓石庵集帖学之成也"。

四家中另外两家都是满人。一是成亲王永瑆，乾隆第十一子。他的书法深得欧阳询《九成宫醴泉铭》《化度寺碑》之神韵，也学赵，小楷入晋唐，用笔俊逸，结体疏朗，有典雅之态。由于所处地位，得窥内府所藏名帖，自己也收藏甚多，眼界不同常人。故风骨秀丽挺拔，无一丝媚俗之态。如他的行书《爱莲说》帖，确乎令人悦目赏心。他有《成亲王习字帖》行世。曾奉旨书裕陵圣德神功碑，一时书名颇重。葛虚存《清代名人轶事》说成亲王"幼时握笔，即波磔成文"，后"名重一时，士大夫得片纸只字，重若珍宝。上（皇帝）特命刊其帖，序行诸海内以为荣云"。成亲王以亲王之尊贵，自然不肯轻易下笔流布，所以他父亲乾隆下令将墨迹印刷成帖，以供人们欣赏。乾隆对自己的书法一向自负，看来对儿子的书法还是很欣赏的。嘉庆皇帝也赞叹他这位兄长："朕兄成亲王自幼专精书法，深得古人用笔之意。博涉诸家，兼工各体，数十年临池无间。近日朝臣文字之工书者，罕出其右。"

从乾隆年间至民初，权贵人家讲究挂"翁、刘、成、铁"。邓云乡先生民国后租住北京西黄根二十二号，这是清末邮传部尚书陈璧的大宅院，在北京很有名气，几进院子里有各种客厅，最大的客厅一百平方米以上。邓老进去过，看见一面墙是林则徐的大对联，另一面是成亲王的大对联（《文化古城旧事》）。陈璧与林则徐同为福建闽侯人，故悬林字，但成亲王的字一般人家是没有的，由此显出尚书家的气派，也可知当时以挂成亲王墨迹为荣的时尚。

另一位是满洲正黄旗人铁保，字冶亭，号梅庵，将门之后，少有诗名。于乾隆三十七年（1772）20岁时中进士。大学士阿桂器重他，每有提携。乾隆曾经考试科甲出身的军机处官员，出题一诗一赋，铁保首先交卷，乾隆钦定第一，从此引起重视，宦途发达，官至吏部尚书、两江总督。铁保为人性情耿介，做事勤勉，官声甚好。但随着年龄增长，宦海消磨，渐有颓唐之气，政事多委于幕僚属下，将时间穷究于诗书。嘉庆初年因此摔了个大筋斗，起因是铁保任两江总督时，查赈委员李毓昌被当地官吏暗杀于淮安，嘉庆非常重视，亲自过问督促破案缉凶，多次斥责铁保办案不力："江南有如此奇案，可见吏治败坏已极！该督抚直同木偶，尚有何颜上对朕下对民？"嘉庆还将亲自御制书写悼念李毓昌的《悯忠诗》三十韵抄寄铁保，用意是令其知耻，早日破案。日理万机的皇帝为一个不到七品的小吏写长诗悼念，是非常不寻常的。但惜乎铁保仍未重视，自李毓昌被害后8个月仍未破案。嘉庆忍无可忍，震怒之下，斥铁保为"无用废物"，立予革职发往乌鲁木齐效力赎罪。嘉庆不像他的父亲乾隆爱才，如刘墉，多次被降职处分，但从未如此重谴。嘉庆虽性情仁慈，但最痛恨官员不守规矩、办事拖沓懈怠，铁保撞到枪口还是咎由自取。写诗写书法固然风雅，但他比不得成亲王悠闲，清代亲贵不得干政，有差使亦闲散，可以不负责任。

其实这并不是铁保第一次受处分，成亲王不用说了，与翁、刘二位相比也是官符暗淡，一生处分不断。《清史稿》对他的评语是："及居外任，自欲有所表现，倨傲，意为爱憎，屡以措施失当被黜。"乾隆年间因"失礼"受处分两次，在嘉庆年间受重处分九次，曾因"失察"外放新疆，调礼部尚书、吏部尚书，但又因新疆时期失职遭伊犁将军松筠密折奏劾，放吉林四年，从此被边缘化，死后只是三品赐恤。正应了他自己所说："仆于诗学，志勤而才疏。"尽管袁枚称赞他的诗胜于汉人，但他在仕途上确实没有大作为。至于诗文成就，近年在先农坛发现他的刻石文，文字琐屑空洞，并不见精彩，袁枚之誉也许言过其实。铁保年轻时就有名气，时与百龄、法式善号称"三才子"。他擅长小篆，写来极有韵致，令观者爱不释手。他死后也不安宁，其墓在今北京永定路，有清一代至民国一直无恙，但在日寇占领北平后，竟被炸墓盗掘。日本侵华时大肆劫掠文物，看来铁保墓也被列入黑名单了。但至今不知盗走何物，这也成为一个谜团。

过去北京书肆如琉璃厂等处，这四大名家的墨笔真迹流行不少，价格据说以翁方纲的为贵。但清四家也有不同说法，亦有所谓"三个半书家"之说，即：乾嘉年间翰林院侍读学士梁同书（山舟）、刘墉（石庵）、翁方钢（覃溪）、王文治（梦楼），王文治即"半个"。而无成亲王与铁保。《清朝野史大观》云："梁山舟学士书法名播中外。论者谓刘文清朴而少姿，王梦楼艳而无骨；翁覃溪摹三唐，面目仅存；汪时斋谨守家风，典型犹在；惟梁兼数人之长，出入苏米，笔力纵横，如天马行空；汪文端、张文敏后一人而已。"梁同书，钱塘人，乾隆壬申特赐进士，书出于颜柳，自成一家。启功先生曾多次称道"二梁"（梁诗正和其子梁同书），启功先生书法不无梁诗正的影响。王文治，字禹卿，号梦楼，丹徒人，为乾隆二十五年（1760）庚辰殿试探花，授编修，后升侍读。乾隆二十九年（1764）出为云南临安（今建水）知州。著有《梦楼诗集》二十四卷、《快语堂题跋》八卷。乾隆二十一年（1756），受邀随翰林院侍讲周煜奉使琉球，时年才 26 岁，琉球人已视他的翰墨为宝，至今日本若干博物馆及民间仍珍藏他的书法。王文治少时即以书法文章闻名乡里，其书学米、董，后法二王，而得力于李北海。他喜用淡墨，与擅用浓墨之刘墉相映成趣，有"淡墨探花"的美誉。但识者谓其秉承帖意，董其昌痕迹略重。所谓"艳而无骨"，是一家之评。王文治书法的佳处是尽显才情，俊爽清隽，不乏妩媚动人之处。故将其与梁、刘、翁并入四家之中，也不无道理。当然这是一家之言，成亲王、铁保的书法成就还是应该承认的。

"终日握管意未平"

——何绍基与曾国藩

湖南望城，乃荆楚故地，长沙旧郡。是日游欧阳询故里，铜官窑址，乔口古镇，谒祀屈原、贾谊、杜甫之三贤祠。行旅匆匆，不可盘桓。我很遗憾不曾拜访望城有关何凌汉、何绍基父子的遗迹。读《清史稿》，何绍基为清代著名书法家，我少壮时曾往济南，游"四面荷花""一城山色"的大明湖，见历下亭何绍基大书杜甫诗句楹联："海右此亭古，济南名士多。"诗书俱美，仰之观止。何绍基为道州人（今道县），他的父亲何凌汉《清史稿》有传，嘉庆十年（1805）进士，历任福建学政、顺天府尹，工部、户部、吏部尚书等职。工于书法，取法颜体，朝廷册文多出其手。我看过他行书临颜真卿《争座位帖》，是赠送友人之作，用笔跌宕圆转，并不循规而拘于原帖，似乎还融米字之锋颖，由书法可见对何绍基的影响。何凌汉为官清峻，以严查徇私、直言弊政而闻名。他逝世后，谥"文安"，"赐祭葬"。其长子何绍基将父枢归葬于望城河西谷山九子岭，据《望城民俗集》考，墓地即今望城区黄金乡九子岭，何绍基亲撰《梦地记》以叙，可知他奉枢由京师潞河"舟行南归"，大约用 4 个月时间到达长沙。他往寻茔地，看到九子岭"顿跌起伏，峰峦秀发，如干尽枝穷，奇葩灿发，理势然也"。然后亲自督建，按重臣规制起建陵园。何绍基的老师阮元，是清代鼎鼎大名的名臣、学者、书法家，亲撰《何凌汉神道碑铭》，何绍基极为看重，亲自恭勒，以志不朽。这个陵园以后葬入何凌汉多位直裔子孙，何绍基是否也在其中呢？

何绍基是道光十六年（1836）进士。他在出任福建乡试主考官这年，恰父亲何凌汉也出任顺天乡试主考官，官史大书"父子同持文柄，时人荣之"，是中国科举史上齿有余香的一段佳话。但何绍基的仕途不如父亲无险，缘于他与父亲性格相仿佛，直言无忌。本来，他被擢升四川学政，道光皇帝陛见召对，"询家世学业，兼及时务。绍基感激，思立言报知遇，时直陈地方情形，终以条陈时务降归"。大概他太直言无忌，惹得道光不悦，从此终结官场生涯。他的余生如同封建时代有良心的士子一样，去书院"教授生徒，勖以实学"，他先至山东泺源书院，后归长沙城南书院，风声、雨声、读书声，交织拂过，他会听到长沙南门外的洪恩寺的晚钟吗？道光二十二年（1842），他父亲的灵柩经长途跋涉，暂厝于此寺，他何种心绪于青灯之下？他大概一定会付诸诗笺、形之笔墨，可惜我案头无《东洲诗文集》，只好付之阙如，留以遐想。

今人若涉书楮，多知他是大书法家。殊不知他更是一个通才。《清史稿》将他入"文苑传"，可谓名副其实。不妨抄之如下："绍基通经史，精律算。尝据《大戴记》考证《礼经》，贯通制度，颇精切。又为《水经注刊误》。于《说文》考订尤深。诗类黄庭坚。嗜金石，精书法。初学颜真卿，遍临汉魏名碑至百十过。运肘敛指，心摹手追，遂自成一家，世皆重之。"何绍基字子贞，号东洲，传中评价他的书法"世皆重之"，并非虚誉。他初学未临欧体，是觉得难入堂室？旧时学书法很推崇颜真卿的凛然正气。何绍基也许受父亲的影响，以颜为根基，兼融米芾笔意。但一个读书人，除书法外，能精擅那么多门学问，在今日也仍然值得敬佩。

清代以名臣自居不肯轻许于人的曾国藩，视何绍基为翰林前辈，曾赋长句予以盛赞：

　　九嶷山水天下清，中有彦者何子贞。

　　大谟老谋不自白，世人谁解此纵横？

八法道卑安足数，君独好之如珉瑆。

终年磨墨眼不眛，终日握管意未平。

自言简笺通性道，要令天地佐平成。

怡神金鲫朝吹浪，失势怒貌自搰营。

同心古来亦有几，俗耳乍入能无惊？

可怜四十好怀抱，空使夷州播书名。

何绍基字子贞，号东洲。曾国藩在诗句中不惜赞美其如"珉瑆"（美玉），慨叹"世人谁解此纵横"，大有仰慕之意。后人有评论曾国藩的书法可以与包世臣、何绍基并列，不知是否为定论。但他不以诗名是毫无疑问的。曾与何不仅是同乡，与何绍基之弟何绍祺更有谊情，二人同在京城为官，曾国藩特别酷嗜何绍祺亲手腌制的"酸咸"——一种湘地腌菜。何绍祺在家乡辟园种菜，每年皆腌藏以自用，据说味佳于当地乡人所腌。曾国藩品尝过，"极嗜"（《古春风楼琐记》第十四册），曾写诗《琐琐行》代笺向何绍祺求乞腌菜：

琐琐复琐琐，谋道谋食无一可。

大人天矫邕神龙，细人局蜷如螺蠃。

皇皇百计营斋盐，世间龌龊谁似我……

君家腌菜天下知，忍不乞我赈朝饥。

丈夫岂当判畛域，仁者况可怀鄙私……

诗中大赞"君家腌菜天下知"，大呼"忍不乞我赈朝饥"，谐趣横生，可见二人交谊之深。

曾国藩于前赠何绍基诗尾曾慨叹："可怜四十好怀抱，空使夷州播书名。""四十"，是说何绍基年40岁出任福建、广东、贵州等地学政。辜负"好怀抱"，大概是预言到奉朝廷谕旨访察地方，直言无忌引人侧目，"谤熠腾炽"，加上条陈时事引起道光皇帝不快，最终离开官场？何绍基更因不同流俗，高标自许，"故多不惬于并时诸人"，这与欧阳询生前曾被贬毁真是相仿佛，已有人注意到距何绍基甚近的咸丰至光绪年间，官宦阶层对何氏"均不无微词。名之所至，谤亦非随之，甚矣处高名之难也"（《古春风楼琐记》）。并举出若干名人的评论，多出于日记，如李慈铭《越缦堂日记》："何绍基实不学而狂，绝以善书倾动一世。敢为大言，中实柔媚，逢迎贵要以取多金，益江湖招摇之士。而世人无识，干谒所至，争相迎奉。余尝疾之，以为此亦国家蠹乱之所由生也。"李慈铭是有名的在日记中爱乱骂同时人者，肆意判评，不可当信史读。再如翁同龢在苏州拜见视为前辈的何绍基，也曾在日记中冷冷地说："苏州晤何子贞前辈，七十四岁，是不能行留滞江南何为哉？"何绍基一年后逝去（同治十三年七月），翁同龢日记的笔法往往曲笔，欲言又止，不如王闿运（湘绮）直言："何贞翁（何绍基字子贞——笔者注），乃甚自信其诗。亦如曾侯（曾国藩封爵一等毅勇侯——笔者注）自信其书，不足为外人道也。"（《古春风楼琐记》）王氏曾为曾国藩幕僚，对曾都如此不客气，对何绍基当然更无忌。何绍基的诗源自苏、黄一脉，是江西诗派的风韵，且好用白话俗语入诗，当然会被宿儒所骇怪。不过，若据我见，何绍基在对联上的艺术成就应高于其诗。如他为湘军悍将郭子美八十寿撰联："古今双子美，前后两汾阳。"用典、对仗颇工稳，一时传为佳话。

有趣的是，如后人评欧阳询"如武库刀戟"，何家仿佛欧阳家，书学渊薮不绝。何绍基的孪生弟弟何绍业并何绍祺、何绍京、孙子何维朴皆宗颜体，均工书法，但《清史稿》何绍基本传中评价何绍京、何维朴二人是"笔法颇似其兄"，"字摹其祖"，看来书法成就未能超过何绍基。绍京、绍祺均是举人出身，官至道员，不仅工书，亦擅绘事。何维朴在清末任道员，清廷退位后，寓居沪上，以书法驰名，与以碑学著称的李瑞清双峰并峙。逝世时80岁，比他的祖父去世时多5岁。何家从何凌汉、何绍基到何维朴，为官皆无劣迹。因此，望城若将何氏陵园修葺，加以开放，使人们可以观仰这个文化世家的君子之风，对望城人文渊远的厚重当可延续有之。因为贤者，对一个郡地来说，应该只嫌其少，不嫌其多。所谓出乎其类，拔乎其萃，不正是我们对家山的留恋之情吗？

其实，若按贤人的评判标准，何凌汉应无愧者也，文章道德，清节清望，谥"文安"，很名副其实，教育出后代"何氏四杰"，皆有父风，也是很难得的。

大老板程长庚

徽班进京 200 年，大名鼎鼎的程长庚是京剧史上的开山人物。他虽在北京享誉盛名，籍贯却是安徽潜山。潜山有个皖光苑，有陈列潜山历史文物的博物馆，还有潜山籍名人张恨水、程长庚的陈列馆。程长庚陈列馆门临小池，斜对宋代太平塔，塔影入波，风拂叶动，仿佛令人听见管弦隐隐，腔音袅袅。

程长庚，乃京剧史之开宗立派之大名鼎鼎的真正"大老板"。年轻时曾读周贻白先生戏曲史和京剧史的著作，其中关于程长庚与徽班的论述，是知其然而不知其所以然。现在刚入行的京剧界小演员们，也恐怕未必知其详，用句文言形容那可真个是"数典忘祖"！

在下，门槛外人，虽然余生也晚，但确乎欣赏过老辈京剧大佬的演出。记得 20 世纪 80 年代参加全国剧协代表大会，每晚安排京剧名家登台演出，开眼拍栏，真是一大幸事。我印象尤深的是海派少麒麟（周信芳之子周少麟）的《坐楼杀惜》，殊为难得。而今当然已是广陵绝响。

京剧发祥地潜山是程长庚的籍地，有他的故居。虽未观瞻，但有缘一观《程长庚陈列展》，自然是一次学习京剧史入门常识的机遇。

程长庚谱牒长溯至远祖，是宋代享盛名的理学"二程"之一的程颐，这是中国哲学史上承先启后的大人物，陈列说明程长庚为"程颐51 代孙"，是否有误？程颐生于 1033 年，程长庚生于 1811 年，780 年间传 51 代，平均 15 年一辈，恐非确凿。按常理应 20 年左右一代较为合理。与程长庚同为潜山人的张恨水，对京剧是很有研究的，也是票友，20 世纪 30 年代在北平赈灾义演《女起解》中的崇公道，成为轰动一时的新闻。对于家乡的徽班人物，更是如数家珍，他有一方闲章："程大老板同乡"，可见张恨水是以同乡程长庚引以为骄傲的。杨小楼也是潜山人，1935 年在北平中山公园举办收傅德威为徒的仪式，张恨水也参加了，还以"我亦潜山人"的笔名在报纸上写文章记此一段梨园轶事，其中谈及："程家在潜山西门外，（我）在乡时，与其后人不无往返，对大老板掌故，颇知一二，他时当详论之。"对程长庚的谱系辈分，他一定知晓，可惜后来不曾"详论"。因为张恨水对潜山籍京剧名人的故里，甚至比本人还清晰。比如杨小楼，张恨水曾"问及籍贯，杨云：家在王家河不远，但生平未回故里"，但张恨水"一向认为系怀宁石牌人"（张明明：《回忆我的父亲张恨水》）。过去所说的"籍贯"的"籍"指身份，"贯"是指出生地，张恨水对杨小楼如此了解，对程长庚的家世当然必可"详论"。

程颐是配享孔庙的，而且在封建时代是仕籍，可以免除各种赋役。从史料可窥，至程长庚祖父始，已成为"弹腔"世家，有考证说程家班是半业余半专业，但清代对戏曲从业管理极严，程家应是很早失去仕籍，最晚应在道光年间沦为优伶之籍。一入此籍，比列"娼、隶、卒"，子弟均禁止考科举。而且封建时代乡村的族规基本都禁止列梨园行者入家谱，但宽厚的程氏家族破例接纳了程长庚，《程氏家谱》中写入了程长庚名字和生卒年，但也仅此而已，对他的皮黄职业绝口不提。据说程长庚曾被清廷赐六品顶戴，但那不过是供奉召唤，改变不了个人及子弟的命运。由仕籍隶优籍，这其中经历了怎样天翻地覆的变故呢？亦无可稽考。张恨水在写杨小楼那篇文中曾说"唯其后人有两支，一作官，今讳言程后……官果贵于伶欤？予深鄙其陋。一仍习伶业，名小生程继先，即长庚之孙也"。看来程颐后裔还是有支脉入官场的，但"讳言"是程长庚一族。20 世纪 80 年代发现的《程氏族谱》，可见程长庚的脉序。无由披阅，只可见陈列族谱扉页照片，有程颐斋名"四箴堂",即"视、听、言、动",而程长庚创立的科班竟也将此移作堂号,可见他仰慕远祖的心结。清帝退位后,一些旗人甚至皇族子弟无奈下海以取衣食,如奚啸伯,满洲正白旗,官宦世家,祖父入阁,而到父亲那一代已开始变卖房产了。同治、光绪年间以票友下海的名小生德君如,祖父是道光皇帝宠信的权臣穆彰阿;言派的言菊朋则是蒙古八旗,原名咸锡,他的女儿言慧珠红极一时。又如程砚秋,原名承麟,满洲正黄旗索绰络氏,是随多尔衮入关的勋将,五世祖英和,道光初年入阁大学士,真正的簪缨世族。四大名旦中的尚小云,汉军镶蓝旗,平南王尚可喜十二世孙,祖父尚志铨任广东清远县令,父亲尚元照为蒙古亲王那彦图王府总管,而尚小云只能在王府当个书童。不仅如此,摄政王载沣之孙溥侊,因第二任夫人雪艳琴是伶人,生子遭家族"唾弃",竟不得用本姓,只好改姓母亲姓氏。记得很多年前,晚上会去万老(李万春先生,剧团里晚辈们都这样称呼您)家里看您画画,闲聊中记得您说起自己也是旗人出身。不是困于生计,这些曾经锦衣玉食的子弟,再不济也是吃"铁杆儿庄稼"的主儿,怎么会甘为贱业?风光一时的奚啸朋、尚小云、言慧珠等结局极悲惨,但舞榭歌台,清音宛转,真是"无可奈何花落去",此种心绪愁结非是拍栏听戏者所能知晓的吧?程长庚的祖父、父亲及舅父等均是弹腔艺人,已是几代之下的梨园弟子了,但他的上辈由衣冠中人转隶优籍,这其中必有一段伤心痛史。安徽拍过程长庚的电视剧,我未观看过,不知有否触及。程老板也只能将远祖的斋名用作自己科班的堂号,发一发慎终追远的幽思吧?

不得志的古人们常自嘲"不为良相,则为良医"(范仲淹语),但医生的子弟是可以考科举的。不列仕籍或民户入梨园,那是沦为低贱万劫不复的。记得唐代李白的女儿嫁入农家,失去仕籍身份,地方官查访得知后通知她可以恢复仕籍。但入了梨园行完全不能通融,虽然这个行当供奉的鼻祖是唐明皇。

失之东隅的结局是，中国京剧史上出了一位惊天动地开宗立派的人物，在某种意义上与他的远祖程颐有异曲同工之妙，当然在封建时代如果这样比拟是骇人听闻、逆之不道的。

程长庚如果只是唱戏，其沉雄高亢的唱腔（《梨园旧话》赞之为"穿云裂石，余音绕梁而高亢之中又别具沉雄之致"），其文武老生之昆乱不挡（程长庚还能唱净角和昆曲），其腹中有三百余出戏目之精擅，已然是梨园榜上"三鼎甲"之首的俊杰了。但他不止于此，唱念徽音而启"徽派"，由徽调而嬗变之为京剧，继而完善京剧京腔和表演艺术及创新剧目，再而创办三庆班孕育人才，成为无可置疑的"开山祖师"！

由"昆、弋"变"徽、汉"，这本身就是戏剧史上的革命。由艺术家而教育家，这更是一个质的飞跃。而由此形成京剧界绵延不绝的庞大精英体系，直接传人孙菊仙、汪桂芬、谭鑫培老生"三大贤"，京剧史誉为"后三鼎甲"，再传言菊朋、杨宝忠、高庆奎、王凤卿、余叔岩、谭小培等十数人，三传谭富英、杨宝森、李少春、马连良、孟小冬等，灿若群星，蔚为大观。换言之，几乎数代驰誉之老生皆为程氏一脉不绝如缕！在"同光十三绝"中，程长庚是为异数，不仅溯而前无，恐应后无来者。不仅如此，程长庚由于急公好义，声誉中天，成为四大徽班之领袖人物，因德行威望被同业尊为"大老板"。进京后更是声名鹊起，以至声闻宫阙，御赐"精忠庙首"，俨然梨园统领。他深谋远虑，改革梨园行的陋规，还极具节义之慨，《南京条约》签订，他为之痛绝，郁郁于心，即谢绝歌榭闭户不出。友人劝之权宜出山以解衣食忧，程长庚泪下而言：国蒙奇耻，民遭大辱，吾宁清贫而不浊富，何忍作歌乐场！英法联军入侵北京，他竟大愤而吐血！他的氍毹生涯多饰演历史上的节烈忠义人物，须知春秋大义的关羽形象就是他首创的，浸润于骨，铭镂于心，才会有那鹃魂啼血般的家国情怀。当然，也会有程颐老祖宗纲常忠孝的血脉汩汩流淌而不绝。我不禁遐想，若程氏文脉不绝，程长庚考中科举入仕林，该是一个何等凛然的忠义人物！但历史不可假设，程长庚在中国京剧史镌刻大名，已足至不朽！唯其遗憾者，红氍毹上，再也不会亮相出这等英姿飒爽、光彩照人的俊杰了。

出陈列馆，绕湖徘徊，倚栏眸下荡漾，眺望古塔层叠，思绪为之缕缕：天柱山下，潜江之畔，出得这等梨园英杰，也不枉家山地灵！故留得小诗云：

> 贯耳同光列十三，
>
> 绕梁竞日动氍毺。
>
> 徽班高唱晋京后，
>
> 一脉于今万口传。

2021年12月，戏剧理论家刘树生先生给我发微信："小平，希望你能给宝爷的书好好写一篇文章。老爷子用一生对京剧的热爱，写出这本书，实属呕心沥血，值得我辈敬佩。如果你愿意和宝昌聊一次，我可以联系。届时我陪同你一起去。拜托了！"刘先生不仅是理论家，也是著名编剧，《三国演义》是其代表作（其他列名编剧者杜家福、朱晓平我也很早就相识）。宝爷郭宝昌先生当然是如雷贯耳，其《大宅门》当年播出时收视率是极高的。但我对刘树生先生表示怀疑：郭先生作为编导无可置疑，但谈京剧若是外行，也无写书评的必要。但刘先生坚持要我先读他新出的书。不久收到郭宝昌先生寄来的新著《了不起的游戏：京剧究竟好在哪儿》（与陶庆梅合著，生活·读书·新知三联书店，2021年版），花了几个晚上拜读一过，大为感慨，回复云："郭老大著拜读一过，确实令人佩服！发人深省！堪称大内行，以我之水平真是望洋兴叹！如写，读一遍则不行！仍需再认真读一遍！"我发给郭老写程长庚拙文，您回复说："……提到安徽电视剧《大老板程长庚》就是我拍的，我杜撰的，有关程的生活资料完全没有，只有朱兄上面的概述，是成不了剧的，只能根据梨园故事发挥。那是我早期的得意之作。"我这才知电视剧《程长庚》也是郭宝昌先生编导的，我真是很好奇，程氏史料不多，如何铺陈成若干集电视剧？这就是编剧的才情和功力。郭老书对程长庚有谈及，在谈到观众看戏时叫好时说："1992年，我拍了一部电视剧《大老板程长庚》，剧情中用了程大老板唱戏时不许观众叫好的传说，京剧史书记载程长庚'当在出演中甚厌人之喝彩'。程长庚认为叫好是对演员正常表演的干扰，他的戏迷无不遵从。不但不敢叫好，而且听说程大老板不喜欢烟味，场子里连抽烟的都没有了。这还不稀奇，即便是程大老板进宫去给皇上唱戏，居然也不许皇上叫好，他说：'上呼则奴止，勿罪也。'意思就是假如皇上叫好，我就停演，请皇上不要降罪于我。令人震惊的是，据说听戏的咸丰皇帝果然没敢叫好。我在电视剧里用了这一细节。当时还有专家指责为胡编乱造，说这怎么可能？！这样做，程大老板要被杀头的。一个传说，你较什么真儿？我在电视剧里用这段，只想说明，叫好在历史上是有争议的。"（第121页）

　　若从清代制度看，程长庚当然不能也不敢制止皇帝叫好，戏子是"贱业"，比内务府上三旗的包衣（奴才）还要低贱。但电视剧则可以虚构情节，而且咸丰皇帝热爱京剧是有名的，在野史中记载颇多。他不是昏君，但资质不高。他避英法联军兵锋逃到承德避暑山庄，内外交困之下，一筹莫展，只能靠饮酒听戏自我麻醉。咸丰不仅指导太监演戏，如《教子》《八扯》等戏，有时还粉墨登场，据说还演唱过《朱仙镇》《青石山》《平安如意》等。他甚至把升平署（宫廷戏班）招到承德行宫，亲点戏目，钦定角色。在避暑山庄的烟波致爽殿，咸丰几乎每天都要传戏班，有时上午刚听过彩妆，中午即传旨清唱。

　　天暖时，"如意洲"的水上戏台也成为他听戏的看台。薛福成《庸盦笔记》说他听戏已经"乐不思蜀"。再就是："嗜饮，每醉必盛怒。"可见听戏、醉酒，掩盖不了内心的痛楚。乾隆时推崇昆曲，其他剧种皆受排斥，嘉庆、道光都没有沉迷戏曲的嗜好。与咸丰有共同嗜好的则是他的皇贵妃那拉氏，但也未到咸丰那种痴迷的烈度。但咸丰的嗜好居然完全不顾九五之尊的威仪，野史的渲染有些令人生疑，比如程长庚向咸丰警告"上呼则奴止"的记载，必是杜撰无疑。后世有的清史专家当成信史采纳，如黎东方《细说清朝》（商务印书馆 2017年 5 月版），这当然是仁智各见了。

后来读报见载：2021 年为曾任中国戏曲学院老校长的王瑶卿诞辰 140 周年，原副院长钮镖编辑王瑶卿佚文、发言等出版《古瑁轩剧谈》，其中有《程长庚专记》，说是对其生平、艺术经验之总结，从各个角度对程长庚的社会影响、技艺专承做出学术性总结云云。但尚未见到此书，有待拜读，也许有我并未见过的程长庚史料。

叶衍兰画米芾像辩

米公祠是襄阳不可或缺的地标，米公和他流芳至今的书帖，与大成殿、学业宫、昭明台、仲宣楼……皆为襄阳文脉的标志，更是襄阳不可或缺的符号。

《宋史·米芾传》特意记上一笔："而好洁成癖，至不与人同巾器。"明人陶宗仪所赞誉米公是"欣然束带，一古君子"（《书史会要》卷七）。《宋史》本传说他："又不能与世俯仰，故从仕数困。"风神容止思何是？游米公祠，忽然想起《世说新语》中的一句话"会心处不必在远"，但脑海里想象不出他的仪容。读史书笔记，我印象中没有他仪容的描述，这很奇怪。在祠中也没有寻觅见他的画像（这当然指明、清人所绘画像）。他的身材伟岸吗？气度轩昂吗？容止潇洒吗？《宋史·米芾传》很简略，无其容貌具体叙述。我见过清人叶衍兰所绘米公行乐图，白衣黑冠，似坐于石上，只见恬淡之态，似欠潇洒风姿。

叶衍兰是咸丰六年（1856）进士，翰林出身，京宦二十余年，做过军机章京。但又是诗人、画家。很有名气。他历三十年之力，绘《清代学者像传》，将清代著名学者绘像达170人。他的孙子是有名的兼书、画、诗于一身的叶恭绰，亦是祖父此书的合作者。当然，叶衍兰也绘过《历代名人像传》《秦淮八艳图》，十分有名。他据何所本绘的米公像呢？《宋史》本传有几句话描绘米公，虽简略但很传神："冠服效唐人，风神潇散，音吐清畅，所至人聚观之。"可见米公只要出现在公众场合，人们都会围观，这样迥异于常人的风采气度，怎的一个了得？米公喜着唐服，绝对不是官服，从唐至宋，制度规定平民衣服基本是白色，唐代是"黄白"，宋代是"皂、白衣"。襄阳诗翁孟浩然一生布衣的典仪，白衣飘飘，应是米公所羡吧？所以我忖度叶衍兰画米公着白衣应有所本。米公有时还爱穿大袂宽袖的道衣，有他自己的诗为证："幕府惯为方外客，风前懒易道家衣。"是与上司宴游之作，可见他的超然于世俗之外的怡然心态。叶衍兰所画他戴黑冠，是道家的吗？不得而知。

襄阳有后人所建怀念孟浩然的孟亭，"千古高风在，襄阳孟浩然"，米公应该去拜过吧？米公祠内也建有洁亭，前后相映，高洁之士心是相通的，要不后人为何将孟、米二人合璧称颂为"诗书两襄阳"呢？

米公是崇尚晋唐风度的，他若生逢魏晋，一定是《世说新语》中大书特书的标志人物。一个飞扬大草和豪迈文辞之士，会是叶衍兰所绘之态吗？单就米公书法之气势，似不是"温文尔雅"所可括之。唐代张怀瓘是书论大家，常以兵器喻人书法之势，排王羲之草书为末位，说他草书"无戈戟铦锐可畏"，评欧阳询"森森焉若武库矛戟"，评王珉是"金剑霜断"，评程邈是"摧锋剑折"。惜乎张怀瓘与米公不同朝代，设想他看到米公书帖，将如何比喻？自宋以降，称誉米公书法者，苏轼说是"风樯阵马"，黄庭坚喻为"强弩射千里"，刘克庄说是"神游八极，眼空四海"，朱熹赞为"天马脱衔，追风逐电"，赵孟頫称为"游龙跃渊，骏马得御"，等等，翻一翻马宗霍的《书林藻鉴》，比比皆是，远胜于张怀瓘的比喻，气魄雄廓多矣！这样的气势怎画得出？不过古人绘像多为似与不似之间，甚至将前人画像直接取用。比如《韩熙载夜宴图》中的韩熙载像，直接被宋人作为韩愈像流布，大概是韩熙载长髯疏朗，相貌轩昂，人们宁信是韩愈。沈括在《梦溪笔谈》中曾纠正，但后世《辞海》仍相沿如旧。历史上流传的苏东坡像，多浓长之髯，其实并不如是。米芾《苏东坡挽诗》云"方瞳正碧貌如圭"，圭，古帝王、诸侯大臣持玉制礼器，长条形而上尖下方，亦有出土文物为证。可见苏轼脸长显奇，并未有髯。再如近年出土海昏侯墓的铜镜背板上的孔子像，是目前所发现的最早的孔子像，清瘦、长须，与后来朝代的孔子像皆有所不同。其实像与不像一点儿也不重要，也不必苛责古人。叶衍兰自有胸中所仰的米公形象，米公在人们心中一定有各种各样的神态，我相信在今天，会仍然永远飘散在烟云山水之间。

年礼习俗轶事

逢年节，最重要的当然是欢聚宴庆，但礼亦不可缺。"礼"字在几千年前就出现了。"来而不往非礼也"，故年节送礼已成为重要民俗之一，甚至是一门学问。年节有大小，亲朋有远近厚薄，送礼要得体，也需权衡。

在封建时代有专设的礼仪部门，大宅门里也有管家专司其职。

说起送礼，源远流长，可以写一本书。远的不谈，只浅近谈及清代至民国以后。清代上至皇帝，下至平民，都离不开年节送礼。但最重要的还是过节。过去皇帝登基换年号都要从农历正月初一算起。过年送礼最重的应该算是国礼。清康乾时代，疆土辽阔，有很多藩国，如朝鲜、越南、缅甸等，经常进贡，包括恭贺"万岁登基"。藩国要派使节进贡礼品，礼品无所不包，可以是珍禽异兽、珠宝土产，甚至兵器盔甲。清中期以后，与一些国家互派公使，逢到节日，各国公使也要晋见，也要互赠礼品。民初如袁世凯准备"登基"，就派陶务监督郭葆昌烧制大批精美瓷器，以回赠朝贺的各国公使。这就是后来被收藏界颇推崇的"洪宪瓷"。

清代规定元旦、冬至、万寿圣节为正式节日，节礼一般重视春节、端午、中秋三大节，元宵、清明、冬至、腊八等算小节。过去除祭祀仪式外，都要送礼，而且颇为复杂，亲戚、朋友、上下级乃至王公贵族甚至宫廷内都要送。皇帝向王公贵戚送（宫廷用语叫"赏"），礼品有"福"字、对联、荷包、银两甚至食品等，皇上"赏"礼是礼仪性的，不在厚薄，能够得到"赏"礼已是万分荣耀了。尤其是"福"

字，赐"福"字始自康熙皇帝，颁赐王公大臣和封疆大吏，从此成为清宫典制，还要在乾清宫等处举行颁赐仪式，被赐对象有军机大臣、两书房翰林、内务府大臣及二品以上官员。道光年间还加赐"寿"字。"福"字格式多为丝绢纸笺，丹砂底色，绘金云龙纹。但皇帝并不亲自书写"福"字和对联，一般由翰林们代笔，而且被赠者若遭到夺官抄家，礼品要被收缴。偶见拍卖会出现西太后节日赐大臣的"福"字，其实也是翰林们代写。西太后的毛笔字功底很差，她唯一传世的毛笔字是革去恭亲王一切差事的亲笔谕旨，不仅字劣，且有错别字。今天送"福"字更是成为人们春节祝福的重要象征。

清代的年节，按成例只有各省总督、巡抚这一级封疆大吏有权向皇帝呈拜贺表章和进贡年节礼品。而且在乾隆年以前，进贡礼品仅限于冬至、中秋、皇帝生辰。但乾隆喜欢送礼，原来严格的规制被破坏，除总督、巡抚，之下的布政使、按察使等，包括京城的翰林，都可以进贡礼品。甚至百姓也可通过地方大员将贡品转呈给乾隆皇帝。此风一开，天下熙攘，一些贪官正好借此敛财。

两广总督李侍尧被称为"优于办贡"，大受乾隆宠信。被时人认定他是乾隆一朝借年节进贡之风大兴的始作俑者："（李侍尧）善纳贡献，物皆精巧，是以天下封疆大吏，从风而靡。"现存内廷档案中有乾隆三十六年（1771）十一月初八日（应是冬至节时），时任两广总督的李侍尧所进贡物品清单，令人触目惊心于他进贡节礼之"气魄"：古玩古窑瓷器、珊瑚、蜜蜡、脂玉、金、银、翡翠、紫檀、玛瑙、钻石、珐琅、缎绣等无所不包，共74项数百件之多！其人工耗资更是一个天文数字！而且其中还有宋元古瓷，其价更昂。

李侍尧热衷"办贡"，一是投其所好拍乾隆马屁，二是借此大肆向下属摊派，中饱私囊。他的贪名连来华朝鲜使节也知道："大抵侍尧贪赃中，五之三入于进贡。"乾隆皇帝为显示帝王气度，对所进贡品，一般不全收，择选之后要退回。在上引这张贡单中，乾隆只挑了十来件，其余数百件皆退还，但被李侍尧全部侵吞。乾隆四十五年（1780），李侍尧被治罪抄家，才发现这次退回的贡品皆被他贪污，还发现其他大批进贡退回的价值连城的宝物也尽入其私囊。另一个"进贡能臣"是山东巡抚国泰，其进贡之频繁竟然让爱收礼的乾隆也烦了，曾在贡折上斥责道："何必殷勤至是？今所贡财器都闲置圆明园库，亦无用处，数年后烂坏而已。"乾隆谕批发给国泰三个月后，因国泰对下属摊派，贪敛财富，致整个山东财政亏空被检举，七天之后即被赐自尽。

李侍尧、国泰借年节进贡大肆贪污，不仅败坏吏治风气，而且成为盘剥民间百姓的新途径。有人分析过：省级督抚贪官送礼皇帝一万两，从下级州县即敛来十万两，而州县则会从民间横征暴敛百万两！最苦的是民间百姓！那清单上一件件贡品，何尝不是民脂民膏所制成？清代有不少民谣表达了对贪官盘剥百姓的憎恶："一代做官，三代打砖（喻做苦力）。""一世做宦，九世为牛"。可想见官界之罪恶。

除皇室外，其他各阶层过年送礼就更复杂了，其品类繁多，真是无法说清。不过，旧时将所有礼品概而括之分成两大类："干礼"与"水礼"。"干礼"指贵重礼品，如金、银、绸、缎之类。"水礼"则指食品、果品杂项之类。过去送礼要有"礼单"，收礼要记"礼账"。礼单一般是红纸折成折子，大约五六寸高、三四寸宽。纸用大红或红梅，封面恭楷书"礼单"二字，一一罗列；礼品名称细目、件数，前面书写通用的吉祥用语。礼品不能是单数，要四色、八色。收礼者可照单全收，也可全不收。按惯例基本是有收有退，并在礼单上注明"敬领"或"敬谢"，再把礼单交送礼人带回禀报主人。之后礼品要记账，主要目的是还礼时查考，以便对等。送礼一般主人不去，对送礼的仆人要给"赏钱"，俗称"封儿"，男仆赏"封儿"，女仆赏"尺头"，就是可做一件衣服的绸缎衣料。当然，仆人必须带上主人的名帖（类似如今的名片）。

送礼的讲究是今人难以想象的，已故的张伯驹先生在《续洪宪纪事诗补注》一书中，谈过拜年回礼的轶事。他家与袁世凯有戚谊，有一年逢春节，奉父亲张镇芳之命去中南海居仁堂给袁世凯拜年，辞出回家刚进门，回礼即到：金丝猴皮褥两副，狐皮、紫羔皮衣各一袭，书籍四部，食物等四包。由此可见"大总统"的"气派"。张伯驹当年18岁，感慨："余正少年，向不服人，经此一事，英气全消！"阔绰的回礼竟让一个人"英气全消"，真是令人莫可置语。不过在袁世凯而言，送张伯驹的年节回礼真是不值一提。袁世凯是清末有名的送礼大户，出手极其阔绰，是清末官场腐败的典型代表人物。

袁世凯对宫廷的供奉礼品，一向为各省总督、巡抚之首。如光绪二十六年（1900）八月中秋节，袁世凯于初五日贡奉白银26万两，两天之后又进奉中秋节实物贡品绸缎160匹、袍褂料40套，以及各种羊皮、菜、面等，同时又将救灾款一并进献。他为取悦西太后，更是不惜代价，如宫中第一辆自行车、第一辆汽车，皆为袁世凯孝敬给西太后的礼品。相比而言，光绪皇帝在春节敬献给西太后的礼品，不过是一柄玉如意而已。对于手握权柄的掌权者如荣禄、庆亲王奕劻等，袁世凯更是利用年节等机会大送特送。为此，他和北洋系官员、商人专门在北京西交民巷成立"临记洋行"，打着贸易买卖旗号，每日与宫内太监、庆亲王府、权贵大臣通电话，报告新进货源，表面上是征询购买与否，实际专为送礼贿赂之用探听消息，尤其在年节之前更是十分繁忙。

袁世凯送礼不仅仅是实物，还有银票。袁世凯第一次送银十万两给庆亲王，庆亲王初见还以为是眼花了，可见袁世凯舍得出手，必有所图。据清末民初胡思敬著《大盗窃国记》揭露，"袁世凯进贿（庆亲王）动辄三四十万"，其结果是权钱交易，沆瀣一气（两人还结了儿女亲家），庆亲王以后对袁世凯是言听计从，其后果则是清朝灭亡原因之一：庆亲王、袁世凯互相勾结玩弄诡计，软硬兼施，糊弄隆裕太后让清帝退位。

清代官场很腐败，逢年过节及婚丧、寿诞等，下属都要向上级及上级衙署办事人员奉送礼品钱两，而且正如《官场现形记》所说：州县一级衙门向上级奉送年节钱财是有规矩的："向来州、县衙门，凡遇过年、过节，以及督、抚、藩、臬、道、府六重上司或有喜庆等事，做属员的孝敬都有一定数目；甚么缺应该多少，一任任相沿下来，都不敢增减毫分。此外上司衙门里的幕宾，以及什么监印、文案、文武巡捕，或是年节，或是到任，应得应酬的地方，亦都有一定尺寸。""尺寸"大约指规矩，书中说一个州官上任后，年节送钱物，"笔笔都是照着前任移交的簿子送的"。

清人张集馨写过一部笔记《道咸宦海见闻录》，内中记录他在陕西做官时年节馈送上司的账目：将军三节两寿，粮道每次送银800两，又表礼、水礼八色，门包40两一次。两都统每节送银200两，水礼四色。八旗协领八员，每节每员送银20两，上白米4石。将军、都统又荐家人在仓，或挂名在署，按节分账。抚台分四季致送，每季1300两，节寿但送表礼、水礼、门包杂费。制台按三节致送，每节1000两，表礼、水礼八色及门包杂费。其中"门包"是指给上司门房的孝敬，可见"尺寸"一丝不差。

另《清代官场百态》记，同治年间上海知县叶廷眷，在任近三年，赶上过端阳节两次，中秋节、春节各三次，每逢年节，他都要派人至上司所在的松江府和苏州府送节礼，此外还定期至两府送月敬。其数目皆不小，如同治十二年（1873）端午节的一笔送礼账，有"汇松江洋一千六百廿元"之记录，这还不算同寅间遇年节、喜庆、吊丧、聚会等开销。难怪清人谚云："做官的俸银，不够上司节敬。"不送即得罪上司，哪怕借贷也要送。但这种逢迎必会恶性循环，转嫁给下属和百姓。清朝尤其是末年的官场腐败，更是加速清朝灭亡的重要原因之一。所以，借年节行腐败，后果严重，以史为鉴，必须警惕且要杜

绝。当然，也不是所有的上司都收礼，如《翁同龢日记》中，翁同龢
对于收礼就非常慎重，钱数多或礼品略微贵重一概不收。

王公贵族、官员豪绅的年礼，出于各种目的，自然不是寻常百姓
所能企及，单看《红楼梦》中的"乌庄头"孝敬的年礼，就已令人吃
惊了。百姓年礼就很正常，纯是人情往来。一般是点心匣子、干鲜果
筐、茶叶之类，上等茶叶包装为竹筒或铁筒，给孩子的礼品则为鞭炮、
小食品之类。穷苦百姓则是捉襟见肘。道光年间内务府包衣（旗籍奴
仆）穆齐贤家境贫寒，送亲友计有朋友儿子羊角灯一盏、友人鹿腿一
个、褪毛羊腿一个、白带鱼两条、冻豆腐一盒、姐姐面十斤、烟半斤、
槟榔五十枚，而这些年礼还都是亲友送他，他再转送。一个街坊，大
概也是个穷旗人，仅送他自己书写的"孝友可风"匾额，与贵族高官
相比，可见穷人年节送礼之寒酸（《〈闲窗录梦〉译编》）。像穆齐贤还
是有差使的，当过八品银匠首领，后出旗为民，当过教师，还有年礼
交际。比他更贫苦的百姓则无礼可送，清代京官内阁侍读翁曾翰写有
《海珊日记》，记录同治年间他参与腊月廿九和除夕两次去粥厂救济贫
苦百姓，第一次腊月廿九放发面票及现钱，共救济 7000 余人。第二
天除夕至粥厂发放馒头，共"两千六七百人"。第二年（同治十三年，
1874）腊月廿八、廿九又到粥厂救济。翁曾翰心里很难过，日记中写
道："中夜为之耿耿"，"不无戚戚"。

民国以后也有送店铺商家发行的礼品券，"点心匣子"的形式一
直延续至今，是北京人的偏爱。年节送礼其实是中国民俗的一个大题
目，些许篇幅很难说清。著名古典小说《红楼梦》，因为里面有关于各
阶层人在年节送礼的细致描写，简直就是一部缩微的年节送礼学的小
百科全书。

秋水余波

鲁迅剪辫与《自题小像》

鲁迅先生的《自题小像》是他青年时代的一篇重要诗作。关于这首诗的题目、写作时间、地点和诗意，长时期都存在着不同的看法和解释。

鲁迅这首诗的题目过去早有定论，缘于鲁迅挚友许寿裳先生的说法，被公认为是无可置疑的。然而也有少数与之相悖的论点存在，如有人认为"其实是应该称作'无题'的"（吴海发：《"二十一岁"的年龄与"风雨如磐"的"故园"——也谈〈自题小像〉的写作时间和地点》，《天津师院学报》1977 年第 5 期）；也有人认为应是"剪辫照相题赠的说法"（单演义：《自题小像的写作时间及其它》，《鲁迅作品教学初探》天津人民出版社 1979 年版）；有的人还认为作诗和剪辫并没有什么必然关系（常明：《〈自题小像〉的写作代问题》，《南京大学学报》1976 年第 3 期）。其实这首诗的作者在写诗时并没有写出诗题。1931 年在上海两次重写亦无题目，只有两则短短的题记。一则云："二十一岁时作，五十一岁时写之，时辛未二月十六日也。"另一则云："时辛未二月下旬，在上海也。"首先揭出诗题的是许寿裳。1936 年十二月鲁迅逝世后，许寿裳作《怀旧》一文云："1903 年他（指鲁迅）23 岁，在东京有一首《自题小像》赠我：'灵台无计逃神矢……'"与此意相近的话，许寿裳说过不止一次（许寿裳在《我所认识的鲁迅》及《鲁迅旧体诗集》序中均有相近说法）。他 1947 年在《亡友鲁迅印象记》一书中云："……别后（指鲁迅离东京去仙台后），他寄给我一张照片，后面题着一首七绝诗，有'我以我血荐轩辕'之句，我也在

《怀旧》文中，首先把它发表过了。"请注意许寿裳在两书中的说法前后矛盾，诗的写作时间和地点都变了。前者说是1903年在东京；后者则说是在仙台，而在仙台的时间却是1904年。时间和地点的变化，却给后来的注释和研究带来了混乱，如1938年上海鲁迅全集出版社出版《鲁迅全集》，将此诗收在第七卷《集外集拾遗》中，根据许寿裳前说，在目录中把它系在1903年；而王士菁的《鲁迅传》则据许寿裳的后说（见中国青年出版社1959年版）。而许寿裳自己后来的说法又有了变化，他在《我所认识的鲁迅》一书中云："鲁迅对于民族解放事业，坚贞无比，在1903年留学东京时，赠我小像，后补以诗。"在此之前，他一直是说诗题在照片后一同捐赠的，而在此书中却又云"后补以诗"，这样不同的回忆确实是令人无所依循。然而唯一前后不乱的就是诗的题目。但是，诗题可以肯定是许寿裳自己加上的。这可以举出例证。其一，鲁迅的断发照片不止赠给了许寿裳一个人。繁星在《分阴集》一书中说："所以以他（指鲁迅）决心剪去了头发，从新照了一张脱帽的照像，寄给我看，查旧日记是癸卯（1903）年二月间的事。"《鲁迅的青少年时代》一书中也谈到鲁迅在1903年4月（旧历3月），"托过去在南京时的一个同学把一只箱子带回家时"，其中除衣服书籍之外，"还有一张已剪去辫子的断发照，告诉家里，自己的辫子已经剪去，实际上也是宣告自己已经决心投身革命了的意思。"（其实投身革命云云只是作者的猜测，鲁迅本意并非如此，这在后面要谈到）这两张剪辫照均未题诗，如果鲁迅果真是为题剪发之照而作的话，他也应该将诗题上赠给别人，而不应该只赠给许寿裳。其二，如果许寿裳"后补以诗"的回忆是确凿的话，那就证明鲁迅是先剪发照像后写诗，先写诗后剪发题赠的说法就难以成立。那么鲁迅是否知道这一别人加上的诗题呢？可以肯定地回答：鲁迅是知道的。杨霁云在编选《集外集》一书时，收进鲁迅自1901年以来所写的旧体诗，其中第一首诗便是《自题小像》。这本集子经过鲁迅的校正，并写了序言。杨霁云在《编后杂记》中说："承作者赐给了许多指示及费力为本书校正。"由此可以看出，《自题小像》这个题目已经得到了作者的默认。鲁迅为什么会对别人所加的题目加以默认呢？为什么不换上自己写诗的诗题呢？据我推测，无非有以下数点：第一，为了尊重老友许寿裳，因为诗题是许寿裳提出来的，况又为外界所知。鲁迅出版的一些著作和文章就未曾署过自己的名字，而用其弟周作人之名，如《会稽郡故书杂集》等。第二，作旧体诗题目往往与诗意本身不一定有联系，古人有此通例，鲁迅自己的很多诗也仅标出"无题"二字。第三，此诗一非题断发照片，二非题赠许寿裳；但尽管写诗怀有别的意图，然而毕竟题在自己的照片赠给了许寿裳，在校阅《集外集》的时候，又找不到恰当的题目，所以也就只好让它既成事实，这也是符合情理的。

由此可以看出，鲁迅写此诗绝非为题自己的断发照片，全诗显然有着更深沉、悲壮和激愤的气质，决不是剪辫断发照片一事所能概括的。与鲁迅同时代的人也有过题断发照片的诗，如吴玉章老人1904年题于日本所摄断发照片诗云："中原王气久消磨，四面军声逼楚歌。仗剑纵横摧虏骑，不教荆棘没铜驼。"（《辛亥革命》）这首诗和所题的断发照片，基调是吻合的。而鲁迅诗中所包含的内容和立意，则显然超出了断发照片的范围。况且鲁迅在剪辫时还不具备清晰的革命思想，他剪辫也不是为了反清（这一点在后面还要申述）。

毫无疑问，我们如欲正确理解诗意，必须弄清诗的写作年代、地点和当时的社会环境。关于鲁迅此诗的写作年代最为复杂，是长期争论不休的一个关键问题。说法众多，各自成家，有1901年、1902年、1901年2月至1902年2月、1902年秋、1903年、1904年等数种说法。但大多数还是倾向于1903年这一说法。不少强有力的证据说明1903年之说是可以成立的，如鲁迅1904年4月在弘文学院毕业后要求转入仙台医专的入学申请书（山田野理夫：《鲁迅传》）、1904年6月1日向仙台医专申请入学的学业履历书（沈鹏年：《鲁迅研究资料编目》1958

年版)、1902年《清国留学生会馆第一次报告》、1903年《清国留学生会馆第二次报告》及同年4月17日出版的《浙江潮》第三期所载的鲁迅年岁，与鲁迅题记中的"二十一岁"（采用西洋算法）和许寿裳"二十三岁"（采用阴历算法）之说正相吻合，足以证明诗写于1903年无疑，以上几项资料得到不少人的引证和赞同，看来1903年之说应该是可以肯定的了。

关于诗的写作地点，也有数种说法。一种是日本仙台说，这种说法由于写作年代的确定而被自然而然地否定，因为鲁迅是在1904年才转入仙台医专学习的。一种说法认为是写于南京，20世纪50年代后出版的《鲁迅全集》认为此诗写于"1901年2月到1902年2月之间"，虽未明说但依此推断，鲁迅时正于南京路矿学堂学习。西北大学中文系所编《鲁迅诗歌注释》一书则正式提出写于南京的说法，赞成此说法的人不少。另外还有诗写于其故乡绍兴一说（吴海发：《"二十一岁"的年龄与"风雨如磐"的"故园"——也谈〈自题小像〉的写作时间和地点》，《天津师院学报》1977年第7期），根据鲁迅在诗中引用的《离骚》一典、鲁迅写《祭书神文》的时间及"故园"一词，来证明《自题小像》"很可能产生在写作《祭书神文》的同一时期"。最流行的说法自然是根据许寿裳之说而来的东京说。有关鲁迅诗歌诠释得比较权威性的著作——张向天的《鲁迅旧诗笺注》和周振甫的《鲁迅诗歌注》都持此说，以后的注释者基本采用此说。

我认为，南京说与绍兴说是站不住脚的。1901年2月至1902年2月鲁迅还在南京路矿学堂读书，这一时期他所写的旧体诗均收入《集外集拾遗》一书中。《祭书神文》是鲁迅1901年2月18日（清光绪廿六年庚子除夕）仿骚体作的一首诗，毫无任何政治内容。1901年2月写了《庚子送灶即事》，3月写了《惜花四律》，离家回南京时又写了《别诸弟三首》，都无任何政治内容。怎么单单《自题小像》就充满了浓郁的反清色彩了呢？

　　鲁迅此时尚未成年，清朝国民的标志——辫子亦未除去，又怎么可能出现诗中那样的反清情感？我们不否认鲁迅是一个早熟的人物，他的思想早熟程度要超过同年龄甚至比他岁数大的人，但是我们并不能离开当时社会环境的制约去人为地拔高。以《别诸弟三首》为例，诗中充满了"梦魂常向故乡驰，始信人间苦别离""怅然回忆家乡乐"一类低沉的基调，与"风雨如磐暗故园""我以我血荐轩辕"是何等不相融洽！再如《祭书神文》表现了封建世家子弟的"书香"之乐，《惜花四律》表现了某种不健康的情感，与《自题小像》简直不可同日而语，其泾渭之分一眼就可以看出。不少人引用诗中的"故园"一词证明作于故乡绍兴，这个论点的证据也很牵强。从某种程度上来说，古诗中"故园"与"故国"之间是有区别的，但也并非很严格。例如，杜甫的"故园今若何""孤舟一系故园心"，韦应物的"何处愁人忆故园"，岑参的"故园东望路漫漫"等例，诚然指的是家乡；但李后主的"故国不堪回首月明中"不但包含了"故国"的成分，也包含了家乡的成分。而且，古人称"故园"一般是离别很久才如此称呼。鲁迅从南京回到绍兴，所作《别诸弟》前后六首的基调与《自题小像》来比较，是不一致的。《别诸弟》六首中也不断提到家乡，用的是"离家""故乡""家乡"，1912 年写的《哀范君三章》，用的是"故里"一词。从《自题小像》全诗的气质、立意来看，"故园"一词不可能指绍兴或南京，而肯定是在日本怀念祖国，以"风雨如磐"来喻当时黑暗的形势。至于鲁迅为什么不用"故国"而用"故园"，据我推论显然是为了迁就押韵，"园"与"辕"可通押一个韵部，"国"属入声，在此不能押韵。再者，鲁迅到日本以后反清意识逐渐强烈，并参加了章太炎发起的光复会（这一点至今仍有争论）。他是不承认清王朝统治为"故国"的，而只承认轩辕后裔居处的地方是自己的"故园"。另外，旧体诗的用字灵活性很大，我们在领会时是不可拘泥的。

　　由此可以证明，鲁迅此诗可认为 1903 年作于日本东京。但鲁迅为何作此诗？是不是先写诗后剪辫再题照？我认为此说绝难成立，先引用鲁迅自己的论据去反驳这种说法。鲁迅在《因太炎先生而想起的二三事》一文中明确指出："我的剪辫，却并非因为我是越人，越在古昔，'断发文身'，今特效之，以见先民仪矩，也毫不含有革命性，归根结蒂，只是为了方便：一不便于脱帽，二不便于体操，三盘在囟门上，令人很气闷。在事实上，无辫之徒，回国以后，默然留长，化为不二之臣为多得很，而黄克强在东京做师范学生时，就始终没有断发，也未尝大叫革命。"由此可见，鲁迅并不把剪辫与否作为区分革命与保皇的标准，他自己也承认当时的剪辫"毫不含有革命性"。当时一般人剪辫都是为了表示与清朝一刀两断，鲁迅剪辫不是为此，那么可证明鲁迅当时还不具备有革命思想和反清意识。可见鲁迅《自题小像》一诗绝不是作于剪辫断发之照，而肯定是作于剪辫、照相之后。

那么，鲁迅此诗究竟为何而作？我认为鲁迅此诗是因章太炎入狱一事而作，诗中的"寒星"即指章太炎。对"寄意寒星荃不察"这句诗的很多注释都已成定论，其实并非符合鲁迅原意。"荃不察"最早的解释者当推许寿裳。他在《怀旧》一文中云："述同胞未醒，不胜寂寞之感。"在《鲁迅旧体诗集》跋中亦云："同胞如醉，不胜寂寞之感。"此说一出，即广为注家所沿用。不少有关鲁迅诗歌的著作，如张向天《鲁迅旧诗笺注》（广东人民出版社 1959 年版）、周振甫《鲁迅诗歌注》（浙江人民出版 1962 年版）、复旦大学与上海师大中文系编《鲁迅诗歌散文选》（上海人民出版社 1974 年版）、山西人民出版社《鲁迅诗歌选读》（1977 年版）、倪墨炎《鲁迅诗歌选》（天津人民出版社 1977 年版）等基本采用了许寿裳的说法。有的还加以发挥，如《鲁迅诗歌散文选》认为是"借指祖国人民。作者认为，他的爱国的热情还没有被当时的人们所察识"；有的则更进一步，如倪墨炎的《鲁迅旧诗浅谈》则认为是"以'荃'来比喻人民群众，把革命的希望寄托在人民群众的觉醒上"；《鲁迅作品教学参考资料》中的说法与倪说完全相同。鲁迅自己说过：“倘要论文，最好顾及全篇，并且顾及作者的全人，以及他所处的社会状态，这才较为确凿。”（《且介亭杂文二集·"题未定草"六至九》）鲁迅留学日本写此诗时，马列主义在中国并未传播，在日本也是知之甚少。鲁迅本身还不是一个共产主义者，他的思想也只是属于旧民主主义最初阶段。"唯有新兴的无产者，才有将来"这一思想，是 1927 年以后，鲁迅逐渐受到马克思主义影响才形成的。而当时 19 岁的鲁迅，是不可能有"把革命的希望寄托在人民群众的觉悟上"这样一种思想的。

我以为，关键的是"荃"究竟是否指"同胞"或"人民群众"？过去都公认许寿裳的解释是权威性的，但鲁迅诗中的"荃不察"是彼我关系，而"不胜寂寞"则是一种自我感觉，因而用自我感觉去解释彼我关系是不可能成立的。"荃不察"一语实际是借用屈原《离骚》中的成句"荃不察余之中情兮"，王逸注为："荃，香草，以喻君也。人君被服芳香，故以香草为喻。"可见，屈原诗中的"荃"是指君主。关于"荃"还有数种用法，如《庄子·外物》："荃者，所以在鱼，得鱼而忘荃。"这里"荃"指捕鱼器，与鲁迅诗意风马牛不相及。还有一种用法，也是从屈原诗中引申而来，作"荃察"，为旧时书信中希望对方谅解之谦辞。此亦不符鲁迅诗意。那么，鲁迅为什么会用君主的喻词来代指"同胞"呢？有的文章曾看到这一点，但和当时的拒俄运动联系起来，认为"荃"指清朝皇帝，是"隐喻清王朝不理睬拒俄义勇队和广大爱国志士的抗敌愿望"（杨天石：《"荃不察"与"轩辕"——〈自题小像〉新探》，《南开大学学报》1977 年第 4 期）。其实细分析鲁迅"寄意寒星荃不察"一句，并无任何贬义，可见此解不能成立。

我认为，鲁迅的这句诗是深有含意的，其中"寒星""荃"必有所指。前面已经肯定此诗非为剪辫断发而作，故我认为必有重大事情触发鲁迅才有此作。细推敲当时重大事件而又和鲁迅密切相关当数章太炎因"苏报案"入狱及 1903 年 9 月《浙江潮》发表章氏狱中诗作，此在当时声闻海内外。而章氏在狱中所作充满英雄气概的两首诗（章氏狱中诗还有《狱中闻湘人杨度被捕有感二首》），与赠邹容二首"最为鲁迅所爱诵"（许寿裳语，见《亡友鲁迅印象记》）。许寿裳云："还有章先生的《张苍水集后序》，也是鲁迅所爱诵的。"此文充满反清意识，鲁迅无疑受此影响颇深，郭沫若在《鲁迅与王国维》一文也谈及鲁迅留日期间受章氏影响极深。尤使鲁迅受到极大感动，以至（20世纪）三四十年代还不能忘怀（见《关于太炎先生二三事》）。他在1939年9月25日致许寿裳信中也云："得《新苗》……从中更得读太炎先生狱中诗，卅年前事，如在眼前。"他还认为此"实为贵重文献"，应"汇印成册，以示天下，以遗将来"，并还要筹备"募捐印行"（《鲁迅书信集》下卷）。以上所举两则文、信，均为鲁迅逝世前不久之作，可见对鲁迅影响是何等重大。鲁迅是太炎先生弟子，他对当时这样一位所向披靡的革命家及其品德学问是非常尊重和敬仰的，后来还加入他所领导的光复会。在鲁迅的数位老师之中，章太炎是最受尊重的。以至鲁迅对他甚至偏爱至深，甚至如喜欢用怪句和写古字等。而且师生之间交谊深厚，肺腑相通，数十年亦是如此。如1912年章太炎大闹总统府痛骂袁世凯之后遭受囚禁，愤而绝食。当时他在北京的弟子们都来相劝，鲁迅被推举为代表进言。经过鲁迅的婉转陈词，章太炎才开始进食（景宋：《民元前的鲁迅先生》）。后来太炎先生移禁在东四钱粮胡同，鲁迅又四次冒风险前去探望。

太炎先生深受感动，曾手录《庄子·天运篇》中的一段话相赠。又如1932年章太炎北上讲学，在北京弟子举行的欢迎宴会上未见鲁迅，便询问道："豫才现在怎样了？"学生们答道："现在上海被认为是'左倾'分子。"章太炎遂云："他是一向研究俄国文学的。"（孙伏园：《惜别》）从这两则事例中我们不难看出师生二人之间是相当理解的。所以，可以说当时"苏报案"章氏入狱及其狱中诗对鲁迅写诗是起了很大的刺激作用的。故"寒星"非常有可能指章太炎。宋玉《九辨》云"愿寄言夫流星兮"，王逸注云"欲托忠策于贤良也"，可见"星"乃指"贤良"之人。鲁迅的"寄意寒星"无疑即从此而来，而当时的"贤良"之士，在鲁迅心中非章氏莫属。那么鲁迅为什么要冠以"寒"字呢？我以为鲁迅写此诗乃1903年9月《浙江潮》首次发表章氏狱中诗作之后，时值秋月；而鲁迅当时看到的章氏的两首诗中又有"英雄一入狱，天地亦悲秋""萧萧悲壮士，今在易京门"之句，其中"悲秋""萧萧悲"不是很符合"寄意寒星"的渲染气氛吗？进而我以为"荃"应指轩辕即黄帝。鲁迅针对当时兴起的宣传黄帝之热（章氏是首倡之人），又看到章太炎英勇入狱及入狱后的凛凛诗篇，因而向革命志士表示了真诚的敬意，并立誓要以身实践为祖国奋勇献身。因而第三句诗如译成白话，意应为：我寄意为祖国光复陷身囹圄的志士，黄帝是不能觉察我们的忠心的。与第四句联起来，诗意就更贯通了：胜利是不能靠黄帝赐予的，只有靠我们自己的鲜血和生命才能光复祖国。附带提一下，从此诗中我们可以看出，此时的鲁迅还不太理解宣传的重要性，还只是片面地认为光靠鲜血就可以使革命成功。只是在思想真正成熟之后，他才懂得了宣传的作用。所以后来他的弃医从文及毕生从事革命文学，是深知此中甘苦的。这恐怕也是他后来两次重题的其中一个原因吧？

综上所述，简而言之，依笔者推证：鲁迅此诗，应作于东京，时为1903年9月以后，是为读章太炎狱中诗后，有感于章氏壮举而作。谨以上述刍论以就教于方家。

戊戌前后的李叔同

专治律宗的南社诗僧弘一大法师李叔同，年少时却也是个翩翩才子。他生于天津，其父李筱楼乃名进士，他幼年即喜读史，并从赵幼梅学词，从唐敬严学篆及刻石，尤好伶艺。他常常到北京与坤伶杨翠喜、歌郎金娃娃及名妓谢秋云等人以艺事往还，这对他以后从事演剧获益匪浅。他不仅与这些女艺人切磋歌技，亦常常酬唱诗词，于中亦可窥见他与女艺人的深厚友谊。如他有《金缕曲》赠金娃娃："秋老江南矣。忒匆匆，春余梦影，樽前眉底。陶写中年丝竹耳，走马胭脂队里。怎到眼都成余子。片玉昆山神朗朗，紫樱桃慢把红情系。愁万斛，来收起。泥他粉墨登场地。领略那英雄气宇，秋娘情味。雏凤声清清几许。销尽填胸荡气。笑我亦布衣而已，奔走天涯无一事，问何如声色将情寄。休怒骂，且游戏。"又有《菩萨蛮》赠杨翠喜："燕支山上花如雪，燕支山下人如月。额发翠云铺，眉弯淡欲无。夕阳微雨后，叶底秋痕瘦。生小怕言愁，言愁不耐羞。"

戊戌维新兴起，他开始关心国家命运，并与维新人士交往。他很同情维新变法，并极为仰慕维新领袖康有为，曾自镌一枚图章曰："南海康君是吾师。"可惜维新之风昙花一现，他也被人指为康党，鉴于维新失败，北方无可作为，为避祸他不得不离开北京，奉母南迁到上海，那时他还不到 20 岁。国事蜩螗，他心情也很黯淡，便把身心倾注在所酷爱的金石之学上。他 19 岁那年在上海已以书画金石冠绝一时，21 岁时即刊行《李庐印谱》《李庐诗录》。这期间他写了不少爱国诗词，以抒发其苦闷情怀。如他在光绪三十一年（1905）东渡日本留学前曾写《金缕曲》赠别诸同学，道尽留恋祖国的赤子情怀，几令人凄绝泪下：

披发佯狂走。莽天涯、暮鸦啼彻，几株衰柳。破碎山河谁收拾，零落西风依旧。便惹得离人消瘦。行矣临流重太息，说相思刻骨双红豆。愁黯黯，浓于酒。

漾情不断淞波溜。恨年年絮飘萍泊，遮难回首。二十文章惊海内，毕竟空谈何有。听匣底苍龙狂吼：长夜凄风眠不得，度群众那惜心肝剖。是祖国，忍辜负。

李叔同是中国近代有代表性的知识分子，他没有像柳亚子、章太炎那样成为革命斗士，而采取遁入空门之路，这不能不是那个黑暗时代的产物，然而他毕竟不能忘怀时事，爱国之心也从未泯灭，他参加南社便是一个证明。卢沟桥事变爆发，李叔同时年57岁，正在山东青岛湛山寺，闻此消息，即写横幅"殉教"两字悬于僧舍，并题记云："曩居南闽净峰，不避乡匪之难；今居东齐湛山，复值倭寇之警。为护佛门而舍身命，大义所在，何可辞耶？"

他并不仅仅表示殉教，更是深怀国家有难不惜殉命之心。遁入空门20余载，"是祖国，忍辜负"，一刻未曾忘怀。他曾赠柳亚子诗曰：

亭亭菊一枝，

高标矗劲节。

云何色殷红，

殉教应流血。

战事紧张时，福建厦门拟举办全市运动会，以激励百姓抗日热忱，并募捐救济难民，李叔同欣然接受撰写运动会会歌。李叔同书法极佳，但平常除弘法，并不流布世俗，但抗战军兴，李叔同曾书写"学佛不忘爱国"墨迹，广为散发，以表明救亡抗倭之志。

1938年4月，厦门沦陷。某日，寺庙忽然进来一众日寇，为首者为日寇海军舰队司令。他在日本侵华战争前即心仪李叔同，为此专程拜访。日酉知道李叔同日语甚佳，想与李叔同日语交流，李叔同以"在华言华"断然拒绝。日酉无奈只得用翻译交谈。告辞之前，日酉向李叔同邀请：上师在日本大享盛誉，若可东渡讲经，当执国师之礼。李叔同双手合十，淡然回答："出家人宠辱俱忘，敝国虽穷，爱之弥笃。尤不愿在板荡之时离去，纵以身殉，在所不惜！"对方一时惊愕，只得怅然躬身退去。其殷殷爱国之情，令人仰止。《弘一法师诗词全编》收李叔同戊戌前所写爱国诗词还有很多首，感情深挚，兹不再引。他的遗偈"华枝春满，天心月圆"，深切表明他在圆寂前的深情祝福祈祷。

"壮士横刀看草檄"

现在的年轻人对苏曼殊这个名字太陌生了，但在辛亥革命时期，苏曼殊的诗文整整影响了那一代青年。他不仅是清末最早觉悟的爱国知识分子之一和辛亥革命志士，亦是享誉一时的文学家、翻译家、画家。他的诗凄丽清新，极富画意，被誉为"却扇一顾倾城无色"；他的小说以描述男女爱情去抨封建礼教，曾使千万青年感动。他最早翻译雨果的《悲惨世界》及拜伦、雪莱的诗篇，借以鼓吹反清革命，对当时青年人影响很深。鲁迅年轻时就受到曼殊译拜伦诗《哀希腊》的熏陶。鲁迅在日本期间，与苏曼殊等还拟筹办文学刊物。

苏曼殊生于日本，后回到家乡广东香山县（今中山市）。15 岁时又随表兄留学日本，受孙中山先生影响颇深。他就读的横滨大同学校，同窗中不少是同盟会元老。他是留日学生的第一个反清革命团体青年会发起人之一，受孙中山委托于留日学生中组织拒俄义勇队，并随黄兴练习过射击，以备举行反清起义。这时他已考入振武学校学习陆军，加入以起义、暗杀为宗旨的反清秘密组织"军国民教育会"。1903年回国，到上海任《国民日报》翻译，与陈独秀、章士钊等同事。名著《悲惨世界》（那时译成《惨世界》）就是这时译出而刊载在《国民日报》上的。他还为报纸写过不少革命杂文。这期间他与陈独秀关系最为密切，在文字上得到陈独秀不少教益，陈独秀教他写文章、作诗，为他的作品润色，据说苏曼殊所译《惨世界》就是经过陈独秀润色的，所以苏曼殊称陈独秀是他的"畏友仲子"。这时苏曼殊才 20 岁。不久因报刊停业，他便到香港投兴中会负责人陈少白，希望在革命事业上有所作为。但因发生了误会，加之封建商贾的家庭要他完婚，他一气之下到广东惠州当了和尚。但他终究不能忘怀祖国沦亡于清朝的腐败统治之下，因而他又开始参与反清革命活动。1904 年他曾准备暗杀保皇派首领康有为，并在长沙参与了华兴会筹划武装起义的计划，因事泄又出走上海。这期间，黄兴在上海召集部分华兴会成员举行秘密会议，决定今后实行暗杀行刺与武装起义并举的方针，苏曼殊也参加了这次重要会议。他还揭露过同盟会叛徒刘师培的丑行。虽然苏曼殊与刘师培为挚友，但他还是将这一消息及时通知了陈独秀，由此可见苏曼殊的革命立场。

孙中山曾为苏曼殊遗著题写书名。辛亥革命成功后，袁世凯窃国篡位，国民党元老宋教仁被袁世凯刺杀后，孙中山先生发动讨袁的"二次革命"。失败后，中山先生与黄兴等流亡国外，苏曼殊愤而公开发表《讨袁宣言》，宣称要"起尔褫尔之魄"，以示与袁贼誓不两立。随后亦再次东渡日本。据文公直《曼殊大师之身世》云："曼殊谒孙中山，颇蒙优遇，受感动，而矢诚加盟于同盟会。"当时，中山先生在南京将国民党改组为中华革命党，曼殊义无反顾慨然加入。苏曼殊在日本期间，成为国民党的反袁机关刊物《民国》的重要撰稿人。在此期间，他与孙中山先生过往甚密，中山先生极赞许其才，对他亦优渥有加。某次发党员费用，有人以"曼殊尝学陆军，胡不预戎事"而"拟吝不予"，"嗣为总理（孙中山任国民党总理——笔者注）所闻，卒令与之"。由此可窥中山先生爱惜曼殊之一斑。其实，何止中山先生爱惜，那一代耆宿元老，无不对其钦顾有加。

1916 年，中山先生遣居正为中华革命军东北军总司令，赴山东发动反袁起义，苏曼殊喜极而前往慰劳，但不久即因过度劳累致肠胃病加剧。他从山东归来后，先住上海环龙路四十四号孙中山寓所。病重后，与他在江南陆军小学教过的学生陈果夫同住于白尔都路新民里十一号蒋介石家中，得蒋介石之妻陈洁如悉心照料。因他长期漂泊困苦，遂至病倒。先就医于宝昌路某医院，后又移住广慈医院，终因肠胃病于 1918 年 5 月 2 日逝世，死时仅 35 岁。在苏曼殊临逝之前，正值孙中山先生在广州誓师北伐。他于病榻之上曾向友人致信表达他从军北伐的愿望："急望天心，使吾疾早愈，早日归粤，尽我天职，吾深悔前此之虚度光阴也。"如果不是因为沉疴不起，而能够追随他素来敬仰的中山先生从军北伐，他在革命事业和文学事业上一定会大有作为的。

苏曼殊自留学日本参加革命活动，即与很多著名的辛亥元老都有交往，并发生过不少感人的轶事。

1905 年，年仅 22 岁的苏曼殊到南京陆军小学任英文教师，与收邹容尸骨的南社诗人、侠士刘三同事。这是他第一次来南京，尝作《登鸡鸣寺观台城后湖》赠刘三。

苏曼殊在日本追随孙中山先生进行反清活动，归国后在湖南参与筹划华兴会起义，事泄后旋赴南京。这期间，他结识了革命军事家、新军标统赵声（伯先），二人成为莫逆之交。苏曼殊在《燕子龛随笔》中云："余教习江南陆军小学时，伯先为新军第三标标统，始与相识，余叹为将才也。"南社老人郑逸梅在《清娱漫笔》中亦有记载："曼殊在南京，常和赵伯先饮酒啖板鸭，既醉，相与控骑于龙蟠虎踞之间，一时称为豪举。"苏曼殊对赵声的军事才干极为佩服，先后绘《终古高云图》《绝域从军图》相赠，后来赵声请苏绘一幅寄托反清壮志的《饮马荒城图》，未及绘成，赵声却因黄花岗起义失败呕血而死，苏曼殊悲恸之余，将画赶成托人焚化于香港赵声墓前，并慨然长叹："此画而后，不忍下笔矣。"次年，他应同盟会老友刘师培之邀，到芜湖皖江中学堂任教，与革命志士陶成章等订交。在此期间，他又到南京晤刘三，作《莫愁湖寓望》一诗云："清凉如美人，莫愁如月镜。终日对凝妆，掩映万荷柄……"全诗含蓄地抒发了爱国情感，写来如淡墨水画，蕴意深远。

苏曼殊往返几次到过上海，皆住于孙中山、蒋介石寓所，由此可见他与孙中山先生的情谊。逝世前的最后一次来上海是民国元年（1912），主持《太平洋报》笔政，续刊出版了《断鸿零雁记》。苏曼殊也是反清革命团体南社社员，与在上海的南社诗人们每有唱和，可惜流传存世绝少。他有一首诗作，是赠给几位在上海的南社社友的："寒禽衰草伴愁颜，驻马垂杨望雪山。远远孤飞天际鹤，云峰珠海几时还？"韵致高雅，笔调宜人，是缅怀友人的一篇佳作。当然，他也有豪情慷慨之作："壮士横刀看草檄""披发长歌揽大荒"，同样为世人所传诵。

苏曼殊于上海逝世后，人们无不为之惋惜。中山先生颇为感伤，因其身后一文不名，遂与汪兆铭商议筹款，指示曼殊病中所欠医药费用及丧葬款项等，均由革命党人负担。并委托汪兆铭为其料理丧事，为苏曼殊举行了隆重的送葬仪式。1918年6月8日，反清革命团体南社同人奉枢于上海沪北站启程，将苏曼殊遗体安葬于他生前喜爱的西湖孤山之畔，并立了一座"曼殊塔"，上面镌刻了记载苏曼殊生平的铭文，以让后人永远怀念这位爱国志士和文学家。

"两人鬓影自摇天"

——陈三立与范伯子

画家范曾（范伯子曾孙）曾写过一首《题为云君所著书论》，诗云：

> 云君乘兴说钟繇，
> 洗尽诗人万古愁。
> 想象昱景照胆剑，
> 霜风挟雨墨中流。

诗后附有注云："云君散原老人裔孙，散原与曾祖伯子先生两老契好，遂结儿女姻缘，真文学史之奇迹也。"注中提到的"散原老人"即清末同光体诗坛盟主陈三立，散原是他的号。散原老人字伯严，江西义宁人。他是清末民初的诗文宗伯，与湖北浠水陈曾寿、福建闽侯陈衍并称"海内三陈"，因而有"吏部诗名满海内"之誉。散原老人不仅以诗名重一时，而且颇有爱国气节。他早年参与过戊戌变法，其父陈宝箴为湖南巡抚，戊戌维新时积极推行"新政"，罗致和保荐过不少维新人士如黄遵宪、谭嗣同、梁启超、杨锐、刘光第、林旭。散原老人当时亦多参与规划。时人誉他与谭嗣同、徐仁铸、陶拙存为维新"四公子"。变法失败后，其父以荐主革职永不叙用，他也以"招引奸邪"之罪革去户部主事职衔。此后，清廷虽开复他原职，但他不肯再仕，"凭栏一片风云气，来做神州袖手身"，而专心致力于诗与古文辞的写作了。

陈三立的诗名在当时是口碑相传的。1924年，印度诗哲泰戈尔访问中国，一时名传遐迩。直至今天，都会引用《申报》刊载泰翁与徐志摩、林徽因合影照，以说明泰翁与中国名人的交往。其实1925年《申报》还刊登泰翁与陈三立合影照，并题注云："今代亚洲二诗人合影。"照片上泰翁着印度长袍，银髯飘拂；三立老人则着袍褂，瓜皮圆帽，面露一丝笑意。这是泰翁到西湖时专至陈三立寓所登门拜访合影留念，徐志摩陪同翻译。泰翁向三立老人赠送他的诗集，并请三立老人以中国诗坛代表身份回赠诗集。陈三立谦逊回答，不敢以此自居，也并未向泰翁回赠自己的诗集。尽管老人谦逊，但他旧诗界领袖的地位是公认的。1936年，国际笔会在英国伦敦召开，邀请中国代表与会。中国推举胡适与陈三立，恰好代表新、旧文学，但因陈三立已84岁了，再加上远涉重洋，实在无法成行。

辛亥革命后，散原老人思想有些守旧，却很注重民族气节。1933年他迁居北平，时年过八旬已白发盈耳。他谒见年轻时的座师陈宝琛，不顾别人劝阻，仍行跪拜之礼以尽弟子之情。当时郑孝胥、罗振玉看他如此"遗老风度"，便拉他去伪满洲国"排班"，不想散原老人却以为汉奸行径而凛然拒绝。当时他很忧愤时事，在日寇进犯上海时日夜不安，曾于梦中大呼杀敌。北平沦陷后，日军占领当局以他的名望，多次请他出任伪职，他坚不理睬。日军占领当局竟在他宣武杨梅竹斜街的宅前布下侦探监视和威胁，气得他让仆人持帚驱赶。1937年9月，他忧患成疾，以报国无望绝食5日而殁，终年84岁。陈三立逝后，灵柩暂厝北京长椿寺达11年之久，1948年才由亲友护送南下，抵杭州他生前选留的生圹安葬。三立老人生前还作一副挽自己联："一生一死，天使残年枯涕泪；何聚何散，誓将同穴保湖山。"诗人心慨，可见苍凉！

散原老人与其父陈宝箴及两个儿子历史学家陈寅恪、大画家陈师曾皆列传于《辞海》之中。而陈师曾便是范伯子的女婿，算来该是范曾的姑祖。范伯子是范曾的曾祖，也是同光年间开一代诗风的诗坛巨擘和领袖人物，清末时人仿乾嘉时诗人舒位的《乾嘉诗坛点将录》，也编了一部《同光诗坛点将录》，仿《水浒传》一百单八将绰号名姓，将同治、光绪年间名诗人圈点列入，称范伯子为"呼保义宋江"，列为诗坛头把交椅。他有《范伯子全集》传世，诗集曰《伯子集》。伯子先生的远祖为北宋一代名臣和词家范仲淹，先祖为明末大诗人和文学家范凤翼，《明史》上有他的本传。范伯子在《辞海》也列了传，曰："范当世（1854—1905），清末文学家。初名铸，字无错，后字肯堂。江苏通州（今南通）人。同治岁贡生，曾为李鸿章幕僚。从张裕钊学古文，又同吴汝纶、陈三立等结交。所做散文属桐城一派。也能诗，与弟钟、铠齐名，称通州三范。有《范伯子诗集》。"《中国人名大辞典》也有"范当世（伯子）"条目，云其"有才名"，"能合苏、黄之长"。至于清末民初以来的诗话笔记中提到的范伯子的记载就更多了。比如范伯子声名驰誉，但生活清贫，当西席时曾遗失 3000 银圆，却心静如水，可见他的气度胸襟。范伯子在青年时代就以诗文名重，与南通另外两位才子张謇、朱铭盘为一时之俊彦。伯子与桐城派大家吴汝纶相交，伯子之妻便是桐城派领袖姚鼐之女姚倚云。姚倚云亦能诗，有才女之誉，著有《蕴素轩诗》。所以范伯子的墓碑由吴汝纶所撰，张謇书之。南通出了三个知名人物，号"通州三生"，除张謇、范伯子，还有朱铭盘。张謇入吴长庆幕，范伯子入李鸿章幕。甲午战起，张謇主战，范伯子主和，张知日本野心，迟早必战，而范知北洋海军老大迟暮，不堪一战，但二人虽有分歧，谊情不悖，所以张謇书碑文是理所当然。

范伯子在同光年间开一代诗风，所作多有睥睨千古的气概。散原老人当时与伯子声气相求，对伯子极为推崇，盛赞他是"苏（东坡）黄（庭坚）以下无此奇"。陈三立的诗集中有很多赠伯子的诗，极见情挚，如"万古酒杯犹照世，两人鬓影自摇天"。伯子的诗颇有声动山川的气概，他自己写过一首七言评自己的诗：

> 我与子瞻为旷荡，子瞻比我多一放；

我与山谷作犹健，山谷比我多一练；

惟有参之放练间，独树一帜非羞颜；

径须直接元遗山，不得下去吴王班。

这似乎是伯子作诗追求的纲领，这在晚清确实是开一代诗风的。晚清的诗人夏敬观有《读伯子诗集题其后》诗：

伯子平生龙鹤气，蜿蜒天矫入篇中；

能教天下翕然变，岂谓其文穷始工；

齐楚太邦真不愧，同光诸士谁能雄？

诗苑骚艳多疑义，犹及生前一折衷。

夏敬观不仅推崇，而且认为同光体的开派宗师应属伯子。所以《清四百家诗》中，范伯子收诗 105 首，而散原老人仅收诗不到 10 首，这是有其缘故的。钱仲联先生以 95 岁高龄为《范氏十三代诗文钞》作序，文中极推崇范伯子而不惜辞藻。其实，范伯子不仅诗可成家，所作对联也可圈可诵，至今南通紫琅山仍存他对联一副："百里蒙庥，山川大神享于此；万方多难，云雷君子意如何？"工稳大气，有声动山川之概。再如他挽李鸿章联："贱子于人间利钝得失，渺不相关，独与公情亲数年，见为老书生、穷翰林而已；国史于大臣功罪是非，向无论断，有吾皇褒忠一字，传俾内诸夏、外四夷知之。"不仅道出个人情谊，且褒贬不露行间，情理并茂，堪称挽联佳篇。范伯子做过李鸿章的幕僚，李鸿章生前对范伯子亦颇尊敬，致函必称"兄"。明末清初以来，范家的谱系中出了近百位诗人、文学家和画家，范伯子的两个弟弟受学于兄，诗文成名，时称"南通三范"，所以老大自称"伯子"。画家范曾的诗不乏伯子的流风余韵。伯子推崇苏东坡、黄庭坚，画家范曾喜欢通读的古诗人中除了屈原、辛弃疾，便是苏东坡了。

值得一提的，范伯子和散原老人这两位中国诗史上同光体诗坛上双峰并峻的巨擘，不仅声气相求而枹鼓（《伯子集》《晚清诗抄》颇有两人唱和之作），而且契好之下还结了儿女姻缘。散原老人之子、近代赫赫有名的大画家和诗人陈师曾便做了范伯子的东床快婿，这不仅是中国诗史上的齿有余香的佳话，而且滥觞出了以提倡"以诗为魂，以书为骨"的新文人画的渊源。

　　陈师曾在近代以画、诗、书、印冠绝一时，有诗集《槐堂诗抄》《染仓室印存》《陈师曾先生遗墨》《中国绘画史》《文人画之研究》等。被誉为"才华蓬勃，笔简意绕"。梁启超更佩服他的学问，对他的殁世曾叹为中国文化界的"大地震"。特别是陈师曾提倡文人画并身体力行，对后世影响颇巨。

大江南北两刘三

清朝末年的知名人物，有大江南北两位"刘三"，行事不同，风范亦不同。当时在上海有一位名满江南的南社诗人和义士刘季平，原名刘钟龢，字季平，号离垢，上海华泾人。因其行三又颇行侠好义，遂自取别号"江南刘三"，出自清代名诗人龚自珍的《送刘三》诗："刘三今义士，愧杀读书人。风云衔杯罢，关山拭剑行。英年须阅历，侠骨岂沉沦。亦有恩仇托，期君共一身。"刘季平仰其诗中节义之慨，遂以"刘三"期以自许。但他字季平，"季"是兄弟排行第四的代称，不过旧时代都是叔伯兄弟大排行，或许他是大排行中行三。刘季平以诗名入南社，南社盟主陈去病却称他为"侠客"。

刘季平的"侠客"气度和"江南刘三"的义名更为远播，是为冒险营葬邹容骸骨。邹容因著《革命军》被清廷下狱致死（一说为被毒毙）。之后遗体被狱方弃置墙外，并限令家属十天之内必须择地收葬。幸有在《中外日报》馆工作的四川同乡陈竟全等人筹集40洋元备棺收殓，因邹容是四川籍，暂厝于四川义庄。收尸者怕受株连，只在棺上写有谐音的"周容"两字，以免棺椁湮没。得知此事的革命志士为邹容死后无一抔之土安葬为安，无不扼腕叹息。

刘三1903年赴日留学时结识邹容、陈独秀、苏曼殊等人，后加入孙中山所创兴中会，与邹容皆为反清同志。此时刘三见一时无人敢下葬邹容遗骨，不避株连问罪之险，毅然将其遗骨埋于自己的家乡上海华泾县老宅黄叶楼旁，并筑墓立碣。

辛亥革命后，孙中山就任中华民国临时大总统。为表彰邹容烈士的功勋，特追赠邹容陆军大将军荣衔。1912 年 9 月初，南京临时大总统府秘书马小进景仰邹容烈士，曾约苏曼殊同至华泾访挚友刘三，谒邹容墓，并赋诗纪事。

刘三行侠仗义，有古之遗风。他从未宣扬在自己宅旁割地营葬邹容之事，致使世人多不知刘三葬邹容于自己宅地义举。刘三后去北京大学、北京高等师范学校、东南大学等执教前后达六年，世人更鲜知邹容遗冢所在。

1922 年冬，曾与邹容一同入狱赋诗唱和相激励的章太炎，一直不忘邹容身后事。得知刘三营葬墓冢于华泾，即与蔡元培到此寻觅，经一番周折，询问当地乡农，才在荒地杂草中找到。奠祭之后，二人商议重新整修邹容墓。

1924 年清明节，章太炎相约与邹容有交往的同盟会元老于右任、张继、马君武、章士钊、李印泉等二十余人，前往华泾祭扫邹容墓。大家决定不仅要整修邹墓，还要立墓表和刻碑纪念。

扫墓之后，同行者至刘三的寓所黄叶楼聚饮。刘三捧上素色纸书请祭扫者题诗留念，众人有感于刘三的豪气和侠义，皆赋诗书赠。

章太炎的赠诗是：

> 落魂江湖久不归，
>
> 故人生死总相违。
>
> 只今重过威丹墓，
>
> 尚伴刘三醉一回。

"威丹"是邹容的表字。大约是鲁迅所说"渐入颓唐"，此诗气格远不如当年他所写的《狱中赠邹容》："邹容吾小弟，披发下瀛洲。快剪刀除辫，干牛肉作糇。英雄一入狱，天地亦悲秋。临命须掺手，乾坤只两头。"此诗慷慨沉郁，一经吟出便广为传诵，难怪鲁迅为之激赏，特抄录于《忆太炎先生二三事》一文中。

于右任的诗是：

> 廿载而还事始伸，
>
> 同来扫墓一沾巾。
>
> 威丹死后谁收葬，
>
> 难得刘三作主人。

当年《苏报》案发，清廷索捕甚急，曾与邹容一同隐匿的张继，抚今忆昔，感慨题诗：

> 威丹死后无人事，
>
> 只赖刘三记姓名。
>
> 廿载复仇成大业，
>
> 敢浇清酒答前盟。

李印泉的诗是：

> 君倡革命军，
>
> 杀身何壮烈。
>
> 酹酒吊荒冢、
>
> 桃花共泣血。

章士钊的诗是：

> 谒墓来华泾，
>
> 重见刘高士。
>
> 谢君葬友恩，
>
> 不敢题凡字。

赠诗当然是现场口占，或少深思推敲，略输文采，姑引数章，由此可见众人对刘三的敬意。章太炎为邹容作墓志特意褒扬："上海刘三，葬之华泾……于是海内无不知义士刘三其人。"刘三义行，除上述者外，章士钊、柳亚子等很多人都竞相写诗相赠，称他侠肠义胆，做了一件千秋不朽的好事。

刘三不仅"郭解朱家侠气横"，且精书法、善吹箫，又写得一手好诗，枪法亦佳，还是藏书家，藏书万余册，并名家墨迹、碑帖等，有《黄叶楼典藏图书目》。坐拥书城，横箫吟句，是南社诗坛的倜傥人物。当年柳亚子主持一次南社雅集，共一百单九人，仿明末东林点将录风雅，以水泊梁山英雄相拟，作《南社点将录》开单在报纸上宣布，加上晁盖恰一百单九人，《上海市年鉴》也予收录，可见影响之广。蔡元培为托塔天王，柳亚子为天魁星呼保义，刘三列第七为天雄星豹子头，亦可见在南社诗坛中的地位。他的妻子陆灵素也是南社诗人，上海青浦朱家角人，诗文皆擅，尤工昆曲，时人有"南社才女"之誉。凡家中雅集，陆唱曲，刘吹箫，当时被朋辈喻比李清照与赵明诚。不过以我之见，以赵比刘，似不类，赵明诚守城遁逃，遇事畏缩，与刘三行事截然有别。刘三的妻兄陆士谔，也是名医、小说家，1910年发表小说《新中国》，极其穿越：主人公陆云翔梦见1951年上海浦东举办万国博览会，开发浦东，建金融中心、浦江大桥、越江隧道、地下电车等。上海于2010年真的举办了世博会，陆士谔若有知，对自己的百年穿越当不无得意吧？这是题外话了，但与刘三关系密切的苏曼殊不可不提。

前面谈到苏曼殊是最早探访邹容墓址的会党同志。他若不是于1918年病逝，必与章太炎等去邹容墓地祭扫故友。他与刘三关系甚为相契：在日本同入成城学校，同入拒俄义勇队和华兴会，归国后又同入南社。苏曼殊与刘三性格相仿，刘三有侠气，柳亚子亦赞苏曼殊是"奢豪好客，肝胆照人"。曼殊常往刘三家中饮酒，爱吃八宝饭，刘三夫人陆灵素特制请他来一饱口腹。曼殊生活窘困，刘三常解囊资助。南社老人郑逸梅《南社丛谈》为刘三作传，说他对苏曼殊"资助无吝色"，因此曼殊赠刘三画作"特多"。苏曼殊留下的一百多首诗作中，赠刘三的即有四首：

《西湖韬光庵夜闻鹃声柬刘三》："刘三旧是多情种，浪迹烟波又一年。近日诗肠饶几许，何妨伴我听啼鹃。"

《柬金凤兼示刘三》二首："玉砌孤行夜有声，美人泪眼尚分明。

莫愁此夕情何限？指点荒烟锁石城。"其二："生天成佛我何能？幽梦无凭恨不胜。多谢刘三问消息，尚留微命作诗僧。"

《东来与慈亲相会，忽感刘三、天梅去我万里，不知涕泗之横流也》："九年面壁成空泪，万里归来一病身。泪眼更谁愁似我，亲前犹自忆词人。"（施蛰存《燕子龛诗》）因"刘三旧是多情种""多谢刘三问消息"两句，刘三特请费龙丁、寿石工刻成"多情种""问消息"印章，与人通信便钤于牍末。由诗中可见二人谊情，赠刘三的诗有的已成为苏曼殊的名句屡被后人引用了。刘三也有若干诗赠曼殊，如《送曼殊之印度》："早岁耽禅见性真，江山故宅独怆神。担经忽作图南计，白马投荒第二人。"他欣赏曼殊才艺，曾诗赞："苏子擅三绝，无殊顾恺之。"（《郑逸梅选集》第一卷）足见二人互相倾慕惺惺相惜。刘三诗风略与曼殊相近，但不乏侠气。如《初到杭州》："一枝斑管一灵箫，幽怨何曾尽六朝。别以河山增胆量，盛年来看浙江潮。"婉约中隐约可见豪逸。刘三有诗集《黄叶楼遗诗》，郑逸梅老人说只有油印本。《南社丛刻》第一集仅载数首，看来他的诗集或已湮没无闻了。据郑逸梅《南社社友著述存目表》记，刘三还著有《拨灰集》《焚椒录》《华泾风物志》三种著述，但不知存世否？

刘三书法名气有多大？我读过《历代名人楹联选》（上海人民美术出版社），即收入其对联两副，颇具纵横劲拔之气。历代名人当如过江之鲫，能入选者不易。刘三擅隶书，摹《石门铭》功力极深，张组翼石门跋说"胆怯者不敢学，力弱者不能学"，是窥视堂奥之言。刘三与陈独秀、沈尹默常聚而论书作文，刘三推崇沈字，赠诗云："若睹真书君第一，试言隶草我无三。"佩服沈尹默的楷书，但睥睨自负于自己的隶、草。1916年，蔡元培与陈独秀倡导成立"北京大学书法研究社"，特请马叙伦、沈尹默、刘三等为书法导师，以匡正学风。但名气虽大的刘三从不轻易对外人挥毫，只为二三知己破例（《南社丛谈》），可见他的遗墨鲜见于世间。但《民国书法史》有载他和沈尹默曾在北京订润例卖字。看来不愿随意赠人，却能收钱卖字。当年大学教授是可以兼职授课的，挂单卖字更是个人自由。刘三于1938年因病逝世，他是1890年生人，才48岁，龚自珍《送刘三》中有"侠骨岂沉沦"之句，也是令人扼腕一叹。

早年仅马叙伦、郑逸梅等为刘三作过简略小传，其革命事迹大多无记。其实是很值得一提的。刘三从日本归国后，在家创办丽泽书院（后改青年学社），延请黄炎培等讲学，目的是文武兼修，为反清起义培养力量。后又预谋刺杀两江总督端方，莫以为刘三只是翩翩浊世一书生，他枪法极准，须知刘三当年在日本留学入的是骑兵科，一骑绝尘，如何英气逼人去取端方的项上人头？可见列名《南社点将录》"豹子头"的气势，也是令人不禁神往。可惜事泄被捕，经黄炎培营救，半年后获释，而家财则倾尽一空。于右任于国民政府监察院院长任上，曾特聘刘三为监察委员，于任上弹劾一位不称职的县长，写了一篇甚长的劾文，义正词严，一时为之传诵。可见刘三不仅有一身侠气，更有一腔正气。

另一位"刘三"便是后来在北京大学任教的刘师培，行三，他的表字申叔，正应《吕氏春秋》中古兄弟"伯、仲、叔、季"的排行，故也称"刘三"。其人不修边幅，蓬首垢面，鬓发蓬松，衣履不整，时人因有"疯子"之称。但他早年不是这等模样。19岁时中举，被保荐知府充学部咨议官。他又长于音韵训诂之学，其先人自曾祖刘孟瞻起，世代治《春秋》《左传》之学，其祖、父之列名于《清史稿》，至他集其大成，学著极丰，海内无不知其大名。后来革命反清风起，他少年气盛，最为醉心鼓吹种族革命，是当时同盟会中最为激进的人物。刘师培曾在《天义报》发表大量同情下层民众之文，如《悲佃篇》，说江淮以北佃农，"名为佃人，实则僮隶之不若，奉彼（指田主人）之命，有若帝天，俯首欠身，莫敢正视，生杀予夺，惟所欲为"。他并收集《穷民谚语录》《贫民唱歌集》，以揭露封建社会之痼病。他还羡慕"流血五步，伏尸二人"的暗杀之举，密谋行刺过广西巡抚王之春。但没有多久，这位名字都改成"光汉"（即光复汉族之意）的"志士"，却转而投靠两江总督端方成为密探，提供情报，出卖同志，极为猖狂。因此曾差点儿被浙江会党王金发杀死。辛亥革命那年，他随端方往四川平乱，端方被起义士兵所杀，刘亦被拘留，后经章太炎、蔡元培联名吁请保释，又电请南京临时政府营救，经孙中山电令，才得以不死。苏曼殊与这位刘三也曾为友。苏曼殊曾于杭州白云庵中，与江南刘三避暑，忽得同盟会中人来函，警告责备他与刘师培狼狈为奸做奸细，这是以为苏曼殊与刘师培为好友而误解，后柳亚子曾为之辩护才真相大白。当时刘三为防不测避走上海，后来苏曼殊"以妄人之责言"写诗安慰，刘三用赠诗原韵答："流传成空相，张皇有怨辞。干卿缘底事？翻笑黠成痴。"当作一桩笑谈。曼殊自然不仅是一笑，他马上通知革命同志刘师培奸细本质，并与之断交。

刘师培侥幸下了清廷奸细的黑船，却又上了"洪宪"贼船，成为劝进袁世凯登基的"筹安六君子"之一。袁世凯颇赏识他，先后任他公府咨议、参议政院参政等职，还授为"上大夫"。"洪宪"驾崩之后，他成了被通缉归案的帝制祸首，幸被权要以"人才难得"疏请保免。他因此由北京避居天津，生活极为困苦，时蔡元培念及故旧之情，聘为北大教授，他又迁回北京。当时北大文科教授分为革新与守旧两派，他与林琴南及黄侃等自然属旧派。1919年11月20日，他病逝于北京白庙胡同大同公寓，年仅36岁。据说他临死前曾遗言其弟子黄侃曰："我一生应当论学而不问政，只因早年一念之差，误了先人清德，而今悔之已晚矣！"看来两位刘三，刘师培可谓有才无德，与江南刘三相比，品节大义何止天壤之别？

刘师培的革命资历、学问远远超过刘季平，但大义气节远逊之。对刘师培而言，"卿本佳人，奈何做贼？"叹息之余，也联想到与他并列的"筹安六君子"，如杨度、孙毓筠、严复、李燮和、胡瑛，皆为辛亥革命元老和大学者，怎能利令智昏甘心做贼？还有抗战中的汉奸，也有若干学问家，论读书明理，鲜有可及，但至今从未见其道歉，或狡辩，或缄默，还包装成所谓"大师"，真的不如刘师培死前还知道忏悔。这种现象很值得今人警惕和深思。

话说回来，做人行事，才情不可学，做人当学刘侠客，还是可行的，否则读书再多，学问再大，不也是白读了吗？

湘绮老人王闿运

清末民初著名的学者易宗夔，在《新世说》一书"言语"条云："王壬甫硕学耆老，性好诙谑。辛亥之冬，民国成立，士夫争剪发辫，改用西式衣冠。适公八十初度，贺者盈门，公仍用前清官服，客笑问之。公曰：'予之官服，固外国式；君辈衣服，讵中国式耶？若能优孟衣冠，方为光复汉族矣。'客亦无以难之。"王壬甫即王闿运（1833—1916），也字壬秋，湖南湘潭人。清末大名士，著名经学家，又是史学家，并擅诗文，因别号湘绮楼主，世尊称为湘绮先生。

民国初年以后，王闿运不仅仍着"前清官服"，也还留辫。那时长沙市上常有一鹤发童颜的老者，身穿长袍马褂，马蹄袖子摆来摆去，加上脑后垂着辫子，往往令行人为之侧目。此翁即乃为世所称的经学大师王闿运先生。

王闿运博通经史，尤精帝王之学，于历代王朝兴亡得失如数家珍，他与曾国藩同乡，早年充其幕僚。当曾氏创立湘军杀伐太平天国而权倾朝野之后，王闿运屡与密谋，劝其当机立断，取大清天下而代之。他历数历代帝王杀戮功臣之事，尤其满族以少数民族入主中华，对汉族屡兴文字狱，故应有警惕。他一再劝曾国藩："树大招风，古之常训。公今功高震主，天下归心，及今不取，后必噬脐。"这无疑是鼓动造反，所以曾国藩每每"聆听教诲"，只吓得伏案作书，不敢正面相觑。曾氏一生虽引进湖南人颇多，唯独对于这位鼎鼎大名的经学大师，竟无片言保奏，就是怕其出言不慎，祸及自己。斯时曾氏手握兵权，连西太后也要让他三分。如他采纳王闿运之劝，大清国的"龙脉"恐怕就要断了。

王闿运对曾国藩不听他的建言，是耿耿于怀的。曾国藩逝世后，他作一挽联："平生以霍子孟、张叔大自期，异代不同功，堪定仅传方面略；经学在纪河间、阮仪徵之上，至身何太早，龙蛇遗恨礼堂书。"此副挽联细读还是有春秋笔法的。上下联中用了四个历史名人：霍光、张居正、纪晓岚、阮元，比喻曾国藩具经世之才，有功于清朝的"中兴"。下联末句隐曾国藩未建霍、张之功业，始于清廷猜忌，大有惋惜、愤懑之叹。但联中说曾国藩的经学成就在阮元之上，这恐怕值得商榷。

后来王闿运急流勇退，以名士自居诗酒自娱。并在衡山东洲石鼓书院讲学，一时弟子颇多，其中佼佼者即后来成为筹安劝进的风云人物杨度。杨度学到了乃师的帝王之学，便极力为袁世凯登基鸣锣开道。他还竭力拉人下水，以为"辅弼"。他曾拉过三个知名人物：第一是梁启超，任袁政府司法部长。但恰恰是这位当年"君主立宪"的信仰者，首先登高大呼"异哉所谓国体问题"，乱了阵脚，天下震动，"使朕位几不保"。第二是蔡锷。他更是演出了一场好戏，表面拥戴之声高唱入云，佯为签名劝进，实则另有打算。一声护国，八方易帜，难怪老袁大骂杨度是"蒋干"了。第三个便是他的老师兼姻亲王闿运。但杨度是在"劝进书"上擅自签上王闿运的名字，实非本人意愿。故王闿运特意向杨度阐述政治底线："总统系民立公仆，不可使仆为帝。"他犹嫌不足以表明立场，径直致书袁世凯请取消帝制："但有其实，不必其名。四海乐推，曾何加于毫末？"

不过，袁世凯还是很仰慕王闿运硕学耆宿之名，于1914年电请北上，并派杨度亲赴湖南迎接。到京后，袁即聘为国史馆馆长。但王闿运并不是复辟派，他预感到袁氏"洪宪"王朝的未来并不妙，时代不同，袁世凯岂能与曾国藩相比？于是他为避免"为天下笑"，几个月之后便挂印而去。离京回湘时，杨度送他上车并请教诲，王闿运唯一言：

"还是少说话为妙。"竟拂袖而去。王闿运还对他的另一位弟子、袁世凯内府长史夏寿田云："世事无可为，且相从还山读书，不愁无饭吃。"可见王闿运看出袁氏必败，所以离京时对门生都有引退韬晦的劝导。

值得一提的是，王闿运的得意弟子中还有后来鼎鼎大名的齐白石，他怜其虽为农家弟子而有才，而使之就学，教其学诗。齐白石自负"诗第一"，当得力于当年老师王闿远的大力栽培。

关于他任职国史馆馆长一事，时人是很有微词的。王闿运时年已83岁，所以章太炎大有异词："八十老翁，名实偕至，亢龙有悔，自隳前功，斯亦可悼惜者也。"据说袁世凯起初是想聘康有为任国史馆馆长，但康有为犹记戊戌变法中袁世凯出卖维新党人的旧恨，坚辞之下还散布若请他主修《清史》，必将袁入"贰臣传"！袁无奈之下，才敦请王闿运来装饰门面。

王闿运来京就任后，发现国史馆经费根本一文也无，顿有"不胜其辱"之耻，才找借口挂印不辞而别。这应是湘绮老人一生之败笔，他逝世后，湖南著名版本学家叶德辉写挽联："先生本身有千古，后死微嫌迟五年。"这是在暗讽王闿运如早逝五年，就不会踏这一脚浑水了。不过，作挽联讥讽的叶德辉下场远不如王闿运，王闿运的故居湘绮楼，只不过门前的树被农民们伐光，而叶德辉本身即是大地主，在风起云涌的湖南农民运动中还大骂"痞子"，被愤怒的农民游街后枪毙。这岂不更应了庄子的话"寿则多辱"？

明人张岱尝云："忠臣义士多见于国破家亡之际。"王闿运非反袁志士，但他最终不肯与复辟帝制的袁世凯同流合污，还是应该予以肯定的。

王闿运历时6年，著有《湘军志》一书，计16篇、9万余字。曾国藩门下治古文的四大弟子之一的黎庶昌，辑选《续古文辞类纂》，收王闿运《湘军志》中"曾军篇""曾军后篇""湖北篇""水师篇""营制篇"，并大为称赞："文质事核，不虚美，不曲讳，其事非颇存咸、同朝之真，深合子长叙事意理，处世良史也。"司马迁字子长，黎庶昌将王闿运与司马迁相媲美，可谓推崇备至。费行简《近代名人小传》更大赞《湘军志》"为唐后良史第一"，《清史稿》王闿运本传基本上是照抄费行简的小传。当然仁智各见，王闿运写《湘军志》，有关湘军人物还健在，如郭嵩焘、曾国荃等读了皆不满意。梁启超在《中国近三百年学术史》中更说王闿运是"文人，缺乏史德，往往以爱憎颠倒事实"，这也是一家之言。还是掌故大家徐一士评得有道理："信史之难，自古所叹，闿运此作，虽可议处甚多，而精气光怪，不可掩遏，实有不朽者存，是在读者之善于别择而已。"（《一士类稿一士谈荟》）

王闿运在古文辞写作上是极自负的，他辑有《湘绮楼词选》，对古人词作不满意之处往往挥笔窜改，辄惹非议。他认为唐宋"八家之文，数月可拟"，对明朝文辞更是贬得一文不值。姑且不谈其论是否公允，但其《湘军志》仍不失为研究清末历史的重要史著，这该是无疑义的。

有个小掌故，《越缦堂日记》作者李慈铭曾听李鸿章幕宾说：李任直隶总督时，王闿运来谒拜，欲借银四万两。李问借银何用？答："吾以之撰《湘军志》。"李拒之而送客。待王出门，李大声说："壬秋（王闿运字）提起笔可爱，放下笔可杀！"虽是调侃，却也道出王闿运的文笔还是颇可一读的。王闿运的信札每有李鸿章所说"提起笔可爱"，不乏谐趣，颇可成诵。故民国时文明书局印行《近代十大家尺牍》，收进他的信札数十通。

清代是对联创作的高峰，王闿运除经学史学外，他的对联也堪称一家，寓史评于其中，极有特色。如挽李鸿章联："契阔旧相随，记从龙树分襟，尊酒宾筵应记我；封疆才第一，正值鲸波沸海，角巾私第不谈兵。"其忆事与声情并茂，读来音节跌宕。又如挽彭玉麟联："诗酒自名家，看勋业灿然，长增画苑梅花色；楼船又横海，叹英雄老矣，忍说江南血战功。"此联若不加注，无由知王闿运"提起笔可爱"之

毕竟东流去
——清史笔记

妙。彭玉麟是湘军水师提督，身经百战，却又是诗人本色。曾一战攻占小姑山，即吟诗："十万健儿齐拍手，彭郎夺得小姑还。"用词绝妙，被遐迩传诵。彭治军孚众望，自称"不要钱，不要官，不要命"。其妻名中有"梅"字，故逝后，彭思之弥深，每日画梅一幅赋诗一首，真是"长增画苑梅花色"！无愧一副佳联。

清末民初的笔记常载王闿运其人谐谑狷狂，但从他的对联看，还是很得体的。他曾给自己写过一副挽联："春秋表未成，幸有佳儿述诗礼；纵横计不就，空馀高咏满江山。"（《一士类稿一士谈荟》，引此联"计"作"志"，"馀"作"留"，意蕴略逊）字里行间耐人寻味。自负一生的帝王纵横之术惜乎"不就"，但他在史学、教育领域的成就还是应该得到后人评价的。

世间多少四公子

中国历史上屡有"四公子"之称。早在战国时，齐之孟尝君、赵之平原君、楚之春申君、魏之信陵君，便被呼为"四公子"。汉朝的贾谊在《过秦论》中称"四公子"是"皆明智而忠信，宽厚而爱人，尊贤而重士"，可见"四公子"是一时俊彦的美称。

明末也有"四公子"，即冒襄（辟疆）、陈贞慧（定生）、侯方域（朝宗）、方以智（密之），皆为复社中人，以诗文飘逸风流倜傥而名冠天下。在孔尚任《桃花扇》剧中对这"四公子"皆有生动的记叙，可见名声之盛。尤其冒襄、侯方域分别与江南名妓董小宛、李香君的缠绵悱恻，更为后人所津津乐道。广东作家刘斯奋先生的历史小说《白门柳》（三卷本），笔下刻画的东林复社"四公子"，依据史料，生动真实，颇可一读。

清末和民初也各有"四公子"，其声名亦曾显赫一时。清末四公子一般指谭嗣同、陈三立、徐仁铸和陶拙存（一种说法认为不是徐仁铸而是沈雁谭，见《梁实秋怀人丛录》）。《一士类稿》则认为是谭嗣同、陈三立、陶拙存及广东水师提督吴长庆之子吴彦复。书中还记录了一种说法，认为四公子中陶拙存应为福建巡抚丁日昌之子丁惠康。不过谭嗣同、陈三立、徐仁铸三人是无异议的。按民初掌故大家徐一士的说法，四公子排名因时而不同。他与徐仁铸是同族，其说有一定道理。

谭嗣同、陈三立、徐仁铸、陶拙存四人在当时都是钟鼎玉食、肥马轻裘的官宦子弟，如谭嗣同之父谭继洵为湖南巡抚，陈三立之父陈宝箴是湖北巡抚，徐仁铸之父徐致靖为户部侍郎，陶拙存其父为两广总督。而这四公子也几乎是大清朝的"臣子"，如谭嗣同是江苏候补知府、四品衔军机章京，陈三立是主部主事，徐仁铸是湖南学政使。但他们都无意于功名利禄，而醉心于维新变法。这四公子在当时与康有为、梁启超相呼应，锐意变法图强，很为时人所瞩目。戊戌变法失败后，谭嗣同决心以血激励后人，在北京菜市口刑场大呼"有心杀贼，无力回天"，含恨赴死。陈三立、徐仁铸皆以"招引奸邪"之罪褫夺官职。他们的父辈陈宝箴、徐致靖也受到牵连，以保荐康梁"奸党"之罪，一个被摘去顶戴花翎"永不复用"（陈宝箴最终在八国联军攻陷北京之前被那拉氏密诏令其自尽），一个被那拉氏下旨押入天牢"永远监禁"，后因义和团之变，犯人都作鸟兽散，狱卒劝他回家，他不肯自行逃走。那拉氏回京后听说认为他老实，才得以放他出狱隐居。民国以后，徐仁铸的叔伯兄弟徐凌霄、徐一士在报纸上连载《凌霄一士随笔》，专谈清末掌故，对他们的那位"仁兄"每有唏嘘之笔。老一代的名报人徐铸成先生，也是他们的同族，前些年在香港出版《旧闻杂忆》，亦谈及徐仁铸及四公子的轶闻。

四公子中以诗文称誉者为陈三立，他是清末诗文宗伯和"同光体"的领袖人物，是当时有名的"海内三陈"之一。后来清廷开复他原职，他却拒辞不受。晚年在北京时，曾拒绝伪满洲国和北平日伪统治者的拉拢，拒不下水，以85岁高龄绝食而死，其爱国气节极为时人所钦佩。他的两个儿子陈师曾、陈寅恪，一为大画家，另一为国学大师，也是极有名气的。《辞海》中陈宝箴、陈三立、陈师曾、陈寅恪一家三代同入传，足见陈家在中国历史和文化史上的地位。清末四公子入传《辞海》者，除陈三立外，还有谭嗣同与徐仁铸。

清末还有"江南四公子"，即常熟杨圻、元和汪荣宝、江阴何震彝、常熟翁之润。其中以杨云史（1875—1941）名气最大。他原名朝庆，后改圻，字云史，以字行，为官宦子弟。其父杨崇伊，是清末出名人物，光绪六年（1880）进士，戊戌政变上慈禧再行亲政奏折，为清议所鄙视。后外放汉中知府，回乡后因庇娼夺妓，被劾革职永不叙用。杨圻与他父亲品行有别，号云史，以才名，中过举人，其妻为李鸿章长孙女。曾出任清廷驻南洋领事，民国后任吴佩孚秘书长。吴之机要信札、电函皆出其手，文辞亦典雅，人几诵之。如清末民初大吏间往来电文，落款后无非缀"叩""拜"之类，而我见过史记吴佩孚电文末，每名字后常署"倚戈再拜"，字间可见吴自命儒将的气派，大概也是杨云史的点睛之笔。又凡吴佩孚所历战役，杨必有诗记，时人谓之为"诗史"。据说，七七事变后吴拒不下水，与杨圻恳劝有极大关系。七七事变，杨未走脱滞留北平，日寇亦拉拢他，派人拜访问其时局感想，慨然说道："我无感想，我的感想：我是中国人，只知爱中国！"杨之同僚旧友如江朝宗、王揖唐等皆粉墨沐猴下水为伥，而杨贫困至典当度日，亦不为所动。他的《江山万里楼诗词钞》最为著名，其诗有盛唐遗风，长篇诗体尤见功力。杨云史先娶李鸿章长孙女李道清，后续弦漕运总督徐仁山之女徐檀，徐为才女，号霞客。杨因生计日蹙，入江西督军陈光远幕，徐夫人不以为然，作书云："园梅盛开，君胡不归？"杨云史见书，马上留函而去，其句云："不禁他乡之感，复动思妇之怀。清辉玉臂，未免有情；疏窗高影，亦复可念。"四六骈句，才子华采，其"见梅思妇"之语，一时传为美谈。亦可见徐夫人见识不俗，才使杨云史"江山万里"的襟抱不致污浊。

杨云史是被时人视为社会名流的。举例说，1936年赛金花死后，有舆论发起拟葬陶然亭香冢侧，并立四绝碑，策划除杨云史写诗碣外，还有与章太炎、钱基博（钱锺书之父）、唐文治并称"国学四大师"的金松岑撰碑文，名画家齐白石写墓碑。其实不止"四绝"，还拟请杨云史的老上司吴佩孚写碑文、潘毓桂写墓表，等等。但若干人如金松岑表示"我文自当留身份，不能作谀墓语"，杨云史虽写诗碣，却在诗跋中质疑："向壁造为异说之耸听……宁有不知耶？"大概最终并未刻石。齐白石最热心，还赠画为葬资，还多次表示百年死后葬于赛金花墓侧，殊匪夷所思。最后是大汉奸潘毓桂写墓表并为赛金花立碑，据记载只有樊增祥的前后《彩云曲》一自书，一请张伯英书，连张大千的《彩云图》立于陶然亭内。抗战胜利后的1946年赛墓被铲平，一场闹剧烟消云散。杨云史没有像潘毓桂写墓表被人斥为"其臭不可向迩"，而是自矜不浊，无碍江南四公子的清名。

民初以后，也有四公子出现。在20世纪20年代报章上，"四公子"大名是屡屡提及的。这四公子是：孙中山之子孙科、张作霖之子张学良、段祺瑞之子段宏业和当时浙江督军卢永祥之子卢筱嘉。

四公子当时都是20岁上下，子因父显，风云一时。1922年直奉第一次大战之后，孙中山先生曾与奉系、皖系订立策略性的反吴佩孚的三角联盟，这四公子便互相酬酢，为联盟穿针引线。除孙科、张学良二公子，卢筱嘉、段宏业二人却不太为世人所知。其实这两人都是典型的公子哥。卢筱嘉一生最"烜赫"之举当为大闹上海共舞台、痛打黄金荣一事，这是当时报纸的头号"要闻"，其实起因只不过是为了看戏捧坤角。段宏业在四公子之序中虽非骥尾，却最为默默无闻，他不像袁世凯的"储君"袁克定那般醉心于"接班"而出入政坛。据说他擅长下围棋。段祺瑞一向自命纶巾儒将、纹枰高手，还养了一批棋手如潘朗东、顾绥如、吴清源（吴氏在当时还没有什么名气）等陪他下棋。徐铸成老曾谈过，据说某次段"执政"兴致之余试其子棋艺，自以为稳操胜券，不料"鏖战"之后，老子竟然败北；"执政"也全然不顾体面，一气之下将棋盘掀翻，指着段公子大骂："你这不肖子，什么都不懂，就会胡下棋！"不过，像段公子这样挨顿骂恐怕还算好的。据吴清源先生家属回忆，段"执政"第一次与吴清源对弈也输了，只是一言不发拂袖而去，但包括吴清源在内的所有清客当天却不给开饭了（陪段下棋的清客们除月致大洋外，每天是必管饭的）。这点就不如过旭初聪明，段祺瑞下棋有个特点：赢得太多或故意输都会令其生气。

过旭初经段宏业介绍给其父下棋，两盘输一子、和一局，段"执政"大为高兴，马上留下过旭初当清客。段公子虽然"什么都不懂"，但也不亏大节。段祺瑞下野后，不买蒋介石的账（段祺瑞是蒋入军官学校时的老师），也拒绝日伪拉拢。临终时嘱咐其子"别跟老蒋掺和"，段公子果然照办。1949 年后，段公子由人民政府安排生活，得以安享晚年。四公子中只有张学良将军最长寿，以百岁高龄而逝。

如晚清四公子一样，民初四公子说法也不尽相同。

有一种说法是蒋介石的两个儿子蒋经国、蒋纬国（蒋纬国实际是戴季陶在日本时的私生子，后交蒋介石抚养）、戴季陶的儿子戴安国、孙中山秘书金某的儿子金定国。四人的名字均为孙中山所起，寓"经纬安定"之意，且互结金兰。但四人在当时并非活跃人物，也无名气，尤其金氏之排列颇为勉强。

已故的南社老人郑逸梅先生说四公子是张学良、卢筱嘉、袁世凯之子袁克文（寒云）、张季直（张謇）之子张孝若。民国年间名噪一时的大诗人林庚白则认为"四公子"并无袁克文的份儿——而是孙科，他的理由是：民国五年（1916）以后，袁世凯已非风云人物了。笔者曾请教过全国政协文史专员沈醉，记得他认为是：孙科、张学良、段宏业、袁克文。

还有一种较为广泛的说法是：张学良、袁克文、溥侗、张伯驹。此说首见于张伯驹著《续洪宪纪事诗补注》："人谓近代四公子，一为寒云，二为余（我），三为张学良，四，一说为卢永祥之子小嘉，一说为张謇之子张孝若。"此中无溥侗，但排列也极牵强。时袁克文已逝世六年，张孝若被刺杀亦两年。张伯驹之父张镇芳曾任过总督，于民初即被罢职，家世与其他三位实有相逊。况他自己在 1937 年后始著名。后张伯驹又加溥侗。有诗咏云："公子齐名海上闻，辽东红豆两将军。中州更有双词客，粉墨登场号二云。""红豆"指"红豆馆主"溥侗，晚清袭封镇国将军，只是爵位，无实职，与张学良并列甚牵强。

"二云"指袁克文号"寒云"，张伯驹自署"冻云馆主"。但笔者以为，袁克文、张学良、溥侗、张伯驹四公子说法之形成，主要得源于北方的北京；并不同于孙科、张学良、段宏业、卢筱嘉四公子有政治背景和显赫身份，张伯驹只是袁克文的表弟，溥侗也只以空头"镇国将军"而沦为票友，张伯驹、溥侗加上张学良、袁克文都是以玩乐风流闻名，故此称之"京华四公子"也甚为勉强。

溥侗号红豆馆主，是清恭亲王奕䜣的孙子。辛亥革命后，失去了"铁帽子王"的衣食饭碗，只以诗词歌赋、琴棋书画加上变卖祖产为生。尤擅昆曲，是京津名票，还在燕京大学开过戏曲课。可惜晚节不终，汪伪时下水当了汉奸，任职于"考试院"。抗战后潦倒以终。

袁克文是袁世凯的二子，天生风流，极具才华，自比曹植。他是诗人、书法家、鉴赏家、名票友，因反对其父称帝而博得人们的同情。其诗"绝怜高处多风雨，莫上琼楼最上层"，被传诵一时，亦引得其父大怒，被袁世凯软禁，穷困而死。袁克文的儿子袁家骝和儿媳吴健雄，都是世界著名的物理学家和诺贝尔奖获得者。

张伯驹，其父张镇芳是袁世凯兄嫂之弟，举人出身，到户部任六品小京官，曾随慈禧西逃，后任湖南提法使。因袁世凯援引升直隶总督，但只上任十天就赶上宣统退位。仍因袁关系出任肥差长芦盐运使，等于替袁管钱。后回老家河南任都督，秉袁世凯之意捕杀革命党人，为息民怨，袁将其撤职。张镇芳思想守旧支持帝制，成为臭名昭著的"十三太保"和张勋复辟"七凶"之一，论功行赏，被张勋封"议政大臣兼度支部尚书"，后被判无期徒刑。但两天后而贿赂"保外就医"。后任盐业银行董事长。儿子张伯驹出任襄理，之前还入过袁世凯培养子弟掌控军界的"模范团"。张伯驹是极有名气的收藏家、鉴赏家、书画家和诗人。多次花重金收购流失的国宝，如存世最早的书帖《平复帖》，为东吴陆逊之子、西晋陆机所书，钤宣和内府诸玺、清内府鉴藏印。卷首有宋徽宗题签，乾隆题跋，卷后有董其昌、溥伟、傅增湘等跋文，有唐代殷浩等鉴藏印，张伯驹未钤印。以 4 万元购得，后捐给国家。另用 240 两黄金购存世最早的隋展子虔《游春图》，1956 年也无偿献给国家。其所捐珍品还有杜牧《书张好好诗》、范仲淹《道服赞》、蔡襄《自书诗册》、黄庭坚《诸上座帖》等。20 世纪 50 年代后，张伯驹主要从事书画、古琴、棋艺、京剧等方面研究。不料竟在"反右"中被错划，后受陈毅关怀，至吉林任省博物馆第一副馆长。1972年陈毅逝世，张伯驹感知遇之恩，特撰挽联悬于灵堂，联语是："仗剑从云作干城，忠心不易，军声在淮海，遗爱在江南，万庶尽衔哀，回望大好山河，永离赤县；挥戈退日接尊俎，豪气犹存，无愧于平生，有功于天下，九泉应含笑，伫看重新世界，遍树红旗。"后来，张伯驹被聘为中央文史馆馆员。我青年时代曾到他后海寓所拜访，沉默而寡言，完全无当年倜傥风采。80 年代中期我去过团结湖他夫人潘素寓所，那时伯驹先生已不在世了。不过《游春图》宋以前未见著录，乃宋徽宗定为展氏作，故沈从文疑为宋人仿作。

四公子的"传统"后来一直延续到台湾。"四大公子"是陈诚之子陈履安，及连震东之子连战、钱思亮之子钱复、沈宗翰之子沈君山；父辈皆是高官，本人皆为公子哥，后来基本从政。不过，也有一种说法，台湾"四公子"中沈君山应为宋楚瑜。沈君山已于 2019 年逝去，他是著名天文物理学家，曾以他的名字命名一颗小行星。多才艺，出版多部散文集。三度赴大陆与党和国家领导人深谈，主张加强两岸文化交流。

有趣的是，20 世纪 30 年代，还出现了女"四公子"，都是当时著名的女作家，她们是：庐隐、王世英、陈定秀、陈俊英，因为名噪京华，遂被时人呼为"四公子"。到了 90 年代北京亦流行"四公子"之说法。记得 1994 年吴祖光之子吴欢写了一篇文章介绍"四公子"，发表在《北京晚报》。我只记得有他自己和万伯翱，别的两位记不清了。万伯翱、吴欢两位都是我的朋友，都是影剧作家，出过书，有名气。吴欢只不过借"四公子"写了四个人，却很别致，所以这篇文章，颇有影响。但据伯翱兄说招致了他的长辈的不满，这是后话了。

"怪"人黄侃

荧屏播出的反映五四运动前后历史的电视剧，有黄侃的镜头，现在的人们对他已经很生疏了。但在 1920 年前后，北大名人迭出，其中黄侃名重一时，他是北京大学文科教授，著名的训诂学、音韵学大师，还是书法家、诗人，著有《音略》《声韵通例》《集韵声类表》等述作，也有诗集存世。

黄侃字季刚，湖北蕲春人，自幼便承继家学。其父黄云鹄是有名的经学家，教子极严，一部《汉书》或《史记》，必须从头背到尾。据说他 5 岁时已能背诵《史记》《汉书》，7 岁能诗，9 岁能读经，人呼为"神童"。15 岁中秀才，科举废，又考入湖北普通中学堂，同学中有宋教仁、董必武等，后多为辛亥革命党人，与宋教仁最为交契。黄侃 19 岁时，在学堂宣传反清思想，被开除学籍。是他父亲的故交张之洞遣资让他赴日留学，当时黄侃之父已于六年前他 13 岁时故去，因而张之洞不忘故人子弟，成为黄侃得以深造的一大机缘。不过黄侃留日后参加同盟会，成为革命志士，这是张之洞所未预料到的。

将黄侃称为辛亥革命先驱之一，毫不为过。其事迹为学者之名所掩。1908 年归国，被两江总督端方通缉，复出逃日本。1910 年湖北党人促黄归国举事。黄来往于鄂皖等地民间，宣传革命。武昌起义时，黄侃组织招募革命军，又遭清军抓捕，避至上海。黄侃 1911 年从日本归国后任教师，但仍宣传革命而被解职。章太炎当年《民报》发表著名的《讨满洲檄》，但据说其实是黄侃代写。武昌举义前夕，黄侃在汉口《大江报》发表《大乱者，救中国之妙药也》，震动南北。《大江报》

被清廷查封，黄侃为避祸只身逃往上海。该文被称为武昌起义之序曲。革命功成，并不倨傲，而至上海主《民声日报》。他关注社会民生，曾写《哀贫民》文，感叹："民生之穷，未其甚于中国之今日也。山泽之农，浮游飘转之勾，通都大邑之裨贩，技苦窳而寓食于人之百工，其趣异而困苦颠蹇一生也。"对底层疾苦予以深切同情。对欺压百姓的官员税吏缙绅富贾，斥之为"贫民之蟊贼"，"蠹民之数，富者寡而困苦不可亿计也。相民之财，富者十取九焉，其散在众者，什一而已矣"，"朝廷盗薮也，富人盗魁。小盗罪无赦，大盗莫之诘……欲民之无穷，何可得耶？"对社会之不公一针见血。

黄侃始终未忘情于音韵学，他先拜国学大师章太炎为师，章氏对他的才华极为赏识，悉心传授而不遗余力。黄侃后来又拜精于音韵训诂之学的刘师培为师。刘师培自曾祖刘孟瞻老先生起，世代治《春秋》《左传》，又家传训诂之学，长于以字音求字义。其先祖均列名《清史稿》入传。

黄侃早年在日本东京留学时，拜章太炎为师研习训诂之学，只缘于章太炎的一句话。章太炎极赏识黄侃的才华，曾对他讲："当代文人得我为师，即可身价百倍。"据说黄侃听后当即施礼拜师。刘师培在北大文科任教时，与黄侃为同事，且相友善。1919年11月20日，刘师培病重垂危，急令人将黄侃叫到他的住处——北京白庙胡同大同公寓，将自己手抄的音韵学著述尽悉赠予黄侃，并叮咛他继承之后并传之后代。黄侃当即跪下叩头拜师。黄侃时年34岁，比刘师培才小两岁。黄侃后来果然不负师望，在音韵学领域屡有建树，成为当之无愧的音韵学大师。黄侃对顾炎武遗著也有贡献。乾隆修《四库全书》，顾炎武的《亭林遗集》部分著作被抽出销毁，他的清代考证学开山之作《日知录》也未列入四库全书馆编纂目录。1933年，张继在北京发现《日知录》何义门批校精抄本，交章太炎、黄侃研究，黄侃写成《日知录校记》，1958年印行。由此可见黄侃对考证学也是内行。

　　说来有趣，章、刘、黄师徒三人竟都被时人呼为"疯子"。章氏在东京主办《民报》时，因意见不合反对孙中山，而被黄兴斥为"疯子"。刘师培是因不修边幅，常年都是蓬首垢面不整衣履，乍一看便亚赛疯子一般。黄侃则是出于他与众不同的怪癖。黄侃乃翁死得早，他一直与母亲相依为命。他经常来往于故里蕲水与北京之间，每次必侍奉老母同行，而且每次必携带有他父亲亲笔题写铭文的寿材，这自然是他已届风烛残年的老母的寿材。因而无论他走到哪里，那具寿材也必然携在身边寸步不离，一直到他母亲逝世为止。这件"孝悌"之行便成了世人的谈资，因而他也被奉上了"疯子"的称谓。这真是上有其师而下有其徒了。

　　黄侃其母弃世后，他请苏曼殊画了一帧《梦谒母坟图》以寄哀思。苏曼殊当时不仅以诗名风靡时人，而且以画名称誉，因而当时一代名士莫不与之交往。苏曼殊当时号称"奇人""狂僧"，向以"无端狂笑无端哭"著称。苏曼殊应黄侃之嘱画成《梦谒母坟图》之后，黄侃亲自写文作记，又请他的业师章太炎为之题跋。至此，满纸字墨，均是名士，确实是近代珠联璧合的一件不可多得的珍品。

　　黄侃的行止有时确实很怪，他在中央大学执教时，号称"三不"，即生病、天气不好（诸如雨雪、炎热之类）、不高兴，即不来上课。前两项还算是个理由，最后一项尤其匪夷所思，但所幸他生气的时候并不多，但也可见校方对他的宽容。在北大时规定教授出入必须佩戴校徽，但黄侃不睬，且着半新半旧的长衫，拿着一块布包着书，校役阻止进入，继而发生争吵，还是校长赶来才得以入校。他的行止有时像个小孩子，据冯友兰先生回忆："他在北京，住在吴承仕的一所房子中，他俩本来都是章太炎的学生，是很好的朋友，后来不知怎么闹翻了，吴承仕叫他搬家，黄侃在搬家的时候，爬到房梁上写了一行大字：'天下第一凶宅'。"简直令人忍俊不禁。

　　蔡元培主政北大，主张兼容并蓄的理念，不同思想的教授皆可聘来上课，据说辜鸿铭、黄侃对陈独秀很不以为然，陈独秀对辜鸿铭亦视为另类。在教授会议上还发生过陈独秀与辜、黄二人的辩论。当时在北大的章门弟子曾作柏梁体诗分咏校内名教授，其中咏陈独秀一句为"毁孔子庙罢其祀"，咏黄侃则是"八部书外皆狗屁"，是因黄侃为章太炎、刘师培得意弟子，信奉《毛诗》《左传》《周礼》《说文解字》《广韵》《史记》《汉书》和《文选》，而陈独秀则以传播新文化为己任，两人壁垒分明。其实在日本时期，黄侃对陈独秀就有过一次言语冒犯。黄侃虽然学问誉世，但与人交谈，不管认识与否，稍不适意便大动肝火，直言不讳，每令人索然扫兴。某次黄侃与章太炎、钱玄同正闲谈，忽然陈独秀造访，黄侃因与之并不相识，遂与钱玄同避入隔壁。这是古人遗风，但能听见章、陈二人谈话。主客谈起清代音韵学大师段玉裁、戴震、王念孙，这三人黄侃是耳熟能详的，段著《六书音韵表》，分古韵六类 17 部；戴著《声韵考》《声类表》，分古韵九类共 25 部；王念孙则分 21 部，黄侃的老师章太炎分 22 部，黄侃渊源各家，独出新解分 28 部。陈独秀其实对音韵学也是有研究的，后来也有著作，曾于 1910 年与章太炎、苏曼殊倡议建立梵文图书馆，可见于音韵学一门学问亦非等闲之辈。如果主客仅谈音韵学，倒也相安无事。忽然陈独秀与主人谈起段、戴、王等多出于安徽、江苏，而湖北却未出大学问者，作为湖北人的黄侃闻听此言，便在隔壁愤而大声插言："湖北固然没有学者，然而这不就是区区（指自己）？安徽固然多有学者，然而这也未必就是足下。"陈独秀是安徽人，故黄侃如是说。主客闻之皆愕然，随即不欢而散，由此可见黄侃的性格。不过他的老师章太炎却为黄侃的性格辩解："恐世人忘其闳美而已绳墨格之，则斯人或无以自解也。"有趣的是，章与黄二人据说是因住上下楼发生争执，才相识相惜。这当然有章对黄的偏爱，不无爱屋及乌之意。

不过更有趣的是，10 余年后，黄侃成为北大著名的国学教授，而陈独秀也被蔡元培引进任文科学长，大力提倡新文学。在蔡元培引领陈独秀与文科教授们见面时，黄侃迟到，又不屑道：区区一个桐城秀才，也须如此兴师动众？随即拂袖而去。其实他不仅嘲笑陈，对提倡文学革命的胡适，他不仅在北大上课时先抨击一通胡适，才肯正式开讲；也曾数次当面调侃嘲讥，只不过胡适不与他争论罢了。有一次马寅初向他请教《说文》，黄侃很不客气地怼回去："你还是弄经济去吧，小学谈何容易，说了你也不懂。"马寅初本有虚心请教之意，这一怼只能默然而去。可见黄侃直肠放炮，虽然是大实话，却不管人家颜面。

对同师门的同窗，黄侃也不客气，曾当老师章太炎面，谴责钱玄同弃音韵学而力倡注音字母和白话文，钱玄同大加反驳，"一言不合，竟致斗口"。章太炎内心也反对罗马注音，但他对新旧两派弟子之间的分歧，从不表态，一向会予以调和息事宁人，这次见二人争吵，急忙阻止道：你们还吵什么注音字母、白话文啊！快要念日文书了啊！他意为日寇侵华，应该团结共赴国难。但黄、钱二人从此视若仇敌而绝交。

章太炎对弟子们从来都是和颜悦色，但对弟子们的表现还是有所画线的。他对于"笃守师说"的黄侃、吴承仕，很看重，特意指出："前此从吾游者，季刚（黄侃表字）、纪斋（吴承仕表字），学已成就。"章太炎对钱玄同的主张当然反对，只是不明说而已。

黄侃虽然脾气怪，但他并不对学生发难，学生们也很佩服他。他讲课从不带书和讲义稿，引经据典，旁征博论，学生下课后对照他课上所引经典，竟然一字不差，从此被学生们誉为"特别教授"。他从不布置作业，考试也不打分数，教务处急催，只写一纸条："每人八十分。"大受学生欢迎。他非常爱护青年，上海古籍出版社社长李俊民，20世纪20年代从事革命活动被捕，黄侃亲自保释出狱。他的友人汪东之弟汪楚保为中共党员，被国民党逮捕，黄侃也极力疏通使之被释放（《黄侃先生革命事迹记略》）。

最得黄侃衣钵的是陆宗达，很多年前，我有一次看央视访谈，陆宗达的学生许嘉璐先生回忆老师，说到老师家请教学问，留下吃饭，小锅煮饺子一次五个，说这样才味美。陆先生与家人自煮饺子，一次也不能超过十个，很令人奇怪。黄侃有美食家之名，好佳肴后酒，一顿饭可吃四五个小时。陆宗达先生也是美食家，被誉为"九段"，京城老字号没有不知陆宗达大名的。他虽然是训诂、音韵大家，却也写过《关于几个古代食品名称的研究》《烹饪名词的考证》等。陆曾说过：从黄侃先师学来两个本领，一是学问，二是吃，"前者是用苦功换来的，后者自身即其乐无穷"（陆昕《我的祖父陆宗达》）。这真是师生同嗜，其来有自。附带说一句，许嘉璐著有《中国古代衣食住行》一书，对古代食品饮馔如数家珍，是很值得一读的。

黄侃桃李天下，除陆宗达外，盛名者还有范文澜、杨伯峻、金毓黻、程千帆、毛子水等。龙榆生惜乎于抗战中落水汪伪政权，黄侃若天假以年，以他刚烈性格，恐怕会大骂而逐出师门吧？

黄侃虽不拘小节，但在大是大非面前从不糊涂。袁世凯筹备登基大造舆论，看重黄侃名望，授意他写"劝进书"，许以重酬。黄侃严拒之，并写诗嘲讽。他的恩师刘师培为"筹安六君子"，为袁世凯登基摇旗呐喊，开会召集学界名人鼓动"拥戴"，黄侃当即严词拒绝，愤言："如是，请先生一身任之！"这堪称"吾爱吾师，吾更爱真理"的典范。黄侃是老同盟会会员，辛亥革命先驱，同盟会故友多系显贵，但他耻与来往，放言："我岂能作攀附之徒！"但同是同盟会元老兼恩师的章太炎，因反对袁世凯称帝而被软禁于北京钱粮胡同寓中，警探林立，他却冒险陪宿达数月之久，鉴于他的名气，警察未敢加害，最终只将他驱逐出章宅。由此可见黄侃并非冬烘学究，爱憎是极其泾渭分明的。

除黄侃外，章太炎弟子们皆关心备至，章太炎因禁时曾绝食抗议，鲁迅等一干弟子同去劝解，黄侃应是在场的。据《鲁迅日记》载，鲁迅曾七次去钱粮胡同探视老师，时黄侃正在章太炎处陪住，两人是否有所交集呢？鲁与黄同列章太炎十大弟子，鲁迅与其他同门弟子如钱玄同、沈兼士、许寿裳、曹聚仁等皆有交谊，但似乎与黄侃并无交往，甚至亦无评价之语，亦不知何故。黄侃似乎也未对鲁迅有过评价。黄侃有日记，未曾披阅过，亦不知有无只言片语谈及。

章太炎对鲁迅倒有过评价，同门回忆录中记载，章太炎说豫才（鲁迅表字）弄新文学，人家怀疑他亲俄之类。鲁迅曾微词"至于仓黄制《同门录》成册"，编章太炎弟子同门录有 20 多人，鲁迅与钱玄同等均未在册，致使产生流言。周作人曾记有人问章太炎，章说记不清了。这恐非令人信服。鲁迅专门提出编《同门录》一事，因为包括自己在内的多名弟子未予列入，鲁迅是很在意的，逝世前十天写《关于太炎先生二三事》，将对老师的看法和评价叙之甚详。总的来看，章太炎对弟子还是有亲疏之分，对继承衣钵的得意大弟子黄侃是最欣赏有加的。

黄侃书法很有根底，也以填词擅长，所作风格深沉蕴藉，不妨抄录一阕："万舞钧天沈醉，剧怜人尚醒。讶往日玉树铜驼，兴亡感便到新亭。迟迟残阳欲下，荒原外一发山更青。但自伤去国经年，雄心损，鬓额霜易盈。"这应是他留日期间所作，怀念故国与反清之志交织，读来令人叹怀。黄侃还是大藏书家，于书几近痴迷，学者胡小石用古人嗜书者刘孝标的"书淫"移赠于他。《黄侃日记》载不少轶事，薪水往往付之于购书。黄侃月薪基本是 300 元，购书常用去三分之一甚至更多，如 1929 年 5 月 30 日记购书即用去大洋 277 元。黄侃逝后两年，日寇屠城南京，家人之前将书总计八卡车运至安徽，但被人盗走当废纸变卖（《书丛探幽集》），黄侃若地下有知，当为一哭吧？

1935 年，黄侃 50 岁生日那天，最欣赏他的章太炎特作一联致贺："韦编三绝今知命，黄绢初裁好著书。"这是针对黄侃自诩"不满五十不著书"而激励他著书，以流传后世。可惜半年后的 10 月 8 日，黄侃因与弟子赏菊大饮，导致胃出血而逝，其实周岁才 49 岁，辜负了"乾嘉以来小学集大成者"的满腹学问，是很令人惋惜的！

尤令人感慨的是，距黄侃逝世两天前的 10 月 6 日，恰逢农历重阳，他独坐量守庐书斋，感念自"九一八"以来日本灭亡中国野心日益猖獗，国势危急，百姓维艰，自身治学有成却无救国之术，抑郁填胸，无心登高赏景，想起李后主《却登山文》，写成七律一章：

> 秋气侵怀正郁陶，
>
> 兹辰倍欲却登高。
>
> 应将丛菊霑双泪，
>
> 漫藉清樽慰二毛。
>
> 青冢霜寒驱旅雁，
>
> 蓬山风急抃灵鳌。
>
> 神方不救群生厄，
>
> 独佩茰囊未足豪。

第二联化用杜甫"丛菊两开他日泪，孤舟一系故园心"的诗句，表达了他心忧家国的情愫。诗写毕，恰友人登门来拜访，黄侃遂将此诗写成条相赠。当日，黄侃与弟子相聚饮酒过量，胃血管破裂，抢救无效，两天后去世。此诗也成为黄侃的绝笔。他临终前犹忧心国事，问家人："河北近况如何？"叹息道："难道国事果真到了不可为的地步了吗？"汪辟疆在《悼季刚先生》中说："盖先生本性情中人，气愤填膺，虽在弥留之际，犹未忘怀国事，即此一端已足见其生平矣！"黄侃不仅是音韵学大师，其为革命爱国者，堪称名副其实。

还原真实的载涛

前几天，溥仕先生用微信发来您父亲载涛有关人大提案资料，供我一观。因为 2021 年 11 月初，82 岁的溥仕（汉名金从政）先生来我处送他的书《平淡天真——我的父亲爱新觉罗·载涛》，我之前不让您送，您说老去地坛打太极拳，或去北新桥二条买豆汁，离我很近。溥老的这本书是他的口述家族史，对了解他父亲及清末历史很有文史价值。

溥老精神很好，行走如风，估计是老打太极拳的缘故，您老劝我跟他去练，可疏懒之人如我辈是练不了拳的。您是爱新觉罗皇族仅存的"溥"字辈后裔。溥老祖父是醇亲王奕譞（咸丰皇帝和恭亲王之七弟），称"老七爷"。父亲载涛是侧福晋所生第七子，与正福晋（慈禧之妹）所生载湉（即光绪皇帝）是同父异母兄弟，载涛同母所生哥哥载沣承袭醇亲王爵位，是监国摄政王，儿子溥仪是宣统皇帝，溥仕老与溥仪是叔伯兄弟。载涛与另一个哥哥载洵分别任海军大臣和军咨府大臣，掌握清末兵权。这是一个极其显赫的爱新觉罗皇族脉系。载涛是郡王衔多罗贝勒爵位，清朝逊位后，载涛坚决不去伪满洲国任职，包括土肥原诱逼他出任"满蒙骑兵总司令"，老友王揖唐请他出任伪"北平市长"，皆坚拒之，保持了民族大义，受到各界钦佩。抗战胜利后，国民政府最高领导层在北平萃华楼专宴慰问，称赞他的民族气节，不与敌为友，独善其身。载涛说过：我们中国是个多民族国家，政权更迭改变不了中华民族的属性，不管到什么时候都别忘记自己是中国人，别当汉奸！所以，载涛可以接受北洋政府授予"巩威将军"虚衔，月致 600 元津贴，因为他自认是国民，可以接受政府授予，但绝不为虎作伥，丧失大义。

那时的载涛全家生活非常困苦，他带着儿子常在胡同里摆小摊糊口。新中国成立后的 1950 年 8 月，载涛经毛泽东签署委任状，任命他为解放军炮兵司令部马政局顾问，载涛手捧委任状，激动得老泪纵横。委任不仅仅是载涛有留学法国索米骑兵学校的经历，起因是周恩来特邀他出席全国政协一届二次会议，周恩来握着他的手诚恳致歉："怪我有大汉族主义，您没参加一次会议，把您这位满族代表忘记了。"这句话令载涛终生难忘。周恩来请他写提案为新中国出力，他立即写出"改良军马以利军用"的提案，被上报中央军委，毛泽东阅后才建议任命的。

可贵的是，载涛绝非顾而不问，而是身体力行，不辞劳苦。抗美援朝伊始，他坚决执行中央军委向朝鲜输送 2.5 万匹军马的命令，奔波于东北、内蒙古，终于完成中国近代史上大规模输出军马出国作战的罕见壮举。他多次赴各地军马场调研，整合、扩建军马场 26 个，建改良军马种站 50 多个，为解放军军马事业做出了贡献，实现了他"一定当好人民的弼马温"的诺言。

载涛后来又当选为全国人大代表，任北京市民委副主任。不仅认真履职，而且热心街道工作。他去战犯改造所看望侄子溥仪，对头号伪满战犯的改造起到了作用。

载涛 1970 年故去，由一个末代皇族成为革命干部，这新生的历程溥老有较为详尽的口述回忆，弥补了父亲在 20 世纪 60 年代写的《清末贵族生活》之不足，因为载涛没有留下参加革命工作以后的回忆文字。

我认识溥老是经顺承郡王后裔金诚（泰诚）先生介绍。7 年前我出版《清朝，被遗忘的那些事》，请溥仕老和金诚先生写的后记。书名分别请爱新觉罗·启骧（雍正九世孙）和爱新觉罗·恒德（惇亲王五世孙）题写书名。惇亲王即"老五爷"，我记得是道光第五子，过继出去了，是慈禧唯一还有所顾忌的王爷。恒德先生在新中国成立前即参加地下革命工作，现已从公安部门离休。我和您的儿子启焘是挚友，现在正积极从事挖掘满族文化的工作。

后人往往固有的概念是：似乎皇族是腐朽的，跟不上时代的步伐。其实爱新觉罗家族有不少后裔子弟参加革命，载涛第三个儿子金溥安是敌伪西陵守备队队长，已与地下党联系准备起义，不幸于1944年突发脑溢血逝世，他的三个女儿先后参加了解放军。又如溥仕先生的二姐夫，是蒙古阿拉善王第九代达理扎雅，称达王。在民国时任过国大代表、蒙藏委员会委员、阿拉善区防中将司令。1949年率部起义。中华人民共和国成立后任宁夏、甘肃、内蒙古自治区和省政府副主席。这些在溥老的书中都有着生动的回忆。包括载涛之兄载沣，顺应大势，受到过孙中山先生的称赞。不与日伪来往，在新中国成立后将房产献给政府公用。

北京什刹海畔涛贝勒府保存完好，但应该开放，不仅仅是京城基本完整的贝勒府，而且可以陈列载涛事迹，使后人能够了解爱新觉罗皇族中的与时俱进者，走向新生的爱国情感和事迹，包括他的蒙古姑爷达王，是值得历史铭记的。

金诚先生在书序中评价载涛先生："以'穆昆达'即族长身份，带领整个民族与时偕行，追求进步，参政议政，多有献芹之言。殷殷报国之情，于斯可见。"是很贴切中肯的。司马迁说的"通古今之变"，是不能用来简单比拟载涛先生的。胡适曾主张每个人都该写个人传记，但也有人说，太过平凡的人写传记则无太大意义，载涛不是平凡的人，与他所处的时代和地位息息相关，故他的个人经历与历史可以互相印证、补充。读此书不足处在于，整理者应据正史加以注释，则更有益于读者互为参照，得以对历史和人物有更准确的了解。因为载涛是清末执掌兵权的核心人物，是参与掌控中枢权柄的"两王三贝勒"

之一。"两王"是指醇亲王载沣和庆亲王奕劻，前者是监国摄政王，后者为军机大臣、内阁总理大臣，均是食双俸"世袭罔替"的"铁帽子王"。"三贝勒"是载涛、载振（奕劻之子）、毓朗。溥仪曾很激愤地说过："清亡就亡在'两王三贝勒'。"（《我的前半生》）对载涛来说也不可一概而论。载涛一向被认为是皇族少壮派，在清末出任掌控禁卫军的军咨府大臣，这是哥哥载沣特意安排（另一个哥哥载洵出任海军大臣）。清末一些重要事件都有载涛的参与。如组建禁卫军后，宣统三年（1911）4月，原将举行"永平秋操"即军事演习，7月上谕"派军咨大臣贝勒载涛恭代亲临总监两军"，可见是有意识让载涛指挥全国新军军演。武昌起义爆发，革命党人准备京畿起义，清廷以载涛亲笔信派人送至滦州"宣慰"。在应对武昌起义的御前会议上，隆裕太后问载涛战事如何进行？载涛唯叩头："奴才没带过兵，不懂打仗。"十二月初一御前会议，载涛与溥伟"万不得已，则当南北分立"的主张相同。初四会上载涛又与善耆、载泽、载沣"坚持君主立宪主张"（张竞生：《南北议和见闻录》），直至被袁世凯罢免军咨大臣。可见载涛在斯时活动频繁，但不是良弼、铁良那类逆历史潮流的顽固死硬派，是应该予以指出的。

溥老口述史的一些章节也很有趣味性，比如载涛是很有造诣的票友，在清末民初京剧界颇有名气，人称"涛七爷"。我很多年前就听李万春先生说过，载涛是他学猴戏的老师。再如他与杨小楼、梅兰芳、张君秋等名伶的交往，很能作为珍贵梨园史料的。又比如已故启功先生是载涛当年的私人秘书，负责文字往来，这种小史料足可弥补启功先生的人生履迹，也是令人饶有兴味吧？

满城争说萧龙友

萧龙友先生为近代京华四大名医之首，声闻遐迩，极享盛誉。生于1870年，逝于1960年。他是四川三台县人，27岁考中清光绪三年（1877，丁酉科）拔贡。拔贡是清代地方贡入国子监生员之一种，由各省从生员中考选保送入京。朝考优选者依次以知县、小京官、教谕等使用，拔贡是科举的补充，地位很高。拔贡保送名额一省府二人，州、县各一人，而且自乾隆朝后每隔十二年才考一次，可见选拔之不易，亦可见萧龙友的才学之实。入贡前，在弱冠时即已入成都尊经书院读词章科，每次考试迭获第一。可见他有深厚的学问功底。他经朝考后即入京任八旗官学教习，后任山东巨野、嘉祥、淄川、济阳知县，由他的任职可见其出类拔萃，因为不是所有通过考试的拔贡都能任知县的。民国后任过财政、农商两部秘书、总办等职，黎元洪执政时任过府院参事。

萧龙友本名方骏，字龙友，又有别号曰"息园"，故世人尊称"息园老人""息翁"。他自学成医而成大家，故有"北方萧龙友，南方陆渊雷"之誉，更被誉为"京城四大名医"之首。

"四大名医"的称谓古已有之，称为扁鹊、华佗、孙思邈、李时珍，也有称张仲景而非孙思邈，且四人非同一朝代之人。萧龙友、孔伯华、施今墨、汪逢春却为同时代人，医德医术声望极高。1930年，成立北平国医学院（后更名北京国医学院），萧龙友为院长，孔伯华、施今墨为副院长，为社会培养了大批中医人才。1935年，民国政府颁布中医条例，对中医从业者进行考核，萧龙友等四人为负责命题阅卷的主考官，由此被呼为"京城四大名医"。

萧龙友青年时代虽以读经书为业，但也涉猎医书，因其家族开有药店，母亲身体不好，故常留心医方。1892年，川中瘟疫，波及成都。他不忍日死千人的惨况，毅然与一位中医用中草药救治了很多患者，致声誉鹊起。他人在仕途，却心向医术。精研医术之余，也为人看病，并取得行医资格。1928年国民政府南迁，他决然辞官正式在京城行医。据说他的成名是治愈黎元洪之母，此后显宦名流皆延请诊病，诸如孙中山、袁世凯、梁启超、吴佩孚等皆曾经手。因他的诊断精准，愈加驰誉。如孙中山先生，1924年带病入京，众多名医难以确诊，后延请萧龙友诊断，他认定病之源在肝，非汤药可解，故未处方。后经西医解剖遗体，确为肝癌。这引起业界的佩服。此后连外国医生遇到疑难杂症，有时也会恭请萧龙友会诊。

又如袁世凯称帝，全国讨伐，他惊恐而致病危，长子袁克定请萧龙友诊断，萧诊为尿毒之症，嘱静养服药，但次子袁克文力主西医而拒服中药。萧龙友事后对他人说：此病须静养，以袁当时之心状，必不可医救。果然月旬之后袁一命呜呼！再如梁启超，患肾病，先入协和，西医主张割除其肾。又请萧龙友复诊，他劝梁慎重手术，告之并无大碍，坚持服中药即可痊愈。2006年，协和医院曾举办过一次病历展，萧龙友的诊断是："肾脏无病，此病非急症。"但梁启超未听其言，仍做手术，致失误酿成悲剧。

著名史学家谢国桢是萧龙友的亲戚，当时在梁启超天津家中任家庭教师，亲见梁本人包括梁夫人患病，若萧龙友由京至津出诊，一律管接送食宿。谢先生请示馈赠礼金（出诊费）数，当过总长的梁启超签"礼金大洋贰佰元正"交账房。这给谢国桢印象极深，多年不忘，叹为"真是总长的派头"！为何印象深？因为萧龙友不门诊，只出诊。一般在京西城出诊费8元，东、北、南三地加倍。如患者家中顺便有其他人诊脉，开方只需加2元。处方基本不开贵重药，也并不指定药店。老先生自备汽车出诊，诊费交随来的管家。家中有仆人、厨师，这在名医中派头已然很大了。我的两个中学同学的祖父王石清也是名中医，其宅是后马厂胡同三进四合院，长房同学父亲王少清继承家传也成为中医，二房同学的父亲与我父亲同为对外经贸大学同事。我和长房同学一起学画，情同手足，常去其宅玩耍吃饭，每流连其宅院雕栏回廊的气派，但也并无自备汽车。当然，萧老的派头若比起梁总长，是略逊一筹吧？再说萧龙友的出诊费8元，在当时算不算贵？20世纪30年代发行纸币与银圆是等值的，姑举几例（七七事变前）看一看当时物价：白面每袋44斤不到4元，猪肉6至7斤约1元，保姆工钱每月3—6元，可见一般穷苦人家是不敢请萧龙友这样的名医出诊的。

不过，萧龙友是有大医之德的，他对病人一视同仁，诊断开方无论贵贱皆慎重之至，对贫困者常免费诊病，还会施药，这也是他广受人们敬重称颂的原因。

萧龙友不仅医德高尚，医术亦极高明，甚至颇具神奇色彩。熟稔老北京人物的掌故大家邓云乡先生，与萧家是世交。20世纪80年代初，我与您同为中国新闻社写海外专栏文章，且共用一个笔名，他讲过不少亲见亲闻的萧龙友医术的神奇医案。邓家当时租住西皇城根二十二号，是清末邮传部尚书陈璧的大宅邸，占地60多亩，200多间房。陈氏几房后人仍居于内，闲房院出租。故邓家与陈家后人相识，并得以闻见名医医术之神奇。有一房后人的夫人曾卧床不起，几致奄奄一息，延请众多医家皆束手无策。始请萧龙友来诊脉，未开方时，陈家一位上学的亲戚恰骑自行车回来，其母闻名医来诊病，即携女请诊脉，说是女孩一两月未来月经。萧望闻问切之后，在开药方时独对陈氏后人讲：夫人病虽凶险，包在我身上；那女孩却不好治，人恐过不去八月节。陈氏后人大惊，问为何？答：治疗晚矣，现瘀血，药力已打不开。听者当然半信半疑。时值端午，夫人经萧龙友多次诊治服药，渐渐痊愈。而女孩却在放暑假后面黄肌瘦，待开学后卧床不起，竟如萧龙友所预言，于阴历八月上旬病逝。

另一个广受传闻的是俞平伯夫人许家的亲戚，十二三岁得怪病，气喘吼得停不下来。遍请中外名医，皆无办法。家人偶然在由津回京火车上遇到萧龙友，谈起此怪病。萧应允回京诊脉，开的处方主药是"细辛"，服后出汗，大吐，所吐是绿萝卜滓状之物。至此喘吼彻底消失，人健康而长寿。上述这些神奇的诊案流传不少，其处方尤其珍贵，如搜集成书，绝对是中华医学的宝库，极值得研究继承。

萧龙友古稀之后，基本不再出诊。有1936年出版的张恨水审定的《北平旅行指南》为证："萧龙友：为北平名医，惟年届古稀，精力就衰，摒去外缘，不再诊病。但亲友中有疑难大症请求者，间或出诊。"看来是颐养之余，去吟诗作画了。其实萧龙友淹贯文史，精擅书画，却为医名所掩。他的父亲萧端澍为清末光绪戊子科举人。他幼承庭训，学有根基，每日诵读"四书五经"、诸子百家及诗赋等，每每至深夜乃止。其书法亦自幼严受父教，且师从甚广。他喜褚遂良体，亦好兰亭。隶书临曹全碑，篆书临周鼎，草书临贺知章，因之对篆、隶、行、楷、草各体皆有造诣。当时大江南北对龙友先生的医诊墨案，皆视为珍品。因其不仅有医道价值，且为书法上品。当时曾有人出高价向病家收购龙友先生诊脉处方装裱赏玩，其书名之盛不亚于明末清初以医道书法称绝的傅青主。今山东曲阜孔府仍存有他联屏多幅，有篆、行楷等各体。如他的楷书对联"道德为师仁义为友，礼乐是悦诗书是敦"，极有神韵，每令观者仰止。著名女书法家萧琼（重华）女士乃其女（著名画家蒋兆和夫人），她即自幼随父亲习书。

萧龙友不仅书法名重一时，也擅诗画，尤擅指画，喜作梅花。他的后人今仍存有其指画扇面一帧，为其86岁时所作。一面为手书唐人李白行乐词，一面为亲绘指墨梅花，傲干铁骨，疏枝槎桠，甚为雅致。梅枝旁并自题诗一首："人老半身麻，带病度年华。指头有生活，随意画梅花。"据说他每日清晨5时即起，伏案读书，或挥毫作书绘画。这个习惯直至年届九旬卧榻不起才辍。

萧龙友生医名虽盛，却无傲气，他与当时画家、书家交游甚广，如齐白石、溥心畬、陈半丁、汪霭士等皆为其挚友。他七十寿辰时，在报子街聚贤堂饭庄举办祝嘏堂会，名角言菊朋等捧场，国内书画名流四百余人书画祝寿，盛况非常。萧龙友自印《七十自寿诗》分赠亲朋，为一时之韵事。可惜的是那数百幅名家字画，在20世纪60年代中期，逢遭变故，弟子只抢救出诊脉医案和部分诗稿，字画则付之一炬，灰飞烟灭，实在令人痛心。

其实萧龙友若不为名医，必为鸿儒式的书画家。八国联军入侵北京时，他因生活所迫，还曾卖字于琉璃厂，成为鲜为人知的佚事。除诗书画艺事外，龙友先生还精通文史，故1951年被特聘为中央文史馆研究馆员。他晚年不再行医，但社会活动甚多，1954被选为第一届全国人大代表，1955年被聘中科院学部委员，并任中华医学会副会长等多种职务。闲暇之余，他还雅好珍藏文物古玩，其中颇有稀世之品。遵其遗愿，他逝世后家属悉数将150件（套）书画、碑帖、瓷器、古墨等珍品捐献于故宫博物院，并将数千册珍贵医书捐给有关部门。

萧龙友善诗词联语，所作往往文采斐然。20世纪二三十年代，老辈旧学诗人陈宝琛、樊樊山、章士钊、叶恭绰雅聚国风社，萧龙友与其胞弟萧方骥（前清举人，书法家）也名列其间，可见大有诗名。我曾见过萧龙友贺人新婚联云："红鸾对舞珊瑚镜，海燕双栖瑇玳梁。"联语工整奇巧，加之书法如锦，知者无不赞叹，而斯时已81岁老人矣。

萧龙友寓所位于北京西四南兵马司，其弟方骥宅则在玉带胡同，近在咫尺，故兄弟二人常盘桓诗酒，吟诗挥毫，"晨兴酣饮屠苏酒，小坐花间意湛然"，可见娴雅悠然之态。萧龙友自四川三台来京，60多年从未归故里，1957年侄辈来京看望，萧龙友表示如身体强健，一定回乡扫墓，与亲友聚谈，还动情地写诗二首：

年华九秩时光过，

老病侵寻习见磨。

寄语亲朋知近状，

眠餐无恙事无多。

其二

出门整整六十年，

未得还家扫墓田。

中国地区足迹半，

何时归里总由天。

字里行间流溢出思念家乡的深情。可惜 3 年后他逝去，再也不能归里与亲友闲话桑麻、酹扫祖先墓庐了。

"吞钩鱼却有恩仇"

——袁世凯洹上垂纶

在百年前清末（约 1909 年前后）的报刊上，有一件全国瞩目的新闻，《东方》《北洋画报》等刊载袁世凯身披蓑衣斗笠在河南洹上怡然垂纶的照片。袁世凯那时已被监国摄政王载沣以宣统小皇帝的名义下旨"开缺回籍养疴"，实际上，袁世凯直隶总督兼北洋大臣的高位重权，被彻底剥夺了。那袁世凯"回籍"后何以大肆宣传隐逸垂纶？是向外界表达何种信号？袁世凯真是"无官一身轻"，以垂纶颐养天年了吗？

封建时代被贬斥的官员都要回原籍，天威难测，命运未卜，表现却各异。如明朝严嵩之子严世蕃，欲思重掌机枢，蓄养招募兵丁，结果被检举正法。又如光绪时军机大臣翁同龢被夺职回籍"交付地方官严加管束"，翁同龢还算聪明，一举一动都慎之又慎，整天涂抹自己的日记。再如袁世凯时代的蔡锷，有反袁之心，被袁世凯软禁在北京。蔡锷为了脱身，则采取流连八大胡同（当年北京最有名的红灯区）与名妓小凤仙缠绵的韬晦之计，果然使袁世凯放松警惕，使得蔡锷逃出北京，在云南发动护国起义，天下响应，袁世凯最终在一片声讨中死去。

富有戏剧性的是，袁世凯本身就是韬晦避祸的高手。光绪皇帝死后，溥仪以三岁冲龄登基，光绪皇帝之弟载沣摄政监国，他欲杀掉袁世凯，但遭到奕劻、张之洞等重臣反对，又怕袁世凯控制的六镇新军精锐失控，只好将其"开缺回籍"。袁世凯从此告别 26 年官场逢迎升迁的仕途，携家小离开北京锡拉胡同寓所，回到河南彰德洹上庄园，开始了隐居三年的生涯。

袁世凯是行贿高手，左右逢源，常人望尘莫及。而且因人而异，效果卓著，他为何不故伎重施，行贿于摄政王呢？因为在明发上谕"开缺"之前，袁世凯已听到风声，他完全可能有机会拿捏摆平。

袁世凯平生送礼各有不同，厚薄有别，因人而论，但无论多寡，收礼者皆大欢喜。如对慈禧太后不便送金银，所以宫中第一辆自行车、第一辆汽车，便是由袁世凯进呈。慈禧不喜古董，却爱西洋"奇技淫巧"，所以袁世凯的孝敬深讨慈禧欢心。李莲英喜欢钱，所以袁世凯出手就是20万两银票，以求慈禧召见时关照。李莲英母丧时，丧仪即封40万两银子。庆亲王奕劻也是袁世凯重点行贿的对象，奕劻将入主军机处时，袁世凯孝敬的"零用钱"即10万两。为其子载振赎身女伶杨翠喜亦出手10万元"赠奁"（袁世凯为自己的嫡系阮忠枢也花钱赎赠过妓女）。

而且，袁待人接物并不以权高位重为标准。如袁世凯进京拜见满籍大臣察氏，对察氏之子亦非常客气，第三天即差人送来五箱书，察氏之子当时还是小孩子，从此对袁世凯留下了非常深刻的印象。

但袁世凯并未向载沣施以重贿，因为他非常清楚，如果依向慈禧、奕劻等行贿的招数，必然正好成为借口，直接引来杀身之祸。

袁世凯在青年时代弃文从军，41岁时当上直隶总督兼北洋大臣，他历经戎旅，无暇其他，难道他有闲暇垂纶的癖好？目前所见有关他的回忆资料，似乎并无雅好垂钓的记录。我所见只有一例孤证，是袁世凯的嫡长孙袁家融回忆祖父"还喜欢钓鱼"（见《袁世凯家族》，中国青年出版社1991年版，第259页）。

但袁世凯的女儿袁静雪一直随父亲生活，晚年也写过回忆录，但从未提到父亲有钓鱼的业余爱好。我猜测，幼时的袁家融大概是把洹上垂钓的伪装看成是袁世凯的爱好了。

　　袁世凯是好动不好静的人，从少年时代起兴趣完全不在读书，整日打拳、下棋、赌博、宴饮、冶游，十二三岁时即擅驰马。两次乡试均名落孙山，盛怒之下，将所作诗文焚之一炬，从此掷笔投效戎旅。那么，是不是袁世凯被"开缺"回到彰德洹上，真的拾起钓竿，死心塌地终老于此？

　　其实非也，袁世凯是一个有勃勃野心的人，他并不甘心贬谪，一直筹划东山再起。但他又怕引起载沣的警惕，故用种种伪装迷惑对手，他不是钓鱼爱好者，却装出闲云野鹤、看破红尘、超然物外绝不问政之态。

　　他把刚辞官归乡的三哥袁世廉接到洹上别墅，品茗对枰、垂纶舟上，并请人摄了一张非常著名的照片，这幅照片因为被袁世凯送到当时发行量很大的《东方》《北洋画报》等发表，故得以存世。照片中袁世凯坐于舟上，身披蓑衣，顶戴斗笠，旁置鱼篓；其兄袁世廉艄公打扮，持长篙立于舟头。好一幅澹泊风雅的洹上垂纶图！据他女儿回忆，袁世凯也常独在别墅内花园钓鱼，但绝非与世无争、惬意悠悠，而是屏去仆人家眷静心在筹划待机而动之策。他的高明之处是将垂钓照片送去公开发表，以向朝廷和世人表明他已成为"野老"，再不会对朝廷构成潜在威胁了。

　　除此之外，袁世凯重操吟诗旧业（他年轻时好写诗文，还组织过两个诗社），大写特写有关垂纶的诗，还广招名流诗家雅集唱和。袁世凯自未中乡试焚毁诗稿之后，就再不写诗。何以诗兴重张？因为他不仅拿出去发表，而且让二子袁寒云汇编成《圭塘唱和集》（圭塘是洹水的桥名），广为散发。"游园""登楼""看月""渔舟"……此类诗题在集中俯拾皆是，仿佛真的超然物外、不闻世事，而且大写垂钓诗，以表明"散发天涯"的姿态，如《自题渔舟写真二首》：

身世萧然百不愁，烟蓑雨笠一渔舟。

钓丝终日牵红蓼，好友同盟只白鸥。

投饵我非关得失，吞钩鱼却有恩仇。

回头多少中原事，老子掀须一笑休。

其二

百年心事总悠悠，壮志当时苦未酬。

野老胸中负兵甲，钓翁眼底小王侯。

思量天下无磐石，叹息神州持缺瓯。

散发天涯从此去，烟蓑雨笠一渔舟。

袁世凯的诗，用他女儿袁静雪的评价，"确实做得不算好"（《我的父亲袁世凯》，载《八三十天皇帝梦》，文史资料出版社 1983 年版），还是很中肯的，但"诗言志""诗为心声"，一组两首诗两次出现相同的诗句："烟蓑雨笠一渔舟"，真可窥见袁世凯的良苦用心。其他诸如"鱼浮绿水源""棹艇捞明月"，等等，都在用以显示"曾来此地作劳人"的姿态。当然，掩耳盗铃总会露出马脚，"吞钩鱼却有恩仇"表达了他对载沣的不满，"野老胸中负兵甲，钓翁眼底小王侯"（他诗集中还有"漳洹犹觉浅，何处问江村""开轩平北斗，翻觉太行吟"）更是隐隐透他不甘寂寞、待时而动的心绪。实际上，在他隐居期间，洹上别墅建有电报房，终日电函不断，朝野要人往来于途络绎不绝，只不过载沣昏聩不察罢了。事实证明袁世凯最终东山再起，逼迫清帝退位，窃取辛亥革命成果，当上了民国大总统。根据他女儿回忆，他后来当上大总统在北京中南海居住期间，傍依粼粼碧波，再也不曾垂钓了。

巧借垂纶来掩饰，最终功成起洹上，袁世凯可谓剑走偏锋。同是钓鱼，古人说："渭水钓利（姜太公），桐江钓名（严子陵）。"汉代名将韩信钓鱼是落魄中聊以果腹，而绝大多数人是怡然养性。但袁世凯却是以垂纶避祸，将兵法中的迷惑对手之计（三十六计中的第 27 计曰"假痴不癫"）运用于丝竿舟上。袁世凯是练兵整军的高手，又沉浮宦海数十年，他的叔父袁保庆曾将自己数十年官场风俗、带兵心得写了一本书《自乂琐言》，其中云："人言官场如戏场，然善于做戏者，于

忠孝节义之事能做得情景毕见，使闻者动心，睹者流涕。官场如无此好角色，无此好做工，岂不为伶人所窃笑乎？"袁世凯追随叔父效力数年，这些韬晦之术自然对袁世凯默化潜移。所以，袁世凯的洹上垂纶确乎无愧是一个"善于做戏者"的匠心之笔！我想，如果有人有兴趣写一部《中国名人垂纶史》，袁世凯借垂纶避祸大概是仅有的特殊一例。

历来言行不一、巧饰祸心之人不在少数，也不仅仅是大奸巨贼，小奸者祸人，大奸者祸国，"洹上垂钓"足以为世人戒。

后 记

我的这本小书使我有些感慨，也有些忐忑。我非清史研究专家，只不过一直喜欢清史。1980年始应中国新闻社专稿部之邀，为香港《华侨日报》撰写专栏文章，用笔名"周简段"，写过一些短文章，本书选录了若干篇。另外长期主持副刊，或应其他报刊约稿，也写了一些长短不一的文章，现在经遴选，分若干类，结辑成书，很期望得到专家的指正。虽然不免浅薄，但是敝帚自珍的心态，也许正像鲁迅先生所说的那样，是"积习"所致。

受祖父辈影响，自少年时代即喜诗词书画、读闲书，尤嗜爱清末民初掌故，读了大量的野史类的笔记。20世纪70年代我初中毕业即参加工作。中期以后，恢复高考，我以为梦想可以实现——报考北大历史系。但那时规定报考须由单位批准，而领导只允许报理工科（实际这是不符合有关规定的），只好选择服从——因为以为领导是善意，是想青年人学业有成后回到原单位。但是后来发现一位女同事报考文科居然获得批准，悄悄复习继而考上大学，离开了单位。这使我心里受到了极大的冲击。直到现在，我仍然没齿不忘。如果我考上大学，一定会走进另一个房间。

此后，曾想直接报考研究生，先父还专门请来他的朋友、博学的王以铸伯伯对我进行考察，王伯伯认为我的文史水准等同于民国时期的高中生，只需加强外语，颇有希望。虽然先父是对外经济贸易大学的俄语教授，但我的外语水平实在可怜，故此绝了念想。

由此发奋自学，希望改变人生道路。萌生模仿"二十八画生"的

故事，以"嘤其鸣矣，求其友声"，觅三五有志青年，切磋砥砺。那时的社会风气，还未到无学历几乎无法生存的地步，鼓励自学成才。因而我在 1984 年 7 月 5 日《中国青年报》"自学征友"刊登启事，希望得到指导和交流。从启事内容看，那时自己对清末民初历史人物、典章制度、爵职服饰大有兴趣。现在看来，没有导师指点和系统专项的读书何其难矣。产生的效果只是每天收到大批来信，徒费精力，收效甚微。当然，自 1975 年我已在《诗刊》《北京文艺》（《北京文学》前身）等报刊不断发表文章，似乎被视为自学成才者，1983 年 3 月 7 日《北京晚报》、1984 年第 1 期《中国青年》杂志，都刊载了我谈自学的心得小文。但终归是杂而不精，未能走上学术研究的专业之途。但凭此文章小技于 20 世纪 80 年代初期，以初中毕业生的学历免试进入报社做了编辑，也许是不幸中的万幸。

但我始终对文史充满着兴趣，至今唯一购阅的一本杂志即《文史知识》，数十年不辍至今。一有闲暇就披阅有关文史书籍，"二十四史"和《清史稿》是我时常检阅的典籍。史学大家司马迁、顾炎武、章太炎等都是我私淑敬仰的人物。但余生也晚，命数如此，不能做"史家之绝唱，无韵之离骚"的通才，更不能"为天地立心，为生民立命，为往圣继绝学，为万世开太平"而著述，但始终服谓龚自珍"欲知大道，必先知史"、章太炎"不读史，则无从爱其国家"的铭训，故时常灯下掩卷，有感而发，写些杂札随笔。

我关注清朝，这是一个不同于之前任何一个时代的王朝。清朝开疆拓土最广袤，各民族最亲密向心，最能融合中华传统文化，统治者家教最严、教育程度最高，典章制度最完善，不断接受西方科技文明，等等。当然，也是最受列强欺凌的王朝，奇耻大辱不可胜数，不平等条约危害深重，也产生种种弊端，积重难返而走向末路。还有扬州十日，嘉定三屠，剃发令，文字狱……这也是不可模糊的清代历史。

而我们出版的书籍、影视剧常常戏说，贻误后学。这是很令人痛心的，"灭人之国，必先去其史"（龚自珍《古史钩沉论》），我们自己不珍惜、不尊重自己的历史，所谓爱国，何止空谈？举例说，对自己老祖宗的糟蹋，诸如对历代正史及皇帝尤其是清朝一些皇帝的"戏说"，为世界各国所罕见，谬种流布，夫复何言？历史非任人打扮的女孩子。我的这本小书，不敢匡正如何，实为像南北朝陶弘景所云是"一事不知，以为深耻"，读史养气而已。如能使读者有所会意，则幸甚至哉。

这本小书承蒙我尊敬的李国文先生赐序，十分荣幸。他不仅是小说大家，也是文史大家，通读"二十四史"，有若干专著，对历史有着极悟彻的慧眼。李老已是第四次为我的书写序。另承沈鹏老先生赐题书名，令拙著生辉。您已第二次为我的书题赐书名。李国文、沈鹏两位都已逾九十了，长者厚爱，对后学之殷殷，使我深感铭怀。感谢杜卫东兄赐序，我们常常私下论文，他对文章的评判每有真知灼见，使我得益匪浅。古人出书，必会请耆宿挚朋写序跋，这种载体是一种谊情的体现，我视卫东兄为兄长，他的序会令我感到友情的温馨。

承岭松先生建议编辑这本小书，本集中一部分文章是新作。以前发表过的文章这次收入皆做了补充。有部分文章在报刊发表时限于字数，补充时字数比原文字数多数倍，也等于重写。所收文章皆为读清史的笔记杂札，其中"秋水余波"一栏所写人物，跨越清末与民国，并对后世产生影响，也很值得一叙的。

拙书责任编辑是与我出书有过合作的桑梦娟女士，再次合作，也令人欣然。感谢关心此书的崔世广兄。也要感谢友人靳扬的辛苦劳动，校对的一丝不苟，才会使这本谫陋的小书得以问世。

朱小平

2022 年 4 月 2 日

修改于京华